【中国古典名著补续系列】

续镜花缘

清·华琴珊 ◎ 著

内蒙古出版集团
远方出版社

图书在版编目(CIP)数据

续镜花缘/（清）华琴珊著.—呼和浩特：远方出版社，2014.2
ISBN 978-7-5555-0087-2

Ⅰ.①续… Ⅱ.①华… Ⅲ.①章回小说—中国—清代 Ⅳ.①I242.4

中国版本图书馆CIP数据核字(2013)第301419号

续镜花缘

作　　者	（清）华琴珊
责任编辑	胡丽娟
封面题图	马东原
版式设计	韩　芳
出版发行	内蒙古出版集团　远方出版社
社　　址	呼和浩特市乌兰察布东路666号
	（电话 0471—2236466　邮编 010010）
经　　销	新华书店
印　　刷	内蒙古爱信达教育印务有限责任公司
开　　本	710×1000　1/16
字　　数	231千
印　　张	15
版　　次	2014年2月 第1版
印　　次	2014年2月 第1次印刷
印　　数	1—5 000册
标准书号	ISBN 978-7-5555-0087-2
定　　价	25.00元

如发现印装质量问题，请与出版社联系调换

序一

士人束发受书，博通今古，至壮岁则恒思出其所学为天下用：上之固足以赞襄盛治，黼黻庙廊，次之亦足以提振世风，和声鸣盛。乃有才未展，高卧名山，借笔墨以自娱，抱等身之著作。人咸惜其遇之啬，而不知其宏才硕学度越恒流者，固有十百千万也。

华琴珊先生，海上名士也。槐黄十度，有志未偿，闭户著书，不闻世事。谈经余暇，则肆笔为文；饮汤微醺，则吟诗寄志。而凡《齐谐》《志怪》《山海》《石经》，下至稗官野史，旁及巾帼英雄，亦无不命彼管城，供我挥写。盖文人之笔，固无所不可，而愤世之志亦借以发舒也。

辛亥春日，以所著《镜花缘续集》见视。展读之下，异境忽开，宛如天女散花，缤纷五色。凡前集所不及者，为之增益之；前集所过甚者，为之斡全之。写前人难写之景，竟前人未竟之功。如骖之靳，相得益彰。古人有知，引为知己。自有此续集，而《镜花缘》一书得以结束完全而毫发无遗憾矣。

月朗风清，萧斋寂寞，试取是书而展阅之，其亦心旷神怡而翛然物外乎！

宣统三年，岁次辛亥，孟春上旬之吉，庠生顾学鹏谨序。

序二

醉花生华君者，春申浦上知名士也。秉性豪迈，放怀诗酒，落拓不羁。诗赋、策论、杂著，各擅胜场，尤工制艺。棘闱屡荐，终不获售。

及科举既废，遂绝意功名。人皆别寻门径，而华君独淡如也。生平好学不倦，博览群书，经史子集而外，虽稗官野史、小说家言，亦靡不寓目焉。

华君曾与予言曰："施耐庵之《水浒传》可不续，而村学究偏欲续之。王实甫之《西厢记》可不续，而续之者有人。曹雪芹之《红楼梦》可不续，而《红楼梦》之续多至十有余种。李松石之《镜花缘》明是半部，有不容不续之势，而续《镜花缘》者竟未之见。"予因谓华君曰："吾子宏才海富，何勿出其绪余而续后半部《镜花缘》，使后之读是书者畅然满志，幸全豹之得窥？亦一快事也。"华君曰："诺。"乃就李君未宣之余蕴，从前书卷尾"再开女试"一言入手，而以"才女卢紫萱辅佐女儿国王为贤君"数语做主脑，终使群芳同归真境，风姨月姊解释前嫌。衔接一片，终始相生，续成四十回。描摹尽致，雅俗共赏。读之真觉天开妙想，泉涌奇思。阅两月而告成功。予服其才且惊其速。尽美矣，又尽善也。方诸古之倚马万言可立而待者，亦蔑以加兹。谁谓古今人不相及哉？予因志其缘起如是。

宣统二年，岁次庚戌，仲冬之月，弇山醉墨胡宗堉拜手。

自序

襄阅《镜花缘》一书，于稗官野史之中，别开生面，嬉怒笑骂，触处皆成文章。虽曰无稽之谈，亦寓劝惩之意，不可谓非锦心绣口之文也。惜全豹未窥，美犹有憾。周咨博访，垂数十年，卒不可得。用是不揣固陋，妄自续貂，就李君书中未竟之绪，参以己意，纵笔所之，工拙奚暇计哉！名之曰《续镜花缘》，欲其有始有卒也。宗旨仍旧，首尾相联，使众仙同归仙境，不至久涧尘凡，区区微意之所在也。

仆生不逢时，有志未遂，雨窗闷坐，长日无聊，酒后茶余，借管城子以破岑寂云尔。

宣统二年，岁在上章阉茂，辜月长至日，古沪醉花生琴珊氏弁言于竹风梧月轩。

目录

- 第一回　拭明镜追溯前因　感名花重提旧事　1
- 第二回　二仙姬连登黄甲　两公子同入红尘　8
- 第三回　诛篡逆新君御极　表勋劳贵胄封藩　13
- 第四回　结良姻王府续鸾胶　逃法网男儿甘雌伏　18
- 第五回　武小姐死里逃生　韦公子难中遇救　24
- 第六回　燕贺村三人同梦　牛魔岭群盗窥娇　30
- 第七回　唐闺臣修真得道　颜紫绡捍患御灾　35
- 第八回　灭凶恶船户丧身　发慈悲仙姑送美　40
- 第九回　双亲认义惜多娇　众美感情爱幼弟　45
- 第十回　林之洋送女于归　武锦莲中宫正位　50
- 第十一回　两学士并娶韦氏　老国舅招赘兰音　56
- 第十二回　家属解京途中遇救　弟兄落草海外潜踪　62
- 第十三回　吉庆无心逢周氏　若花有意赠宫娥　68
- 第十四回　犬封相奸谋许重赂　若花有意保危城　75
- 第十五回　淑士国遣臣求宝　女儿王挂榜招贤　80
- 第十六回　众英雄教场比武　大元戎水陆练兵　85
- 第十七回　子车良面君复命　鲜于志怀恨兴兵　90

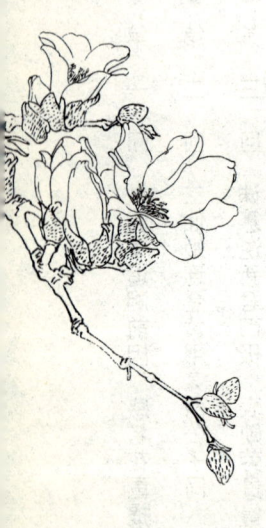

第三十五回	荡寇伯鸿案相庄	状元郎雀屏入选	192
第三十六回	享尊荣夫随妻贵	伸庆祝母幸子贤	198
第三十七回	游春苑国后留题	巡夏甸大臣问俗	203
第三十八回	燕秋兰辨明冤抑	林馨桂绍述箕裘	212
第三十九回	花再芳遇人不淑	毕全贞守节可风	219
第四十回	敦永好风月证盟	贺西池昆仑圆叙	225

目录

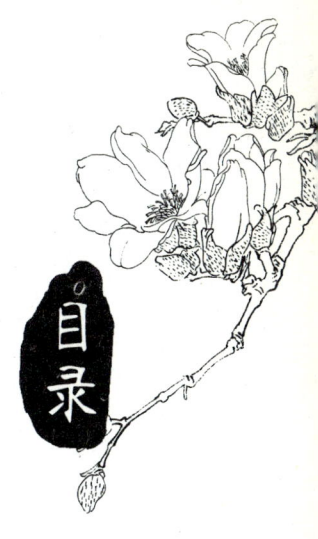

- 第十八回　花逢春旗开得胜　司空魁兵败遭擒　95
- 第十九回　借恶寇火伤士卒　设良谋土掩穷凶　101
- 第二十回　驸马欺敌速败亡　公主替夫报仇怨　105
- 第二十一回　易紫菱求仙闻警　坤蕙芳请兵赴援　110
- 第二十二回　束公主水淹鹤鸣　花元帅兵退白璧　116
- 第二十三回　水碧莲乘牛破浪　韦宝英走马取城　121
- 第二十四回　梅凤英大战梁邱德　老蟹精力保飞虎城　126
- 第二十五回　掷飞叉诸将受祸　施捆索元帅遭擒　131
- 第二十六回　芙蓉剑诛莲芳公主　蓬莱仙斩郭索真人　136
- 第二十七回　用兵破敌四面攻围　殉难舍身一心报国　142
- 第二十八回　小嗣君乞降纳贡　坤郡主奏凯班师　148
- 第二十九回　建仙祠歌功颂德　塑魁像顶礼焚香　154
- 第三十回　耀武功闻风警悟　崇礼教文明大启　160
- 第三十一回　黑齿君王闻风警悟　白民女子放足淫奔　166
- 第三十二回　讲艺论文友朋结社　开筵演剧宾客盈庭　171
- 第三十三回　荟芳园五美吟诗　凤凰城群英赴试　178
- 第三十四回　梅公子连元及第　花御妹奉旨招亲　184

第一回 拭明镜追溯前因 感名花重提旧事

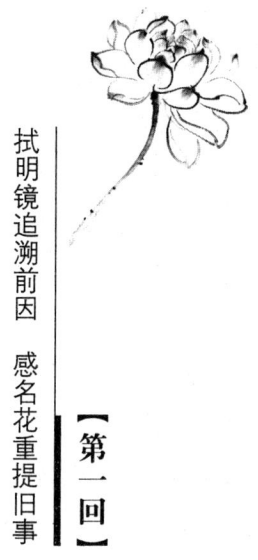

　　国朝李君松石所撰《镜花缘》一百回，繁征博引，感慨苍凉，妙绪环生，奇观迭出。惜全影难求，事仅得半。其书所传的是唐时武后专权，将中宗贬置房州，逞所欲为，荒淫无度。当隆冬之际，饮酒过醉，戏命百花齐放。百花仙子适与麻姑对弈，不在洞府，一时失察，群芳斗丽争妍，献媚取悦于下界的女主，致令时序颠倒，骇人听闻。上界玉皇闻知，便将众仙子降谪红尘。后来武后忽发奇想，大开女科，遍搜闺秀，考取才女百名，同赴红文筵宴。一等五十名，授职女学士；二等四十名，授职女博士；三等十名，授职女儒士。今将百位才女姓名列左：史幽探、哀萃芳、纪沉鱼、言锦心、谢文锦、师兰言、陈淑媛、白丽娟、国瑞徵、周庆覃、唐闺臣、阴若花、印巧文、章兰英、田秀英、林书香、宋良箴、卞宝云、阳墨香、郦锦春、田舜英、卢紫萱、邴芳春、邵红英、祝题花、孟紫芝、秦小春、董青钿、褚月芳、司徒妩儿、余丽蓉、廉锦枫、洛红蕖、林婉如、廖熙春、黎红薇、燕紫琼、蒋春辉、尹红萸、魏紫樱、宰玉蟾、孟兰芝、薛蘅香、颜紫绡、枝兰音、姚芷馨、易紫菱、田凤翙、掌红珠、叶琼芳、卞彩云、吕尧蕻、左融春、孟芸芝、卞绿云、董宝钿、施艳春、窦耕烟、蒋丽辉、蔡兰芳、孟华芝、卞锦云、邹婉春、钱月英、董花钿、柳瑞春、卞紫云、孟玉芝、蒋月辉、吕祥蕻、陶秀春、掌骊珠、蒋星辉、戴琼英、董珠钿、卞香云、孟瑶芝、掌乘珠、蒋秋辉、缁瑶钗、卞素云、姜丽楼、米兰芬、宰银蟾、潘丽春、孟芳芝、钟绣田、谭蕙芳、孟琼芝、蒋素辉、吕瑞蕻、董翠钿、掌浦珠、井尧春、崔小莺、苏亚兰、张凤雏、闵兰荪、花再芳、毕全贞。

先是，女儿国储君阴若花回国，武后加封为文艳王，授枝兰音为东宫少师学士，黎红薇为东宫少傅学士，卢紫萱为东宫少保学士。护卫大臣随了文艳王到得国中。女儿国王已经晏驾，众臣遂扶储君阴若花登了宝位。次后，众才女纷纷告假回籍于归。唐闺臣思亲念切，与颜紫绡结伴同上小蓬莱探访父亲，一去不返。田秀英、田舜英、宰玉蟾、燕紫琼随同丈夫勤王，临阵遇害。邵红英、戴琼英、林书香、阳墨香、谭蕙芳、叶琼芳，尽节军中。

后来中宗复位，死亡的诸才女并受阴封，奉旨俱入节孝祠，春秋享祀。中宗系武氏所出，中宗虽然复了帝位，太后威权未替，又下一道懿旨，颁行天下：来岁再开女试，并命众才女重赴红文宴。预宴者另锡殊恩。懿旨一下，早又轰动了天下多少才女。此《镜花缘》前集书中之大略也。

镜不拂拭不显光明，花不栽培不能开发，于是记其缘起，重提一过，庶几朗若列眉。如今请诸君再观《续镜花缘》。有诗为证。

诗曰：

世事纷争慨变迁，年来翰墨结因缘。
闻闻见见毫端绘，幻幻奇奇腕底传。
镜里看花添艳冶，花前对镜倍鲜妍。
残棋未了须终局，漫续新编愧昔贤。

却说江南道姑苏台畔有个致仕的乡宦，姓黄名华，表字友鞠，年逾知命。夫人周氏去世多年，继娶陆氏夫人生有一儿一女。儿名锡宝，尚在髫龄。女名蕊珍，芳年三五，出落得姿容绝代，聪颖非常，真是貌可羞花，才夸咏絮。夫妇爱之不啻掌上明珠。家中良田美产，富有资财。仆妇丫环，成群作队。府中请位西席，是个老年博学的通儒，叫作张子受，课读姊弟。二人极其敏悟，均能一目十行。宾主亦甚投机，常常论古谈今，吟风弄月。

一日，友鞠晚来无事，步到书房中与西席谈心。彼此相见，对坐言欢，十分契合。便命童儿黄福道："今晚我在书房与师爷对酌，可添杯箸。"童儿答应，去不多时，送进肴馔。调开桌椅，宾主坐定，童儿在旁斟酒，开怀畅饮。饮酒中间谈及诗赋一道，张子受道："令嫒近来的学问大有进境，较诸当今考取的才女，真可谓有过之无不及矣。友翁如谓过奖，请观窗作，便知弟非谬言。"说着，便起身走至书案前，抽屉中遂将蕊珍近日所作的诗赋捡出，送与东翁。友鞠接取展阅，只见言言锦绣，字字珠玑。内有一篇不限韵的《灯花赋》，尤为灵心妙腕，得未曾有。

其赋曰：

灯影兮摇青，花光兮照棂。含葩兮灿烂，结蕊兮玲玲。映红蕤兮满室，流紫焰兮盈庭。护重重兮翠幔，围曲曲兮晶屏。

永夜焚膏，寒宵绚彩，绽出离披，攒成蓓蕾。起草频挑，敲棋有待。半阶之朗月未沉，几点之疏星常在。

则有萧斋岑寂，小院迷离，笔情花发，书味灯知。蔗回经舌本，穗剪证心期，勤咀含于子夜，记领略于儿时。更有绣阁沉沉，璇闺煜煜。柔情更向谁论，好事还凭他卜。兰吐粟兮零星，麝凝煤兮馥郁。玉钗影动兮开心，宝髻光摇兮射目。

至若羁人望远，旅客情萦，剪窗西之烛，伴舍北之檠。辉偏流于四照，艳犹聚于三更。

剔去银红之焰，听残玉漏之声。

彼夫渔浦篱疏，钓滩屋矮，星澈叉鱼，月低捕蟹。非蓼而白室余明，拟桂而金钱难买。

蚝膏未满兮灯昏，燕处自安兮饭罢。维时风清院落，烟漾帘栊，花开别样，花吐凌空。丝丝晕碧，闪闪飘红。何处之琼箫送响？谁家之竹笛偏工？有客不来践约，无言孰诉深衷？

灯有花垂，花因灯吐。看列炬于金莲，疑缀霞于火树。翻杂记于西京，溯名言于前度。

雏诵当代之佳章，藉启后人之妙悟。

友鞠阅毕，便对子受道："小女幸沾化雨，竿头日进。此皆先生诱掖之功也。他日再逢女试，大约亦可上国观光。"子受道："岂但观光，恐怕还要出人头地哩。"宾主谈谈说说，饮到半酣，用过夜膳，又论论文，讲讲闲话，直至夜深始别。

一宵无话。次日老爷正与夫人谈叙家常，道及女儿的学问渊博，欣喜过望。忽见丫环传报："陆府夫人同了小姐到来，轿子停在前厅。"夫人遂唤丫环，到书房中去请小姐进来。夫人坐上抬身，轻移莲步，到了前厅。陆府的夫人、小姐已经出轿，蕊珍小姐也到前厅迎接舅母。姑嫂、表姐妹至亲相见，甚是亲热。陆府夫人苏氏，小姐爱娟年方二八，才貌双全。当时丫环送上香茗，彼此叙了些寒暄。苏氏夫人道："前日接得京中相公家信，书中提及太后懿旨：明年再开女科。诏书不日就要颁行天下。嘱爱女儿好好勤功，预备赴考。愚嫂特来知会姑娘，约甥女与小女同伴进京，路上可免寂寞。未识姑娘以为何如？"黄夫人道："极承嫂嫂关爱，只恐小女学浅才疏，郡县考还不能入选。"陆夫人道："既是至亲，姑娘何用客套？贤甥女素来聪明，定然高出吾女之上。小女不过粗通文墨而已，未必及得甥女。"

姑嫂正在言来语去，黄老爷进内，与陆夫人见过了礼。陆小姐拜见了姑爹。请安已毕，陆夫人便将京中来信、约蕊珍小姐同伴的话重述一遍。黄老爷道："舅嫂所见不错，小姐妹叙在一处，彼此有兴。"陆夫人便把爱娟小姐近来所作的诗稿取出，送与黄老爷观看。黄老爷接过，从头细看。见是七律四首，咏的秋蝉、秋萤、秋蜂、秋蝶，道：

独倚栏干思悄然，宵深漏静忽闻蝉。
迷离树色情千里，落寞秋心话半年。
尽许新餐分玉露，早将旧调换金弦。

渐残柳苑三更月，孤唳偏能惹恨牵。

——秋蝉

轻携罗扇扑飞萤，秋气迎来入画屏。
一桁疏帘疑照月，半篙浅水讶流星。
残阳院宇浮踪寄，衰草池塘幻梦醒。
破瓦颓垣余点点，随风吹堕逐飘萍。

——秋萤

秋容肃穆意惺忪，到处还余逐队蜂。
黄褪影迷纤翅弱，红残痕约细腰松。
遥怜粉署春风静，转忆花朝午课慵。
阴老碧梧黄菊绽，芳菲一路寄浮踪。

——秋蜂

系恋芳丛直到秋，伶俜冷蝶忆侬不？
轻随燕子飞还怯，瘦逐蜂儿闹未休。
栩栩三春寻旧梦，蘧蘧一枕动新愁。
滕王画本描难似，丹桂香飘菊径幽。

——秋蝶

　　黄老爷看完了诗句，对陆小姐道："内侄女的佳章写景摹情，清词丽句，真是才人之笔！"陆小姐起身道："侄女涂鸦，怎当得姑爹谬奖？还求姑爹斧削才是。"黄老爷道："老夫自是实话，并非虚誉。"遂唤丫环命厨房备酒，老爷有事往外去了。然后表姐妹叙谈，讲论诗赋，欢洽异常，彼此情投意合。不多时，丫环搬进酒肴，肆筵设坐。两位夫人与两位小姐饮酒谈心。公子进内拜见舅母，并与表姐作揖，彬彬礼貌，对答如流。黄夫人道："孩儿今日陪伴舅母、表姐，就在内堂午膳罢，不要到书房中去陪先生了。"公子领命，就在旁侧坐下，周旋应对，不慌不忙。陆夫人称赞不已。

用过中膳，姑嫂表姐妹谈谈说说，不觉日色沉西。陆夫人起身告辞。黄夫人再三款留不住。母女双双送出中堂，登舆而去。陆夫人随来仆妇丫环叩谢了黄夫人，随了夫人小姐回府不提。

隔了不多几日，明岁重行女试的懿旨各道都已颁到。仍照上科之例，郡县试取中方准部试，部试之后再行廷试。此旨一下，各道的才女纷纷报名投考。

且说黄蕊珍、陆爱娟两位小姐：黄小姐考吴县，陆小姐考元和。考毕县试，蕊珍是吴县的案元，爱娟是元和的案元，都得了文学秀女匾额。两府夫人各自欢喜。

到了十月初二，便是郡考之期。各州各县的秀女都来郡城应试。姑苏台畔愈形闹热。黄府、陆府好在都住郡城之中，所以小姐进场考试极其便捷。届期就在府内起身，进了考场，都是一挥而就。午后完卷，各自出场。复试已毕，第一名文学淑女取中黄蕊珍，第二名文学淑女取中陆爱娟。纷纷报喜，亲友登门道贺，往来不绝。到了上匾之日，备酒宴客，各有一番忙碌，不必细表。

光阴似箭，日月如梭，天气渐寒，葭灰飞动，过了隆冬，早又是新春时候。凡有天下十道取中的文学淑女，纷纷端整束装，进京部试。陆、黄两府的小姐，早已预备行装。黄府差了老苍头黄顺，并两名婢女，一名唤作春香，一名唤作秋蕙，还有张老师爷陪送小姐。陆府夫人命家人陆贵，并春梅、秋菊两个丫环服侍小姐。两府预先约定，雇了一号大船，择了吉日动身。蕊珍小姐拜别双亲，老爷、夫人各有一番叮嘱。爱娟小姐也到黄府拜别了姑爹、姑母，表姐妹一起动身。黄老爷亲送到船，嘱托了西席张子受老相公。陆小姐也见了张子受，趁着表妹称作先生。黄老爷又叮嘱了黄顺几句言语，然后上岸，乘轿回府。船家起艇，一棒锣声，顺风相送，扬帆而去。于路看山玩水，姐妹陶情。有时与张老先生讲论诗赋，对景抒怀，不知不觉到了京师。起岸，雇了驴车装载行李，找寻宿店。两位小姐又换了两乘大轿，自有家丁伺应。

歇宿一宵，次日进城，便到红文馆寻觅寓所。幸喜地方宽大，寻了一所大大的院落。蕊珍、爱娟两位小姐都有丫环伺候，铺设床帐，一应周备。用了午膳，散步庭前，见对面也是一所极大的院落，已有应试的才女居住。原来是上科才女谢文锦之妹文绣、陈淑媛之妹淑仙、国瑞徵之妹瑞芬、周庆覃之妹庆春，同伴在红文馆居住。蕊珍小姐命春香过去探问明白，遂偕了爱娟小姐，轻移莲步，同来对院问候。四位淑女一一相见，各道姓名，彼此十分倾慕。坐谈良久，方始告别。明日，四位小姐也来顾访。蕊珍、爱娟接进里面，丫环送茶，论古谈今，娓娓不倦。不一日，红文馆中又来了上科的几位才女重赴红文宴的，也来安歇，各带仆妇、丫环伺应，闹热异常。众才女互相往还，情投意合。

　　陆爱娟小姐本思到了京中要与表妹蕊珍同往衙门探望父亲，哪知陆老爷已于一月之前钦差外省查办案件，故而不在京中。暂且按下，以待后文再表。

　　且说红文馆中诸位才女，到了部试之期，料理考具，整备进场。还有不住红文馆中的许多文学淑女，纷纷都到。点名给卷，题纸一下，静坐凝思。到了酉刻，交卷出场，俱有婢仆前来迎接，乘舆回寓歇息不提。那天下十道的众才女，个个专候放榜夺魁。

　　要知部元果属何人，且待下回分解。

第二回 二仙姬连登黄甲 两公子同入红尘

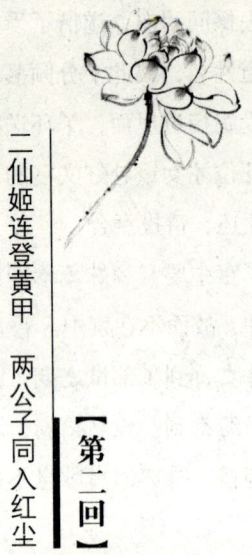

话说天下各道才女,进京考过了部试,或在寓所,或在亲戚家中,或在红文馆内,静候榜信。到了二月二十四日放榜之期,陆爱娟取中了第一名部元,黄蕊珍取中了第二名亚元。凡寓在红文馆中的淑女,亦俱榜上有名,个个喜悦,彼此道贺。

武太后传下懿旨,定了三月初二日廷试。众才女得了这个消息,简练揣摩,专心致志。

转眼之间,已是三月初一日。到了晚上,凡有部试取中的才女,俱各早早安寝。三鼓起身梳洗,用些饭膳,家人雇了鱼轩,伺候入朝赴试。众才女纷纷进朝,点名已毕,接了卷子。殿上编定坐号,按次归坐。及至题目到来,俱各凝思静虑,振作精神。独有蕊珍、爱娟两位小姐敏捷非常,一辉而就。原来他二人一个是织女临凡,一个是元女降世,仙才与凡质自是不同。到了午后,早已交卷,出朝回离。丫环先送过了香茗,然后端进佳肴,请用午膳。两位小姐用了些茶饭,略略歇息。一转瞬间,日色沉西,众才女陆续回寓,静候放榜。真是眼望旌旗捷,耳听好消息。

张子受先生到了京中，另行借寓。一日，来到红文馆中，探望蕊珍、爱娟两位小姐，并要讨取考作观看。两位小姐都道："没有誊真。"黄顺送上香茗，子受略坐片时，起身作别。小姐送了先生，子受出了红文馆，仍回寓处不提。

到了放榜这一日当晚，各处才女、上下人等，俱各不睡候榜。红文馆中更不必说，外面仆人呼群觅伴，聚集闲谈。三鼓之后，有的出去探听消息，有的坐在门前守候。将及黎明，纷纷报到。第一名殿元黄蕊珍，第二名亚元陆爱娟。国瑞芬中了第三名。红文馆中住的才女一榜尽赐及第，不必细述。门前高贴报单，家人叩贺道喜。部中行文知会众才女，今晚四鼓，齐集朝房，伺候朝见。太后并传懿旨，所有上科女学士、女博士、女儒士随后一体入觐。众才女得了部文，俱各预备进朝。此次廷试，共取了八十名。所有上科的百名才女，有的入山修道；有的随了丈夫出征，战死沙场；有的夫故殉节，而且出阁的甚多；并有因路途辽远不愿上京，所以到者更觉寥寥无几。

且说当晚三鼓向尽，用过了半夜饭，众才女会齐进朝。暂息片时，忽闻钟鸣鼓响，太后登朝。众才女上殿谢恩。太后传旨：黄蕊珍等前列十名，列于一等，授为女学士之职；谢文绣等三十名，列于二等，授为女博士之职；周庆春等四十名，列于三等，授为女儒士之职。上科取中的才女，凡有女儒士升为女博士，女博士升为女学士，女学士升为女校书之职。授职加恩，各赐金花一对，仍循曩例。当下传出懿旨，命膳部大排红文筵宴。众才女济济一廷，武太后慈颜大悦。见那许多才女，容貌超群者十居七八，姿态平等者十之二三，然均楚楚可观。太后愈看愈喜，另又颁赐许多大缎、异香、文房四宝。接连赐宴三日。众才女天天聚首，呼群结伴，彼此畅谈。非但人人熟识，而且极其亲密，每到席终分手，尚是喁喁絮语。众才女都道："我们拜过老师之后，何不拣个宽敞去处，再行畅叙几日？"于是议定，就在红文馆内大厅之上开筵宴会，取其轩爽高大。个个首肯，当时订约而别。至于谒师参相烦文，也不去提表。

且说红文馆中，才女往来，络绎不绝。这日黄蕊珍小姐宴客，大厅之上排开筵席，不一时众才女到齐。美酒盈盏，佳肴罗列，觥筹交错，畅叙芳情，论古谈今，猜枚行令，极尽一时之雅兴。明日又是陆爱娟小姐开筵。自此，接接连连，今日这几位才女邀饮，明日那几位才女留宾，红文馆前车马盈门，非常闹热。

足有二十余天宴会方毕。众才女纷纷请假回籍。

书中单表黄蕊珍、陆爱娟两位小姐，传谕苍头黄顺、家丁陆贵，先去知会了张师爷，一同启行。仍旧雇了大船，收拾好了行装，出了红文馆，两位小姐升坐鱼轩，仆婢登车。一行人出了京城，会齐了张子受先生，次第登舟，竟向江南道进发。一路无话。

不一日，船抵姑苏。苍头黄顺先行上岸，到陆府去通报，然后回到府中，禀知老爷、夫人。两府各备鱼轩，迎接两位小姐。

且说蕊珍小姐登岸乘舆，苍头黄顺命人夫搬运行李、箱笼物件，开发舟金。春香、秋蕙随了小姐回府。到了府中，拜见双亲，然后与公子姐弟相见。老爷便到前厅迎接张老先生，各道寒暄，遂唤厨房备酒接风。友鞠致谢子受教诲之功，先生称贺东翁有女大魁之喜。彼此欢然饮酒，畅叙不提。

再说里面，夫人见女儿夺取状头回来，十分喜悦，忙问在京考试的事情。小姐一一告禀太后如何赐宴并颁赏赐，红文馆中大会同年如何欢叙。夫人听了乐而忘倦。

到了次日，亲朋闻信，纷纷登门道贺。黄老爷应接不暇。

黄小姐到陆府去问安舅母，陆府夫人也是十分快慰，道："难得甥女大魁天下。"蕊珍小姐道："甥女真是偶然侥幸，其实平时的学问焉能及得姐姐？"陆夫人道："贤甥女休得过谦。"爱娟小姐闻得表妹到来，坐上抬身，轻移莲步，下楼相见。表姐妹握手言欢，情投意合，自不必说。黄小姐在陆府盘桓了一日，家人提轿前来，迎接回府。

次日，爱娟小姐也到黄府探望姑爹、姑母，又有一番说话。黄府、陆府两处，各自择了吉日发帖邀客，备办盛筵，大会宾朋，异常忙碌。过了数日，方得清闲。书无紧要，不必细表。

词中要说到那宋素、文菘两位公子，自从陷在才贝阵中，被众神仙破了阵图，幸遇百果仙子指点迷途，度往小蓬莱山上修身养性，待时而动。山中自有仙桃、仙果可当饔飧，毫无饥渴之患。二位公子逍遥自在，不知不觉过了几年。正所谓："山中无历日，寒尽不知年。"大约已有四五年的光景，一日二人正在石室之中闲话，只见外面走进一个道童，骨格清奇，形容秀雅。二位公子起身施礼，各各相见已毕，便问来意。道童便向袖中取出一封书信道："是唐真人寄来的，二位请看来书，便知分晓。"原来唐敖已经成了散仙。二人展开书信，从头至尾细读一遍，谓："今上中宗皇帝气数将终，另有新君出治。应得你二人前去辅佐朝廷，重兴唐室江山，不可羁迟。作速下山，先至文芸府中。待到八月中秋，可用暗度陈仓之计，不须多调人马，只须挑选一二百名勇敢的家将，四散埋伏宫外，静候消息，相机行事，并力诛奸，不得有误。"宋素、文菘看完了书信，道童便道："如今二位要去助朝廷干功立业，小道无物可赠，当送一阵风云，取'风云际会'的意思，使二君早抵长安，以免道途跋履之劳，并可不致耽延时日。"宋素、文菘再三称谢。

当下三人出了石室，行不数武，只见那道童把手向空一招，两朵白云冉冉而下，道童便请宋素、文菘登云，口中念念有词，喝声道："起！"道童拱手作别。二位公子驾起云头，直往西京进发。耳内只听得风声不绝，不知经过了多少高山峻岭、巨浪洪涛，转瞬之间，已到了西京的地面。二人按落云头，同去访问文芸的府第。

且说文芸自从中宗复位之后，封授公爵，以酬血战之劳，巍巍然公侯府第，自然一问便知。当下宋素、文菘到了府前，即命家丁通报。文芸闻报，急忙抽身出来迎接。三人到了大厅，各各见礼已毕。正是悲喜交集，诉说别后衷肠。文芸便道："宋素哥哥与四弟何以直至今日才来？"二人便将当日百果仙子度往小蓬莱修道，嘱令静候天时，及唐真人倩道童寄信，道童相送，驾云而归。说着，随即取出书信，送与文芸观看。

文芸把书信观看一过，惊异非常，便道："如今朝中甚是安谧，哪得有此变故？"宋素、文菘都道："此系天数，既蒙真人指示，不可不信。"当下三人计议已定，且待临时见机而做，万勿走漏消息。于是文芸便请宋素与四弟文菘耽搁府中，不可往外，就在书房安歇。暂且按下不提。

再说武太后之侄武四思早已阵亡，其余亦均逃逸。中宗虽然复位，武太后的威权仍旧未替。武氏弟兄内留下三思依然宠用。武三思且与那中宗之后韦氏私通，如漆如胶，固结不解，暗暗图谋大宝。月来日往，已非一朝一夕之故，由来久矣。

这日，武三思安排下了篡弑的方法，布置停当，潜进后宫。适值中宗往御花园中游玩未回，遂悄悄与韦后道："今宵行弑之事吾已调拨停妥，包管万无一失的了。"韦后忙问："计将安出？"三思道："今宵宿卫的将士没有一个不是吾的心腹，断然不敢违抗。况今夕又是中秋佳节，娘娘正好与主上赏月，畅饮多杯。俟其微醺，只须暗将毒药置于酒内。等到毒发，只说醉后中风晏驾。朝内众臣自然没有说了。然后再行图登宝位，可以逞所欲为了。纵有不测，现有心腹宿卫将士守御宫禁，何足惧哉！"韦后道："此计甚善，可速行之。"

及至日暮，中宗游罢回宫。韦后奏道："今夕中秋佳节，臣妾愿随陛下登楼玩月，以遣佳兴何如？"中宗闻奏，便道："御妻之言，正合朕意。"遂唤内监，召武三思进宫，并唤妃嫔、宫娥随驾，同登邀月楼赏月。到了楼上，果见皓月当空，长天一色，琼楼焕彩，玉宇无尘。中宗传旨，楼上排宴，饮酒作乐。饮至夜半，三思见中宗已有醉意，忙将毒药暗暗放在酒中，进上劝饮。中宗吃了一杯入肚，不多时帝容大变，跳起身来大叫一声，霎时跌倒，就驾崩在楼上，呜呼哀哉。

妃嫔、宫娥见帝暴崩，不觉大惊失色，喧嚷起来。外面太子久已防范着三思，是夜闻父王与三思在楼上饮酒，心甚不安，暗点御林军在楼前楼后探听动静。忽闻楼上喧闹之声，又见天星乱落如雨，明知有变，遂喝军士杀入。谁知三思亦暗伏军士在楼下，今见太子杀入，两军交战起来，喊声大振。

未知后事如何，且听下回分解。

第三回 诛篡逆新君御极 表勋劳贵胄封藩

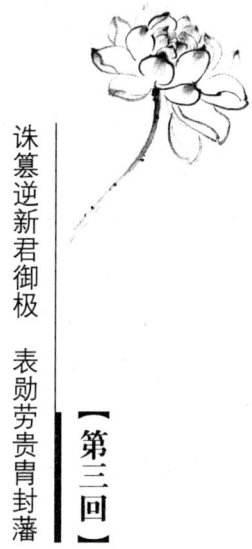

话说武三思与中宗的太子在宫内交兵,两军正在混战之际,忽闻宫外喊声又起,不知何处兵来。看官,你道是谁?原来中宗之弟李旦系高宗的正宫皇后王娘娘所生,曩者曾与武后讲和,虽然偏安在汉阳,每每以天下为念,终年训练军士,积草屯粮,静待天时。这一日汉阳王升殿,正与军师徐孝德议论军机。军师奏道:"臣昨夜仰观天象,见紫薇垣中帝星昏暗,不久必有大患。主公一星光芒焕彩,当今的天下不日定属主公。又见那列宿环绕着主公的一星,必有谋臣、勇将前来相助,重整唐室江山。"话言未毕,忽见黄门官进来,报称外边有一道人求见,请旨定夺。唐王传旨宣他进殿。黄门官传出钩旨,那道人闻说传宣,飘然而进,打个稽首。唐王赐坐,便问:"道长何来?孤家愿闻教益。"道人立起身来奏道:"臣系岭南唐敖,曾经中过探花。不意言官上了一本,言臣于弘道年间在着长安,同徐敬业、骆宾王、魏思温、薛仲璋等结盟异姓弟兄,指为叛党。虽无叛逆之迹,终非安分之徒。当时武后准奏,仍旧降为秀才。臣因功名迍顿,因此厌弃红尘,遍游海外诸邦，入山修道亦已多年。今日特来通报主公，天命攸归，事机早定。八月中秋半夜，当今皇帝有陨身之祸。天下该属主公，复兴皇唐社稷，气数已定，主公可暗暗兴师，不用多带军马。到了长安自有贤臣扶助。现有锦囊一个相赠，且俟到了长安，然后开看，见机行事。"

汉阳王闻奏大喜，传旨备宴款待。唐敖道："贫道不食人间烟火久矣，请从此辞。"唐王再三挽留，愿求相助。唐敖道："到时辅佐有人。"说着，又打了个稽首道，"贫道去了。"一转瞬间，化阵清风而去。唐王与诸臣不胜惊异。

军师奏道："唐敖定已成仙，今日来报主公，可预先准备。"唐王点首。当下散朝。

日去月来，暑气已消，凉风渐至。到了八月初一日，汉阳王李旦传旨，挑选五百名精壮军士，命大将李贵、袁成紧守城池，自同了军师徐孝德等众臣随驾，扮作商贾模样，陆续启行，望长安进发。不一日已到长安，忙将锦囊拆看，方知早有宋素、文菘在此。遂命军师徐孝德去寻二人，将唐敖的锦囊密计传知，会合了行事。二位公子应命来见汉阳王，商议停妥。先使文芸带了百名军士，悄悄地埋伏长安城外，拿捉奸党，防其漏网。其余四百名军士并文府中的二百名家将，分作六十队，暗暗进城，四散埋伏，准备着中秋夜间相机行事。

此时宫外的炮声，正是汉阳王李旦之兵伏军齐起，宋素、文菘并家将们等一齐杀入。

武三思一闻外面有人杀进，大惊失色，欲往御苑后门逃遁。手中提着宝剑，刚要下楼，适值中宗的太子上楼，方到楼门，不提防三思出来，手起剑落，竟将太子砍死，飞步下楼，慌忙逃出御苑后门。及至天色微明，出了南门，急急奔波约计十余里路。忽被文芸撞见，飞步赶上，把武三思拿住，解入城来。城内宋素、文菘并汉阳王随驾众将人等杀入午门，逢人便捉。

其时武太后年老，已经七十有余，正在睡觉。起来忽然听得喊杀之声振动天地，大吃一惊，身躯抖战，登时一跤跌倒，竟呜呼哀哉了。

韦后见三思已走，慌忙下楼，正欲脱逃，却被文菘拿住。

不多时，天色已明，涌出一轮红日。军马稍定，各人拿住奸邪前来献功。汉阳王李旦逐一查问，单单不见了一个罪魁祸首的武三思，心中甚是不快。忽见午门外走进一位公爷,却是文芸亲自拿住奸犯,正是大逆不道的武三思。汉阳王龙心大悦,也不审问,即令开刀。并着刀斧手碎剐其尸,只要留个首级悬在午朝门外示众。

　　当时宋素、文芸、文菘并军师徐孝德同众将,皆请汉阳王李旦早正大位。汉阳天再三谦逊固辞,众人固请,然后登金銮殿,即皇帝位,是为睿宗。受了群臣朝贺,三呼万岁已毕,天子传旨,着御林军将韦后绑赴法场,万碎其尸,以为弑君者戒。又将武曌的尸身扛出枭首,以报母后王娘娘之仇。韦后一家不论男女老幼,尽行斩首。凡有武三思的羽翼,亦皆斩首号令。武氏、韦氏如有漏网在外者,明查暗访,切实严拿。画影图形,颁行天下,务使尽绝根株,不留余孽,后文再行细表。其余百官,一概不问,各居原职。追赠王皇后为皇太后,立胡皇后为正宫皇后。封申妃为贵妃。立子隆基为东宫太子。封徐孝德为护国军师,晋秩太尉。宋素奏明前事,复姓归宗,仍为李素,本系亲藩,今加封为晋王;已故发妻燕紫琼追封勇烈王妃。封文菘为定唐王;已故发妻田秀英追封义烈王妃。封文芸为武安王;妻章兰英封武安王妃。随行将士各加爵赏,大赦天下。武、韦二族不在恩赦之例。蠲免一年赋税。凡有前日阵亡军将,及前朝被戮的功臣,俱各加封赐谥,子孙世受爵禄。又前朝所有功臣,及削去兵权闲住在家者,各加爵赏,调取入京,量材擢用。红文馆原系九王爷的府第,饬匠修造,仍做晋王李素的藩邸。武安王文芸本系公爵,当今天子传旨改造王府。文菘赐第,发帑起造定唐王府第。群臣叩首谢恩。睿宗就令以王礼收殓中宗,择日安葬。散朝之后,众臣退出。李素、文菘仍归文芸府第暂住。

　　过了数日,内府发下帑银,起造王府,修整藩邸。工部奉旨,即饬属下司员,命匠鸠工庀材,大兴土木,一面修理晋王府第,一面饬造定唐王府。举凡楼台殿阁,极其闳丽。并造花园一所,雕梁画栋,异草奇花,极尽人间之富贵。不上数月,两处工程俱已完竣。巍峨气象,焕然一新。工部造成府第复旨,睿宗即召晋王李素、定唐王文菘,赐第安居。当下二王谢恩出朝,退归武安王文芸府内共议。当即差遣属下官员,布置府中器用陈设一切。不数日,差官复命,诸事俱已齐备,恭请二位王爷进府过目。随唤扈从仪仗启行。一行人到了辕门,旗牌官站立两旁,伺候王爷大轿。直至银銮宝殿,舆夫方才停下。王爷进了银銮殿,举目往四下一观,但见金碧辉煌,光彩夺目,甚为合意。

随后王公大臣纷纷来到两府道贺。两府择了吉日，备酒请客，大张筵席，先后延宾，接接连连闹热了二十余天。暂且按下慢表。

再说朝廷起用旧臣，恩诏颁行各道。那江南道的致仕黄华，应诏整备进京，便命老家人黄顺管理了姑苏的府第。雇定了数号大船，先将那箱笼物件、一切应用的器皿发下舟中，然后带了夫人、公子、小姐并家人、仆妇、丫环等众启行。到了大船之上，船主进舱叩见老爷。老爷即命起碇开船。一路扬帆，直望西京进发。船中无事，与夫人谈叙家常。老爷道："孩儿年纪尚幼，亲事还可缓议。独女儿待字闺中，竟无才貌相当的佳婿可配，奈何？"夫人道："老爷不必担心。据妾身想来，女儿女试已中状元，且为学士，到了京师，定有佳婿可择。老爷以为何如？"友鞠道："夫人言之有理。"一路上绿水青山赏玩不尽，公子、小姐承欢膝下，又极欣慰。不知不觉，转眼之间已抵京师地面。老爷便命家人先行上岸，择定了公馆，然后老爷、公子、夫人、小姐登舆，一径进了公馆。只见堂宇宽敞，后面且有一座园亭，颇觉称意。过了数日，睿宗召见黄华，升授了户部大堂。谢恩退朝，接印任事。黄老爷爱这公馆舒畅，亦不迁往衙中。

一日，公余之暇，正在书房中与公子讲书，忽见门丁传报陆老爷到了。看官，你道陆老爷是谁？原来就是黄老爷的妻舅，姓陆名炳，表字继辉，夫人苏氏所生一女取名爱娟，武后女试取中第二名亚元，曾经授职女学士，现在江南道本籍，尚未到京。陆老爷官为兵部，前次女试时奉差出京查办案件，后来又因从征突厥，赞画军机，如今班师回朝，升授同平章事，公务纷繁，不能分身。今日方得稍闲，前来拜会。黄老爷连忙迎接进厅，郎舅至亲相见，各道契阔。遂唤家人到后堂请夫人、小姐、公子出来相见。家人答应，不一时，夫人、公子、小姐都到堂前，依次见礼，入座献茶。黄老爷遂命厨房备酒，请陆老爷书房小饮谈心，共倾积愫。饮酒中间，黄老爷对陆老爷道："舅兄现在京中供职，何不接取舅嫂夫人与贤内侄女进京，乐叙天伦，以免寂寞？"陆老爷道："愚兄也有此意，即日修书去接家眷了。昨日武安王文芸提及晋王李素断弦未续，其弟定唐王文菘亦未续胶，佳偶难求，王妃虚左。晋王欲求贤甥女为配，定唐王欲求小女作配。特来与妹丈商议，尚未回复。"友鞠道："晋王是金枝玉叶、王室宗支。小女蒲柳之质，何堪敌体？"继辉道："妹丈也不必过谦，据愚兄看来，此亲甚是相当。"友鞠道："舅兄既如此说,弟当从命便了。不知令媛肯与定唐王作配否。"继辉道:"妹丈既与晋王愿结朱陈之好,弟与定唐王岂有不乐附茑萝之理?况女大须嫁,得此二王为婿,亦可了却向平之愿。"友鞠连连点首道:"舅兄说的不错。"当下郎舅二人议定,席散告辞。黄老爷与夫人说知,夫人亦甚首肯。

次日武安王先到陆府,得了陆老爷回音,即行来到黄府,求请蕊珍小姐年庚。又央黄老爷与定唐王文菘为媒,求请爱娟小姐年庚。黄老爷满口应承。武安王起身告辞。黄老爷遂唤长班,提轿到陆府,去请了爱娟小姐的年庚,送至文府。武安王再三道谢。订定良姻,择吉先行聘礼,来春再行迎娶。于是晋王定了正月十六吉期,定唐王择了二月初二完娶。黄府、陆府闻知,预先置办小姐的妆奁,说不尽的丰盛。陆府夫人、小姐早于十一月初旬抵京,端整小姐出阁喜事,极形忙碌。

要知以后如何,且待下回分解。

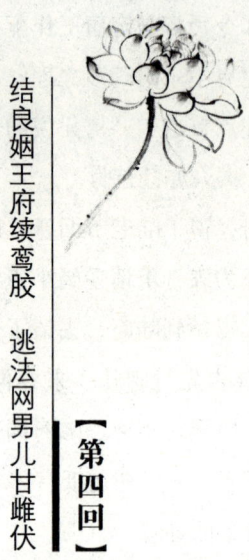

【第四回】 结良姻王府续鸾胶　逃法网男儿甘雌伏

却说晋王李素联姻吉期将届,残腊已尽,新春早回,竹报三多,梅呈五福。黄府嫁妆都是紫檀、花梨、红木的器具,奇工极巧,异样新鲜的绣彩,贵重非常,搬运不绝。送到晋王藩邸,厚犒来使。寝宫陈设,耳目一新。到了十六日良辰,王亲国戚,六部九卿,满朝文武诸臣,个个前来晋王府内道喜。睿宗皇帝颁赐黄金千两、彩缎百端,以做贺礼。晋王望阙谢恩。排齐全副执事,黄府迎亲,半朝銮驾,仪仗鲜明,笙箫细乐,喝道鸣锣,绛烛高烧,銮舆结彩,一路风光,直到黄府迎娶王妃。黄府中文武官僚道贺,也有一番闹热,不必细表。

且说王妃的彩舆,迎到了晋王府第,请新人出堂,参天拜地,花烛洞房,锦绣繁华。除了天子之外,真觉绝无仅有。蕊珍小姐生得天姿国色,容貌超群,又是闺阁奇才,莫不啧啧称羡。晋王亦十分欣慰。开筵宴客,大会亲朋,接连闹了半月方定。琴瑟静好,夫妇和谐,自不必说。

接着,定唐王文菘吉期又到,天子的赐第早已竣工。王爷先于去年迁居新第,迎娶陆氏王妃。陆府妆奁也是十分富丽，送至定唐王府中，五色迷离，光华耀目。铺设洞房，如锦绣一般。当今天子亦赐黄金千两、彩缎百端，为定唐王续胶的贺礼。定唐王拜受，恭谢圣恩。朝中王公卿相、文武百官纷纷道贺，门庭如市。银銮殿上灯烛辉煌，排开全副仪仗，并王妃诰命，迎娶陆爱娟小姐。銮舆到了银銮宝殿，点上龙凤花烛，与定唐王两下成亲。俗套繁文，不须细表。那陆小姐姿容绝代，态度风流，真算得仕女班头。定唐王见了王妃，如何不喜？亲戚故旧亦交相赞美。大张绮席，款待嘉宾，鼓乐钟和，夫妻敬爱，更不待言。又是闹热了半月光景，略略宁静。

　　如今且不说两家王府的繁华，再说朝廷严查逆党，自从诛了武三思、韦后之后，武氏、韦氏满门尽行抄灭，家产入官，务要尽绝根株，不留余孽。后来，朝臣查得武三思的本籍家中，尚有庶出之子武景廉，年将弱冠，当时不在京中，未获正法。韦后亦有庶出的幼弟韦利桢、庶侄韦宝应，亦均漏网在外。二人的年纪都是二十岁左右。随即奏明天子，颁下敕旨，分布天下，编查户口人数，按户稽查。并将三人的年貌籍贯画影图形，分行各道、府、厅、州、县，城乡镇市，到处张挂榜文。如有隐匿之家，一经查获，与此三人同罪。有人拿获送官者，每名赏银一千两。如有知风报信因而拿获该犯者，每名赏银五百两。谕旨官文，遍处张贴，风行雷厉，传说喧腾。

　　先是武三思家中有一美婢，本姓周氏，名唤春梅，偶尔私识，便生了一子，取名景廉。后来别有眷恋，此婢恩宠日渐衰替。虽在金钗之列，不甚喜欢，故而未曾带往京师。景廉亦未遭刑戮。景廉虽是纨绔子弟，毫无骄奢习气，见人腼腆，宛如处女一般。在籍读书，足迹亦不甚出外。其时年已一十九岁，只因门户高低不就，尚未对亲。这日正在书房闲坐，忽见老仆进来，气急仓皇，连称："不好！"扯了公子的衣袂，一直跑到后堂，高声叫道："姨太太快快下楼，大祸到了！"楼上周氏闻言，急忙赶下楼来。苍头见了周氏，便道："姨太太听禀，老奴今日在外遇见胡宦家丁胡福，唤老奴至僻静去处，诉知他家老爷在京有信下来，说我家王爷与韦后同谋，弑了中宗皇帝。现在睿宗皇帝即位，我家王爷与那韦后娘娘已经万碎其尸，家产抄没。查得我家尚有公子在籍，韦后母家亦有弟侄二人未曾拿获，画影图形，到处严查。千叮万嘱，教老奴不可泄漏，作速逃生。老奴想公子安分读书,从未为非作歹,速寻生路,万勿迟延。"周氏与公子听了老仆之言,如青天里打一个霹雳,登时惊得死去还魂,哭倒在地。两旁的仆妇丫环连忙扶起。苍头道:"老奴因念先代豢养之恩,故此特来通报。公子若不作速逃生,只恐官义一到就没有命了。"周氏与公子只是哭泣,默默无言。旁边走过公子的乳母道:"姨太太,老婢想得一个计较在此。"周氏止泪道:"乳母快些说来。"乳母道:"公子的面貌已经画影图形,若然逃往外边仍恐被人拿住。幸得公子生来容颜俊美,不如改了女装,充作小姐模样,走到外面他人看不出来,方保无虞。"周氏听了,沉吟了半晌道:"乳母之言甚是有理。吾儿快去改扮起来,免得临时局促。到了晚上作速逃生。"老仆道:"乳母此计甚善。公子迟疑不得了,快快去改扮罢。"公子想来想去,也别无他法,欲图苟全性命,不得不从。当时乳母牵了公子的手,急急登楼。周氏也忙忙地跟上楼来。到了卧房,先向箱笼内取了一套雅净的衣裙出来,乳母忙与公子除下方巾,宽了海青。周氏道:"我倒忘了,此去逃生非一年半载就能回来。里衬的衣裤也须带去更换。"遂又取了女袄、女裤。乳母催促公子登时更换起来。然后对镜梳妆,将头发解开,分作三把,抹了些香油,拖了后鬓,梳了一个时新云髻,插了一支银簪。乳母忙取引线,把公子的两耳穿了两针,带上耳环。公子惊魂不定,也不觉疼痛之苦。乳母道:"公子腮边现在虽没有髭须,倘他日生出来时如何是好?"公子道:"这倒不妨,我有朋友送的灭髭散,取来涂上就永远不生了。"乳母便将剃刀向唇上腮边,把汗毛也修削干净了。问明了灭髭散在何处,乳母连忙下楼,到书房中取了灭髭散,慌忙涂抹,余下的也收藏过了。到了晚间,再涂脂粉。周氏道:"吾儿这双大脚如何是好?"公子道:"乳母,你可有洁净些的鞋子?幸而你是大脚,可借我穿穿罢。"乳母连连摇手道:"不好!不好!你若穿了我的鞋儿,一来不像人家的小姐,二则行动举步,恐怕看出男子形迹,反为不美。还是取你庶母的弓鞋来穿,方为妥当。"公子道:"庶母的弓鞋,只得四寸余长,叫我如何好穿?"乳母道:"公子你不要管,包你好穿就是了。姨太太快些取来!"周氏道:"乳母虑得周到,说得不错,我去取来便了。"不一时,周氏取了一双四寸余长的元缎花绣弓鞋,一副脚带,一双上宽下窄妇人的凌波小袜。还有一件东西,如小小的两只圈椅一般,约有七八寸高,用四五分阔的竹片缝在布帛中间约计有十余根竹片,围裹了三寸半厚的高底,交与乳母。乳母接了道:"天已将晚，公子不要哭了，快些将鞋袜脱去，我来与你缠脚。"公子无奈，只得依言。乳母取只小机坐了，忙将公子左足放在自己膝盖上，拉开脚带，将脚趾排齐靠在一处，曲作弯弓之式，掺了些白矾末，重重缠裹。缠完之后，取过竹椅靠背的高底，装在凌波小袜之内，然后将缠好之足，套入穿上四寸余长的弓鞋，裹了湖色小鸟。又将右足照式缠完穿好，即将裙裤遮盖好了，顿然变成了一双小小金莲。

乳母道："公子你试行几步，看是何如？"公子答应，连忙立起身来，行了数步，宛似风摆荷花。只因脚下垫了厚厚的高底，行动不便，倒觉得袅袅婷婷。忙对着衣镜一照，见镜中一个丽人，云鬓朱颜，柳腰莲瓣，毫无一丝男子的气象。乳母看了，方才放心。原来这位姨太太是个粗使丫环出身，因她面庞生得俊俏，三思收作了偏房，所以也是七八寸长的一双大脚。收房之后，将金莲略略缠裹，垫了厚厚的高底弓鞋，装得四寸余长，宛然与小足无二。公子穿了周氏的高底弓鞋，恰恰正好。忙将男子的衣服鞋袜收藏过了。公子自此日改装之后，竟难返本还原，终身永做女子，不能出头的了。

周氏忙去取了二百两花银，并金珠的钗环首饰、妇女更换衣裳、妇人零星应用之物，连自己的睡鞋都放在包裹里头，一并打点好了，分作两个包儿。周氏道："儿啊，你且到乳母家中躲避几时。探听风声，再作计较。"公子答应。改扮方好，已是黄昏时候了。周氏便唤丫环到厨房中去搬进夜膳，命公子吃了，作速起身。又唤老仆与乳母也去吃了夜膳。不一时，老仆进内，在堂楼下叫道："姨太太，天气已不早了。"周氏遂唤老仆："上楼取了包裹，快快与公子、乳母一起逃生去罢。"公子哭泣不止，不忍分离。周氏也是十分悲苦，顿足道："这是父亲害你的。你自从十四岁上由京中回来，好好在家读书，这种逆天大罪你又并不知情。"苍头道："公子快些走罢。若再挨延，恐难逃命。"公子道："庶母在家，教我如何放心得下？"周氏道："孩儿不要管我。若再留恋不走，难以逃生。不如我先去死了，以绝你的念头。"公子无奈，连忙拜了几拜，起身作别。周氏又嘱咐苍头、乳母道："如今要改称小姐，切记于心！女儿自己也要认作女子，步步留心，不可忘形露迹，方能保得性命。"公子道："孩儿晓得。"周氏道："女儿，你此去逃生如何还不留心改口？使做娘的倒放心不下了。"公子道："庶母放心，女儿牢牢切记便了。"

周氏、公子、乳母、苍头一股脑儿下了高楼。乳母在前,打从花厅侧首腰门开进后园,一径到了后园门首。苍头背了包裹,乳母催促小姐道:"如今已是初更时分,到老妇家中尚有七八里之遥,快快走罢。"连忙开了后园的大门。小姐依依不舍,含悲带泪道:"庶母,女儿去了嚎。"周氏道:"女儿不要哭了,快些去罢。你看那边有人来了。"小姐只得别了周氏逃生。

周氏见三人去远,方才闭上了园门,含悲进内。暂且按下不表。

再说那假小姐同着苍头、乳母出了后园门,幸而月色明朗,不须灯火。行够多时,走了五六里路程,约计到乳母的家中还有一二里路远近。小姐扶在乳母肩上道:"乳母,奴家如今有些走不动了。"乳母道:"小姐且莫心焦,你看前面有座凉亭,且进内去歇息片时就好了。"原来假小姐今日把两脚缠了,又垫了三寸半厚的高底,穿了四寸余长的弓鞋,只有脚趾着地。虽然不把脚带狠缠,地下高高低低,走了五六里路,疼痛得紧,如何还走得动?挨到了凉亭,走进亭中,小姐连忙坐下。见四顾无人,忙将花鞋脱去,捧了两足哭泣不止。略坐片时,仍将弓鞋穿好,出了凉亭,乳母扶了小姐,急急望前行走,不多时已到乳母的家里。

乳母连忙敲门进内,苍头放下包裹。只见一个中年妇人,是乳母的媳妇。那媳妇便问道:"婆婆何不早些回家,缘何贪夜至此?"乳母道:"媳妇你且闭好了门,慢慢与你说明。"媳妇忙闭上了门,乳母便轻轻道:"京中我家的王爷犯了弥天大罪,奉旨满门抄斩。如今还要本籍抄家。这位小姐是姨太太的内侄女儿,暂在我家耽搁几天,就要去的。"媳妇殷勤问好,见那小姐生得容颜清秀,脚小伶仃,体态温柔,是个大家闺秀的模样,忙问:"小姐可曾用过夜膳?"小姐道:"大嫂不须费心,奴家已经吃过的了。"略略坐了片时,乳母忙将包裹搬进房中,另外排了一榻,张了蚊帐,又取出新做的被褥、枕头,铺设停当。老仆就在外面打了个地铺。那媳妇与小姐道了安置。乳母急忙闭上房门,便道:"小姐行路辛苦,早些睡罢。"小姐道:"晓得。"乳母又道:"小姐,你看马桶就在那边。"小姐点头会意,便将裙子解去,褪下小衣,上过了马桶,立起身来,洗好了手,卸去头上的簪珥。乳母轻轻道:"小姐,你耳上初穿环眼,带了环子睡罢。"小姐答应,脱去了外罩的衣服,宽去弓鞋,将身倒下,和衣而睡。

一觉醒来,天已大明,连忙坐起身来。只见乳母头已梳好。小姐把金莲重新缠裹。乳母回头见了,轻轻地道:"小姐,你自己可会缠否?"小姐道:"奴已会缠的了。"乳母就在抽屉内取出白矾研成的细末道:"小姐,把这矾末掺些在脚趾凹内,干燥些儿。"小姐接过矾末,依着乳母之言,将两只大大的金莲缠裹完了,穿好高底,套上弓鞋,系好了鞋带。上过了马桶,走到窗前坐了,重理云鬟。乳母道:"我来与小姐梳罢。"小姐道:"奴家自己来梳,学会了也觉便些。"遂将青丝三把一一梳通,重新抹上香油,梳就一个时新巧髻,插了一支金钗。乳母道:"小姐真真聪明,梳头裹脚都已会了。老身也好放心得下了。"那媳妇叩门送进脸水,小姐起身接取。乳母把水倾在盆内,又将脂粉盒取出,交与小姐道:"这是妇人家必需之物。"小姐会意,洗过了脸,略施脂粉,然后穿好了外罩衣裙。媳妇便请小姐去用早膳。

苍头早已吃毕,别了小姐,急急回去探听消息。去不多时,只见苍头跑进门来,气急败坏,喘息定了,便道:"小姐,不好了!老奴到武府,大门已经密密层层封锁的了。打听旁人,方知京中差了校尉,奉旨查抄。将姨太太打入囚车,解赴京师去了。并将仆妇、丫环人等一并押去。查问公子去向,姨太太说半月之前出外游学,现在不知下落。拷问众人,与姨太太一般回答。各处都已张挂榜文,画影图形,拿捉武府公子并韦府二位公子。填明赏格,捉到一名赏银一千两,知风报信因而拿获者赏银五百两。拿解进京,难免身首异处。老奴与乳母幸得不在家中,不然也被他们捉去。小姐昨晚不走,今日也不免捉将官里去了。亏得小姐早走一步,真是侥天之幸。闻说还要编查人丁册籍,无论大家小户,到处严拿。老奴劝小姐离却此间,别投远处,免受许多惊吓。老奴也要远避去了。"小姐听了,只是哀哀哭泣,又不敢高声痛哭。那媳妇也再三劝解。小姐闻言,连忙揩干了眼泪,起身到乳母房中,取了二十两银子赏与苍头,作为路费之用。

要知以后如何,且听下回分解。

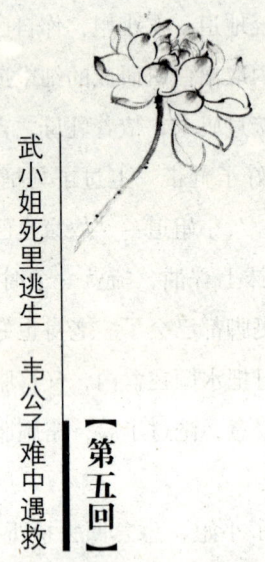

【第五回】 武小姐死里逃生 韦公子难中遇救

话说武小姐取出白银二十两，赏与苍头，苍头叩领道："老奴素来也有些积蓄。如今府内查抄，前门后户都已封锁，身边没有了钱钞。只得拜领小姐的了。小姐保重。老奴就此去了。"彼此依依不舍，只得洒泪而别。苍头去后，小姐又取了十两银子，交与乳母的媳妇道："大嫂，这些银两且请收了，作为奴家食用之费。"那媳妇再三推让，方才收受。

过了两日，乳母出外去要买些零星物件。买了回来，忽闻道路行人三三两两纷然传说严拿钦犯，按户稽查，要编造人丁册籍。家中多了一人，无论男女，均要查究根底。与武氏、韦氏有亲戚牵连者，亦须拿去查问，务要究出三个钦犯，以正国法。百姓被扰，到处不宁。乳母听了这许多言语，吓得魂不附体，心中如十五个吊桶七上八落，暗暗想道："公子虽然改扮小姐，看不出是男子。只是邻里人家已知小姐是武府的亲戚，如何是好？我的家中也住不得了。"慌慌忙忙，三步并作两步，跑到家里。见媳妇正在厨下煮饭，便道："我去将外面门户闭上，你煮熟了饭时，速速搬到屋子里来，大家吃了有话与你商议。"媳妇答应。不一时，饭已煮熟，连忙搬进婆婆房内，与小姐一同用毕。乳母便将出外买物回来，听闻旁人传说之事，一一与小姐说明，并与媳妇说知，实是武府的小姐，并非姨太太的内侄女儿。小姐与那媳妇听罢，都惊得呆了。停了半晌，媳妇道："婆婆，媳妇有个计较在此。离此百里之遥，有一家亲戚，是媳妇的舅母，住居的地方极其乡僻，地名唤作燕贺村。村中无多几家，男子都是远出营生。舅母的儿子航海生涯，常常不在家中。他的媳妇去年又死了。婆婆与小姐且到那边去躲避几时，再作道理。好在都是旱道，一路不须船只。待等丈夫回家，挑了行囊物件，送小姐、婆婆前去。只是那边有十余里路不通车辆，小姐脚小伶仃，如何行走得动？"小姐道："这倒不妨。"乳母也点首称好。

原来乳母的儿子唤作成祥，在外佣工，不能常常归家。一日闻得武府抄封，回了主人，只说家里老娘有病，告了五天的假，急急赶回家来。到了门首，慌忙叩门。那媳妇开门看时，见是丈夫，随手关上了门，一同进内。成祥见了母亲，方才把心放下，便问母亲道："这位是谁家的小姐？"乳母轻轻道："就是武王爷府内的小姐。"遂把前晚如何到此，今日如何风闻，媳妇如何算计到他舅母那边去的话儿说了一遍。成祥也道："不差。倘若查到咱们家里，那就不得了哩。儿子今日就去雇定了驴车，明日清晨起早动身，以便赶路。老娘与小姐快些儿收拾行囊包裹。天色将晚，儿子去雇了车子就来。"成祥说着往外去了。

那媳妇连忙端整晚膳，吃了好早些安睡。成祥去不多时，回来道："车已雇定。老娘与小姐须五更起来用饭，天明就要动身。"当下四人吃过了夜膳，各去安歇。

到了五更，小姐先自起身，装裹好了两只金莲，然后梳了云髻。乳母也起来了。外面早已端整饭膳，媳妇便来叫唤。小姐连忙开了房门，洗脸用膳。诸事方毕，天已微明，驴车早已到了。成祥便去开进，驴夫将被褥、行囊、包裹装在车内，然后小姐与乳母坐在中间，成祥坐在车沿，别了媳妇。驴夫加上一鞭，赶路去了。

约莫走了四十余里程途，已是傍午时候。前面有一小小市口，驴夫停鞭问道："客人可要打尖？"成祥知道驴夫口渴，便道："咱们也用得着了。"就请小姐与娘亲下车，到了一个小小的茶室内坐下，吩咐茶博士泡了四盏茶，又向车内取出点心，连驴夫共是四人，把来分吃了。只见门前大张告示，又见三个钦犯的图形，俱是公子模样。小姐看了，心中惊跳不止，暗暗想道："今日若非改装，定然难免。"

坐了片时，驴夫催道："客人好起身了，还要赶路哩。"小姐座上抬身，出了店门，与乳母、成祥上了驴车。只听茶店里头有人说道："那位姑娘生得甚是俊俏，那面庞与画图上面的一个钦犯倒有些相像。"对座一人道："老二你又来嚼蛆了。可曾看见他裙下的一双小小脚儿么？闻得海外有个女儿国，男子都要穿耳裹足。这里天朝地方，那里来穿耳裹足的男子？"那人道："老三说的不错，咱也不过在此瞎猜罢了。"小姐听了方才放心，暗暗感激乳母，幸而把我的脚来缠裹，垫了高底，装作小足。不然险些被他们看破，性命休矣。如今犯了这等逆天大罪，若能保全首领，情愿一世做个妇人罢了，哪里还想出头的日子。譬如上了脚镣铁锁，今后只得把这两脚终身缠裹，那高底鞋儿也不敢一刻离他了。还要学习些女工针黹，以便自己做些鞋头脚手。

小姐正在心中暗想，乳母见小姐默默无言，愁容满面，便道："前面是景德镇。歇宿一宵，明日还有十余里路不通车辆，要步行的了。"说话之间，已到宿店门前。只见也是三个钦犯的图形。小姐下了驴车，小二忙来招接。成祥使唤驴夫将包裹、行装搬往里头，开发了车力酒钱，驴夫回去不提。成祥便与小姐、娘亲同到里边，拣了一间小小的卧房，成祥就在外面安歇。不一时，小二送进夜膳，小姐与乳母用毕，然后成祥也吃过了。忽闻外面人声嘈杂，原来官差到店中搜查钦犯。成祥正要出去探问，只见公差进内查看。成祥连忙答应，公差问了姓名，成祥回说姓周。那公差见里面一个老年的妇人，一个少年的女子，看了一看，也就不问什么，竟往外边去了。小姐方才安心。

宿了一宵，次日天明起身，梳洗已毕，用了早膳，备了些点心，算还了房金饭费，成祥挑了包裹行李，别了店主人，便与小姐、娘亲出了店门，一径往东行走。小姐扶在乳母肩头，慢慢行去。

走了多时，渐渐人烟稀少，满目荒凉。约计走了十里之遥，走得小姐脚趾疼痛，寸步难移，便对乳母道："可有歇足所在？歇歇再行。"乳母道："小姐喏，这里有个枯庙在此,且进去坐坐罢。"三人进了庙门,见殿宇倾侧,坍毁不堪。仔细看时,原来是一座花神庙。见案前有个木拜单儿,小姐跪下深深礼拜,暗暗诵诚道:"念武景廉生了一十九年,从无一毫过失,自知罪在不赦,但求天可怜见,终身愿做妇人,保全首领。"拜罢起来,就在拜单上坐了。乳母也就坐了下来。成祥歇下担儿,便在铺盖上坐了。

忽听得窸窣之声,不知在着何处。成祥连忙立起身来,四处查看。只见供桌底下伏着一人,神厨底下也伏着一人。成祥见了便喝问道:"青天白日,你二人在此做何勾当?还不快快出来!"二人听了,只得爬了出来,身躯抖个不定。小姐吃了一吓,也顾不得脚痛,连忙立起身来,对着二人仔细一看。见他翩翩年少,都是俊俏郎君。衣衫虽是褴褛,举止不俗,面庞却与画图上一般无二。便对着二人道:"你二人好生大胆,明明都是钦犯,还敢逗留在此做些什么?"二人听了,吓得面如土色,泪下纷纷,双膝跪下,连连叩首,都道:"小姐,救人一命胜造七级浮屠。万望不可声张。"小姐道:"你二人且自起来,细细实说,奴不声张便了。"二人道:"此处倘有人来,不好说话,请小姐到后面去告禀。"小姐道:"既如此,你二人先走一步。"随后把手扶在乳母肩头,走到里边。只见满地青草,比人还长,大大一个天井,两旁有两条石凳。二人便请小姐坐了。小姐道:"你二人也坐了好讲话。"二人就在对面石凳上坐下道:"不瞒小姐说,我是韦后的庶弟,名唤利桢;他是韦后的庶侄,名唤宝应。咱们是叔侄。当时宫中起变,我二人在着朋友人家,得了信息不敢回家,慌忙借了些银两,逃出禁城。行了无多几日,各处画影图形,只得拣荒僻去处藏躲,昼伏夜行。这两日搜查严密,无处存身,连饭也不敢买来吃了,只得忍饿吞饥。刚才远远望见小姐到来,故而躲在供台之下。言言是实,句句非虚。万望小姐大发慈悲,救我二人性命。没齿不忘大德。"小姐听了这番言语,谅来是真。见他们慌急异常,真正是同病相怜,十分不忍。只是不敢将自己的行藏透露,沉吟了半晌。二人又苦苦哀求。小姐道:"二位公子不必惊慌。奴家虽有一计,可救目前之急,但恐公子不肯耳。"二人道:"只要苟全蚁命,断无不肯之理。"小姐道:"既如此,奴家的包裹中带有妇人衣裙,二位公子速速扮作妇女,与奴家认作姐妹同行,到了燕贺村再作计较。"二人听了甚是感激,连忙拜谢。小姐便对乳母道:"快去与成祥说明,不可泄漏。若有行人进来,早些知会。

将那大些的包裹取了来。"乳母答应。不多时，取了进来，拣了两套衣裙，送与二位公子。二人慌忙穿换起来。小姐又道："乳母快快与二位公子梳个髻儿，再借两双你的鞋子与他。"乳母也是慈善心肠，一一答应，取出木梳，草草与二人梳了云髻。又把七八寸长的两双花鞋与他二人穿了，宛如乡间的妇女一般。小姐道："天色将晚，二位公子快些走罢。"又对乳母道："到了你媳妇的舅母那边，切记不可说破。"乳母又叮嘱了成祥，只说是姐妹三人。

　　成祥挑了行李，出了庙门，幸而四顾无人。行不多时，见月色已上。小姐又叮嘱二位公子道："裙子须要系来低些，行走也要迟慢些儿。到了那边，行动举步，处处留心，不可露出破绽。"二人诺诺连声，都是感谢不尽道："我二人与小姐萍水相逢，蒙小姐如此恩待，真是粉身难报。"小姐道："奴家不过是恻隐之心。二位公子太觉言重了。"小姐慌问成祥："到那边还有几许路途？"成祥道："此间已是燕贺村了。那边四扇大门就是舅母家了。"

　　一行人到了门前，乳母连忙叩门。婆子开门，接了众人进内。成祥母子说："三位小姐是武府亲戚，恐有牵涉，你老人家的外甥女儿教咱们到此躲避几时。房饭资明日相送。"那婆子道："这个不消得的。"成祥道："舅母可有被褥借两床来？"婆子道："有。"急忙进内取出两床被褥。另外一副是成祥睡的。婆子道："只是没有蚊帐，亵渎三位小姐。"武小姐道："妈妈，不妨事的。咱们明日自去置备便了。"到了里面，见是大大一间空房，有四五个床铺，桌、椅、灯、台，色色俱全。乳母铺好了被褥，成祥取进包裹，然后婆子叫唤请用夜膳。众人用毕，成祥就在外间安睡。乳母与三位小姐一同进房。闭上房门，武小姐忙去取了两副耳环，付与乳母道："你去取出针来，与二位公子穿了耳孔，戴上环子，免得明日被那妈妈看出破绽。"乳母答应。不一时俱已穿好，戴了耳环。二位公子忍痛穿过了耳，各各和衣而睡。

　　天明起来，婆子送进茶水。武小姐便问婆子道："妈妈，此间要置办些衣服布匹等物，不知要走多少远路？"婆子道："不远，不远。离此五里之遥便是县城。城中店铺甚多，件件都有。"小姐道："妈妈可有纸墨笔砚，借来一用？"婆子便往外面，忙去取了进来。武小姐开了一篇账目，取出三十两银子交与成祥，叮嘱他照账购买，速去速来。成祥答应，出门去了。武小姐又取出二十两银子送与婆子，那婆子推之再三方才肯收。三位小姐与乳母用过了午膳，正在房中盼望，只见成祥背了大大的包裹回来。好在成祥识得几个字儿，账上又开得明明白白，故而毫无遗漏。打开包裹看时，见蚊帐三顶，衣裙袄裤两套，还有布匹、针线、脂粉、零星物件，一并交与武小姐点收，又将余下的三两有零银子也交代了。小姐又去凑足了五两，赏了成祥。小姐便将买来的袄裤衣裙分送二位公子。二位公子感激涕零。又命乳母将蚊帐早些张好，把那些零星物件收拾过了。乳母一一答应，铺设完备。

到了晚上，小姐等他二人睡熟了，将蚊帐放下，方敢把弓鞋宽下，重新缠裹金莲。见那脚趾已略略有些屈转。换了些白矾细末，一层层缠裹完了，重将高底的凌波小袜穿好，换上睡鞋，又将裤脚牢牢扎缚，惟恐二位公子要将他调戏，两夜不敢合眼，故而谨慎提防。然后将身裹入被中，方才倚枕而眠，沉沉睡去。

未知后事如何，且听下回分解。

第六回 燕贺村三人同梦　牛魔岭群盗窥娇

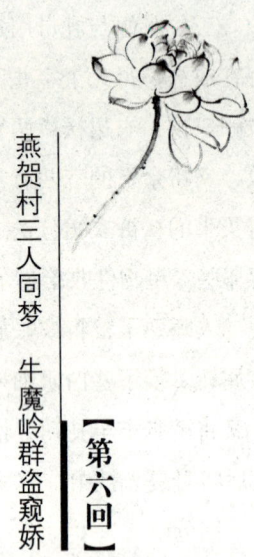

话说成祥送武小姐与母亲等到了燕贺村内舅母家居住，置办好了衣物，交代小姐，次日别了母亲与小姐，奔回家内，仍去佣工不提。再说武小姐在燕贺村耽搁，与韦氏叔侄二人日渐亲热。喜得村中不来查问，地方真是乡僻，三人方始放心。

叔侄二人感武小姐救援之恩，窃窃私议。韦利桢道："贤侄，咱们二人若没有这位小姐设法相救，如何得保首领？此恩此德不啻重生父母，不知作何报答。而且不名一钱，毫无吝色，真是难得。"宝应道："叔叔，世上要觅第二个像这位小姐的好人恐怕没有了。倘若生心调戏他，真是禽兽不如了。"利桢道："贤侄说的不错。即使他来挑逗咱，咱也断不敢去惊动他。"宝应道："不要说叔叔有此念头，小侄也在这里如此想。"

不说二人暗暗感激，绝无邪慝心肠，且说武小姐本是男子，如今改了女装，与二人同居一室已经半月有余，动静起居，诸多不便。欲想说明情节，又恐人心难料。辗转踌躇，想成一计，以便试探他二人的心迹——终日画眉掠鬓，弄粉调脂，装出许多风骚模样。试了利桢，又试宝应。有时让他二人睡了，坐在他们床上，依依肘下，谈谈说说，直到天明方去和衣而睡。试了几遭，叔侄并不动心。小姐感他二人都是至诚君子，方将自己的行藏从头至尾一一说明。

二人听了，还不肯信，道："小姐既是男子，如何缠了金莲？"小姐道："奴家也是初缠的，二位公子若肯缠时，垫了厚厚的高底装作小足，像了闺秀模样。况且那日奴在途中茶店打尖，有人道奴的面庞与画图上钦犯相像，几乎识破机关。旁有一人道奴的脚小，那有男子缠足之理？奴家虽是毁伤了两足，保全了首领，岂不还是便宜？"二人道："小姐，如此说来，咱们二人也情愿缠脚了。"小姐便将前日成祥买的布匹扯了几副脚带，向那包裹里头取出两双弓鞋，两双上宽下窄的凌波小袜，两双竹签子的高底，都是周氏做来自己替换的。公子改扮了小姐逃生的时节，周氏都安放在包裹之内，如今小姐取出交与乳母道："你来，快与二位公子把脚缠了。"乳母依言，把二人的脚一个个都缠裹好了，穿了竹签子的高底四寸余长的弓鞋。三位小姐竟是一个样儿。二人大喜道："咱们虽遇公差，如今也不怕他看出来了。"

小姐道："二位公子，奴有一说，不识肯容纳否？"二人道："蒙小姐如此恩待，与重生父母一般。如有吩咐，敢不从命？"小姐道："别的罪名希图恩赦，篡逆不道，罪犯弥天。咱们三人，一世也不能出头的了。何不学习针黹，做些女工？自己认作女子看待，保全性命，了此余生。咱们三人结义，拜了姐妹，人前背后都自姐妹称呼。"宝应道："小姐，咱们本是叔侄，尊卑各别，如何使得？"利桢道："你又来。如今认了姐妹，是女子了，把那男子的名分一概抛开罢了。况蒙小姐如此情谊，如何好违拗他？"景廉听了大喜，便命乳母去备了香烛纸马。到了晚上，待那婆子睡了，供起纸马，点上香烛，就在神前结拜了姐妹。各人立了千斤重誓，改了闺名：韦利桢改作丽贞，今年二十岁，称了大姐姐；武景廉改作锦莲，今年十九岁，做了二妹妹；韦宝应改作宝英，也是十九岁，月生比锦莲小些，称作三妹妹。当夜结拜过了，宝英小姐就呼丽贞为大姐姐、锦莲为二姐姐。锦莲小姐呼丽贞为大姐姐、宝英为三妹妹。丽贞小姐呼锦莲为二妹妹、宝英为三妹妹。三人结义之后，情同骨肉，与嫡亲姐妹一般。武小姐起居动作也不避他姐妹二人了。

一日，武小姐早晨起来，因有些脚痛，褪下了高底，重将金莲缠裹。丽贞小姐见锦莲小姐虽是七八寸长的一双大脚，他的脚趾已经缠得弯转了好些，便道："二妹妹，你把他缠紧了不怕痛么？"锦莲道："大姐姐，缠足是妇人分内之事。前日妹子在花神庙神前立誓：但求保全首领，终身愿做妇人。如今要做妇人，只得忍些痛了。"丽贞道："二妹妹说的不错。愚姐与三妹妹也要紧紧地把脚缠裹了。"后来，三位小姐都缠得脚趾屈转，穿了高底鞋儿，宛似窄窄的金莲了。久而久之，三位小姐自己都忘了是男子，行为举步都变作了妇人。及至嫁到女儿国时，竟与妇人一般无二了。姐妹三人有时做些针黹，挑花刺绣，件件皆知。

那晚，姐妹三人用过了夜膳，同在灯前拈针弄黹，做的是湖绫花绣软底睡鞋。三人都是一个样儿。将次完工，宝英道："二姐姐真好手段，又是聪明，又是快捷，才得三天，已经做好了。妹子与大姐姐做了五个黄昏，今晚方得完工。况且妹子做的哪里及得二姐姐的鲜明光洁。"锦莲道："三妹妹不要性急，慢慢儿学习起来，自然也会做得好的。"丽贞道："愚姐看这睡鞋做得太小，倘穿不上时岂不白费了辛苦？"锦莲道："大姐姐，包管你穿得上。妹子这个样儿与庶母的睡鞋一般，那竹签高底也都是庶母的。庶母的足与咱们姐妹三人差不多。"宝英道："咱们睡时且试穿穿就知大小了。"姐妹三人说说做做，及至做好了睡鞋，夜已深了。各人卸下钗环，上过了马桶，宽去了外罩衣裙。锦莲坐在床沿，脱去弓鞋，换上了睡鞋，恰恰正好。裹了绣鸟，宛似一双尖尖的小足，甚觉可爱。丽贞、宝英也学锦莲穿那睡鞋，都道略嫌紧些儿。锦莲道："咱们睡罢。"

锦莲刚才欹枕，只见许多宫娥彩女，捧了九凤珠冠、龙裙凤袄、玉带蟒袍，齐齐跪下道："启禀娘娘，奉国王圣旨，宣召娘娘进宫。请娘娘更换了吉服，早早登辇。"锦莲道："姐姐们请起。"宫娥站起身来道："请娘娘梳妆。"走上几个袅袅婷婷的宫娥，与锦莲梳了个盘龙宝髻，对镜匀了粉面，画了两道细细的娥眉，点了绛唇，耳上换了龙凤珠环，头上戴了满头的珠翠，真觉得倾国倾城，十分美丽。足上穿了一双盘金花绣红缎弓鞋，然后换了凤袄龙裙，披上蟒袍，系了玉带。众宫娥簇拥上了玉辇，一径到了宫门。忽闻内官宣旨，进入内宫。只见殿上君王年轻貌美，锦莲深深万福，躬身跪下道："臣妾武锦莲朝见陛下，愿吾王万岁，万岁，万万岁！"殿上排了花烛，两旁赞礼官上殿赞礼。锦莲便与那君王参天拜地，交拜成亲。进了寝宫，正面设着一座龙床，那君王道："御妻快些睡罢。"锦莲听了娇羞满面，只得卸去钗环，解带坐在床沿，脱去了大红弓鞋，换上睡鞋，拥入锦被。见那君王也宽了冠袍，脱下乌靴，又褪去绫袜，露出了一双七寸肤圆的白足。

那君王便是阴若花。为储君的时节，恐防西宫暗害，故而十四岁上随了林之洋逃至天朝。只因天朝的风俗与女儿国各别，若花无奈，把脚略略缠裹，也是垫了高底。及至十六岁中了才女，回到女儿国即了宝位，仍把脚来放了，返本还原，依然是一双天足。

锦莲认道君王是个男子，心中战战兢兢，恐受那君王的枘凿之苦。正在担忧疑虑，那君王催道："爱卿为何还不睡下？"锦莲又羞又怯，勉强与那君王共枕而眠。谁知这君王并不是男儿，竟是个女子，反来俯就锦莲，共效于飞，成了百年之好。锦莲被那君王勾了粉颈，喁喁细语。

正在情浓之际，忽然耳畔一片声响，顿然惊醒。原来是南柯一梦。仔细听时，却是猫儿捕鼠。心中暗想梦境道："若得有此一日，也不枉做了一世妇人，真个好侥幸也！"

锦莲正在摹想那君王的容貌与那梦中的美满恩情，只听得丽贞床上唤道："二妹妹，你如何到这里就做了正宫娘娘？"锦莲接口道："姐姐，妹子在这里，不做什么正宫娘娘。"丽贞道："咦？奴在此做梦。"锦莲道："姐姐得何梦兆？"丽贞道："贤妹不要说罢。说起来羞人答答，不好意思。"锦莲道："姐妹之间说说何妨？"丽贞道："愚姐梦见出嫁，身上穿了蟒服朝裙，戴了凤冠，满头珠翠。嫁了一个当朝的宰相。成亲之后，过了三朝，进宫谢恩，见那君王与二妹妹并肩而坐，居然正位中宫。所以愚姐失口问了一声，却被贤妹听见。"锦莲也将刚才所梦述了一遍。丽贞道："愚姐梦中见那宰相，也是小小金莲，故而没有吃吓。"锦莲正要回言，只听宝英床上"阿唷"之声，忽然惊醒，听得二人言语，便道："大姐姐、二姐姐说些什么？"二人都道："咱们在此说梦。你为何声喊？"宝英道："妹子嫁了一个宰相，十分恩爱，那宰相缠得尖尖的三寸金莲，面庞略略黑些。成了亲时，进宫去朝王后，那王后便是二姐姐。旁边锦凳上坐着大姐姐。及至谢恩出宫，登车时，忽然失足，因恐别落高底，故而叫唤。"二人也将所梦说与宝英听了。三人各各称奇不止。

不多时，天色已明，姐妹三人起身穿衣。乳母也起来了，便道："三位小姐起得甚早。"宝英道:"奴因睡梦中惊醒,听得大姐姐与二姐姐说话,也睡不熟了。"锦莲道:"奴家也是梦中惊醒的。"乳母道:"小姐得了什么梦兆,可肯说与我听听?"锦莲含羞道:"乳母,你不要笑话,奴便说与你听。梦中嫁了个外国王帝,奴家做正宫娘娘。"遂将梦境细细说了一遍。乳母道:"恭喜二小姐!"锦莲含羞不语。乳母又道:"大小姐、三小姐是怎么梦兆?"二人也将梦境细细说了一遍。乳母道:"又要恭喜大小姐、三小姐了!"外面婆子听房内说得闹热,忙送脸水进房。三位小姐洗过面,匀了粉,整理云鬟。大小姐、三小姐也学了二小姐,加意修饰,打扮得十分窈窕。用过中膳,乳母道:"二小姐,可取些银钱与我,去买胭脂、花粉、香油、鞋料、花线等物。"锦莲忙取二两银子交与乳母,出去买物,便道:"大姐姐、三妹妹都穿了奴的鞋儿,奴家没有替换。趁此无事,各人做双花鞋替换替换。"丽贞、宝英答应。便在窗下,尖尖十指各自拈针。做了半日,停针罢绣,乳母还不见回来,甚是悬念。丽贞道:"二妹、三妹,咱们何不同到门前去探望探望?"锦莲、宝英都道:"使得。"遂轻移莲步,婷婷袅袅,到了门前。远远望去,只见青山叠叠,绿树森森,夕照西沉,啼鸦历乱。宝英道:"妹子今朝把脚缠紧了些,在此作痛。立不动了,不如进去罢。"锦莲道:"贤妹能如此要好,愚姐甚为欣慰。"

　　正在说时,忽见那边来了几个长大汉子。姐妹三人慌忙缩进里边,心头犹是惊跳不止。不多时,见乳母回来,方才放心。

　　且说那几个汉子,你道何人?原来是牛魔岭上的喽啰。牛魔岭离燕贺村百里之遥,山上有三个为首强徒,一个唤作甘史,一个唤作潘望,一个唤作陶直。聚集了三五百喽啰,打家劫舍,放火杀人,无恶不作。虽有官兵捕捉,只因山势险恶,也不敢上山。前日差了几名喽啰下山探听:"如有美貌妇女速来禀报,好待咱们去抢来做个押寨夫人。"喽啰得令下山。这几个长大汉子,就是牛魔岭上的喽兵。见了三位小姐,便道:"大哥你可看见,三个姣姣好不生得美貌,都是小小的脚儿。咱们去禀报三个大王,将他们抢上山去,每人分了一个受用,定有重重的赏赐。"众人道:"兄弟说的不错。咱们快快上山去报罢。"

　　要知以后如何,且听下回分解。

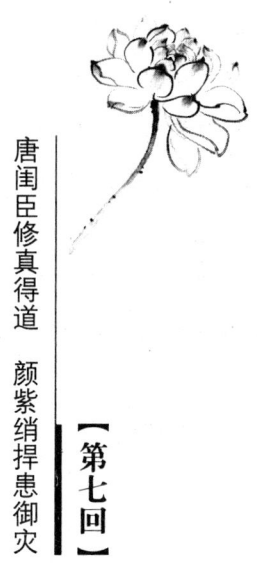

【第七回】 唐闺臣修真得道　颜紫绡捍患御灾

话说牛魔岭的几个喽啰，见了燕贺村这姐妹三人生得美貌，忙忙地回山去禀报大王前来抢劫，暂且按下慢表。

如今要说那前集书中的唐闺臣与颜紫绡，到小蓬莱去寻父亲，唐敖一去不返。原来姐妹二人到了山中，到处寻觅，毫无影响。后来遇见了一个两鬓苍苍的樵夫，肩头上掮着一柄斧子。姐妹二人正要问信，只听那樵夫道："来的二位仙姑，可是唐闺臣、颜紫绡么？"二人闻言不胜诧异，都道："老翁，你如何晓得咱们名姓？"那樵夫道："唐真人知你二人到此，托我寄封书信在此。你们把书信看了，自然明白。"说着将书向怀中取出，付与闺臣。闺臣接过书信，看了封面，再要问那樵夫时，一转眼倏然不见。闺臣只得把信拆开，同紫绡从头至尾看了一遍，方知书中之意。道是："既然看破红尘，何必定要聚首？各自修真养性，待至功行完满，大罗天上自有位置。"于是唐闺臣、颜紫绡寻了一间石室，同参玄妙，静养天和。夙具慧根的人，自然容易入道。况一个本来是职司百花的领袖，一个本来是司凌霄花的女中侠客，早已立了入道的根基。日复一日，年复一年，渐渐领会真诠。

那日，唐、颜二位仙姑正从那泣红亭前经过，见那石碑上字迹俱无，忽然另外现出几行字来。姐妹二人仔细看时，却是阴若花与武锦莲、黎红薇与韦丽贞、卢紫萱与韦宝英俱有姻缘之分，应当完聚，使颜紫绡为之作合。

唐闺臣屈指一算道："姐姐，他们三人有难，快去相救要紧。"紫绡道："咱也在此推算，他们虽是逆臣之后，生平从无过失，安分循良。况自知有罪，愿甘雌伏。既有天缘注定，自然该去救他。愚姐就此去了。"说着，就嗖的一声，将身一蹿，登时不见。

再说牛魔岭本是一座荒山，极其高峻，顶上一块平阳之地，约计有一二百亩的地位。自从强徒霸占之后，久绝樵采。始初不过数十人，盖了几间草屋。后来愈聚愈多，竟有三五百人了，又盖了许多草房，日渐横行。

三个为首的称作大王。这日大大王甘史对二大王潘望、三大王陶直道："二位贤弟，咱们自聚义以来，山中日渐兴旺。打劫的金银财宝、绫罗缎匹、衣服首饰，般般都有。终日大碗酒、大块肉，甚是快乐。官兵不敢奈何咱们。孩儿们又肯听号令。只是没有押寨夫人，显得寂寞些儿。"潘望道："大哥前日命孩儿们下山去打听，想来不久就要回来了。"陶直道："若是抢了一个，听大哥受用；抢了两个，应得让与二哥；抢了三个，咱兄弟自然也有分了。"甘史道："抢了一个，大家公用，咱们弟兄三个一宵一轮，省得二位贤弟垂涎。"潘望、陶直都道："大哥真称得公道大王了。"

三个强徒正在胡言乱语，忽见前日差下山去打听美貌妇人的那几个喽啰回山，禀报道："奉大王将令，前去探听美貌妇女。那日傍晚打从燕贺村经过，见有三个姑娘，都是俏俏的脸儿，长长的身儿，小小的脚儿，生得十分美貌。若去抢上山来，三位大王都有押寨夫人了。这个村庄又是僻静，人烟又是稀少，倒是个绝好的机会。"三个大王听报大喜，连忙点选一百名精壮喽兵，备了三乘小轿，准备夜来到燕贺村去抢那三个美人。暂且按下慢表。

且说燕贺村上那婆子的孩儿，叫作吉庆，素来航海营生。这日卸去货物，获利而归，连忙来到家中看望母亲。那婆子正在厨下煮那下饭的菜蔬，乳母在灶下烧火。吉庆问了母亲安好。那婆子便对儿子道："这是你表妹的婆婆，在武王爷府中乳哺公子的。只因王爷犯了大罪，恐怕累及亲戚。三位小姐是姨太太的亲戚，又是过房女儿。你表妹叫他婆婆陪伴小姐，在我家躲避几时。承二小姐先送二十两房饭银子，做娘的推却不过，只得权且收下。"吉庆道："三位小姐现在哪里？"婆子道："就在那边房中。你去见过了小姐，好吃饭了。"吉庆同了母亲到房门口，婆子道："小姐，今日老身的儿子吉庆回来了。"三位小姐正在那里做鞋，婆子便对儿子道："这位是大小姐，这位是二小姐，这位是三小姐。"吉庆见那三位小姐打扮得都是如花似玉，美貌异常。请过了安，又谢了二小姐，便往外面吃饭去了。乳母也端进饭来，大家用毕。锦莲道："那个吉庆，在外做什么营生？一年回家几次？"乳母道："他在海船当舵，又贩卖些货物，一年不过三五次回来。这一次大是得利，赚了好些钱回来。他妈妈甚是快活。"锦莲道："原来如此。"乳母便把碗碟搬去，揩抹了桌子。姐妹三人仍到窗前，各人去做那自己穿的花鞋。到了傍晚停针，用过夜膳。锦莲道："大姐姐、三妹妹，咱们今夜晚些睡，把这鞋儿做成，明日好换新的穿了。"丽贞道："愚姐也要做完了去睡。"宝英道："大姐姐、二姐姐要做完了方睡，妹子也只得做完睡了。"姐妹三人手不停针地做，及至做就，约有三更时分。上过了马桶，正要卸妆，忽听门外人声嘈杂，把门乱敲，声如擂鼓。

　　吉庆从睡梦中惊醒，慌忙披了衣服，急急下床，出来大声问道："半夜三更，哪个在此将门乱叩？"门外强徒应声道："咱们牛魔岭上三位大王要娶押寨夫人。你们家里头现有三个姣姣，何不早早送出？免得咱们动手。"吉庆听了，哪里敢开？慌忙进内叫唤母亲、小姐，快开后门逃避。哪知轰隆一声，门已打倒，走进许多强盗，明火执仗，手内都拿着雪亮的钢刀。吉庆见强盗人多，不敢与他们对敌，只得先往后门跑走了。

　　且说那许多强盗，奔进里面，见那边门内尚有灯光，甘史把眼向门缝一张，正是三个美人的卧房，不禁狂喜，举起脚来不上两三脚，已将房门踹倒，抢将进来。甘史拿了锦莲，陶直抱了丽贞，潘望背了宝英，众喽兵把乳母推跌尘埃，把包裹物件掳掠一空。到了门外，把三位小姐纳入轿中，众强徒抬起簇拥了，呼啸一声，飞奔牛魔岭去了。三位小姐在着轿内，如腾云驾雾一般，都吓得死去还魂，啼哭不止。心中都在那里想道："今番性命，决然难保的了。不知前生作了何孽，不死于王法，难免死在强盗手内。"姐妹三人都是说不出的悲苦。

到得牛魔岭上，已是涌出一轮红日。三个大王道："孩儿们，快将三个美人暂且送往后面屋子里头。咱们今晚都要成亲。快去端正酒席，以备庆贺。"遂重重赏了出力的喽啰。

且说三位小姐，被众喽兵抬到后面草屋，推了出轿，仍将空轿抬去。姐妹三人哭得都像泪人一般。丽贞道："二妹妹、三妹妹，如今也不用哭了，哭也无益。躲来躲去总是个死。只是不曾报得二妹妹的恩德，终觉抱歉。"宝英道："大姐姐，妹子与你就此拜谢了二姐姐，快些寻个自尽罢。倘若挨延，外面强盗进来，就死得不干净了。"说罢，韦氏姐妹跪在尘埃。锦莲见姐妹二人拜他，也就跪了下去，道："大姐姐、三妹妹不要拜我，咱们三人相处一场，今日死在一处，到了阴司也有伴侣。不死于刀剑之下还算侥幸的了。你看这里屋梁甚低，垫了个凳子，生了绳子，不如自缢了罢。"丽贞、宝英都道使得。姐妹三人急急爬起身来，各去旁边取了个凳子垫脚，见那边有许多麻绳，忙去取来，环在屋梁之上，把结打好。正要将头钻入圈中，忽闻背后"嗖"的一声。

姐妹三人回头看时，只见蹿进一个红红的人来，吓得在凳上立足不稳，登时都跌了下来。仔细一看，却是个美貌佳人，头上戴着渔婆巾，身上穿着紧身红袄，腰系红裤，下边露出小小的三寸红鞋。只见他轻启樱桃道："你们姐妹三人不要投缳自尽。咱颜紫绡特来救你。"三人见了，连连叩拜，拜个不住。紫绡道："不要拜，不要拜。快快起来，好与你们讲话。"三人听了，方才立起身来。锦莲道："何处仙姑，得蒙相救？"紫绡道："咱在小蓬莱山上修真，因你与女儿国王有姻缘之分，他二人与女儿国的两位护卫大臣也该配合。况你三人居心良懦，并无过犯，自知罪在不赦，情愿毁伤肢体，缠裹两足，伏处深闺，甚是可怜。却喜女儿国的风俗，女作男装，专治外事；男作女装，主持中馈。与你们姐妹三人的行为恰恰凑巧。咱来送你们到岭南林之洋家中去，待明年到海外成亲。"

紫绡正与姐妹三人说那缘由，忽然走进三个大盗，见了紫绡都哈哈大笑道："哪里又来了一个美人？"甘史抢步上前，先要去搂抱紫绡。只见紫绡不慌不忙，身边拔出宝剑，举手一挥，甘史的头颅已经落地。潘望、陶直飞跑往外，取了大刀阔斧，急急进来。姐妹三人吓得魂不附体。紫绡便把宝剑一指，两个大盗都把刀斧向自己的头上砍去，登时跌倒尘埃，早已呜呼哀哉的了。

姐妹三人见那三个大盗都死，方才放心。重又跪了，向紫绡拜谢救命之恩。丽贞道："若无仙姑援救，咱们姐妹三人都已魂归泉壤了。"紫绡道："不要拜，快些起来罢。"说着，就提了宝剑往外去了。

外边的群盗各执器械来捉紫绡。只见紫绡把剑一挥，前面的百余个喽啰纷纷跌倒。后面那许多喽啰有见机的，知道紫绡的厉害，连忙跪下叩头，都道："女大王请息雷霆之怒，咱们愿奉女大王为寨主，乞留蚁命。"紫绡道："你们若要保全性命，须要听咱吩咐。"众喽啰都诺诺连声地称是。紫绡道："既如此，你们可将那些打劫来的东西速去尽数取来。"众喽啰连连答应。不一时，将那许多金银财帛、绫罗缎匹、衣裙首饰、箱笼物件尽行取到。便唤喽啰："速去请那三位小姐出来。"喽啰答应。去不多时，见丽贞、锦莲、宝英都到面前。紫绡道："你们姐妹把金银取了一半，其余的东西各处去拣了些装在箱笼之内，以便送你们往岭南去。"姐妹三人答应，先将自己被强徒抢去的包裹捡了出来，然后各将金银财宝、首饰衣裙满满地盛了六个箱笼。还有绫罗缎匹并许多男子的衣裳，一概不取。紫绡命将余下的东西并那一半的金银叫众喽啰自去分派开了，便命两个喽啰："快去唤了船只，送咱与三位小姐前往岭南，速去速来。"喽啰领命下山去了。不一时，便来复命道："船只已经雇定，价钱亦已讲明，三十两银子，连饭食一应在内。"紫绡点头道："知道了。"又命喽啰："将轿子抬了三位小姐，扛了箱笼，快把山寨烧毁。"众喽啰一声答应，七手八脚引起火来，将那群盗的尸首都推入火内。紫绡站在空阔之处，见山寨已毁，然后回身下山。

未知紫绡与三姐妹到了船上又是如何，且听下回分解。

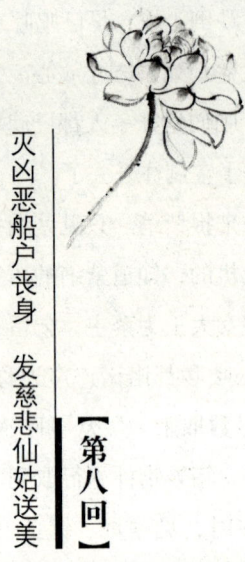

第八回 灭凶恶船户丧身　发慈悲仙姑送美

话说颜紫绡到牛魔岭上救了姐妹三人，又除了三个盗魁，制伏了群盗，分散财帛，先命几个喽啰，扛了箱笼，抬了轿子，送三位小姐下山到船，又命喽啰拖出尸首，点上一把火，将山寨巢穴概行烧毁无遗。众喽啰取了分拨定的财物，纷纷散去。忽闻"嗖"的一声，紫绡倏然不见。有不曾去远的喽啰见了，都是吐出了舌头缩不进去。

再说三位小姐，到了船上，众喽啰将箱笼物件发下，船家接去安放。颜紫绡也到船上了。喽啰抬了空轿自去。

紫绡刚才进舱，三位小姐连忙立起身来，都道："仙姑来了。"紫绡忙摇手止住道："你们不得如此称呼。可称咱为姐姐，咱称你们妹妹。此去岭南，水程有二千余里。倘遇逆风，路上耽搁，必须一月有余。船中朝夕盘桓，你们称作仙姑，咱反不喜。不如姐妹称呼，倒觉顺口些儿。"三人依言，诺诺连声。紫绡便命船家就此开船。船家当下答应道："是哩。"

这只船上，三个船主，两个伙计，共有五个人儿。一个唤作梅才，一个唤作周虎，一个唤作赵能，三人本是一党。原船户系张乙夫妻两个，还有一个五六岁的小儿。张乙雇他三人撑船，哪知他三人见张乙之妻有些姿色，私下密议，将张乙谋害，奸占其妻。后来张乙死了，其妻不从，将刀杀死，连那小儿一并撩在江中，这只船就算是他三个的了。隔了几时，又添了两个伙计，一个叫李二，一个叫张三，也是个凶恶之徒，结成一党。有人雇他们的船时，见有资装富厚、行李沉重的，不知害了多少人的性命。

这日颜紫绡恰恰坐了他的船。五人窃窃私议，梅才道："为何他们四个轻年美貌的姑娘，没有一个男子与一个老妈子伴他？"周虎道："他们的箱笼沉重异常。"赵能道："咱倒有个计较在此。"众人忙问是何计较。赵能便道："咱们今晚都进舱去与他们成了亲，这箱笼内的东西怕不是咱们的么？"李二道："不妥当，不妥当。倘他们不肯从顺，势必将他杀却，甚是可惜。"张三道："俺倒有个万妥万当的计较。只须到了晚上，把蒙汗药搀些在饭内，他们吃了都要昏迷不醒。你们四个进舱去，各自拣了一个，任情取乐，不费一毫气力，岂不有趣？俺的肚腹上生了个大大的疝儿，不能行动，让你们四个取乐。得了财帛，多分一份与俺就是了。"四个奸徒听了大喜，俱道："张三哥的妙计比诸葛亮还胜几倍哩！到了晚上如法炮制，明日咱们请你吃喜酒便了。"看看天色已晚，连忙端整夜膳，送进舱去。

丽贞道："颜姐姐请用饭罢。"紫绡道："咱自到了小蓬莱山上，便不食人间的烟火。贤妹们自去吃罢。"姐妹三人还自燕贺村吃了夜饭，已经饿了二日。见紫绡不用，便各自吃了两碗，方得一饱。搬去碗箸，又吃了些茶。正要收拾安睡，忽觉头晕眼花，天旋地转，立脚不牢。姐妹三人一齐倒了。紫绡见了甚为诧异，屈指一算，方知奸徒设计图奸。便立起身来，尖尖玉手把姐妹三人扶在一边，看那些凶徒怎样进来。

不一时，只听得前面有挠挖舱门的声音，便将宝剑拔出。周虎已将舱门掇开，探进头来。紫绡把剑一挥，周虎的头儿已不在颈上了。李二在后，听得声息不好，喊得一声"阿呀"，剑锋过处，头已落舱。那梅才将后边的舱板挖开，正在蛇行而进，月光之下见李二、周虎都做了齐颈公，吓得魂不附体。刚要将身退出，紫绡走上手起一剑，把梅才分作两段。赵能叫得一声："不好——"那"了"字还没有喊出，紫绡又是一剑。下面伙舱内的张三听得上面一声"阿呀"、一声"不好"，慌忙爬到上面要来探看。紫绡一剑飞去，张三的头滚在舱面，张三的身躯已跌下舱底去了。俗语说的："善恶到头终有报，只争来早与来迟。"五个凶徒恶贯满盈，都一个个死在紫绡之手。这正是他的报应。

紫绡见那些凶徒都已杀却，犹恐尚有余孽，手中提了宝剑到处搜寻一遍，见一个影也没有，方才走进舱中，将身坐定。

停了半响，见那姐妹三人的身躯略略转动，把眼睁开。先是宝英启口道："阿呀，颜姐姐，妹子记得吃了夜膳，觉得天旋地转，头重脚轻，不知如何跌倒了，就睡在这里。"丽贞也道："姐姐，妹子也是这样。现在身躯还动弹不得。"锦莲也翻转身来叫道："颜姐姐，妹子记得夜膳吃毕之后，正要收拾卧具请姐姐安睡，咱们姐妹三人往后舱去歇宿，不知怎么都倒在一处。"紫绡道："贤妹们还没有知道，这船上的船户也是强盗。将那蒙汗药撒在饭食之内，希图前来奸污你们。吃下腹中，自然要昏迷不醒了。幸而咱是不食烟火，方能察出奸谋。如今把他们都已杀尽了。"姐妹三人听了，回过头来四下一看，见那首级尸身分作几处，都吓得身躯抖颤。只见紫绡在身边取出一个小小葫芦，倾出了些药末来，将指甲弹在血模糊的头上，停了片时都变成了清水。又把剑尖将一个个尸首都挑起来抛在江中。姐妹三人慢慢爬起身来，已是云鬟蓬松、衣裙不整。锦莲道："今晚又是颜姐姐救了咱姐妹三人的性命。此德此恩，如何报答得尽？"紫绡道："咱若望报，也不来救你们了。只是如今倒有一件难事在此。此去岭南约有二千余里，没有人驾舟把舵，贤妹们如何到得岭南？"锦莲道："姐姐，妹子等藏身燕贺村吉庆家里，那吉庆素来航海营生，前日方才回家。晚上遭了盗劫，不知可曾遇害？妹子的乳母也在那边。"紫绡听了，屈指一算道："贤妹既这等说，咱去招他再唤几个船伙来便了。"说着，走出舱外，"嗖"的一声往上一蹿，就不见了。

且说吉庆当夜见强盗打进门来，忙向后门逃遁，打探得声息静了，方敢回来。先到婆子房内，见母亲安然无事，方到那边的房中去看时，见门已跌倒，三位小姐不知去向，房中物件掳掠一空，乳母还挣在地下抖个不住。吉庆忙来扶起道："妈妈受惊了，三位小姐哪里去了？"乳母哭道："都被强盗抢了去了，不知性命如何。你母亲那边可曾受惊？"吉庆道："母亲那边，强盗没有进去。不知这许多强盗是哪里来的？"正在说话，天已大亮。那边婆子也过来了，遂同到外面去烧水洗脸,吃了早膳,各各坐定。婆子猜道:"老身想着了。数日前,妈妈出外买些东西,去了许久不回。三位小姐等不耐烦,都到门前去望了些时。不要被那强人看见生得娇艳,故而前来抢劫?"吉庆道:"母亲猜得不错,一定是的了。不然我们家里又没有什么金银财宝,他们断然不来。如今没有别的说了。"乳母只是愁眉泪眼。

隔了一日,吉庆母子与乳母正在那里吃饭,忽见一道红光,蹿下一个人来。三人吓得都跳起来。紫绡道:"你们不须惊恐。"遂将上项事说了一遍,又将来意说明,催道:"快些前去开船,以便早到岭南。"吉庆诺诺连声。紫绡道:"咱先去了!""嗖"的一声,把身往上一蹿,就不见了。吉庆道:"这位小姐若非仙子,定是剑侠。我去合了伙友,雇了小舟,妈妈可去收拾收拾,陪送三位小姐同往岭南,不可迟误。"乳母答应,吉庆遂去合伙雇舟不提。

且说武锦莲姐妹三人。见紫绡去后,便对丽贞道:"大姐姐,咱们姐妹三人在牛魔岭上,自问万无生理,不想颜姐姐竟肯前来相救。"丽贞道:"愚姐与三妹妹都靠二妹妹的福。二妹妹将来要做女儿国的正宫王后,故此得遇救星。"宝英道:"大姐姐你也不要说二姐姐了,妹子与大姐姐也是女儿国的相国夫人。"丽贞道:"三妹妹,亏你羞也不羞!"宝英道:"奴是不怕羞的。你若怕羞不要嫁到女儿国去就是了。"丽贞说他不过,也就不说。锦莲道:"贤妹,大姐姐比你怕羞,你就不要说他了。咱想颜姐姐虽当咱们姐妹相看,咱们比父母还要敬重他才是。"宝英、丽贞俱道:"这个自然。"

姐妹三人正在谈论,忽见一道红光,紫绡已蹿进舱来,道:"你们说的话儿咱已听得明白。三个姐妹都是良善性成,故而得到女儿国去享受富贵。"锦莲道:"这都出自颜姐姐所赐。"宝英对着锦莲、丽贞道:"颜姐姐是神仙中人,可以不须饮食。妹子腹中又有些饥饿了。二位姐姐可用得着么?"丽贞道:"咱们姐妹三人都是一天没有吃饭了,怎么用不着?还是愚姐去取来罢。"说着便往后舱,要到伙舱内去取饭食,不想立脚不稳,竟跌了下去。丽贞本是宦家的公子,船上如何行走得来?如今又缠了脚,穿了高底鞋儿,真是可怜。锦莲听是跌仆之声,慌道:"大姐姐,可曾跌痛么?"丽贞道:"不妨的。你们不要来了,愚姐已在此取水烧煮,待煮热了水,取些昨晚吃剩的冷饭来,把水冲了,胡乱吃些罢。"停了一会儿,丽贞道:"三妹妹,你来,将那些吃的东西接取上去。"宝英答应。丽贞先将冷饭并热水送上，宝英将手伸下去接了上来。丽贞又寻着了一碟子盐齑，一碗咸鱼，宝英又将手去接了。丽贞方欲爬上舱面，怎奈站立不定，又跌了下去。丽贞忙又爬起，宝英把手去拉，哪里拉得动他？忙道："二姐姐快来！"锦莲也到后舱，见丽贞在下面爬不上来，慌忙也来拉他。哪知二人拉他一个仍是拉不起来。忽见紫绡走来，道："妹妹，你两个站开些。"便伸手向下，将丽贞的手臂一提，就提了上来。丽贞道："颜姐姐真好神力！"紫绡便与姐妹三人仍到中舱。三姐妹吃了些开水泡饭，收拾过了，便往后舱铺好了三个被褥，又到中舱也将被褥铺好了。宝英道："请颜姐姐安睡罢。咱们也要后舱去睡了。"紫绡道："妹妹你拘束了。后舱狭窄，三人如何好睡？中舱宽大，反让咱一个人安睡。"锦莲道："姐姐，这是妹子等一点敬畏姐姐的心肠，并不是拘束。"丽贞道："二妹、三妹，咱们都往后舱去罢。"遂辞了紫绡，径自去了。紫绡见他三人一片至诚，真是难得，愈觉可怜。

到了次日，吉庆合了船伙，同了乳母，乘了一叶扁身到来，都上了大船，打发小舟回去。吉庆与乳母都到了中舱。紫绡道："你们都称咱作颜小姐，不许乱叫。"乳母、吉庆叩拜过了，又见了三位小姐。锦莲便对乳母道："若无颜小姐相救，咱们姐妹三人早已死在牛魔岭上的了。"紫绡便对吉庆道："你去知会船伙，作速开船。"吉庆答应退去。锦莲吩咐乳母夜间陪伴颜小姐睡在中舱，又道："你去同吉庆查看伙舱中食用之物，可有现存的留下？此去岭南，路途遥远，倘然缺乏，须要备足了开船。"不一时，吉庆回道："船中只有一二日的粮了。"锦莲听了，便去箱中取出白银三十两，交与乳母，去命吉庆上岸办齐了食用的东西，随即开船。吉庆领命，带了两个船伙上岸，去了半日，把食用之物都已备齐，搬运上船。连忙启碇，乘风破浪，直往岭南进发。姐妹三人对着紫绡敬如师保，畏如神明，耿耿于心，不忘大德。紫绡见他姐妹三人真如深闺弱质一般，并且知他们的心迹，因此日渐亲热，与姐妹一般看待，有说有笑，也不拘束了。

不一日，到了岭南地面。吉庆命船伙将船停泊。紫绡道："妹妹，你们可把箱笼等物收拾好了，船资赏银，也可预早交付吉庆，这只船也赏给了他。咱往林伯伯家去，知会他们前来接你姊妹三人便了。"说着，便走出中舱。只听得"嗖"的一声，一道红光，就不知哪里去了。

要知以后如何，且听下回分解。

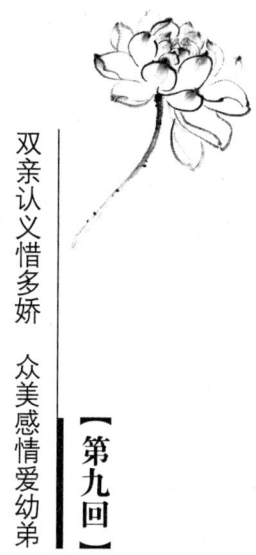

【第九回】 双亲认义惜多娇　众美感情爱幼弟

且说林之洋，自从女儿婉如嫁了田廷，中宗复位之后也得了个公爵。不数年间，中宗被弑，睿宗登极，虽仍录用旧臣，田廷早已告假还乡，逍遥自在，不在朝中伴驾了。婉如得以常常归宁。父母所生一个幼弟，年方八岁，乳名唤作馨儿。

这日婉如回家，正与母亲吕氏提起："闺臣姐姐自到小蓬莱去后，音信杳然，不知可曾成仙？女儿甚是记念。"

忽听得"嗖"的一声响，蹿进一个红红的人来，原来却是颜紫绡。婉如见了大喜道："想杀俺也！"只见林之洋从外面进来，紫绡便先拜了林之洋、吕氏夫妇，二人连忙扶住道："颜小姐，哪得你来？"紫绡道："今朝特地前来。"便转身又与婉如见过了礼。婉如便握了紫绡的手，一同并肩坐下。

林之洋道："自从那年送小姐与闺臣甥女，动身的时节还是八月初旬，开了海船，都向抄近水面走去，还在船上过年。直到了四月下旬，那时才上小蓬莱。及至你们去后，俺等了二三个月不见回船。每日上山探听，毫无踪影。后来遇着个采药女童，接得两封书信。正要细细盘问，哪知女童就不见了。忽然来了一个青面獠牙的怪物，与夜叉一般，大吼一声，奔上前来。俺只得飞跑下山，奔回船上。哪知夜叉吼叫连声，要向俺的船上蹿来。众水手只得急急开船，吓得俺生了一场大病，回到岭南还没有痊愈。究竟闺臣甥女现在何处，小姐可说与俺知道？"紫绡道："林伯伯，你吃那采药的女童哄骗了。那夜叉就是女童变化来的。"林之洋道："女童为何变了夜叉吓俺？"紫绡道："恐林伯伯缠住盘问。若不吓你，哪里就肯开船回来？"林之洋听了哈哈大笑道："原来学了神仙就会变化的，这倒有趣得很。"吕氏道："如今甥女可在小蓬莱山上？贤侄女与他可在一处？"紫绡道："咱与闺臣贤妹都在山中，常常聚处，静参玄妙之机，渐入精微之域，功成在指顾间耳。那日在泣红亭经过，见那石碑上透露天机，知若花妹妹与武锦莲有姻缘之分，红薇妹妹与韦丽贞、紫萱妹妹与韦宝英亦当匹配为婚。武锦莲、韦丽贞、韦宝英姐妹三人虽是男子，实与闺女无异，秉性良懦，生平并无过恶。只因父兄大逆，罪当灭族。他三人知画影图形查拿严密，无处藏身，欲图保全首领，改了女装。自愿穿耳缠足，深闺伏处，永不出头。恰好他三人的姻缘又在女儿国内。女儿国的风俗，本是女子男装、男子女装的，岂不是天缘凑巧？第恐天涯海角，会合难期。咱因特地送来林伯伯府上居住几时。待林伯伯出洋的时节，带他姐妹三人往女儿国，作合此三段良缘，也是成人之美的义举。他们现在船中，就请林伯伯着人去接他来罢。"说着，便立起身来作别。

婉如见紫绡要去，忙伸手去拉紫绡，要细问闺臣姐姐的踪迹。只觉得眼花缭乱，一道红光，紫绡就不见了。林之洋对着婉如道："女儿，你哪里留得他住？你不听见他说么，女童会变夜叉。你若拖住他时，更要吓人哩。如今且着人备了三乘轿子到码头上去，接他们三人来家。但是接了他三人来，当他男子看待好呢，还是当他女儿看待好？"婉如道："父亲，你还不知道么？现在画影图形访查严紧，若是当他男子，走漏消息，祸患不小。据女儿看来，除父亲、母亲、女儿三人之外，其余都要瞒住。好在此时没有他人在这里，只说是过房的女儿。况他们俱已穿耳缠足，倒是当他女儿看待的稳便。而且当了他是男子，叫他把脚放了，难道到了出嫁到女儿国去的时候叫他再行缠裹么？"林之洋、吕氏听了婉如的话，便道："女儿说的不错。"林之洋又道："到底考过一等、做过女学士的，见识比人高些。"婉如道："父亲又来说笑话了。"于是命人唤了三乘轿子，去接三位小姐。只见馨儿从外面跳跳舞舞地跑进来，对着吕氏道："母亲，三顶轿儿接哪个的？"婉如道："去接三个姐姐来与你玩耍。"馨儿听了大乐，道："好了，好了。如今家里要闹热了。"说着跳舞而出，又往外面去了。

不一时，只见外边来了三乘轿子，后边抬着六个箱笼，还有零星物件，跟着一个婆子。到了堂前，停下轿子，揭起轿帘，婆子便来扶了三位小姐出轿。林之洋、吕氏、婉如见他们三人都是姿容美丽，裙下的金莲一样四寸余长，亭亭玉立，妩媚动人，恐神仙也看不出他是男子。锦莲先自走上前来道："伯父，奴家有句语儿告禀。咱们姐妹三人孤苦伶仃，毫无依傍。想颜姐姐已来说明的了。不揣冒昧，欲求收做女儿，不知肯容纳否？"林之洋笑道："俺恐没有这个福气。"锦莲使唤乳母移上两把交椅，设在居中，丽贞推了林之洋，宝英扶住了吕氏，锦莲连忙跪下拜了八拜，方才起来，又福了两福。夫妻二人被姐妹二人扶住在交椅上，只得说道："阿呀呀，不敢当的，不敢当的。女儿快起来罢。"锦莲拜罢起身，便道："大姐姐，你也来拜。妹子来请父亲受礼。"丽贞答应，也照锦莲样儿拜了，起来便对宝英道："三妹妹，你也快来拜了，奴来搀扶了母亲。"宝英忙来拜了八拜，方才各自放手。林之洋、吕氏都立起身来道："你们姐妹三个这样拜法，不要折了俺们的福。"婉如忙谢了，三人也见了个礼。姐妹三人都称婉如作姐姐，婉如称他们作大妹妹、二妹妹、三妹妹。只见馨儿在着旁边嘻嘻地笑。吕氏道："孩儿快来，与三位姐姐作个揖儿，见个礼儿。这个你叫他丽姐姐，这个是锦姐姐，那个是宝姐姐。"馨儿一一答应。乳母也来叩见了林之洋、吕氏。吉庆便将箱笼物件交代明白。锦莲又取了二十两银子，于船资酒力外，另酬了吉庆。又道："这只船，没有了主顾，颜小姐说赏给了你罢。"吉庆再三称谢而去，开船自回燕贺村不提。

再说林之洋的丈母江氏，向来住在女婿家中。这日被亲戚人家邀去，到了傍晚方回。姐妹三人都称他作外婆，一一拜见过了。林之洋就在丈母隔壁房内安顿了三个寄女儿，就命乳母陪伴三位小姐。喜得这间屋子甚是宽大，将那带来的箱笼物件都放在里头。窗前摆了个梳妆台，并几个杌子，中间又摆了个方桌，旁边还有洗面的面架，洗脚的脚盆，一人一个马桶。这些妇人应用的东西，都是吕氏去当心置备的。姐妹三人见寄父母十分周到，甚是感激。

外边江氏招呼同用夜膳，林之洋、吕氏、姐妹三人、婉如、江氏，连馨儿共是八人，团团一桌。乳母与佣妇另在灶间内吃饭。饭毕之后，略坐片时，婉如道："贤妹，你们在路上辛苦，早些安睡罢。"姐妹三人答应，方才立起身来，辞了寄父母并外婆、姐姐，回到房中。

丽贞道："乳母，厨下可有热水？洗洗脚儿。"锦莲道："奴自燕贺村到这里，已经一月有余没有洗过。"宝英道："妹子这两足也痛得走不动了。"乳母道："三位小姐这等说，都是要洗金莲了。索性去烧他一锅罢。"锦莲道："这倒使得。"乳母答应了，忙到厨下去烧水。停了一会儿，只见乳母提取两大桶水来，锦莲便把房门闭上了。乳母忙取了三只脚盆道："三位小姐都来洗罢。"姐妹三人先向妆台卸去钗环，宽下了外罩的衣服，褪下了裙子，坐在小小的杌子上，脱去高底弓鞋，扯下脚带，洗那七八寸长的金莲。丽贞见锦莲的两足虽是长长的，已经拦尖了好些。锦莲道："不是妹子说你，大姐姐这两只莲船为何仍是五趾分开，与没有缠裹的一般？怪不得你穿的弓鞋粗而且阔，不是窄窄的。还是三妹妹略略尖些。"宝英道："大姐姐再不把脚缠小，嫁到女儿国去岂不要被姐夫憎嫌么？"丽贞道："三妹妹怕妹夫憎嫌，不怕疼痛么？虽是狠狠地缠裹，也不会缠小的了。"三姐妹说说笑笑。锦莲道："大姐姐虽如此说，劝你把脚带收紧些罢。"丽贞道："二妹妹说的不错。"三姐妹把脚洗毕，仍旧装裹好了，方才各自安睡。居中的床让了丽贞，左首锦莲，右首宝英，乳母住在后面半间。

次日起来梳洗，整理青丝，盘了个时新巧髻，脸上抹了些香粉，唇上又点了些胭脂，又取出牛魔岭上带来的许多钗环首饰，姐妹三人分来插戴。各人换了衣裙，穿了新做的高底花鞋，打扮得娇娇滴滴，然后到寄父母那边去问安。吕氏道："女儿，你们起得甚早，头也梳好了。"林之洋道："船上你们不惯，不得安睡。如今到了家里，不妨多睡些时。"馨儿道："三个姐姐不到这里来，俺也要来敲门了。"锦莲道："贤弟，明日省得你来叩门，今晚你来与锦姐姐同睡好么？"馨儿道："怎么不好？锦姐姐不要骗俺，俺真个要来同你睡的。"锦莲道："哪个哄你？"林之洋喝道："孩儿，你不要胡缠！睡在这里还睡得不好么？"锦莲道："寄父，贤弟要与女儿同睡这又何妨？"婉如正走进房来道："馨弟不要与锦姐姐胡缠，俺来陪你同睡。"馨儿道："姐姐就要家去，与姐夫同睡的。"婉如道：

"小油嘴！锦姐姐明日也要去嫁姐夫了。"馨儿道："锦姐姐嫁了姐夫还有丽姐姐，丽姐姐嫁了姐夫还有宝姐姐。哪里嫁得完？"宝英道："兄弟，他们都嫁了姐夫，我来陪你同睡好么？"馨儿道："好好。"说着就跳跳舞舞地往外去了。吃过早膳，馨儿便往塾内去读书。到了夜间定要到那边房内去睡。吕氏止喝不听，只得由他。锦莲连忙服侍馨儿睡了，伴他和衣而卧。有时要与宝英同睡，有时要与丽贞同睡。姐妹三人待馨儿甚是爱惜，如嫡亲兄弟一般。馨儿也与他三人甚是亲热。馨儿要什么，姐妹三人就依他做什么。馨儿的衣服、鞋袜，三姐妹都会剪裁缝纫，替了吕氏许多的手脚。吕氏见他姐妹三人个个真情爱惜兄弟，又替了许多手脚，也如自己的女儿一般看待，竟忘了他三人都是男子。

后来天气日渐炎热，林之洋对吕氏道："馨儿快唤他这边来睡。他们姐妹三人的形迹，倘馨儿不知轻重传扬开去，不当稳便。"吕氏听了丈夫的言语，当晚就骗馨儿仍到自己卧房安睡，方才放心。

光阴易逝，日月如流，姐妹三人到林之洋家里住了刚才一年光景，林之洋贩些货物，又要到外洋去碰碰财运，并送三个寄女儿到女儿国去就良缘。姐妹三人早将在牛魔岭上颜紫绡命他们分取大盗劫来的金银都交与寄父林之洋，都替他三人一个样儿办了金珠首饰、锦袄绣裙、妆镜奁具，嫁时所需之物尽行完备，装了许多箱笼。姐妹三人备了三份，无分高下。林之洋也贴了好些银子。吕氏道："还有衣厨、大箱、盘盒零星等件，如何不备？"林之洋道："三副嫁妆船中装载不了，且待到了女儿国再行置办未迟。"吕氏连连点首。林之洋把诸事料理停妥，收拾完成，家中仍是丈母江氏照管，又预先约了多九公。到了出行的吉期，林之洋、吕氏、馨儿、丽贞、锦莲、宝英、乳母另坐小船。到了海口，众水手早将所贩之货并箱笼物件一并都下了舢板，渡上海船。然后，林之洋等也到大船之上，趁着顺风，就此开船，扬帆而去。

要知后事如何，且听下回分解。

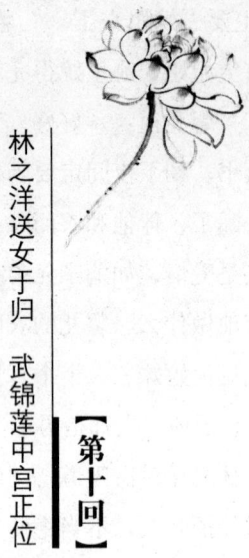

【第十回】 林之洋送女于归 武锦莲中宫正位

且说林之洋开船之后,天气甚好,行了几日,到了大洋。林之洋便道:"女儿,你们开了船窗散散闷怀。"姐妹三人听寄父吩咐,便推开了船窗,四围眺望,眼界登时一宽。只见水天一色,浩渺无涯。行了多日,顺风飘去,绕出了门户山。又走了不知若干水程,过了东口山就是君子、大人等国。又行了几时,便是犬封、白民、淑士等国。沿途销售了些货物,无不利市三倍。歧舌国过了方是智佳国,智佳国过了方是女儿国。水程与旱路绝不相同,在路行程约计有九个多月。姐妹三人在着海船无事,有时拈针弄线,有时教馨儿读书写字,有时吟诗作赋,请多九公指点。并闻寄父母说那女儿国的风俗:男子个个都穿衣裙,最喜缠足,无论大家小户均以小足为贵,脸上的脂粉无论老少都是不能缺的,插戴穿着更是讲究。锦莲听在耳内,便暗暗叮嘱丽贞、宝英道:"女儿国以小足为贵,咱们姐妹纵不能缠小也要缠得狭些,穿了高底鞋儿方能混充得过。"当年林之洋在女儿国,被宫娥用力狠缠,不顾死活,是活捉生鸡捕的;如今他们姐妹三人,因做了男装不能活命,都是自己情情愿愿甘做妇人。况且嫁到女儿国去不得不缠，慢慢把脚拦尖起来。将及二年，都将脚趾裹得屈了转来，脚面已是窄窄的了。虽是七八寸长，穿了高底鞋儿倒也尖楚，既无脓血，亦不腐烂。所以，同是缠足，林之洋与他三人就是两样了。

且说林之洋的船到了女儿国，把船停泊好了，忙与多九公商议。九公道："林兄可先细细写书一封，就将颜小姐送来三个寄女都是天定良缘的情由，一一述明，不可遗漏。命人送到国舅府中，转奏国王阴若花，等候回音，再行定夺。"林之洋道："俺是写不来的，还是九公代俺写写，明日请你多吃杯喜酒罢。"九公答应，便去磨起墨来。挥毫落纸，写了好一会儿方才写完。与林之洋看了一遍，然后封好。拣了一个能事的伙计，把书信交付与他，又教导他一番言语，命他送往老国舅府内投递。伙计连连答应，便把书信揣在怀内，下了舢板，渡上海岸，登岸进城，一路问到了老国舅府中。门上司阍问明了来历，船伙忙将书信向怀中取出递与司阍。司阍接了便道："大嫂请少待。"持了书信将身就往内去了。停了一会儿，只见那司阍人出来道："大嫂送来的书札，在下呈与主人，主人说明日早朝奏上国王方有回书。大嫂请回。"船伙听了，拱手作别，回船复命去了。

且说女儿国的国王阴若花，在天朝中了才女，武后封作文艳王。乘了飞车从长安起身，赶到本国。哪知国王已经崩逝，诸臣扶立若花登了宝位，做了女儿国国王。枝兰音、黎红薇、卢紫萱都封为护卫大臣。这几位才女到了女儿国为官，都改了男装，枝兰音又敕授了东阁大学士，黎红薇升作文华殿大学士，卢紫萱升为武英殿大学士。国王自御极以来，风调雨顺，物阜民康，虽为藩服之邦，不减天朝之贵。国王勤修国政，佐理得人，只是内助尚虚，未得昭阳正配。虽纳了两个偏妃，一个唤作梅妃，一个唤作李妃，只因颜色平常，不甚临幸。

这日正值早朝，老国舅坤成入朝启奏道："老臣有事，奏闻主上。"国王道："舅舅有何事故？可即奏来。"老国舅便将林之洋送来的书信呈上。若花见是寄父的音书，玉手尖尖忙将书信拆开，铺在龙书案上，从头至尾细细地看了一遍，方知天朝的许多情事。便宣枝兰音近前，将书与他观看。枝兰音也细读一过，奏道："主上青春已富，今年已是二十有三，正该敕立中宫，以资内助。既系天缘注定，又承颜紫绡姐姐的美情，况林之洋舅舅不辞跋涉之劳，不远数万里地送来。据臣愚见，主上可即敕下，差几个能事的官员，准备一所大大的公馆，请林之洋舅舅随来的一行人都迁居其中。择定了吉日，迎娶国后娘娘，方为合礼。黎红薇、卢紫萱两大臣另择吉日，也应早早完姻。未识主上以为然否？"国王点首，一一准奏。即命枝兰音为媒，先到林之洋船上去知会。又差了两个官儿、八名内使，速速准备公馆并公馆中所用的桌椅器皿、大大小小一切杂物东西。须要件件完备，毋得疏忽，以备迎娶中宫王后。旨意一下，各各应命而出，忙去分头办理。国王驾退，回宫不表。

次日，护卫大臣东阁大学士枝兰音排了全副仪仗，鸣锣开道，坐了八人大轿，一路上威风赫赫，去拜林之洋。到了岸边，早有跟随职役前去通报。林之洋忙命水手把渡船开上迎接。枝兰音下轿，渡上海船，林之洋接进中舱。见枝兰音头戴金翅纱貂，身穿大红刻丝轻纱蟒袍，腰围玉带，脚踏朝靴，丰采非凡，姿容秀丽，即忙恭身跪下道："舅舅在上，甥女拜见。"林之洋连称"不敢"，慌忙扶起。又与多九公见过了礼，兰音便请吕氏出舱拜见，馨儿也来作揖，嘻嘻地笑。兰音道："贤弟数年不见，已如此长成了。"林之洋道："贤甥女可曾大喜？"兰音道："尚未。前日老国舅坤成有女名唤蕙芳，拟赘甥女为婿，现在尚未定夺。今日甥女奉主上之命，特来为媒。已差两个官儿、八名内使准备公馆，要请舅舅迁居公馆，以便迎娶娘娘。因此甥女前来通知。"林之洋连连答应。兰音又道："甥女意欲请三位姐姐一见，不知可使得否？"吕氏在旁听了道："这又何妨。"便往后舱唤了三个女儿出来道，"这位本是姐姐，如今在这里女儿国内为官，可称作哥哥罢。"兰音抬头一看，见他们姐妹三人都是一色的打扮，梳妆雅淡，袅娜轻盈。其时天气炎热，头上梳着空心的玲珑宝髻，插支翡翠钗儿，薄施脂粉，淡扫蛾眉，耳坠珠环，身上穿着雪青宫纱衫，下穿青绫裤儿，腰系元色纱裙，裙下露出四寸余长的金莲，穿着蓝缎花绣弓鞋。真个女儿也未必有此娇媚，不信天下竟有如此凑巧的事情。姐妹三人便深深万福，都道："哥哥在上，妹子等拜见。"兰音回礼不迭。姐妹三人起身告退，往后舱去了。兰音略坐片时，也就告辞上岸，乘了八人大轿，呵殿而去。

且说内使奉旨准备公馆，忙寻了一所大大的房屋，通知了林之洋，便去复旨。国王约计林之洋迁进了公馆，这日早朝便宣东阁大学士枝兰音、文华殿大学士黎红薇、武英殿大学士卢紫萱上殿，道："孤家今日用过午膳，着卿等随驾，亲往寄父母那边去探望。卿等回衙用了午膳早些来到朝堂，以便同孤家前去。"当下三位护卫大臣都称"领旨"。国王退朝，回到宫中用了御膳，便传内使速速摆驾。

护卫大臣已在朝堂伺候。国王乘了金根玉辂车，一路浩浩荡荡，寂静无哗。行不多时，到了林之洋的公馆。枝兰音先自进内知会林之洋。林之洋遂与多九公并吕氏、馨儿都到外边迎接。国王下了龙车，传旨："黎红薇、卢紫萱随孤家进内，其余均在外面伺候。"只见枝兰音同众人迎了出来，接进后堂。国王仍要照前在天朝的时节行礼，林之洋、吕氏连忙止住道："国王已即正位，断乎不可再行此礼，有损国体。"辞之再三，若花哪里肯听，已经拜了下去，问安了寄父母。林之洋夫妇也拜了下去答礼，拜毕起来。国王又与多九公见过了礼，然后枝兰音、黎红薇、卢紫萱俱各上前拜见，众人一一答礼。末后，馨儿也过来见了个礼，各各入座。

若花问了些别后的情由，并婉如阿妹与岭南结义众妹妹的安好。林之洋也问若花回国的时候，飞车行了几日，如何即位，现在后宫有几个妃子。若花一一告禀。林之洋又禀明颜紫绡到过家中，"送一位王后、两位夫人与俺认了寄女儿，在俺家中住了一年。俺因是天缘注定，故而特地送到这里与国王、学士成婚"。若花再三致谢寄父，红薇、紫萱也是称谢不尽。兰音道："舅舅，主上已命钦天监择定吉期八月十二日行聘，十五日迎娶。甥女先来咨照。黎学士与卢学士也是甥女作伐，吉期大约在重阳前后。舅舅也可早些整备，免得近期匆促。"林之洋、吕氏点头称是，便唤厨子整治酒席。若花君臣都因天色太晚，再三辞谢，俱各起身作别，传旨摆驾回宫。林之洋夫妇、多九公、馨儿都送至大门之外。若花坐了金根玉辂车，红薇、紫萱、兰音护卫了国王，骑着金鞍白马，还有许多随驾的大臣，都是前导，簇拥而去。

多九公、馨儿、林之洋、吕氏回到后堂坐定，便商议置办嫁妆。姐妹三人都是一样的八顶大橱，十六对官箱，还有天然几、湘妃榻、八仙桌、眉公椅、大衣架、小衣架，并那些盘盒、脚盆、马桶零星等物。办了半月，俱已齐备。

到了行聘之期，御媒枝兰音先行打道到林府，国王派出内使四十名抬送盘盒，送上黄金万两，彩缎千端，凤冠霞帔，玉带宫袍，龙凤宝钗，珠串金饰，说不尽王家的富丽。林之洋受了聘礼，重赏内使，款待御媒，自不必说。

行聘已过，转瞬便届吉期。自国王宫中起，大张灯彩，异样鲜明，直至朝门。自朝门外起，一路盖搭彩棚。沿途的百姓，家家结彩，户户悬灯，直到林之洋公馆之内。林之洋公馆内也是披红挂彩，铺设整齐。文武百官贡献贺礼，纷纷不绝。吕氏十分忙碌，端整寄女儿出嫁。锦莲也因与寄父母聚处了年余，泪眼愁眉，甚是依依不舍。丽贞、宝英也因姐妹情深，更自泪落不住。吕氏含泪劝道："你们姐妹不过暂时分别，过了几时，仍旧可以聚首。好在你们的丈夫都是女儿国的宰相，又是国王的护卫大臣。你们姐妹是好到宫中去探望的，尽可不用悲伤。"

　　正在劝慰，忽见外面林之洋进来，对着吕氏道："朝中文武大臣都已齐集大厅，迎亲的彩辇将次要到门了。"吕氏尚未回言，只听得连连炮响，鼓乐喧天，外边走进许多宫娥彩女，都是内家装束，先叩见了娘娘，又叩见了国太，然后请娘娘开脸梳妆。锦莲举目看时，见那许多宫女的容颜虽生得不甚美丽，裙下的金莲都是尖尖的三寸。自己垫了许多高底，还比他们长了寸余，转觉得有些羞愧。梳妆已毕，脸上匀了香粉，唇上点了胭脂，头上戴了九凤珠冠，身上穿了盘金的蟒袍，腰间系着八幅的大红宫裙，裙下露出凤头金绣高底弓鞋，丁当玉珮，香气袭人。穿戴齐整，宫娥搀扶了娘娘，拜辞寄父母。馨儿跟着哭道："锦姐姐，你去了几时回来？"锦莲道："贤弟你不要哭，明日就来的。"遂取了两锭黄金给了馨儿，哄他去买果子吃。丽贞、宝英连忙走来，相送锦莲。姐妹三人彼此依依不舍。又见几对宫娥手中执着绛纱灯，进来禀道："吉时将届，请娘娘就此升辇。"众宫娥簇拥着锦莲，来到外面大厅，登了宝辇。文武大臣见国后娘娘升坐启行，便别了林之洋，上马升舆，先往朝中去贺喜。

　　国王这里排齐全副仪仗，满朝銮驾。提炉内香烟袅碧，纱灯里烛影摇红。一路笙箫迭奏，音韵悠扬。不一时到了午门，国王业已散朝。众宫娥推了凤辇，直到昭阳宫的正殿，停下凤辇。宫娥卷起珠帘，忙来扶了娘娘下辇。轻移莲步，到了殿中。国王离座，双双并立，参拜了天地。国王重又升座，锦莲深深万福，跪了下去，行过君臣之礼。然后殿上排了御筵，合卺交杯。若花举目看那锦莲时，只见眉画春山，眼含秋水，面似桃花着雨，腰如弱柳临风，深感紫绡姐姐多情，得与如此美人匹配。锦莲也偷窥国王，见那国王生得面如傅粉，唇若涂朱，体态轻盈，风流潇洒，头戴闹龙金冠，身穿赭黄锦袍，足踏粉底朝靴，腰围玉带，堂堂仪表。心中暗暗想道："做了丈夫哪里娶得到这种妻子？况不改女装早已捉将官里去了。如今嫁了女儿国王，也不枉做个妇人了。"那国王的面目宛与所梦无差。

　　两旁宫娥斟上美酒，替娘娘代敬国王。国王一边的宫娥也斟了酒，代敬国后。国王、国后俱饮过了交杯酒，吩咐撤去筵席。各王妃都来贺喜。国王的两个偏妃见那国后娘娘生得十分美丽,相形之下自愧弗如。然后老少宫娥齐来叩拜贺喜。

锦莲往下一看,见这许多王妃宫娥,无须的十之五六,其余有的黑须,有的白须,有的长须,有的短须,也有的是胡子,心中暗暗好笑。且待过了数日,奏知国王,取出那天朝带来的灭髭散,遍给宫中的妃子、宫娥,将那髭须削净,涂了此散,自然颏下光光。后来两位相国夫人见相府中的有须妇女,也用此法。传至民间,争相仿效。打听得此散出自天朝,便托那飘洋的海船代买。海船上得了这个消息,那贩卖灭髭散的无不利市三倍,遂美其名曰西施散。弄到后来,女儿国内的妇女没有一个有须的了。

国中妇女素尚缠足,都以脚小为贵。后来知道宫中的国后娘娘并两位相国夫人都是大足,用竹签子做成的高底装成小足,有爱惜女儿的人家也不肯狠缠了。再后来,把那木头削成三寸金莲,裹了绣鸟,缚于足底,并可不用缠脚。此法传至天朝,凡有戏班内做小旦的,都要用他。国中的妇女真正小脚也就少了。可知那小旦穿的蹻,倒是女儿国的遗制哩。

闲文少叙,当时众宫娥请娘娘进了寝宫,随后国王也就进宫,内使、宫女重整御筵。国王、国后卸了盛妆,国王斟酒,亲自送与国后。锦莲含羞,只得立起身来,接过饮干,也自斟了一杯,亲手敬与国王。若花满面春风,接过金杯一饮而尽。然后双双坐下,仍自宫娥斟酒,连饮了数杯。用过御膳,撤开筵席,众宫娥前来替娘娘卸了满头珠翠,宽了袍带,捧上银盆脸水。锦莲洗过了脸,宫娥又进上粉缸脂盒,道:"请娘娘整妆。"锦莲只得重匀粉面,再染朱唇。又见两个宫娥把热水倾在脚盆,请娘娘用水。那锦莲不比前时林之洋的外行,这些妇女的情事都已件件习熟的了,遂宽去宫裙,用过了水。宫娥又与国王宽了袍服,方才退出宫门。

报时钟已鸣两下了,国王道:"夜色已深,御妻来与孤家早些睡罢。"锦莲含羞答应,走近床前,取了睡鞋,坐在床沿遮遮掩掩地换了,连忙拥入锦衾之中。国王也上了龙床,放下罗帏,软玉温香,异常恩爱,遂成了周婆之礼。锦莲想起了燕贺村梦中的欢好,真是一般无二,就在枕上把那前此梦中的情景轻轻都说与国王知道。国王道:"御妻,如此说来,真是天缘注定的了。"夫妻二人絮语绸缪,不知不觉,渐渐天明。自古道:"欢娱嫌夜短,寂寞恨更长。"

未知明日如何,且听下回分解。

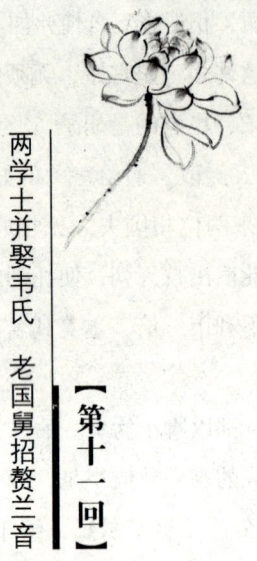

第十一回 两学士并娶韦氏 老国舅招赘兰音

话说女儿国国王阴若花,择八月十五日娶武锦莲,成就美满良姻。次日起身,早有宫人伺候。梳洗已毕,用过御膳,国王顶冠束带,出宫去坐早朝。那些文官武职,坐轿的坐轿,骑马的骑马,都纷纷来上朝拜贺。后宫的宫娥见国王出宫去了,忙来伺候娘娘梳妆,送上银盆脸水。锦莲净去了隔宵脸上的脂粉,洗手剔甲,重施香粉,再点朱唇。宫人便来与娘娘整理乌云,梳就了盘龙宝髻,插了支赤金嵌宝的如意簪儿,戴了穿珠点翠的花朵,耳坠龙凤珠环,头顶九凤珠冠,身穿蟒服,腰系宫裙。莲步轻移,宫娥簇拥着到了昭阳正殿。梅、李两偏妃便来参见中宫。不一时国王朝罢回宫,娘娘座上抬身迎接主上,深深万福。国王道:"御妻不必拘礼。"玉手尖尖挽着锦莲的手。那手腕上套的金镯珠镯翠镯,手指上套的金刚钻约指并金指环,身材窈窕,宛如玉树临风,妩媚动人,越看越爱。国王、国后并肩而坐,宫娥排上御宴,用过了午膳,国后赏赐了众宫人,各各叩谢。国王传旨,着内使备了一副厚重的礼物,价值兼金,另有赠予馨儿的文房宝玩,都送往林之洋公馆。内使捧着御旨,致送礼物不提。

国王便问锦莲道:"御妻,你家中还有姐妹二人,德性如何?容颜可好?"锦莲道:"德性甚是温存。自从与臣妾邂逅相遇,便劝他改换女装,穿耳裹足。聚处多时,真与嫡亲姐妹无二。若论容颜,也不过与臣妾相等。"国王道:"难得御妻姐妹三人都是一样,这也可喜。"谈谈说说,已过了一日,到了晚上,洞房香满,锦帐恩深,说不尽夫妇二人的情好。

次日便是三朝,宫中各院的老少王妃并梅、李两偏妃齐来朝拜,见那国后体态端庄,威仪郑重,各王妃俱暗暗称赞。昭阳殿上大张绮席,山珍海错,美味佳肴,备极人间之富贵。酒阑席散,各各谢恩而退。

过了三朝,国王晚上进宫,锦莲起身迎接,奏道:"臣妾得蒙主上恩宠,已经三日了,那两位偏妃也须雨露均施,俾免向隅之叹。"国王道:"御妻说哪里话来!孤家与御妻天缘配合,不远数万里重洋相聚,非比泛常。且待过了满月,再到梅、李两妃处未迟。"自此新婚燕尔,夫妇和谐,笔难尽述。

再说文华殿大学士黎红薇吉期将近,请东阁大学士枝兰音为媒,择定了九月初六日行聘,初八日迎娶完婚。武英殿大学士卢紫萱也请东阁大学士枝兰音作伐,行聘择了九月十二日,迎亲定了九月十六日。兰音一一领诺,便命打道往林之洋公馆去拜。于路无话。到了公馆,门上司阍连忙进内通报。林之洋闻报连忙出外迎接枝兰音。兰音下轿,同着林之洋进了大厅见礼,分宾主各各让坐。家人献上香茗,茶毕收杯。兰音启口道:"舅舅辛苦了。国王命甥女再三致意,称谢厚贶。甥女此来又为着两位学士执柯。"遂把钦天监择定的吉日一一道达。林之洋一诺无辞,便道:"俺这里自从嫁了锦莲女儿,已将他姐妹二人的嫁妆都已办齐。"多九公也来叙谈,兰音又请见了舅母。林之洋遂偕兰音来到后堂,见过吕氏,彼此殷勤。吕氏留住兰音用饭,兰音推辞不得。吕氏同着兰音来看丽贞、宝英的嫁妆,都是些紫檀花梨的桌椅,楠木的橱柜,描金的箱笼,锦绣的被褥,红绉的帐幔,还有金镶的象箸,嵌宝的金杯,说不尽玲珑奇巧,满目辉煌,真是十分的丰盛。兰音看了道:"又要舅母如此费心。红薇姐姐、紫萱姐姐如何感谢得尽?"用过午膳,又与吕氏絮语片时,兰音方才告别。林之洋送出大门,登舆呵殿而去。

且说那黎红薇的相府,与卢紫萱的相府贴近,后面各有一个花园,只有一墙之隔。后来开了两扇便门，彼此可以往来。朝罢回家，常常聚在一处。姐妹二人虽做了相国，改作男装，仍与旧时一样，私下姐妹称呼。倘在朝廷广众之地，彼此认作弟兄。

紫萱的母亲缁氏本来住在岭南，及至紫萱随着若花到女儿国做了护卫大臣，便借周饶国的飞车接来同住。缁氏年迈，不喜改装男子，穿的乃是天朝妇人服饰，管理内事。仆妇丫环等众并内外差唤的官儿，都称作太君，红薇仍称师母。朝中遇有疑难之事，姐妹二人都与缁氏商议。国王也到相府密议军机，兴利除弊，去佞用贤。姐妹二人与着枝兰音已治得女儿国民安国泰。缁氏因女儿紫萱虽为相国，年已二十有二尚未结姻，女儿国内女装的男子甚多，怎奈容貌端庄的甚少。红薇的姻事亦然。红薇少紫萱一岁，今年也是二十一岁了。缁氏正在踌躇姐妹二人的亲事，后来晓得颜紫绡送天朝三个女装的男子到林之洋家中，道是天定良缘，好在林家伯伯不辞跋涉之劳，送到这里女儿国来，与姐妹二人成亲，真是亘古难逢、异常凑巧的美事。国王已经成过亲了，闻得这位国后娘娘极其贤德，御下甚宽，且又生得十分美丽，国王心中甚是欢喜。想来韦氏姐妹也不至十分粗俗的了。况兰音侄女已曾见过一面，据说那举止行为与真正大人家的小姐一般。

不说缁氏太君心中揣度，且说学士枝兰音那日从林之洋公馆回来，与红薇谈及林之洋舅舅早已端整嫁妆，异常丰盛。红薇道："这事须请师母前来帮忙照料才好。"兰音道："姐姐说的不错。"当下红薇遂同了兰音从后园过去，到卢紫萱府中。进内见了缁氏太君，说明行聘迎亲之事。红薇便请师母过去。缁氏应允，就从后园门来到红薇府内安排一切。初六日行聘，准备黄金五千两、彩缎一千端，还有那珠冠玉珮、蟒服朝裙、钗钏首饰，奇宝异珍难以尽述。到了行聘这日，黎、林两府都是十分忙碌。行过了聘，初七日林府的盛饰妆奁送到黎府。黎府重犒来使，款待大媒。到了初八日，便是大喜吉期，朝中文武官僚纷纷往两府去贺喜。林之洋公馆中也是闹热非凡，迎宾款客，设席肆筵。将及申初时分，忽听得鼓乐之声，黎府迎亲执事彩舆已到大门。丽贞小姐打扮得齐齐整整，娇艳异常。母女聚首多时，彼此依依不舍，珠泪纷纷。宝英自不必说。傧相催妆几次，喜傧扶着丽贞小姐拜辞了林之洋夫妇，上轿而去。

一路上花炮流星，连声不绝。到了相府，彩舆抬进中堂，傧相请新三次，彩舆中扶出新娘，与黎红薇相国参天拜地，合卺交杯，然后送入洞房。新娘挑去了红巾，丽贞斜睒凤目，见那洞房中铺设得十分华丽，偷窥那夫主的容颜，虽是黑齿国人，肌肤不甚白皙，然眉目之间自有一种清秀之气。红薇也在那里看这新娘，只见那新人是芙蓉如面，杨柳如眉，秋水为神，美玉为骨，心中暗暗想道："不信世间男子改装了妇人竟有如此美丽。"那些繁文缛节诸事已毕，红薇便往外边陪客。直至月转花梢，酒阑席散，送了宾客，方才回到洞房。丽贞连忙起身迎接。红薇想道："本来他是丈夫，我是妻子。如今我在女儿国做了宰相，不得不做男装，他又自愿女装嫁到这里女儿国来，只得也照女儿国的风俗了。"想罢便启口道："夫人请坐。"丽贞也道："相公请坐。"丫环送上香茗，谯楼上已交三鼓，丫环忙来与夫人卸妆，宽了外罩的衣服，那满头的珠翠也都卸了。然后丫环退出洞房，红薇便把房门闭上。丽贞满面害羞，低垂粉颈，坐在旁首，默不作声。报时钟已鸣三下，红薇也坐得久了，只得启口道："夫人请睡罢。"丽贞含羞答应，走近床前，将身坐下，遮遮掩掩脱去了大红的凤头鞋，换了双银红花绣软底睡鞋。红薇偷眼看他，金莲也装成四寸余长，不肯露出痕迹，慌忙把脚儿盖入锦被。丽贞见红薇除下了纱帽，宽去了红袍，便将靴子脱去，露出了尖尖的三寸红菱，又把弓鞋宽下，真是瘦不盈握，甚觉可爱。相形之下，不免怀惭。红薇放下罗帏，夫妇双双同入鸳衾，遂了却三生之愿。丽贞柔顺异常，红薇甚是爱怜。

过了三朝，到十二日，便是卢相府行聘之期。红薇相国便到紫萱那边，帮同师母料理喜事。礼物、聘金与黎府无分高下，大媒仍是学士枝兰音。行聘过了，到了十四日，林之洋公馆中唤集了许多人夫，将全副嫁妆送到卢相国府第，重赏来使。缁太君便命众人铺设洞房。常言道："众手好移山。"不多时已铺设好了。只见锦簇花团，十分富丽。太君看了，甚是欢悦。隔了一日，便是十六的大喜吉期，高朋满座，贺客盈门。黎相国与那新娶的夫人也到卢府贺喜。丽贞也称缁氏太君为师母，称紫萱为伯伯。后来娶了宝英，方称作妹夫。各各道喜，按下慢表。

且说宝英到了这日吉期，先开过了脸，然后施朱傅粉，艳裹浓妆，打扮得十分齐整。吕氏嫁去了两个寄女儿，还有一个陪伴。如今宝英女儿也要嫁了，倒觉得伤心。宝英也是珠泪纷纷，如亲生母女一般。正在彼此依依，忽闻三声大炮，鼓乐喧天，迎亲的彩轿早已到门了。喜侯忙来妆新，扶了宝英，请林之洋夫妇登堂，拜辞了父母，簇拥着新人，上了彩舆。一路上鸣锣喝道，迎到卢府，花烛成亲。揭去兜巾，拜见了婆婆。缁太君见那雄媳妇生得袅娜娉婷，十分快慰。紫萱也把新人偷觑时，只见那宝英弯弯的眉儿，俏俏的脸儿，细细的腰儿，长长的身儿，尖尖的脚儿，真与红薇妹妹娶的一般美貌。宝英也在那里微睐凤目，偷窥那丈夫时，面容虽觉微微黑些，态度极其风流，丰姿极其秀丽。那边黎相国的夫人也来见过了礼，虽是姐妹，只因人多目众，不好细诉衷肠。内外开筵宴客，闹热异常。里面是太君接待，外边是相国应酬。到了夜深客散，紫萱方才步进洞房。丫环退出，闭上房门，紫萱道："夫人，夜色已深，好安睡了。"宝英立起身来，微微含笑道："相公请。"夫妇二人携手入帏，解带宽衣，效神女襄王之会，琴耽瑟好，鼓乐钟和，说不尽夫妻恩爱。

过了小满月，黎相夫人约了卢相夫人，同往宫中去朝国后娘娘。坐了莲舆，到了昭阳殿外，内使宣进宫中。姐妹二人要行君臣之礼，锦莲再三不许，道："咱们姐妹，若行国礼反觉疏远了。"丽贞、宝英只得行了个常礼。国后娘娘传旨宫娥，取锦凳敕赐姐妹坐下，三人共叙衷曲。不一时，国王朝罢回宫，娘娘起身迎接。两位相国夫人座上抬身，朝拜了国王。国王看那姐妹二人都是如花似玉，与大家的闺秀一般，不想天朝男子竟会习成妇女行为，不露一毫痕迹。丽贞、宝英见那国王年轻貌美，心中也都羡慕锦莲的福泽。当下国王传旨赐宴，玉杯金箸，熊掌驼峰，说不尽皇家的富贵。国王道："大姨、小姨，你们姐妹谈心，孤家失陪。"说着，传旨内使备辇，往梅、李两妃处闲逛去了。姐妹三人，暌违不上两月，如隔三秋，一朝聚首，亲热异常。说起燕贺村三人同梦，不想今朝会晤，竟与梦境分毫不爽。姐妹三人彼此称奇。叙谈了良久，方才宴毕。二位相国夫人谢恩出宫，各自登舆回府不提。

且说那女儿国老国王的国舅坤成，所生一位郡主，名唤蕙芳，年方二九，容貌超群。久欲招赘枝兰音学士为婿，只因兰音的父亲是歧舌国的通使，后因出使邻邦，途中受了感冒，一病不起，已经物故三年有余。所以兰音也专心辅佐，不思回国。老国舅见那两位相国俱已成婚，女儿年已长大，枝学士亦已服阕，自己渐渐衰老，把女儿赘了兰音也好了却一件心事。这日朝罢回来，打道到卢紫萱相国府第去拜候。适值黎红薇相国也在那里，彼此叙礼，分宾主坐定，献上香茗。老国舅便将来意说明，请他二人作伐。二人一诺无辞。茶罢告别，姐妹二人送了老国舅，回进后堂告知缁氏。缁太君道："何不去请侄女到咱家来商议？"紫萱就着丫环传出钧旨，去请枝学士。不多时兰音已到，径入后堂，拜见了缁氏伯母，又与姐妹二人相见。紫萱道："愚姐与红薇妹妹俱娶了丈夫，如今兰音妹妹也好娶郡主来陪伴了。"便将老国舅刚才的言语细细说了一遍。兰音点头答应。二位相国便命打轿到老国舅府第回复。先定了吉期入赘，回来与枝兰音说知。缁太君帮同办理凤冠霞帔、锦袄绣裙、珍珠钗钏、彩缎黄金，行过了聘。老国舅受了聘礼，厚犒来使。

到了婚期这日，排齐全副执事，旗锣扇伞，玉斧金瓜，两位大媒送护卫大臣东阁大学士枝兰音去老国舅坤府就亲。前厅款待冰翁，后堂去拜谒岳父母。兰音见那岳母虽然年老，腮边也没髭须，原来修削干净，涂了西施散，就不生了。谒岳之后，书厅茶宴。吉时已届，郡主早已妆竟。笙箫细乐，傧相吟诗，催请学士升堂，与郡主参天拜地，合卺交杯，成了婚礼。送入洞房，挑去方巾。兰音看那郡主生得月貌花容，身躯窈窕，裙下的金莲刚刚只得三寸，心中十分喜悦。不意女儿国内竟有如此姣娃。当下兰音忙到外面大厅赴宴，朝中的皇亲国戚、文武大臣、两位相国媒翁，济济满堂。绛烛摇红，清音迭奏，直到酒阑席散，送过宾客，兰音方才回进洞房。挥去侍婢，便与蕙芳郡主成就了美满良缘。郡主外貌甚是姣弱，哪知却是个伟男，枝学士更加恩爱。

要知以后如何，且听下回分解。

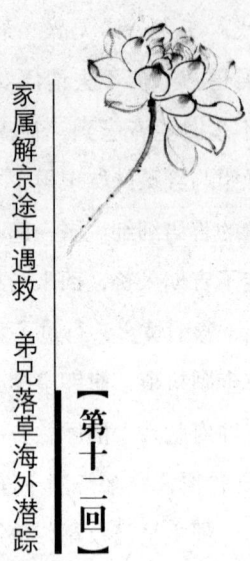

第十二回 家属解京途中遇救　弟兄落草海外潜踪

话说女儿国的东阁大学士枝兰音与蕙芳郡主成婚，夫妻和顺，快乐非常。过了三朝，进宫朝见王后，锦莲见那郡主年轻貌美，甚是忻慕，赠了两挂明珠宝串、一对嵌宝金表。郡主谢恩回府。

一日，黎相国府中下帖，请郡主娘娘赴宴，又请了卢相国的夫人陪客。到了这日，郡主盛饰华妆，打扮得非常艳冶，升坐宝辇，排了道子，随着许多仆妇丫环，到黎相国府内赴宴。丽贞、宝英接进内厅，三位学士夫人俱各深深万福，见过了礼。丫环送上香茗，然后调开桌椅，大张绮席，盛设佳肴。侍婢在旁斟酒上菜，往来不绝。三位夫人直饮到日色沉西。蕙芳郡主先自起身，谢别回府。宝英也作别了丽贞，回归卢府。自此郡主与韦氏姐妹来来往往，意合情投。有时郡主往卢夫人府中来探望，有时黎夫人与卢夫人到郡主的府内问好。按下慢表。

且说林之洋、吕氏、多九公、馨儿带了锦莲的乳母，在着女儿国内嫁了三个寄女儿。事毕之后，公馆中的家伙杂物都是办差的两个官儿、八名内使置备，仍旧交还了差官点收，然后命水手将箱笼物件撤回海船。国王、国后差内使送了许多贵重的东西，黎红薇、卢紫萱与枝兰音三位学士也各送许多礼物，统计价值不下万金。多九公也得千金的馈赠。国后娘娘又赏乳母白银二百两，二位相国夫人各赏白银一百两。乳母喜出望外，也不枉了担惊受恐跋涉这一场。林之洋先去辞了女儿国王与三位学士。国王便传旨三学士护驾，亲来与林之洋夫妇送行，说不尽那无限离情，只得洒泪而别。林之洋船上带来的货物早经销罄，沿途可无须耽搁，即命水手开船。一帆风顺，径往岭南回去不提。

再说武三思通同韦后弑了中宗，逃出御苑，被文芸拿获。睿宗即位，把武三思凌迟碎剐，以正弑君之罪。凡有武、韦两姓在京的家属，俱已满门抄斩。韦氏叔侄漏网，到处严密查拿。武氏本籍，尚有庶子小妾，传旨着校尉前去抄查拿解。家中姨太太周氏幸得老苍头报信，便命孩儿改装女子，逃到乳母家里去躲避几时，再作计较。不料到了次日清晨，京中校尉已到，便将前门后户团团围住，水泄不通。发封家产，究问公子下落。周氏答道："半月前游学出外，不知去向。"家丁、婢仆等辈，也是如此回答。众校尉莫可如何，只得将周氏打入囚车，内外下人也都一概锁了，封好了大门，慢慢地解往京师去献功。

按站行程已及半月，这日错过了宿头，无处安歇。夕阳西坠，皓月东升，众多兵役寻觅个栖止的地方。远远见有一所山神庙，在着山脚旁边。校尉忙到庙中看时，中间三楹大殿，两边厢房，走到里面，还有几间破屋。及至厨下，见有两个道人正在那里吃粥。道人见了校尉，慌忙动问："何处官差？到此何干？"校尉便道："咱们解钦犯的家属往京师去的。今晚错过宿头，要在这庙中寄顿钦犯。里面可有洁净些的屋子，让咱老爷们居住？"道人回言："只有这几间破屋，后面都是空地，再也没得的了。"校尉没法，只得往山门外喝叫兵役，将武氏家属驱到殿上。众校尉立在庙门外眺望了一回，四野空旷，那边山上峻岭崔巍，树木丛杂，猿啼鹤唳，一声声入耳苍凉。立了片时，回进庙门，到殿旁厢房中聊且憩息。众兵役将庙门闭上，落了门闩，放倒了头鼾鼾地睡熟了。

睡到了半夜，忽闻远远人声鼎沸，愈听愈近。校尉跳起身来，慌忙叫唤兵役。只听得轰隆隆一声响亮，早将山门打倒，许多强徒一拥而进。众兵役从睡梦中惊醒，各人拔出腰刀与强人对敌，哪里是他们的对手？渐渐抵敌不住，只得四散奔逃。校尉、兵役一个也不见了，众强徒打入殿中，便将囚车内的中年妇人抬了就走，又把那些家人、仆妇人等赶在前面，一路竟往山寨中去了，强徒将犯人劫去。停了一会儿，校尉、兵役一个个走回庙中，查点犯人，一个也不见了。那些校尉呼五喝六，拳打脚踢，还要责问兵役。兵役也不与校尉计较，竟是一哄而散地走了。校尉无计可施，各自惧罪而逃，不必细表。

且说那许多强人，劫了武氏一门家属，蜂拥而去，一径到了山寨，推至聚义厅前，打开了囚车，拖出周氏，跪在阶下。厅上坐着两个人王，一个是武六思，一个是武七思。

看官，你道他弟兄两个为何在这山上做了大王？原来武六思被百果仙子破了才贝阵，武七思被文芸攻破了无火关，二人各自逃窜出京，不意途中相遇，结伴同逃。一日，经过这里山下。此山名为清风山，山上有个强盗头儿，名唤何用，原自窃贼出身，无甚武艺。后来党羽日聚日多，遂占了这清风山为安身之所。众强徒推他为首。那日何用带了十余个喽啰下山巡哨，正值他兄弟二人走来。何用便喝道："晓事的快留下买路钱来！好放你们过去。"武六思道："咱老爷正在这里没钱使用。"武七思道："还是你们送些钱与老爷做盘缠的好。"何用听了他二人之言，登时大怒，便喝道："孩儿们，快来与我拿这两个牛子上山！"道言未了，众喽啰已蜂拥上前。二人连忙拔出宝剑，斗将起来。一转眼间，六思已砍倒了五六个喽啰。何用见不是头，正要转身逃走，早被七思一剑挥来，何用招架不及，喊得一声"阿呀"，天灵盖已劈作两半了。其余杀剩的喽啰急急奔回山寨，报知众人。众人商议道："他们两个既然了得，不如请他二人到山上来做个寨主，免得他们再来争斗了。"众喽啰商议已定，便来请他兄弟二人上山。武氏弟兄正虑没有栖身之处，听了众喽啰之言大喜，当下应允，随丁众人到这山上做了寨主。

这日喽啰们劫了囚车并许多家人、妇女。那周氏举目看时，见坐上的两个大王都是认识的，便道："六王爷、七王爷在上，妾身周氏叩见。"六思、七思听那妇人如此称呼，便离座细细认时，方知他是三哥的小妾春梅，便道："周姨快快起来坐了，有话要问你。三哥所犯何罪，要把家属锁拿？"周氏道："朝中变故多端，难道二位王爷都不知道么？"六思、七思道："咱们自被文芸破了阵图，逃避到此。这里地近沿海，信息不通。周姨，你可将情细细说来。"周氏便将中宗复位之后,"太后又开女科。三思靠着太后的势头依旧在朝专权,后来竟与韦后私通,弑了中宗,当时被那宋素、文芸斩却。韦后、武太后惊死。众朝臣立了睿宗。文芸捉获三思,凌迟碎剐,在京的家属俱已正法。又差校尉到本籍查抄家属,扭解进京。画影图形,严搜武氏、韦氏之后。幸而先一日,家中老仆得了风闻,通报消息,把孩儿改装了女子,同着乳母逃走出门。到了次日清晨,便有校尉前来拿捉。昨晚因错过宿头,就住在山神庙中"。兄弟二人听了周氏这一番言语,惊得浑身冷汗。停了半晌,传令喽啰将劫来的众人都去了锁链,又命周氏带着那些仆妇、丫环到后山去分开居住。其余的男仆都留在前山栖息。按下不表。

且说武六思、武七思,在这山上打家劫舍,掳掠客商的财货,日积月累,三载有余,已聚得五七百人。本是盖造四十余间草屋暂做栖身之计,近来入伙的亡命之徒又渐渐地来得多了。自从喽啰打劫了武氏家属,人口众多,山中房屋不够居住。六思传令喽啰砍伐树木,添造居房。连日兴工,先筑好了寨门隘口,以防官兵前来捕捉。并命喽啰下山探听,如有富商大贾经过这里,务要打劫他些,以备山寨钱粮之用。

一日,喽啰的头目唤作杜功,回山禀报道:"启上二位大王,离此约在十里之外有座高冈,高冈之上有座财神观。那观中香火极盛。近来有个强人唤作施德成,杀了道士,占住观中,聚集了喽兵二百余人,钱粮充足,约有四五千两银子、两仓米谷,还有五六十匹好马。小的有个旧时弟兄,唤作毕胜,在他手下当个头目。前日他对咱说,那个施德成是个校尉出身;因被俺这里劫了钦犯,不能回京,他就杀了道士,招集了些党羽,声言要来吞并这里的山寨。自古道'先下手为强',不如咱们先去驱除了他,也免了肘腋之患。又可取他的钱粮、马匹。毕胜有心归附,愿在那边做个内应。今夜便去,软进硬出,断无不胜之理。"六思、七思听了大喜,重赏杜功,叫他先去策应:"三更时分咱这里准到财神观前,悄悄地会齐便了。"杜功自去不提。

当下六思、七思挑选了二百名精壮喽兵,到了二更时候,取路径投财神观来。山势高峻,径路崎岖,将到观前,只见杜功走来,轻轻地道:"此人昨日到山下抢了一个乡间女子,现在正在那壁厢听松轩里头饮酒取乐。待小的领大王悄悄地进去。"六思、七思各执短刀,打从大殿侧边转到听松轩。往窗缝里一看,见那施德成搂着那个女子饮酒快活。弟兄两个把门踢开，一齐拥入。施德成见二人手执利刃，慌忙把女子推开，便往轩后窗子外一跳。七思提刀赶去，他已爬到岭上去了。毕胜正守在那里，看见黑影一闪，忙取碗大的一块石子顺手飞去，正击在施德成的额上。喊得一声"阿呀"，登时跌下岭来。七思飞步赶上，一刀把施德成分作两段，就呜呼哀哉了。弟兄两个回至轩中，那女子连忙跪下哀求。六思见他生得腰粗脚大，蠢俗异常，便道："你且起来。待天明了着人送你回家。"又对着观中的那些喽兵道："你们可肯随咱们往清风山去？"众人都答应道："愿去。"于是收拾了金银、米谷、器械、马匹等物，都教驮回清风山去。众人都来听他二人的号令。六思叫杜功放上一把火，将那财神观烧作一片白地。天色已明，七思叫毕胜同两个小喽啰送那女子还家。那女子拜谢而去不提。

且说武六思、武七思杀了施德成，烧了财神观，得了许多金银、米谷等物，又收了二百余名新降的喽兵。自此声势渐大，打劫民间的财帛，肆无忌惮。虽有官兵捕快前来拿捉强人，反被清风山上的强人伤了许多官兵。

事为山西节度使闻知，赫然震怒，便差总兵殳奎，带领精兵三千、偏将两员，速即征剿清风山，扫除贼寇。一路秋毫无犯，离山二十里下了几个寨栅。早有清风山上探事的喽啰慌忙报知大王。武氏弟兄忙传令准备滚木礌石，以便打他山下来的官兵。哪知这总兵殳奎足智多谋，先令探子打听清风山的地势。过了一日，探子回禀："探得清风山三面多是崎岖小路，只有正面上山的一条是大路，守备极其严密。"殳奎听报道："知道了。赏你银牌一面，再去打听。"到了傍晚，暗暗传下号令，左营偏将领兵五百，从清风山左侧进兵；右营偏将领兵五百，从清风山右边杀上；又点精兵五百名，埋伏清风山脚下，俟强徒逃窜下山，一一拿捉。殳奎自领精兵五百名，抄在清风山之后，爬山而进。三鼓取齐，放炮为号，三面夹攻，放火烧山。余下的一千精兵看守寨栅，暂且不表。

再说武氏弟兄，在清风山上已是晓得殳奎领兵前来征剿，多备灰瓶、石炮，在山前把守。一连守了三日，并不有兵前来攻打。正自猜摸不出。这夜守到了三鼓，毫无动静，各自解衣睡觉去了。众人尚未安枕，忽听得后山一声炮响，顿然间人声嘈杂，后边的寨栅已经打坍，杀进许多官兵。周氏尚未安歇，慌向前寨逃奔。六思、七思都从睡梦中惊醒。七思正撞见周氏，便道："周姨不好了！快往前边奔避。"道言未毕，只见两边火起，杀进无数官兵。弟兄两人措手不及，后面殳奎早已杀到跟前。两员偏将左右杀来，杀得这些喽啰如砍瓜切菜一般。杜功、毕胜、六思、七思逃得下山。那山下的伏兵齐起，四人拼命地夺路而走。杜功被乱军所杀。清风山上的头目、喽兵并周氏与那些家人、仆扫、丫环等辈，逃得性命者不上十分之三。殳奎扫除群盗，烧毁山寨，收兵而去，到山西节度使处缴令不提。

武氏弟兄与毕胜逃得性命，犹恐官兵追捕，急急觅了船只，逃往海外去了。

未知周氏如何，且待下回分解。

【第十三回】 吉庆无心逢周氏　若花有意赠宫娥

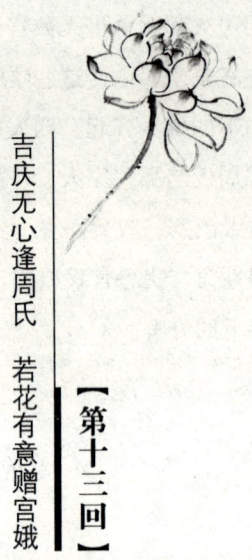

且说那周氏，自从被喽啰劫上清风山，那山上的大王就是武氏弟兄，因而留他在寨后安歇。这夜三更过后，被殳总兵抄在山后、山左、山右三面杀入，到处放火，周氏跑到前寨，杂在众喽啰中逃奔下山。幸而时在黑夜，官兵没有看得清楚，逃得性命出来，只剩得孑然一身，垢面蓬头，十分狼狈。虽然是个粗使丫环出身，天然的大足，自被三思收房之后，裹了脚带，穿了高底鞋儿，呼奴使婢，居然做了姨太太，享用惯了。前此被校尉拿进京的时节，打入囚车之内，并不要他奔走。这次被官兵三面兜杀，逃到山下，又被山下官兵赶杀一阵，吓得魂飞魄散。

幸而命不该绝，走到天明，走也不知走了多少路途，走得来脚趾痛楚，寸步难行。望见前面有所村庄，只得挨到那边庄户人家，借坐片时，讨些茶水吃了。问起情由，周氏只得说是姓周，被盗打劫，以致一家逃散。庄家见这周氏脚小伶仃，甚是可怜。周氏坐了一会，觉得腹中饥饿，便将头上一摸，还有一支小小的金钗，拔了下来，托他们到市镇上去换了几两银子，买了些糕饼充饥。又坐了些时，只得别了庄户人家，再行前进。一路踌躇：如今往何处去好？家中已经抄没，眼前举目无亲。逢人便探问清风山上的强徒消息，欲思再投山寨，去栖身居住。

　　过了数日，纷纷传说清风山强盗都被殳总兵剿灭，山寨烧成一片白地，一个强盗也没有了。周氏听了这个信息，心中暗暗地悲苦。左思右想，进退无门。那身边簪子换来的几两银子已经用尽。算来算去无路可走，"总是不免一死，不死在刀头之上已算侥幸的了，不如投江而死，倒也死得干净"。主意已定，急急地要往江头觅死。逢人便问，只说是要去唤渡。一心寻死，脚下也不顾七高八低。到得江边，只见水天一色，滚滚银涛。立定了脚，哭了多时。正在那里耸身向江心跳时，忽然背后被人拉住。回头看时，见一个汉子，年纪约有四旬光景，身上的打扮像是个撑船的模样。那汉子道："小娘子为何要寻短见？"

　　周氏见问，心中想道："我已抵庄一死，也不必遮瞒了。"便将武氏被抄，拿解家属，正要说出放走孩儿的话，忽又想道不好，只得说："是放走了女儿，到乳母家中去躲避。后来校尉解到山神庙中，被清风山的喽啰杀散校尉，劫上山去。却好是武六王爷与武七王爷，都屯扎在这山上，得以安身。后来被殳总兵三面夹攻，烧毁山寨，无处存身，只得一死。你快快放了手罢。"那汉子道："姨太太且慢寻死。咱有话告诉你听。咱有个表妹嫁与成祥。成祥的母亲可就是在府上做乳母的么？"周氏道："这是有的。"那汉子又道："成妈妈到我家来，同着三位小姐，始初说是姨太太的亲戚。后来方才说明内中一位武锦莲小姐，是姨太太亲生的女儿。住了两月有余，忽被牛魔岭上的强人窥见，把三位小姐都抢了去。小的与成妈妈急得无计可施。"

　　那汉子说到此处，周氏听了哭倒在地，苦得说不出话来。汉子又道："姨太太不要性急，待小的说完了情节，包管姨太太就要快活哩。"便将那颜小姐到牛魔岭搭救护送到船，又到他家中唤取乳母，送往岭南林之洋家。"这三位小姐与女儿国的国王、宰相俱有姻缘之分。那女儿国的风俗，男子都是穿耳缠足，抹粉涂脂；女子都是顶冠束带，管理外面的事情。如今你家小姐做了国后娘娘。还有二位小姐都做了相国夫人。成妈妈于今年春间回来时，又得了许多赏银。小的那个表妹夫成祥也不在人家佣工，置了好些田地，衣食充足。成妈妈在着家里享福了。小的向来在海船上营生，今日船班主托咱上岸来买些东西，刚要回船去，只因望见姨太太哭了多时,向江头觅死的光景,小的慌忙赶来,幸得脚儿走得快些,方能拉住。若迟了一步,险些儿身丧波涛。"周氏连忙跪下,拜谢吉庆。吉庆也只得跪了下去,连称:"折杀小的。"周氏起来,便问姓名。吉庆道:"小的唤作吉庆。如今有个愚见在此,未知姨太太意下如何?"周氏道:"愿闻其说。"吉庆道:"姨太太不如同小的走到那边去唤渡,上了海船。现在小的正要回家,且到小的家中去耽搁几时。好在燕贺村地方甚是乡僻,无人觉察。慢慢地通信与成妈妈,来到小的家里与姨太太会面,再作计较。"

周氏听了这一番说话,不觉转悲为喜,感谢吉庆不尽,便道:"难得恩人如此好心,怎生报答?"吉庆道:"姨太太太觉言重了。"于是吉庆在前,周氏在后,到了那边江口,唤渡过江,上了海船。一帆风顺,不上半月,已到了燕贺村。吉庆与母亲说明来历。周氏见了婆子,也称他作妈妈。那婆子称周氏作姨太太,留在家里。过了几日,乳母已接到了吉庆的信,前来探望。周氏见了乳母,悲喜交集。说起锦莲两次遇盗,都是颜仙姑相救的,送往岭南也是颜小姐去知会林家的。

周氏听了,连忙望空拜谢。乳母又道:"三位小姐都认了寄父母",林之洋夫妻如何要好,送到女儿国去;陪嫁如何丰盛,水路往返必须一年有余,"老妇陪送三位小妇出嫁之后,得了四百两花银的赏赐"。周氏又是感激林之洋夫妻不尽。乳母道:"姨太太,老妇有个计较在此。姨太太不如改作男装,竟姓了周,不说姓武,免得旁人动问,走漏了消息,反要惹祸。前此解京的时节,路上行了多日,姨太太在着囚车之内,岂不有人认识面貌?改了男装就没有人看得出了。老妇的家中不比这里荒僻,孩儿成祥如今也供养得起姨太太了。日后有便,托吉庆央人寄封书到女儿国去,与国后娘娘说明一切,表白苦衷。或者寄些金银前来,以供用度;或者着人前来接姨太太到女儿国去享福,亦未可知。"

周氏听了乳母这一番计较,不住地连连点首道:"乳母的说话处处想得周到,果然不错。独是妾身虽然大脚,穿了二十多年的高底鞋儿,已是穿惯了的。倘换了男子鞋袜,行走不来,如何是好?"乳母道:"这个不妨。姨太太现在足上穿的弓鞋,看去不过四寸多长。如今可做双五寸长的弓鞋,垫了薄一些的高底;穿惯了时,再换双六寸长的弓鞋,垫了二寸高底;又穿惯了,再做七寸长的弓鞋,垫寸许高底。不消半年,换了男子的鞋袜,包管你就走得来了。"周氏一一依从。乳母向身边取出十两银子送与吉庆道:"略补姨太太的饭食之费。"吉庆推了再三,方才领受。乳母住了一日,辞别回家。

且说周氏虽然略略识得几个字儿,不会写信。幸而吉庆还写得来,只得顺了他的口气,细将情节述明,如白话一般的。信儿虽有别字,看了尚还懂得。吉庆就托熟识的朋友带往女儿国去。约略算来总须十多个月方能寄到。自此,周氏住在吉庆家中,依了乳母的言语,把弓鞋放长,高底垫薄。不上七八个月,依旧变成一双原生大脚。好在周氏素来不耐迫抹,弓鞋放到六寸长时,便把脚带去了,仍是五趾分开,故而穿了男子的鞋袜,真与男子一般无二。乳母那边的衣帽鞋袜早已送来。吉庆已经航海经营去了。周氏改了男装,别了婆子,雇了驴车,径到乳母家中。乳母与成祥夫妇俱称周氏为相公。有人问时,只说是主人家的亲戚,姓周名唤成美。那周成美又在乳母家中住了四五个月,男子的举动都已学习会了。

一日正在庭中散步,忽见半空中落了一件东西来,周氏见了不胜惊异。又见那件东西中走出一个人来,上前拱手道:"请问足下尊姓?"周氏道:"小子姓周。足下何来?为何从空而降?"那人道:"在下乃女儿国王驾下的内使,姓双,名唤紫雯。前日国王接得国丈的书信,便向周饶国借了一乘飞车,备了白银五百两,二百两赏与吉庆,二百两赏与乳母,一百两作为飞车来去的盘缠。不知国丈现在哪里?"周氏道:"小子便是。"双紫雯听了,慌忙跪下拜了几拜,便向怀中取出国王的手书。周氏拆开看时,无非是国后思亲念切,要国丈作速前来、不可耽搁的意思。

周氏看罢,便请内使到里面屋子内坐了。乳母见有客至,便去烹茶,不一时送出香茗。内使问了姓氏,取出白银二百两交与乳母。乳母再三称谢。内使又对周氏道:"赏与吉庆的二百两银子,已经到他家里交与他的母亲了。国丈何不就此动身?"乳母道:"相公与贵客还请用了饭去。"二人答应。乳母回身进内,与媳妇端整好了,便搬取出来。二人用毕,周氏又到里面别了乳母的媳妇,转身便到外边,与内使匆匆别了乳母,同上飞车。内使把钥匙开了机关,如风车儿一般地旋转起来,转眼之间,离地数尺,往上直升,约有数十丈之高,径向西方飞去。车中备有干粮。却好遇着顺风,不上十天,已到女儿国内。双紫雯便取落匙把飞车停了下来,便请周氏在迎宾馆暂驻。

双紫雯入朝，奏闻国王。国王传旨，备了国丈的靴帽，即命双紫雯去宣召。

双紫雯到了迎宾馆中，教了国丈见君的礼节："国王称作主上，民呼千岁。近因轩辕国王已活到千岁之外，民称'万岁'，改'殿下'为'陛下'。这里也学轩辕国的称谓。况海外诸国各霸一方，本非天朝管辖。这里国王的群下有时仍称'主上'。"周氏忙换了靴帽，随着内使出了迎宾馆，一径进了午门，来到殿廷。鞠躬跪下，俯伏奏道："臣周成美朝见吾主，愿主上万岁，万岁。""国丈平身。""万万岁！"国王即命内侍移取锦凳，敕赐坐了。又命内侍取茶，赐了御茶。然后传旨内使，与国丈到昭阳宫，去朝见国后娘娘。又对周氏道："国丈请先往后宫。孤家事毕回宫，与国丈叙话。"国丈答应，随着内使一径来到后宫。只见雕梁画栋，金碧辉煌。

到了殿外，内使通知值殿的宫娥，不多时便卷起珠帘，里面走出一个宫娥道："娘娘有旨，宣国丈大人觐见。"周氏听了宫娥宣召，步上玉阶，走进殿中。见上边坐着一位国后娘娘，粉面朱唇，珠冠玉佩，蟒服宫裙，裙下露出窄窄的大红花绣弓鞋，稳重端庄，打扮得十分美丽，竟看不出是自己亲生的儿子了。连忙走上一步，恭身跪下道："娘娘在上，臣周成美见驾。愿娘娘千岁！"

锦莲见是庶母，连忙起身离座，亲手搀扶，改照女儿国内的称呼道："阿父平身。"周氏立起身来，谢过了恩。锦莲赐坐，动问细情。周氏便把校尉查抄，如何解京，如何上山，如何劫寨，如何投江，如何遇救，如何改装，如何更名，一直说到内使双紫雯寻到乳母家中，飞车来接。锦莲听了周氏之言，悲喜交集。周氏道："请问娘娘别后如何的光景？"锦莲便将乳母家中恐防查问，不敢存身，"到燕贺村去躲避。路上打尖几乎被人看出面貌，幸而装了小足，方才不来查拿。花神庙中遇见了韦氏二人，也是逃灾避难的，都是至诚君子。因此劝他也改了女装，结为姐妹，意合情投……"锦莲尚未说完，忽见宫娥前来禀道："启上娘娘，皇爷驾到。"

锦莲闻报，连忙起身迎接。国王道："御妻不须拘礼。"又道，"国丈也请坐了。"周氏谢恩坐下。若花问道："国丈今年多少甲子？"周氏奏道："臣今虚度三十八岁了。"若花道："正在壮年，看去还似三十以内的光景。"又向锦莲道，"前者父王的西宫国丈通同作乱，后来伏法查抄，至今封闭。孤家把这府第赐予国丈，封为安乐侯，照侯爵例月支禄俸，坐享荣华，不必预闻国政，免招物议。如今先赐黄金百两、彩缎二十端、内侍四名、宫女两名，服侍国丈，以为娱老之计。"锦莲听了，连忙跪下谢恩。周氏也随后俯伏。若花挽着锦莲的手道："御妻何须多礼？"又道，"国丈平身。"当下传出谕旨，派内使八名，速将那前次西宫国丈的府第重整一新。内使奉了国王旨意，登时启封。那些桌椅、器用、杂物一切完备，只须拂去尘垢就好了。

且说宫中国王，又赐御宴，与国丈洗尘。宴毕，谢恩。若花便点了两名宫娥，一名花娇，一名柳媚，陪侍国丈。周氏又谢了恩，辞了国王、国后，出了昭阳宫，直至午朝门外。早有内使唤齐了人夫轿马，预先伺候，都来请问侯爷："还是乘马？还是坐轿？"周氏道："乘轿的好。"人夫一声答应，当下国丈坐了八人大轿，两个宫娥随后也都坐了肩舆，不一时已到侯府。周氏下轿，进了大厅，便唤内侍去传召门丁、童仆、妇女、丫环、厨子等人。去不多时，纷纷齐集，挤满一堂。派了差使，各自分头去管理不提。

周氏进内到了中堂，转入屏门，直上扶梯，到了堂楼，看了一遍。从厢楼穿过后楼，团团兜了一转，已葺理得十分齐整。内外房廊约有七八十间，后面还有一座园亭，也有十亩方圆。派了两名园丁前去管理打扫，栽种花木，照料一切。周氏取出黄金，命内侍去换了银子，又将钦赐的彩缎，唤几名成衣匠做四季的袍服并妇女的衣裙。分拨定了，天色已晚。各处点上灯火，用过夜膳，靴声秃秃，踱进后堂。

周氏步上堂楼，只见两个宫娥花枝招展，款步上前，都来迎接侯爷。周氏道："你二人多少青春了？"柳媚道："婢子今年一十九岁了。"花娇道："婢子比他还少一岁。"周氏道："本爵今晚就在你的房中安歇。你的卧房在哪里？"柳媚道："花妹妹的卧房在东楼，婢子的卧房在这边西楼。"周氏便往西楼而去。柳媚随在后边。到得房中，已薰得香气扑人眉宇。又见那柳媚生得唇红齿白，长条身材，裙下缠成一双小小金莲，甚是可爱。周氏便将房门闭上。柳媚走来，便与他宽衣解带，脱去乌靴、绫袜。柳媚方去卸却钗环，宽了衣裙，上过净桶，坐在床沿，脱去花鞋，露出那尖尖楚楚不盈一握的金莲。周氏把在手中，看了又看，真是爱不忍释。柳媚放下罗帐，便倒在周氏怀中，共入鸳衾，成其好事。周氏是二十余年久旷的半老佳人，柳媚是年未弱冠的美貌童男。周氏到此不觉心花大放，快乐非常，暗暗想道："我是待死之人，何幸有此际遇？真是梦想也不到！"过了一宿，明晚又到花娇房内。见那花娇玉容圆润，身材略略肥些，裙下也是瘦削的莲钩。周氏余兴未尽，便催花娇卸了浓妆，同上牙床，兴云布雨，倒凤颠鸾，周氏与花娇又成了眷属。真个是芙蓉帐暖，金屋春深！自此左拥右抱，暮乐朝欢。

周氏到了明年，与柳媚生了一子。隔了一年，又与花娇生了一女。仍循女儿国的旧俗，男子穿耳裹足，女子束带顶冠，都在女儿国内婚嫁。后来两个宫娥都封做夫人。周氏虽是作了国丈，绝口不谈国政。暗中并劝女儿锦莲，朝廷大事断然不可预闻，这是他守分的好处，表过不提。

再说那武六思与着七思、毕胜，逃往海外，到了大人国的地方，欲投栖止。行够多时，走过了一座高岭，远远望去，隐隐尚有城郭。前次林之洋、多九公来的时节，只道大人国就以此岭为城，不知里面还有城池。三人慢慢地走进城中，只见人烟稠密，闹热非常。忽闻人声嘈杂，成群结队地走来，三人吃了一惊。

不知为着何事，且待下回分解。

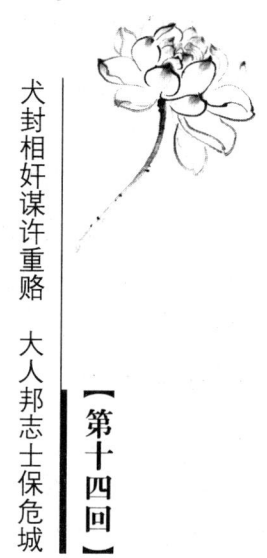

第十四回

犬封相奸谋许重赂　大人邦志士保危城

话说武六思、武七思、毕胜三人，逃奔海外，到了大人国城中。听得人声嘈杂，三人便去探听怎么事情。

原来海外有个犬封国，他国内的人民就是多九公说过的那个国度，虽是狗头狗脑，于吃喝二字极其讲究。他的国中有个相臣叫作郎冶新，奸计百出，诡诈异常。只因本国地方褊小，早与大人国通商往来，一味欺骗侵占了大人国许多的地位。贪心不足，还要想个法儿把大人国的城郭毁去，以便扩充基址。算计多年，无从着手。

不意大人国内近来出了许多贱丈夫，都是罔利营私，不顾大局，风气浇薄，脚下都生了黑云。本来大人国内的人无论贵贱，举步行动的时候，下面个个有云托足，离地约有半尺。素来国人以足生黑云为耻，不敢为非作歹。近来利令智昏，大非昔比。

郎冶新打听得大人国内有位致仕的官员，声势煊赫，姓平，名唤砥如，最爱孔方,贪鄙近利。郎冶新忙差犬封国通使向平砥如关说,许以重赂,若能毁去了大人国的城垣,让犬封国的商人推广营业,愿出白银五十万两当作谢仪。

平砥如得了犬封国通使重赂酬劳的消息,日夜筹思卖国的方法。想了二三个月,被他想出一个计较来了。忙去约会了狐群狗党、许多不逞之徒,私室密商,把郎冶新许馈厚赂的话述了一遍,又道:"咱们若能废去这个无用的旧垣,此种财帛就好暗中分惠了。咱兄弟思得一个计较在这里,特邀众位老兄台到此商议。"众人都道:"愿闻其详。"平砥如道:"犬封国自到这里大人国通商以来,城外的商场十分闹热,百货充牣,近悦远来。城中的市面,哪里及得他来?不如把这城墙拆毁,内外交通,城中的商业也好兴旺了。况且咱们足下生云,城门低小,进出往来须要低头而过,挤轧异常,极其不便。没有这重门户,方好昂然出入。即使足下生了黑云,也好把红绫遮盖的。"众人听了平砥如的一番计议,个个鼓掌称妙,还有怂恿的。几个人都道:"咱们就此决议,何不签个字儿?"于是众人都签了字。那签字的许多人,一个唤作支鸣谦,一个唤作褚理绪,一个唤作邢有能,一个唤作舒具瞻,一个唤作柏向荣,一个唤作许赤城,其余也不细表。众人都签了字,动了一纸公呈,交通一个当路的官员,姓伍名桂。那伍桂是个糊涂昏聩的官儿,只道这一班动公呈的人都是大人国里头的乡绅名士,便贸贸然允准了,也个去奏闻国王。平砥如、支鸣嫌、邢有能等知伍桂批准了公呈,满心欢喜,端正将这大人国的城郭卖与犬封国的郎冶新,安安稳稳分润这五十万两银子。

哪知伍桂准了毁城的公呈,这消息就沸沸扬扬地传开去,早惊动了那些公正乡绅。那些公正乡绅,脚下也有生白云的,也有生黄云的,也有生青云的,也有生红云的,脚下生彩云的虽则寥寥,那生黑云的一个也没有,故而不用遮头盖脚。那些公正乡绅闻得平砥如等要把这座大人国的屏障拆毁,不胜惊骇,明知他们都是利欲熏心,不顾祸患。那为首要阻挡他们拆城的乡绅姓诸名唤大材,晓得大人国的这座城池大有关系,忙约了许多同志的人,聚了个"保存大人国城垣公会"。一位姓易名汝珍,一位姓益名逊志,一位姓蔚名伯寮,一位姓辛名砱然,一位姓毕名保成。这几位乡绅都与平砥如等反对。先议定了会议的宗旨,总要保全大人国城垣,使人民安居乐业,不使犬封国民再越我鸿沟一步。诸大材等叙谈的地方取名安国社。毕保成、辛砱然二人道:"这是国家的大事,必须据理力争。开了议院,知会了通国绅商士庶，方能折服平砥如等这一班人。"那议院就在大禹庙的东首，有一所大大的议院，国中遇有大事本可开院公议。那院中可容一二千人。"咱们何不预行咨照他们到院中评议？"易汝珍、益逊志、蔚伯寮三人都起身对着诸大材道："弟等看来，此举虽是理直气壮，但他们这一班人蓄心已久，口舌利便，不容易对付他。若要折服他们，必得请出这一个人来方能保得此城。"诸大材道："这位是何等样人？姓甚名谁？乞道其详。弟当立刻具柬，请他前来共议大事。"益逊志道："姓靳名赞参，是个好学通儒。为人正直，不畏权贵。近因大人国的时事日非，洁身引避，大有隐君子之风，才脚下常有彩云拥护，头上的三昧火，光焰非常。妖邪鬼祟都不敢近他。此公若肯到议院折辩，一语足可抵人千百，侃侃而谈，真有旁若无人之概。"诸大材道："此君咱也闻名久矣。如今先请靳君到会叙议。"随即备了柬帖，命人前去邀请。

且说靳赞参这日正在书室中挥毫染翰，著述奇书。忽见有人送了一个柬帖进来。拆开看时，方知为着平砥如等要把城垣拆毁、借口兴商的事情。心中想道："我本不欲预闻外事，但是这大人国的界限全靠此城以做屏幛。若然毁了此城，大人国的权限就断送与犬封国了。"便对那送信函的来使道："知道了。你且回去，说咱就来。"那使者去后，靳赞参在家中用过了午膳，匆匆地洗过了脸，便立起身来，出了大门，脚底下腾了彩云，便到安国社来。诸大材等接见，都道："哪得兄台屈驾，惠然肯来，此城定可保存。"靳赞参连称"不敢"，道："现在大人国的风气厌故喜新，徇利忘义，弟实不乐预闻。今承诸君子见召，迫于公义，不得不来。然而弟亦碌碌庸人，何能与此辈廷诤面折？"诸大材、易汝珍、辛硁然、益逊志、蔚伯寮、毕保成都躬身起立道："挽回此举，全仗兄台鼎力。"靳赞参只得应允。

当下诸大材等便议定日期，大开议院会议，凡有大人国的绅商士庶，都可到会评论。遍发传单，咨照他们都到议院中来叙议。

到了这日，平砥如等这班私人先去请了党羽到院，诸大材等这班正人也去约了许多士商，都到院中听议。那大人国中的若老若幼、若大若小庶民，都窃窃私议。也有说拆毁了的好，也有说保全了的好，议论纷腾，人声嘈杂，成群结队而行，都要到议院中去听他们两面的议论。武六思、武七思、毕胜三人探听明白，便跟了众人也到议院来，听他们两造的折辩。暂且按下慢表。

且说那正人一党、私人一党，都去请了那个糊涂官儿伍挂到院，居中设了公案，面南背北地请他坐了。右旁另设一案，是乡绅参议的公案。议院中坐听者千余人，议院外立听者也有千余人。先是平砥如开议道："今日之事，为利便大人国民生起见。大人国本以一个高岭为界，岭外俱是稻田，岭内虽有居民，人烟甚是稀少。自与犬封国通商以来，人烟日见稠密，贸易亦日见繁兴。现在这个小小城垣阻隔，未免有碍交通。而且城门低小，出入往来总须低首而过。此非我一人之私也。"辛硁然起立道："平君砥如既无私见，还请诸君各抒议论，以决大疑。"益逊志闻言，离座而起，便走到议案前立定，拱手道："毁城之举关系大人国全国大局，非博访周咨，终难定议。大人国有亿兆人民，人心不一。我安国社会派出多人采访舆情，登诸册籍。已经遍处稽查，其欲毁者十之二三，其不欲毁者十之七八。册籍俱在，确有可考。"益逊志语毕而退。靳赞参作色而起，趋至议案前，拱手对众道："今日之事关系一国主权，仆因不得不参末议。曩者伯鲧始筑城郭，保卫民生，自古及今，无论海内海外，未闻将城垣毁坏以为利便民生者。我大人国自与犬封国通商以来，犬封国的商业日见兴旺，大人国的商业日见衰败。利源外夺，不待智者而知之。若将城垣拆毁，大人国的疆界势必又为犬封国侵占，此城不为我大人国所有。他日果如鄙人之言，始作俑者，虽万死不足以蔽辜。况吾邦与君子国贴近，岂有君子国有城以资保障、大人国独可无城以清界限的么？诸君子意在必毁，且俟各邻邦的城垣尽毁，然后再毁我大人国的城垣未迟。"靳赞参语毕而退。毕保成道："诸君子如另有高见，不妨再请申说……"言还未竟，只见柏向荣也到议案之前立了，嗫嚅而言曰："今日会议大事，须要先定了资格。岂有资格不定而可贸贸然参议其事者？靳君素不预闻公事，今日何得前来妄议……"道言未了，议院内外的人已是喊声如雷，都道："靳君之言正大光明，直截痛快，真是千古不刊的定论。况靳君又素号通儒，资格有何不合？你的资格何在？何不快快说来！"原来这柏向荣是个未进生员，平时专管闲事，舆望素来不洽。柏向荣被众人驳得顿口无言，座中之人个个跳起身来，几欲饱以老拳，莫不怒目而视。那庭前站立的许多旁听之人听了，手中拾起石子，行将奋击，势甚汹汹，不可向迩。伍桂见势头不妙，忙对众人道："诸君子请息雷霆之怒，勿以意气相争。靳君之论大是通达事体，本宪当谨如所命，转奏国王，永保此城便了。"院内院外那许多人听了伍桂之言，方才一哄而散。

武氏弟兄与毕胜也随着众人出了议院。三人互相谈论道："这里大人国中有了这个靳赞参，一言足以保邦，真是邪不胜正。如何存得身来？咱们只得再往他国碰碰机会，觅一栖息的所在便了。"

不说三人窃窃私议，且说大人国内的事情喧传远近。传到君子国内，连君子国的国王都知道了。便召宰相吴之和、吴之祥兄弟二人，问明了详细情由，钦差吴氏弟兄到大人国解纷排难，和平了结。后来，把大人国的城门开辟高阔，虽然脚下有云，都好昂然出入，不必低头而过了。平砥如等无利可图，只得罢休。犬封国相臣郎冶新的鬼蜮伎俩也就穷了。大人国的国王闻得保全此城幸亏诸大材等请了靳赞参出场，争回主权，厥功甚伟，卑礼厚币征聘他出仕。哪知靳赞参不愿为官，屡屡召他，终以疾辞不赴。后来到了百岁的诞辰，还是手轻脚健。送了祝寿的老友出门，忽然脚下的彩云渐渐升至半空。子孙曾玄辈闻知，忙来挽留。靳赞参把手一挥，哈哈大笑，直上云霄而去。表过不提。

再言武氏弟兄与毕胜，离了大人因，在路饥餐渴饮，不计时日。这一天到了淑士国的地方。一路行来，远远望去，尘土冲天，隐隐的鼓声不绝。及至走近看时，原来是教场中操演军马。演武厅正中座上阅操的，就是淑士国驸马，威风凛凛，杀气腾腾。三人看了多时。操演已毕，驸马便打道回府，前呼后拥地去了。毕胜道："咱们三人不如同去投军，暂作栖身之计。"六思道："这倒使得。"七思道："明日写了投军状便去。"

要知三人如何去投军，且听下回分解。

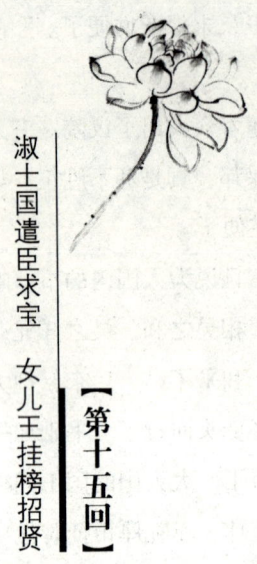

第十五回 淑士国遣臣求宝 女儿王挂榜招贤

话说武六思与武七思、毕胜三人，都写好了投军状，问到淑士国的驸马府第。那驸马复姓鲜于，单讳一个"志"字，为人生性刚暴，好勇斗狠，终日操练兵马，挑选将士，准备行军之用。

这日见门丁递进三纸投军状，便问门丁道："那三人现在何处？"门丁禀道："现在门房伺候。"驸马道："传他们进来。"门丁领命，不多时带了三人进来，上厅参见。通名已毕，驸马道："你们三人既是中原人氏，为何到这里淑士国来投军？"六思禀道："只因飘洋习贾，翻了海船，无家可归。家中又没有亲丁。闻得驸马爷爱贤礼士，特来投在麾下，愿赐录用。"

驸马听了大喜，便问道："你们有何武艺？用什么兵器？"武六思道："末将会使长枪。"驸马便命六思往东边枪架上去拣一支长枪，就在厅前试演。六思答应，便往枪架上取了长枪，走至厅前，立定了步位，提枪在手，盘头盖顶，左右插花，把九九八十一路枪法使完。驸马又问七思用何器械。七思欠身答道："末将善使大刀。"驸马命七思取刀试演。七思也去刀架上取了一柄大砍刀,走下厅来,双手擎刀,开过了四门,将那平生学会的七十二路大砍刀使完。驸马见武氏弟兄枪法刀法都好,又问毕胜道:"你用的兵器又是什么?"毕胜道:"末将用的是宣花斧。"驸马也命毕胜到架上取斧。毕胜领命,取了斧子下厅,把衣袂撩起,扎束停当,然后把斧使动,献出平生武艺,将那八八六十四路斧法使完了。驸马便召三人上厅道:"你们三人的武艺尚还去得。暂且在咱府中居住。"便授毕胜为中军传宣官,六思、七思为帐前左右护卫。俟有功之日,另行升赏。当下各赐白银一百两。三人领赏,各各谢恩,退到外厢。驸马派他们在厅前两旁的厢房中安歇。暂且按下不表。

再说驸马门下有个篾片,唤作献勤。闻得女儿国有两件异宝,乃当世罕见之珍:一匹犀牛,一颗明珠。那匹犀牛就是当年女儿国王乘坐了往轩辕国去祝寿的,名为分水犀牛,涉水冲波如履平地一般。那颗明珠,乃是君子国的孝女廉锦枫向海中取参奉母,被渔人网住,幸遇唐敖出银拯救,那廉锦枫重又入海取参,杀了大蚌,取得明珠,送与唐敖。唐敖给了女儿闺臣。闺臣与阴若花结义姐妹,胜比同胞。后来阴若花要回女儿国去,唐闺臣姐妹情深,就将这颗明珠赠予若花留作纪念。其时若花乘了飞车回国,在着途中,取出此珠与国舅观看。那时天色将晚,只见此珠大放光明,方知乃是异宝。若花连忙藏在怀中,回到国中即了宝位,便命宫娥结个网络悬挂殿中,夜间撤去灯火,满殿光华,比点了灯火还明亮许多,真是无价之宝。

献勤说与驸马知道,驸马听入耳中,探明了实在信息,便去奏知淑士国王。国王道:"这是他的镇国之宝,如何肯轻易与人?"驸马奏道:"儿臣思得一计,只须遣一个能言舌辩的使臣,备了黄金十万,往女儿国去,与那国王说,咱淑士国王愿奉黄金十万为筹,借取明珠、犀牛一用。要往各国海岛游览,因不喜乘舟,暂借犀牛骑坐渡海。那明珠带在身畔以代灯火。借了来时就不还他。也有十万黄金在那里,不怕他奈何了我。况女儿国向来懦弱,最是怕事。那些顶冠束带的都是女子,国中的男儿反要穿耳缠足,伏处闺门。而且不修武备,连开河的铁器还是林之洋海船上自中原带来的。前此的国王看中了林之洋,要把他纳作贵妃,将他穿耳裹足,改了女装成亲。将及半月,仍被唐敖索还。现在女儿国的国王阴若花,前在天朝武后时曾经取中女学士，学问虽是渊博，若论武事一毫也不懂。岂有送他十万黄金还不肯借这两件宝物么？设或不肯，臣提一旅之师，他们国中的兵将都是女子，不经大敌。女儿国王定将宝物双手奉献，连那十万黄金也好省了。"

国王见驸马所奏大为动听，当即准奏，备齐十万黄金，装了十个大箱，着御前头等侍卫子车良往女儿国去求取异宝，须要善为说辞。子车良领了淑士国王的旨意，带了两个随员、八名家将，雇了大号海船，装了黄金十万，径往女儿国进发。

于路无话。这一日到了女儿国，停了船只，带了两名家将先自登岸。骑了高头骏马，家将随在马后，一径问到卢紫萱相国府第。跳下马来，便命家将取了名帖，烦司阍通报，说淑士国御前头等侍卫子车良有事请会。司阍领诺，持了名帖，径往里边，走到书房，只见相爷正在那里观书。司阍走上一步，单膝跪下，禀道："启上相爷，淑士国御前头等侍卫子车良前来请见，有名帖在此，请相爷过目。"

紫萱接了名帖一看，心中暗想："淑士国与女儿国素不往来聘问，今日遣使前来，不知是何缘故？"便对司阍道："你出去回说本大臣请会。"司阍答应，往外便对子车良道："淑士国大人，咱们相爷有请。"子车良便随了那司阍进内。到了仪门，只见卢相国已在滴水檐前迎接。让进大厅，施礼已毕，分宾主坐定。堂候官送上香茗，卢相国便启口道："不识大人辱临敝国，有何见谕？"子车良道："下官奉敝国主上之命，特来与贵国通好。进献黄金十万，为大王筹。闻得贵国有两种异宝，一是分水犀牛，一是夜明珠子。敝国主上欲求暂借一用，多则一年，少则半载，定来奉赵。并恳相国转达天听。故此下官先来趋候。"说罢，连连打躬。

紫萱听了，慌忙立起身来，也回了礼，便道："请大人先回迎宾馆，兄弟明日早朝奏过了敝国主上再议。"子车良便道："既如此，下官告退。明日朝堂再行劳动相国便了。"紫萱起身相送，直到大门，拱手作别。回至大厅坐下，仔细思量，借也不好，不借也不好。正在踌躇，只见屏后走出一个人来，却是黎红薇相国。原来卢相府的后园与黎相府本来通连，这日红薇朝罢回来，要来与紫萱闲谈。只因紫萱不在园中，故而直至大厅。红薇道："姐姐独自一人在此何干？"紫萱道："贤妹来得正好。愚姐本要来寻贤妹共议国家大事。"红薇忙问何事。紫萱便将淑士国使臣子车良奉国王之命，备送黄金十万，要借明珠、犀牛的话文，从头至尾，细述一遍。

红薇听了道："虽说借用，明系将十万黄金换这两件异宝，定是久假不归。若不借他，那淑士国的驸马鲜于志性好战斗，恐不免惹动干戈。"紫萱道："愚姐也是如此想。"红薇道："姐姐，不如妹子与你同到兰音妹妹那里共议何如？"紫萱点首称是，便唤道："来！"只见走进两名家丁，垂手侍立。紫萱道："提轿伺候，往老国舅府中去拜枝郡马。那边黎相爷的长班也去唤到这里来伺候。"家丁一声答应道："是。"退到外边。不多时，便来禀请升舆。姐妹二人挽手同行，到了二门，各自登舆，径到老国舅府来。家人见了，连忙进内通报。郡马兰音正在书房看书，家人禀知两位相爷同来，连忙步出书斋，到了大厅。紫萱、红薇已经进厅。

姐妹三人叙过了礼，家人送上香茗。茶毕收杯，紫萱便将淑士国使臣前来借取两般宝物，先送十万黄金这节事情，并子车良如何说辞，一一说与兰音知道。兰音听了也道："事在两难。明日朝廷之上，子车良同在一处，不便商议。今日咱们三人先到宫中，去与主上暗暗议定主意，借与不借，一言可决。"红薇又请老国舅出厅，彼此都见过了礼，议了一番，也道："早定大计的为是。"当下姐妹三人别了老国舅，径到宫中。内侍奏明国王，国王传旨宣入。三位大臣见了国王，免拜赐坐。紫萱便将淑士国所说的情由一一奏明，红薇也将借了这无价之宝断不肯还、如其不借难免惹动干戈的道理奏明。若花听奏，便道："郡马有何高见？"兰音道："未知主上肯借与否？"若花道："这两件东西孤家如何肯借？犀牛是先朝阿父所传，明珠是闺臣阿妹所赠。一经借去，永无归期。岂不把阿父的遗泽、阿妹的深情都抛掉了？"说着，不觉滴下泪来。紫萱道："主上不借自是正理，只须一言回绝便了。依臣愚见看来，须要防备着淑士国兴师动众。若不预为地步，整顿军马，如何抵敌？"红薇道："国中武事废弛，器械不修。当年治河的器具，闻说还亏得唐伯父带得许多生铁应用。如今要准备应敌，先往各处采办军装，操练兵马。"兰音奏道："主上，据臣看来，旧时的兵将都是老弱无能，不如挂榜招贤，选取勇将，不拘新旧，无论男女，比试过了武艺，择优拔取。给予帅印，挑取先锋。召集了十万雄兵，何虑不能退敌？倘得振我女儿国的威风，使他国亦不敢藐视。吾主以为何如？"若花听奏道："众卿所见，面面想到。孤家看来，事在必行。依卿所奏。待明日回绝了使臣，速速分头办理，挂榜招贤便了。"三位大臣便立起身来，辞别国王出宫，各自升舆回府。按下慢表。

且说若花回到寝宫楼上,锦莲起身迎接。若花将身坐下,宫娥送上御茶。饮了半杯,便将淑士国遣使要借异宝的情由,说与锦莲知道,问道:"御妻有何主见,与孤家决断这件事情?"锦莲道:"臣妾乃是女流,宫中的内事还恐整治不来。朝廷大事,岂敢妄言?还请主上召集大臣共议的为是。"若花道:"御妻真是难得,恪守妇道,不肯干预外事。孤家实对你说了罢。"便将刚才三位学士的议论说明,候淑士国的使臣去了,便要施行。锦莲听了,方才放心。国王传旨宫娥摆宴,与娘娘遣闷,当晚就在宫中歇宿。若花虽是十分宠爱,锦莲只是一味柔顺,未尝恃爱专宠,真与那贤德的妇人一般。

一宵易过。次日早朝升殿,早有殿尉官启奏:"淑士国使臣子车良在午门外候旨。"国王传旨召见。子车良便随了殿尉官上殿参拜。三呼已毕,国王传旨平身赐坐。子车良呈上国书,并将来意道达。国王把国书展开看了一遍,轻开御口道:"孤家也思游览海岛中的风景,亦需此二宝物随身。就烦贵大臣回复贵邦君主,敝国虽贫,尚不少此十万黄金之用。"国王说罢,便立起身来,把袍袖一拂,驾退回宫去了。子车良见国王退朝不理,收了没趣,弄得无可如何,只得退出朝门,回至迎宾馆中,命家将收拾行李并十万黄金,带了随来的众人回到船上,便催水手开船,遄回本国,向国王复旨慢提。

再说女儿国王知淑士国使臣已去,即便差官采办生铁,制造军器。缮就黄榜,招贤纳士,各处张挂。如有武艺高强者,速投郡马府与黎、卢两处相府报名。一俟造齐了名册,择了吉日,到御教场演武厅比试武艺,量材擢用。不论男女,只论武艺超群者,均可报名应试。皇榜一出,引动了女儿国中多少英雄出来比武!

要知后事如何,且听下回分解。

第十六回 众英雄教场比武　大元戎水陆练兵

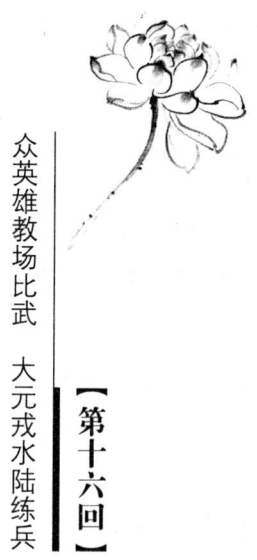

话说女儿国的疆域，也有汉末三国时东西两川地方之大。共有三座关头，第一关唤作鹤鸣关，第二关唤作白璧关，第三关唤作集贤关。过了集贤关方是女儿国的京城，名为凤凰城。前者林之洋贩售货物，送三个寄女儿出嫁是从海道而来，故而上了岸便是凤凰城。这且不表。

如今招贤的皇榜遍处张挂，通国皆知。并且榜上注明，如有武艺高强者，无论军民妇女人等，均准报名赴试。当时恰值二月初旬天气，择定了三月十二日在御校场中演武厅考武，准于初八日取齐，以便造册申送。自从挂了皇榜之后，凡籍隶女儿国的武士纷纷前来报名投考，填明履历方准应试。郡马府、黎相府、卢相府报名者络绎不绝，应接不暇。到了初八日傍晚时候，查点报名册籍，统计有三千五六百人，姓名不及细表。

到了十二这日早朝，众大臣恭请国王亲莅御校场演武厅校阅。排齐全副銮驾，国王坐了逍遥马，护卫大臣黎红薇、卢紫萱、枝兰音并各大臣都上了高头马，前呼后拥，到了御教场。进入演武厅中，居中排了御座，国王端然坐定。三位护卫大臣赐坐两旁，其余扈驾各官分班站立。只见那御教场中人山人海。国王传旨："不准喧哗！如有武艺精通者先自报名，然后献技。"

传宣官道言未了，忽见人丛中闪出一人一骑，高声大叫道："臣云飞凤在此！哪个敢来与俺比试武艺？"说着，手中舞动大刀，盘头护顶，架隔遮拦，马上的功夫也好去得。舞完了刀，那边早飞出一骑道："云飞凤且慢逞能，帅印须让俺苗秀鸿来取！"说着，便把手中梅花枪向云飞凤的坐骑刺来。那飞凤忙将大刀架开了枪。二人搭上手来，各自争强赌胜，枪来刀架，刀去枪迎。一来一往，战了三十余个回合。云飞凤渐渐战苗秀鸿不住，只得败了下来，大叫道："战你不过，帅印让了你罢！"

云飞凤道言未了，忽听得前面有人叫道："留下帅印待俺水碧莲来取！"遂分开了众人，跃马而来，举起白银枪便刺。苗秀鸿急架相还，两人大战。打了五十个照面，只战得个平手。水碧莲虚晃一枪，回马便走。苗秀鸿不舍，随后赶来。哪知水碧莲左手提枪，右手向怀中取出一个流星锤，向苗秀鸿劈面飞来。秀鸿眼快，忙将枪柄打落，第二锤又打来时，却打在马头之上。那马大吼一声，把秀鸿掀下马来。碧莲也不去伤秀鸿，便走马到演武厅来，要取帅印。

忽见左边闪出一骑道："水碧莲敢来与俺比试么？"碧莲道："快快通下名来！"那人应道："俺乃红赛珠是也！"手提双剑，飞舞而来。碧莲将枪架过，战到二十多个回合，碧莲见不能胜他，便一手举枪招架，一手暗暗取出锤来，向下面打去。红赛珠防备了上面，不曾防备下面。那马腿上早着了一下，把赛珠也掀下马来。

右势下一人大叫道："水碧莲！你用暗器胜人不算希罕。俺掌中珍来与你比个高下！"说着便举起手中画戟，分心刺来。水碧莲急架相还，当下两人戟来枪架，枪去戟迎，斗了四十个回合，掌中珍本领高强，水碧莲敌他不过，回马便走。掌中珍早已防备他的暗器，接连拨落了三个流星锤。水碧莲到此情愿退让。

掌中珍扬扬得意。随后来了金彩文，手执大斧，与掌中珍战了十余个回合，败了下去。金彩文败下，又闪出蓝桂馥，也战了十多个回合，败了下去。

掌中珍正待要取帅印，忽见那边闪出一骑马来，却是个美貌女子，生得面白唇红，眉清目秀，坐下一匹花鬃战马。那马镫上露出三寸金莲。手执两柄绣鸾刀，飞马而来，清脆的声音道："掌中珍留下帅印，待咱梅凤英来取。"掌中珍道："你这女子，是个琐琐裙钗，也想来取帅印么？"梅凤英道："这是皇皇谕旨，无论男女，只须武艺精通者，都可掌得帅印。"掌中珍道："梅凤英休得逞能！放马过来，与你见个高下。"说着，手中举起画戟便刺。梅凤英将刀架开。一男一女大战交锋。斗到了八十个回合，掌中珍只有招架之功，没有回兵之力，只得败了下来，退在一旁。

又见那边一将在马上叫道："你这女子休得逞强，俺小将军花逢春来与你见个高低。"说时迟那时快，早已举起手中两柄银锤，照着顶梁上盖将下来。梅凤英不慌不忙，把双刀架开。只见八个马蹄分上下，两条铁臂赌输赢。一来一往，两下战了足有一百余合。花逢春的两柄银锤渐渐敌不住梅凤英的两口鸾刀。

旁边恼了花逢春的姐姐花如玉，道："贤弟少歇，待愚姐来与梅凤英比较武艺。"花逢春正在心慌，忽闻姐妹的言语，连忙把马一拎，跳出圈子。梅凤英举目看时，也是个女子。两下通了姓名，见花如玉比自己生得愈加美丽，长眉秀目，绿鬓红颜，身穿着银红百蝶战袄，腰系嫩绿绣花小脚裤儿，坐下银鬃白马，葵花镫上踏着尖尖细细的三寸金莲，手中执着一杆錾金枪。两个佳人各献才能，足足战了一百二十个回合，梅凤英看看抵挡不住，忙把双刀架定了单枪道："姐姐果然本领高强，妹子情愿把帅印让你。"花如玉道："这倒承姐姐的情了。"说罢便道，"能事的快来比试。"

只见东边来了一人，名唤一枝桃，战不上十个回合，便败了下来。又是一个名唤景钟声，也战了七八个回合退下。花如玉接连战胜了十五六个，后来没有一个敢来与他交手。

国王看了心中大喜，着殿尉官传旨，宣花如玉、梅凤英、花逢春等众人上演武厅朝见。一声旨下，个个跳下雕鞍。先是花如玉轻移莲步，走上厅来，深深万福，柳腰款折，跪下奏道："臣女花如玉见驾，愿吾主万岁，万岁——""爱卿平身""……万万岁！"国王便问花如玉多少青春。如玉奏道："臣女今年一十八岁。"国王又道："花逢春可是你的兄弟？今年几许甲子？"花如玉奏道："少臣女一岁。"国王道："难得你姐弟二人俱是少年英俊。孤家今日就封你为帅。"便着殿尉官取帅印与花如玉挂了,敕授兵马大元帅。花如玉跪下谢恩,起来挂了帅印。国王又命花逢春为前部先锋,挂了先锋印。然后梅凤英朝见,国王便问凤英:"年几何矣?"凤英奏道:"臣女今庚一十七岁。"国王就敕梅凤英为海军大都督,管理一应船只。掌中珍为海军先锋,给予印绶。众人俱各叩首谢恩。其余如苗秀鸿、水碧莲、红赛珠、云飞凤、金彩文、蓝桂馥、一枝桃、景钟声等,俱留在花如玉帐前听候调遣,俟有功之日,另行升赏。再有已经报名、未经比试者,着殿尉官传旨,明日仍在教场听候花如玉阅操,择优录用。另外招收十万大军,并着梅凤英督练海军,演习水战。

国王分遣已毕,传旨摆驾回宫。内侍扶上了逍遥马,护卫大臣也上了高头,沿途经过的地方,家家户户香花灯烛,寂静无哗。不多时,回到午门,直至殿廷。国王下了逍遥马,驾退回宫。各大臣辞朝回府。不提。

且说郡马枝兰音,回到老国舅府中,见了岳父、岳母,将教场比武挑选英才的事细细说了一遍。然后来到郡主房中,只见郡主正在窗下观书。丫环见郡马进来,便禀郡主道:"娘娘,郡马爷回来了。"郡主闻言,连忙起身迎接道:"郡马今日陪主上阅操辛苦,这时候也不早了,曾用过午膳否?"兰音道:"已在演武厅中吃过了。"说着,便将案上这卷书取来一看,原来是孙武子的兵书,忙问:"郡主可是通晓武艺的么?"郡主道:"妾身虽略略知些,究系女流之辈,也不能与国家出力。"兰音道:"郡主虽如此说,不知今日教场阅武,两个女子都比那许多男子厉害。一个花如玉拜了兵马大元帅,一个梅凤英拜了海军大都督。其余的男子均在他麾下,听那女子的调遣。"郡主听了郡马之言,羡慕那两位女将不置。故而两位相国夫人隔了不多几时也都学会武艺,都是郡主传授他们的。此言慢表。

再言卢紫萱,回到相府,步入后堂,见母亲缁氏与夫人韦宝英坐在一处叙话。夫人起身迎接道:"相公今日辛苦了。"缁氏道:"孩儿陪侍主上,曾否站得足痛么?"紫萱道:"母亲,这倒还好。幸而主上赐坐,没有多站。"三人正在坐谈,只见红薇也从后面花园中过来问安师母,又见了姨妹。宝英称红薇作姐夫。丫环送上香茗,缁氏问起考武情形。红薇、紫萱都盛称两员女将的武艺。宝英听了也是羡慕不置。坐谈良久,红薇方才告辞回府。

到了次日,且说大元帅花如玉奉旨阅操,挑选将士。头戴双凤珠冠,高挑雉尾,粉面朱唇,秀眉星目,身穿一领绿绫花绣战袍,内衬桃红小袄,腰系大红锦裤,外罩百蝶湘裙,裙下露出一对小小金莲。腰悬宝剑,手执錾金枪,坐下银鬃白马。到了御教场,跨下雕鞍,众将官站立两旁,元帅升坐演武厅公案,传令昨日未经比武之人,都来考试武艺。一声令下,又挑选了三十余员偏将。其余试过武艺,略略有些手段的,都派作千夫长;本事平常的,都派作百夫长。余下的一概编入军队之中。

花如玉考试已毕,入朝复旨。回归帅府,复又悬牌招兵,召募丁壮。

再说梅凤英,奉旨拜为海军大都督,传令先锋掌中珍督造战船,置备战具,以备水战。赶造二十号大船,连作一排,都用铁索锁住,立了水寨。又造三十号小船,每只船上可容水军五十人,都是熟谙水性,划动双桨如飞的一般,往来海面巡缉,以防淑士国的探军。并出示暂止商贩登岸买卖。如今女儿国的海口,整备得严密异常。梅凤英终日在水寨中操演海军,练得十分精熟。然后奏知国王,恭请御驾亲阅海军。国王准奏,便宣召枝兰音、黎红薇、卢紫萱三位学士为护驾大臣,殿尉官八员、内使二十名,排齐銮驾,国王上了逍遥马,一路前遮后拥,到了海口。跨下宝驹,护卫大臣与殿尉官、内侍等各各下了马,保了国王渡上龙舟,一直开到水寨。早有海军都督梅凤英带了先锋掌中珍候在战船,恭迎御驾到大船上面阅操。国王坐定,都督站在御案前,传令先锋开操。先锋得令,走到船头,把手中红旗一展,传令海军开操。先是三十号小船的军士往来驰骤,如登平地一般。虽在洪波巨浪之中,全无一毫惧怯。先锋又将黄旗展动,那些大战船上的海军也来各献武艺,都操练得纯熟异常。国王传旨,赏给海军各人银牌一面,就此停操回銮,仍旧过了龙舟。都督要来护送,国王传旨免送。梅凤英遵旨,回船防守不表。

且说国王的龙舟行到海口,由小船渡上了岸,接驾的许多员役早已伺候。内侍牵过逍遥马,国王跨上宝驹,一径来到朝堂。护卫大臣辞了国王,各自回归府第。国王驾退深宫,宫娥连忙禀知娘娘。锦莲迎接国王同至寝宫,楼上坐定。国王称赞都督梅凤英的海军练得精熟,甚是快悦。如今淑士国的水路兵来,可保无虞了。

要知两国交兵胜败如何,且待下回分解。

第十七回

子车良面君复命　鲜于志怀恨兴兵

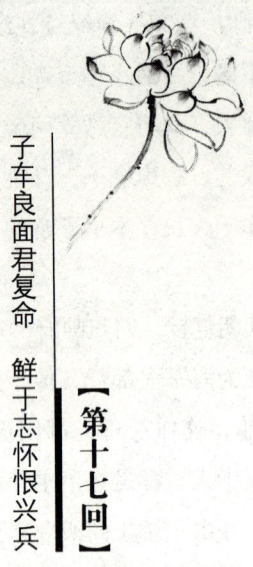

且说淑士国通使子车良，奉了国王之命，赍了国书并黄金十万两，到女儿国借取分水犀牛与照乘珠，被女儿国王阴若花回绝不理，驾退回宫。子车良无辞可说，无计可施。只得与着随员家将仍旧带回那种黄金，即命水手开船，一径回国。哪知海中起了风涛，行驶不得，直候到息了风涛，路上耽耽搁搁，将及两月方到本国地面。这日把海船先收了口，然后下碇抛锚，过了小船，渡登彼岸，天已傍晚。急急回到家中，权且过了一宿。

次日五更起身，趋上早朝，见了国王。朝拜已毕，便把女儿国王不纳黄金、不借宝物之言细细奏明。淑士国王听奏，心滋不悦，道："卿家风涛劳顿，且自休息，免朝半月。"子车良谢恩退出。只见驸马鲜于志出班奏道："父王在上，据臣婿愚见，女儿国王不肯借这两种异宝，明系看轻吾淑士国。若不大张挞伐，何颜列于大国之中？愿假雄兵十万、战船二十艘，水陆并进，杀得他拱手称臣，不怕他不把宝物前来奉献。降伏了女儿国王，方才泄得此恨。"国王听了驸马之言，当即准奏，驾退回宫。

驸马出朝回府，到了次日，便下校军场挑选精兵十万、猛将百员，终日操演。定期八月秋凉出兵，攻取女儿国的关隘。

这日操演已毕，驸马回至府第，步进内堂，一直来到公主房中。不见公主，便问宫娥道："公主现在何处？"宫娥回禀驸马道："公主往后花园中游玩去了。"驸马闻言，便转身到后园来寻公主。一径进了园门，远远望去，见公主正在那里走马试叉。驸马便慢慢走上前来道："公主舞得好叉，跑得好马吓！"不住地连声喝彩。

原来这淑士国的国王姓束，这位长公主取名莲芳，生得花容月貌，莲步柳腰，有时作赋吟诗，有时舞刀弄棒，国王爱惜如珍，随其所好。曩者未招驸马的时节，年纪尚幼，不过十四五岁，其时正在夏天六月中旬，散步后园，到湖心亭上去纳凉。忽然来了一个青脸的道姑，头绾双丫，身上穿着一件青色的鹤氅，足登朱履，身材矮胖，手执拂尘。见了公主，打个问讯。公主便问："道姑是何处名山？光临敝国，有何见谕？乞道其详。"道姑道："贫道隐居无肠国八簣山无底洞中，修真已经千有余年。因与公主结得夙缘，稔知公主素好武事，未得真传，故此特来指点。"公主闻言大喜，拜求法号。道姑道："贫道叫作郭索真人。"公主道："弟子情愿受教，拜从师父传习武艺。"道姑允诺，便将拂尘挂在腰间的丝绦带上，忙向衣底取出两柄钢叉，舞弄起来。飞掷多时，觉得冷气逼人，寒光耀日，不见一些人影。公主看得眼花缭乱。郭索真人使完了钢叉，面不改色，气不喘息。公主便求师父传授，忙命宫娥去取了钢叉，也来学习。就在园中供养那道姑，天天舞弄。不上三个足月，已把钢叉学得精熟。道姑又传了公主法术，公主得了真传。国王送了许多金帛，道姑不受而去。后来公主招了驸马，武艺久已抛荒。近来驸马终日在校军场操练兵卒，公主独坐无聊，故而到后花园中把旧时学会的武艺温习温习，倘驸马提兵征伐女儿国，一时不能取胜，也好去帮助驸马一臂之力。此时公主正在试演武艺，却被驸马看见了，喝彩不迭。

公主回头见是驸马，便勒住了丝缰，把金莲探出葵花镫来，柳腰一摆，跳下雕鞍。驸马上前携了公主的玉手，一同步到玩月亭中，双双坐下。宫娥送上香茗，驸马道："不才自与公主结缡数载，只知公主性耽翰墨、弄月吟风，哪知公主还会武艺，竟有如此绝高的手段！"公主道："哀家自幼喜欢这一道，故而学会的。近悉驸马调兵出征，哀家也在此温习一番，也好与父王出力。"驸马哈哈大笑道："量这女儿国的将官军士有什么本领！他们素来柔弱，于武事一道并不讲究。外貌看似男子，其实多是妇人，毫不中用。只消我淑士国一旅之师，保管杀得他片甲不留，不敢不将宝物双手来献。又是省了十万黄金，何须劳动公主贵手？"公主道："驸马说得如此容易，难道他们女儿国内没有一个男子的么？"驸马道："他们男子尽有，反是穿耳裹足、掠鬓画眉，都要当作妇人，不得预闻外事，变作没用的东西了。"公主道："原来如此。驸马此行定是旗开得胜，马到成功。哀家今日预先与驸马庆功。"使唤宫娥传命厨房，整备酒肴，先与驸马作贺。宫娥答应，便往厨房传命去了。一会儿走来，禀道："请问娘娘酒筵设在何处？"公主道："就在这里玩月亭中罢。"不一时，只见几个宫娥送进酒肴，肆筵设席，无非金杯象箸，海味山珍。宫娥在旁执壶斟酒，公主与驸马对坐，开怀畅饮不表。

且说那淑士国的地方却也不小，唐时分天下为十道，淑士国虽在海外，也有十道中之两道大小。共有三座关隘。国王的京城叫作天保城，由天保城过去叫作飞虎城，由飞虎城过去叫作峻德城。前书所传唐敖驮了徐承志蹿上城墙，越城而遁，这个地方就是如今的天保城。表过不提。

淑士国的军马操练纯熟，国王择定了八月初五日行兵。到了这日，驸马点齐了兵将，命上将司空魁为前部先锋，武六思、武七思弟兄二人为左右翼，毕胜为运粮官。其余将佐，俱在驸马帐前听候调遣。带了雄兵十万，海军大号战船二十只，水陆并进。驸马辞了国王。国王亲递御酒三杯，借壮行色。驸马饮干御酒，出了朝门，跨上雕鞍，一直径来校军场中，指挥将士发炮启行。当此秋高气爽、金风飒飒、玉露泠泠，一路上浩浩荡荡，杀奔女儿国来。暂且按下慢表。

再说女儿国内，兵马大元帅花如玉早差探事细作往淑士国探听军情。探子打探得驸马鲜于志定期八月初五日兴兵，水陆并进。得了这个消息，晓夜兼程，回至国中，急忙禀明元帅。当下元帅闻报，赏了探子银牌一面，再去打听。随即照会海军都督梅凤英，准备迎敌。次日早朝奏知国王。国王道："花卿，随征的兵马可曾齐备？"花如玉奏道："臣已齐备多日。"国王便召郡马枝兰音上殿道："花如玉此行领了十万大军去敌淑士，军中只有武士，惜少谋臣。所谓'运筹帷幄之中，决胜千里之外'是断然不可少的。孤家意欲烦表妹丈参赞军机，可能代孤家之劳否？"兰音道："臣受主上厚恩，敢不尽心竭力？明日正逢黄道吉日，请主上敕下兴师。臣愿随征，以竭驽骀之力，少报万一。"国王大喜，便授枝郡马为定国军师，与花如玉元帅赞理军务，凯旋之日再加爵赏。

兰音谢恩出朝，回归府第，与岳父坤成说明从征之事，明日便与元帅花如玉启行。坤成道："难得贤婿为国忘家，与朝廷出力，不辞跋涉之劳。老夫今晚与贤婿饯行。"便唤家人，传命厨房备酒。兰音谢了岳父，起身暂别，来到郡主房中。不见郡主，便问丫环道："娘娘现在哪里？"丫环禀道："娘娘在老夫人房内闲话。郡马爷可要去请娘娘回房？"兰音道："这倒不必。你们速速整理铺程、行李、琴剑、书箱，明日清晨便要发往军营，不可迟误。"说罢便立起身来，径到泰水的卧房。只见老夫人与郡主也在那里，议论淑士国王无礼，要来侵犯邻邦。兰音上前见了岳母，行过家常之礼。郡主见郡马进来，连忙起身迎接。老夫人道："贤婿请坐，女儿也坐了。"丫环送上香茗，道："郡马爷请用茶。"娘娘、老夫人那边都送了茶，然后站在旁边。兰音便将元帅出征抵敌淑士，"军中只有武将没有文臣，国王命小婿随征，帮办军务。明日午前就要起身与元帅同行"。郡主道："郡马是个文墨之臣，身体素来娇怯，哪里禁得途路风尘的劳瘵？做妻的如何放心得下？倒不如陪着郡马同去随征。"兰音道："下官此行尽有军士伺应，贤妻理应侍奉二老，略尽孝道，不可远离膝下为是。"郡主听了，不敢违拗丈夫，只得答应。起身辞了阿母，要去指拨丫环，端整行李。兰音道："不劳郡主费心，下官已命丫环收拾去了。"郡主又道："既如此，做妻的去唤丫环，传命厨房备酒，与郡马饯行，少壮行色。"兰音道："已蒙岳父吩咐厨子的了。"正在言谈之际，只见外面的丫环进来禀道："启上老夫人，酒席已经完备，国舅爷命请郡马爷、娘娘、老夫人都到花厅饮酒。"兰音立起身来道："岳母请。"老夫人道："贤婿先行一步，老身与女儿随后就来。"兰音答应，便靴声禿禿往外去了。停了片刻，老夫人与郡主扶了小丫环，轻移莲步，同到花厅。老国舅道："今晚老夫与贤婿饯行。贤婿请先坐了。"兰音再三不肯，推辞不脱，只得就坐了首位。老国舅坐了第二位，老夫人坐了第三位，郡主坐了第四位。丫环在旁执壶斟酒。酒过三巡，食供五套，郡主起身与郡马把盏，兰音接杯一饮而尽。郡主又斟了个成双杯，兰音也饮干了。郡主又与二老把盏，各自饮过。席间无非说些长途保重的话儿。酒阑席散，郡主与郡马辞了老国舅夫妇，便双双回房安寝去了。缱绻绸缪，枕边说不尽许多别离的话儿。

到了次日天明，兰音即便起身，梳洗已毕，用了早膳，顶冠束带，拜辞了岳父母，又与郡主作别。郡主依依不舍，珠泪偷弹，送至前厅方才止步。兰音出了大门，早有军士前来伺候，扶上雕鞍，一径来到午门下马，入朝见了国王。只见元帅花如玉已在朝堂，专候定国军师枝兰音一起同行。国王传旨，着黎红薇、卢紫萱二位相国代国王送行至十里长亭，与元帅、军师把盏。花如玉、枝兰音二人谢恩出朝。帐前军士牵过马匹，元帅、军师都上了马，一路前遮后拥，直到十里长亭。只见满朝的文武百官，也都在那里送行。二人下马，来至亭中。先是两相国代国王把盏，然后两相国自己也把过了盏。次及文武百官各来把盏。二人略略应酬，即行上马，拱手作别。红薇、紫萱又走到兰音的马前，道声珍重，含泪分手。兰音便轻轻向两位相国耳边道："二位姐姐请回，妹子去了。他日奏凯归来，再得相叙。"说罢，扬鞭同着元帅去了。

前部先锋花逢春带领三千人马，先已启行。苗秀鸿押运粮草，由凤凰城到了集贤关，一路毫无耽搁。晓行夜宿，又过了白璧关，都是女儿国的地界。不一日，先锋花逢春的兵马已抵鹤鸣关，传令军士报知守关的主将。

要知鹤鸣关守将何人，且听下回分解。

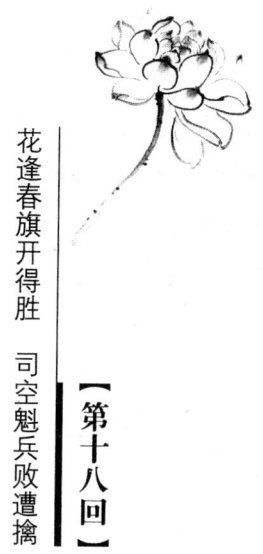

第十八回

花逢春旗开得胜 司空魁兵败遭擒

　　话说女儿国的前部先锋花逢春，带领三千人马，兵抵鹤鸣关，传令军士通报守关主将。那守关的主将姓能，名唤载坤，正在盼望退敌之兵，忽见军士禀称前部先锋已到关下，能载坤闻报连忙披挂，下关迎接。花逢春在马上欠身动问，两下各道姓名，并马而行。到了关上，各自下马，进了官厅，让座献茶。花逢春道："请问老将军，淑士国离此有多少路？他的军马可曾出关？"能载坤道："那边淑士国的峻德城，与这里的鹤鸣关相去约计有百里之遥。这里鹤鸣关外的五十里是女儿国疆界，那边峻德城外的五十里是淑士国地方。到处梅树极多。探子打听得驸马鲜于志在峻德城中歇马，先锋司空魁离城三十里安营，不日就要来攻关了。老夫年迈无能，幸喜小将军到来。如今是不惧他了。不知小将军带领多少兵马前来对敌？"花逢春道："家姐统领十万大军，现在小将只带三千人马。"能载坤道："小将军青年英勇已是难得，令姐乃闺阁中人，竟能于千百辈能人之内夺取帅印，真正是个巾帼英雄了，使老夫甘拜下风，不胜钦佩。"花逢春道："老将军太觉过誉了。"

两人正在关上叙话，只见探子把蓝旗一展，单膝跪下道："启禀先锋爷，元帅前站大兵已到，离此不过三里之遥。"花逢春道："知道了。"探子退去。先锋座上抬身，拱手作别。能载坤道："老夫与小将军同去迎接元帅。"花逢春连称"不敢"。二人并马下关。只见尘土冲天，前军已到。不多时，大元帅花如玉也到了。能载坤举目看时，见那元帅打扮得十分齐整，头上青丝梳就盘龙巧髻，横插着一支嵌宝金钗，云鬓堆鸦，高挑雉尾，秀眉星眼，粉面绛唇，耳坠八宝金环，珠冠抹额，身穿锁子黄金细铠，腰系八幅护腿湘裙，葵花镫上露出又尖又瘦的三寸金莲。手中执着一杆錾金枪，坐下一匹银鬃白马，威风凛凛，气概昂昂。

能载坤慌忙跳下雕鞍，趋步向前道："鹤鸣关总兵能载坤迎接大元帅！"说着，便连连打躬。花如玉在马上欠身道："不敢。老将军少礼。请问老将军，淑士国军马现在何处屯扎？"能载坤便把刚才与先锋所说的情节一一禀明，便请元帅进关歇马。水酒一杯，聊当接风。花如玉道："心领老将军盛情，本帅要往关外安营，不及叨扰了。"说罢传令先锋，"速速领兵出关，离关二十里安营。本帅大兵随后就来，连在一处屯扎。"先锋一声"得令"，带领人马先往关外去了。元帅又谆嘱能载坤道："老将军，守城的器具须办理齐全，以防不测。兵家胜败，不能逆料。切记不可托大为是。"能载坤唯唯听命。元帅传令大小三军就此启行。一声令下，只听得轰隆隆三声大炮，前站大军出了鹤鸣关，旗幡招展，旌旆飘扬，剑戟如霜，刀枪耀目。元帅马上欠身，别了守关总兵。能载坤遵令，回关谨守关隘不提。

且说先锋花逢春，奉令出关，到了三十里外择地安营。不一时，元帅大兵已到，当下花如玉便请军师枝兰音商议，相度地势，前、后、左、右、中央，立了五座大营。安营已毕，兰音与元帅商议道："今晚我军初到，须防敌国偷营。传令各营：每营令一千兵轮流守夜，毋得贪睡，贻误事机。"一声令下，各营俱各遵守。一宿无话。

到了次日升帐，众将参见元帅，分列两旁。营门外走进守营军士禀报："淑士国来下战书，有人在外候见。"元帅道："传他进来。"军士一声"得令"，不多时淑士国来使进营，单膝跪下，双手呈上战书。元帅展书看了一过，就在案上取起笔来，于书后批准明日决战。来使赍了批文回复驸马。驸马传令大小三军移兵城外扎营。一宵无话。

次日天明，两面大营内将士各自饱餐战饭。淑士国驸马升帐，众将官参见已毕，驸马道："哪位将军出马去建头功？"毕胜应声而出，道："末将愿往。"驸马见了大喜道："将军此去定奏全功。本帅知你武艺高强，又取得如此吉利名字，女儿国的兵将岂是将军对手？将军要带多少人马？"毕胜道："乞假精兵三千，去取他先锋花逢春的首级，献与麾下。"驸马就拨了三千人马，毕胜提了大斧，出营上马，驰往战场，高声讨战。女儿国军士飞报元帅，元帅即行升帐，便问："哪位将军出马？"闪出先锋花逢春道："小将愿往。"元帅道："贤弟须要小心。今日初次开兵，不可挫了我女儿国的锐气。"花逢春一声"得令"，提了两柄银锤，飞身上马，带了三千军士，径往战场而来。毕胜远远望去，见那边一将飞马而来。仔细看时，只见他头戴束发金冠，身穿白绫战袍，足登粉底乌靴，绮年玉貌，窈窕身材。毕胜心中暗想："来将虽是男装，必然是个女子，这是女儿国的国俗，若得擒他回去，叫他复了女装，真是天姿国色，与俺做了老婆，也不枉了人生一世。"毕胜正在胡思乱想，花逢春的坐骑已到毕胜跟前，道："呔！你这将官呆呆不语，在这里做些什么？快快通下名来！"毕胜被他一喝，方才唤醒，便道："俺乃淑士国驸马帐前护驾将军，姓毕名胜的便是。俺因见你生得俊俏，想你与俺做个老婆，不如跟了俺去，换了女装，成了夫妻，岂不快活？你也通个名来。"花逢春听了大怒，也不与他通名，手中举起银锤，照毕胜顶梁上盖将下来。毕胜慌忙举起大斧往上一架，振得两臂酥麻，勉强战了五六个回合，正要回马败走，花逢春早将左手的银锤劈面飞来，毕胜双手举斧架时，已将虎口震开，鲜血直流。说时迟，来时快，花逢春右手的银锤又飞到面前，毕胜喊得一声"阿呀"，肩上已着了一锤，翻身跌下马来，复一锤便结果了性命。毕胜那匹战马已不知跑往哪里去了。女儿国的军士见先锋得胜，发一声喊，一齐冲杀过来，杀得淑士国的军马四分五落，逃得快的得了性命，逃得迟的被女儿国杀伤了不计其数。毕胜所带的三千军士死伤大半。花逢春飞马追赶，见淑士国军马去得远了，方才住马，打着得胜鼓回营。毕胜的首级早被军士割取，交与先锋，带到大营。花逢春下马见了元帅，呈上毕胜首级。元帅便命军士号令营前。花如玉道："难得贤弟初次开兵就斩了他大将，足使敌人胆寒。"便命军政司上了功劳簿，记了头功，且去后营歇息。当晚置酒庆功不表。

且说淑士国的残兵败回大营，报与元帅鲜于驸马知道。驸马听了大吃一惊，不料女儿国的先锋一个琐琐裙钗竟如此厉害。连忙查点军马，只剩了一千二百余人。不觉心中大怒，便道："明日必报此仇！"一宿无话。

次日驸马升帐道："今日哪位将军出马去报昨日之仇？"早有司空魁的堂兄大将司空元应声而出："末将愿往！"驸马便命带了三千人马，提刀上马来到战场，高声讨战。女儿国军士飞报进营道："启上元帅爷，淑士国又来讨战！"元帅道："知道了。"便问："今日哪位将军出马？"水碧莲应声而出："末将愿往！"元帅与了三千军马道："水将军须要小心。"水碧莲一声"得令"，提了白银枪出营上马，径至战场。两下都通了姓名，刀来枪架，枪去刀迎，大战交锋，斗了三十个回合。司空元杀得汗流浃背，气喘吁吁，慌忙拍马而逃。水碧莲紧紧追来。看看赶近，只见前面有一片梅林。司空元走入梅林，绕树而逃。水碧莲马尾相衔，对准了司空元的后心把银枪刺去。不料用力太猛，那枪插入树中，及至拔出枪头，司空元已逃得远了。水碧莲只得勒马回营。淑士国的兵马见主将杀得大败，只得四散奔逃，又被女儿国的军马杀了一阵，伤了四五百人马。水碧莲到了营前，军士抬过了枪，下马进帐，便将杀败司空元的情形细细禀明。元帅听了大喜，命军政司登上功劳簿，且去后营休息。

再说司空元，逃回本营，自行请罪。驸马道："胜败兵家常事，他日将功赎罪可也。"鲜于驸马发放了司空元。只见武六思上帐禀道："末将有一计在此，明日保管取胜。"驸马便问何计。六思道："明日仍命司空将军前去讨战，只须诈败，引至梅林，预先伏了两支人马，俟追兵到时，两下伏兵齐起，杀得他片甲不回。"驸马听了大喜道："此计甚妙。"一宵晚景休提。

次日驸马仍命司空元带了三千人马，"诈败装输，引到梅林深处，自有妙计"。司空元领命去了。驸马便差武六思领了三千人马为左翼，武七思领了三千人马为右翼，"两翼兵都伏在梅林左右，待等追兵到来，两翼兵齐出截杀，不得有违"。武氏弟兄得令，各去埋伏不提。

且说司空元又抵女儿国的元帅营前讨战。这里仍是水碧莲出阵。见是司空元，便喝道："败军之将，今日要来送死么？"司空元也不回言，举刀便砍。水碧莲把白银枪架开，两下战了七八个回合，司空元诈败而逃。水碧莲随后赶来。赶到梅林深处，司空元就不见了。水碧莲正在疑惑，只见两翼伏兵齐起，左有武六思，右有武七思，指挥军士就团团围裹拢来。水碧莲左冲右突不能闯出重围，一时人急智生，忽然想起流星锤来，暗暗取出，看准七思面门飞去。七思不曾防备，正中面门，跌下马来，已呜呼哀哉的了。六思见七思被水碧莲打死，又是悲伤又是恼恨，狠命地与他战斗。司空元又添兵助战，把水碧莲一人一骑困在垓心，自辰初直杀至申末，杀得吁吁气急，冷汗直流。正在十分危急，忽见花逢春飞马而来，举起银锤照定六思的后心打去。六思招架不及，打下马来，复一锤就断送了性命。花逢春道："水将军还不快走，更待何时？"水碧莲答应，催开坐骑，冲了出阵。两人会在一处，拼命杀条血路，急急回营。原来水碧莲追赶贼将，去了许久不回，元帅放心不下，便差花逢春带了一千劲卒，前来寻访。水碧莲幸而遇救，遂谢了花逢春，同到营中，又谢了元帅。元帅道："古语云'穷寇莫追'，将军以后须要小心。"水碧莲诺诺连声而退。再说司空元引水碧莲到了埋伏的地方，团团围困，不料花逢春引兵前来救出水碧莲，反伤了武氏弟兄，又杀死了许多兵卒。驸马闻知大怒道："明日本帅亲自出马，定要杀他片甲不回，方消此恨！"司空魁道："杀鸡焉用牛刀！何劳驸马亲征？小将明日定要将那花逢春的首级取来，以报三位将军之仇。"驸马闻言大喜，一宿无话。

次日，司空魁带领三千人马，指名要与花逢春会战。军士报进大营，花逢春便与元帅讨了三千军马，飞出阵前。司空魁举枪便刺，更不答话。花逢春急架相还，一来一往战了四十个回合。司空魁枪法散乱，只有招架之功，没有还兵之力。花逢春举起左手的银锤，向司空魁面门打来。司空魁慌忙把枪来架，不料右手的银锤已落将下来，把司空魁坐骑的马头打得稀烂，顿然跌下马来。淑士国的军士赶上救时，这里的军士把挠钩搭索已将司空魁擒捉去了。花逢春摆动双锤，打了一阵，打得淑士国的兵马四散奔逃。花逢春也不来追赶，掌着得胜鼓回营去了。元帅升帐，军士把司空魁推到帐前。花如玉道："将军既被擒捉，还肯降否？"司空魁道："你这不雌不雄的狗男女，枉做男儿，甘为巾帼，既是梳头缠足，何敢露丑出乖？亏你羞也不羞！要杀便杀，不必多言。俺乃堂堂上将，岂肯降你这狗男女？"花如玉闻言大怒，骂道："你这贼匹夫！吾国男女的定制与你何干？况阴阳二字明系阴先阳后，自古以来从未闻阳阴倒置。怪不得尔国兴无名之师，侵犯邻邦。本帅好生之德，劝你归降。你既不降，擅敢摇唇鼓舌，惑乱军心！"便命刀斧手推出斩首。

刀斧手一声答应,把那司空魁推出辕门,须臾献上首级。花如玉传令将司空魁首级悬挂高竿号令。又命军政司记了花逢春的功劳,当晚置酒庆功。各营军士也有羊酒犒赏,众心大是欢悦。

要知淑士国被女儿国连次得了胜仗,捉去先锋,鲜于驸马将复如何,且听下回分解。

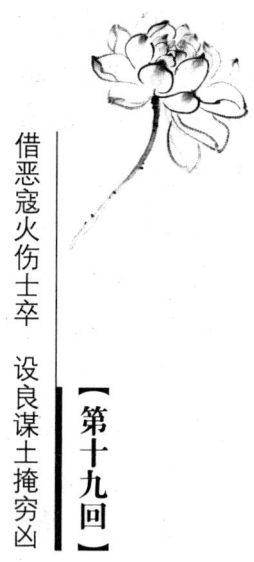

【第十九回】 借恶寇火伤士卒 设良谋土掩穷凶

话说司空魁被擒,早有淑士国败军奔回大营,禀报驸马道:"启上元帅不好了!司空先锋与花逢春交战,足有三四十个回合,被那花逢春打下马来,女儿国的军士竟将先锋活捉去了。小军们忙去抢夺,反被花逢春打死了许多军士。故而不敢上前……"败军尚未说完,又见探子飞禀道:"启上元帅爷不好了!小的探得司空先锋已被女儿国元帅斩首,营门之外立一高竿,将首级悬在高竿之上。"驸马听了惊得目瞪口呆,停了半晌道:"呵呵呵!罢了!罢了!不料女儿国的这班恶妇竟如此厉害。"司空元在旁听得明白,不禁放声大哭道:"杀我兄弟,此仇不共戴天!誓必报复!小将思得一计在此。不如去借厌火国的兵来,把女儿国军马烧个尽绝,方才泄得此恨。"驸马听了司空元之言,顿时转怒为喜道:"本帅倒忘了。将军此计大妙。付你令箭一支,即烦将军星夜回国,奏知国主,准备黄金万两,与厌火国借兵五千,前来退敌,将他们活活地烧死。他若前来讨战,本帅守定寨栅,也不与他交兵。候厌火国兵到,再行打仗未迟。"

当下司空元别了驸马，领了盘缠银两，露宿风餐，一径奔回本国，奏知淑士国王道："女儿国将勇兵强，十分厉害。连伤了我国大将四员，军士死伤亦复不少。驸马给臣令箭一支，命臣星夜回国，请主上备了黄金万两，向厌火国借兵五千，方可取胜。"国王道："卿家奔驰劳苦，明日动身往厌火国借兵。今日且歇息一天去罢。"司空元谢恩出朝。

国王驾退回宫，娘娘迎接国王，说起司空元回国，驸马奏请与厌火国借兵的情由，国后听了甚是担忧，便命内监报知公主。不一时内监回宫，禀称公主进宫，在外候旨。国王道："快宣公主进宫。"内监传旨，公主下了凤辇，进入宫来，拜了父王、母后，请过了安，国王赐坐。公主奏道："臣闻内监传报，驸马兵败，命司空元往厌火国借兵，因而特地进宫，要恳父王再发精兵十万，待臣儿亲往救应驸马。"国后道："王儿虽能武艺，究系女流。驸马虽然兵败，已向厌火国借兵五千，前去策应。王儿也可不必去了。"公主道："母后还不知道么？他们女儿国的兵将没有一个不是女子，军中也不见得有甚男儿。即使偶有男子，都是穿耳缠足，外貌也与女子一般，谅来也没有什么中用，臣儿何足惧哉？"国王道："王儿虽如此说，难道司空魁等这几员大将都是一些没用的么？若王儿执意要去救应驸马，孤家也不来阻挡，但王儿此去不可托大，临阵须要小心。"公主道："谨遵父王之命。"当下公主遂辞了国王、国后，带了宫娥回至驸马府中，整理行装。暂且按下慢表。

次日淑士国王传旨内侍，向库中支取黄金一万两，交与司空元向厌火国借兵。另取白银三百两，赏他的盘费。又命内侍传旨兵马司，挑选精壮军马十万，准备公主带领前去接应驸马。内侍领旨，传命去了。到了次日，司空元领了黄金一万两，径往厌火国去借兵。隔了五日，点齐了十万兵马，公主别了父王、母后，带了雄兵十万，浩浩荡荡杀奔女儿国来。于路尚有耽搁。

话分两头，如今要提表那淑士国的一路水军，有二十号战船。水军提督闾邱俭，并大将段干武，统带了水军往女儿国进发。哪知女儿国早已准备海军船只大小五十艘，守住海口，晓夜巡逻。闾邱俭不敢进兵，彼此按兵不动。等到冬至一阳生，东南风起，海军都督梅凤英仿示三国时周瑜火烧赤壁之法，得了上风，约计三更时分，出其不意，女儿国都督暗令先锋掌中珍，将三十只小船，趁着雾气满天、对面不能见人，围住了淑士国的战船。那淑士国的战船也把铁链锁在一处。掌中珍暗暗传令海军，把火箭向淑士国的战船上乱射，如飞蝗一般。风烈火猛，霎时间二十号大船俱已着火。战船上的军士都从睡梦中惊醒，要逃也来不及。满船是火，兼之大雾垂天，不死于火内便死于海中。淑士国的二十号大战船全军覆没，不曾剩了一个。间邱俭与段干武刚才跳下舢板，被浪头冲击，船底朝天，都翻在水内，眼见得不活的了。梅凤英一战成功，大获全胜。

再说那陆军元帅花如玉，斩了司空魁，军威大振。淑士国竟不来与女儿国讨战，已经半月有余。这日，元帅正与军师枝兰音议论兵机，忽见军士飞报进营道："启禀大元帅，现有淑士国军马在外讨战。"花如玉即便升帐，便问："哪位将军出马？"闪过蓝佳馥道："末将愿往。"元帅吩咐："带领三千人马，须要小心。"蓝桂馥一声"得令"，提刀上马，直至阵前。见来的兵将生得面如锅底，形似猕猴，唧唧呱呱，不知说些什么。蓝桂馥举刀便砍，没有战得几个回合，忽听一声发喊，人人口内都喷出烈火，霎时间烟雾弥天，一派火光，直向对面扑来，烈焰飞腾。蓝桂馥带转马头，急急奔逃。女儿国的军士烧得焦头烂额的已不计其数。幸亏这许多獬豸一般的都是步军，行路迟缓，不至全军覆没。蓝桂馥败进大营，禀知元帅。花如玉听了大惊。旁边金彩文不信道："待末将去看来。"元帅道："金将军出马须要小心。"金彩文道："得令！"去不多时，金彩文大败回营道："元帅不好了！快快逃生要紧。"元帅道："金将军为何如此慌张？"金彩文道："这些来的步军都是面如黑炭，身似獬豸，口中都会喷火，不畏刀剑，拼命向前。恐他们追来喷火，如何抵挡？"元帅闻言，急急上马，往前面举目一观道："果然在那里踯躅而来。传令大小三军速速移营，退去十里下寨。"景钟声道："末将愿去搅他一阵，请元帅速拨五千弓箭手，方好射住了他，不使他近前，元帅缓缓退兵。"花如玉道："景将军主见不差。"当下传令弓箭手五千与景钟声去射敌军。那厌火国的火兵甚是厉害，幸得女儿国的军士射倒他五六百人，方始退去。景钟声收兵赶上元帅的大兵，退了十里安下营寨。元帅记了景钟声的功劳，忙请军师枝兰音进帐商议。

花如玉道："似此非人非兽的火兵如何应付他？请问军师计将安出？"兰音道："据弟的愚见，还请元帅把兵再退十里，今晚须要防他劫营。"花如玉道："妹子也在此忧虑，故而特请郡马贤兄前来计议。"兰音道："弟今思得一计，元帅可暗暗将军马退了十里安营。这里的大营可虚立旌旗，营中掘下几个大大的深坑，将掘起的泥土分与一万军士各负一囊。另拨一万大军四面埋伏，一俟敌军进营，须要努力围攻，驱那火兵尽入深坑，迅将囊中的泥土填塞，把这些火兵都葬在深坑之内。如有杀不尽的，再于他们回去的要路埋伏一军，准备喷水器具，绝其归路，斩草除根，方免后患。"元帅听了大喜道："军师妙算，虽陈平、张良无以过此。"兰音道："元帅不免谬赞了。"当下元帅听了军师之计，暗暗传下号令，命红赛珠率领一万军士去掘坑，花逢春带了一万军士去四面埋伏，水碧莲领五千军士于要路埋伏截其归路。准备一切俱已停妥，然后偃旗息鼓，暗暗退兵十里安营。那空营中虚设旌旗，按下不表。

再说淑士国驸马借得厌火国五千步兵，打了两阵胜仗，烧了女儿国军马不下一二千人，退去十里安营，不觉心中大喜。司空元上帐禀道："元帅，今晚何不就令厌火国的火兵暗暗前去劫营，把那女儿国将帅一个个活活烧死，岂非快事？"驸马点首道："将军所见不差。本帅也有此意。"当下计议已定。

到了三更时分，驸马悄悄传令两员裨将做了押队，带领厌火国的步军，径向女儿国地界来寻他元帅的大营。到了营前，呐一声喊，厌火国的许多猢狲一拥而进，只听得轰隆一声响亮，都跌入深坑。后面的正要退走，四下伏兵齐起，早被强弓硬弩射住，不能退出，逼入空营。里面掘的那几处深坑都已填得满满，一万担土的军士把囊中的泥土乱倾，登时变成了四五个泥墩，那火都被土掩灭了。两员裨将逃得性命，奔回禀知驸马。驸马听了，气得"三尸神直跳，七窍内生烟"，道："罢了！罢了！明日待本帅亲自出阵，若不剿除这班贱婢，俺这元帅也不要做了！"

驸马正在发怒，忽见探子飞报进营道："启禀帅爷，本国的公主带领精兵十万，前来策应，离此不远。"驸马道："知道了。"探子刚才退去，又见蓝旗探事的小军飞禀道："昨日女儿国的军马被厌火国军人烧了两阵，退下十里安营。如今把火兵尽数坑死了，反而进了十里，已在我国境上设立营寨。"驸马听了又是大怒道："这许多恶妇竟敢如此猖獗！"道言未了，军士报称："公主已到。"驸马传令大开营门，亲自出营迎接。合营将士个个跪迎，公主下马进帐。众将官参见已毕，公主与驸马略道寒暄，便传令带来的十万大军分扎了十座大营。当下驸马备酒与公主接风。公主席间问起："女儿国交兵，见过几阵？"驸马从头至尾述了一遍。公主听了也是怒形于色道："明日待哀家去剿灭这些泼婢。"驸马道："公主风尘劳顿，且到后营休息几时。明日本帅亲自出马去见个高下。何须劳动公主前去？况本帅未曾到过阵上，不知他们的虚实如何。"

要知孰胜孰败，且待下回分解。

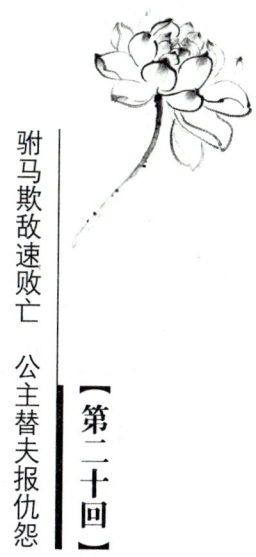

第二十回 驸马欺敌速败亡　公主替夫报仇怨

话说淑士国驸马鲜于志，与公主束莲芳议论出兵，驸马定要亲自临阵见个高低。公主只得依允。

到了次日，传鼓升帐，便请公主镇守大营。驸马顶盔贯甲，手提金背大砍刀，骑一匹红鬃烈马，便带了五千军士，亲自出阵讨战。这边女儿国的军士飞报进营，早有大将盖世英请令，愿出对敌。元帅花如玉拨了五千人马道："将军出阵，须要小心。"盖世英一声"得令"，提刀上马，一径驰往战场。两下通名已毕，驸马举刀向盖世英砍来。盖世英急架相还，双刀并举，两马相交，正是：刀来刀架叮当响，刀去刀迎迸火星。二人战了十多个回合，盖世英抵敌不住，要想带转马头败回本阵，哪知驸马的金背刀已从脑后砍来，欲思躲闪也来不及了。只得把头一偏，叫得一声："阿呀！"肩膀上已着了一刀，登时跌下马来。复又一刀，盖世英的性命已被驸马结果的了。淑士国的军士见驸马杀了盖世英，便来割取首级，献与驸马。驸马指挥军士冲杀过去，女儿国的兵马抵敌不住，只得四散奔逃，急忙飞报主帅。

闪出金彩文愿去退敌。花如玉也拨了五千人马。金彩文提了宣花大斧，飞身上马，带了五千军士，直至沙场，便与驸马交手。两下也不通名，战不上十个回合，又被驸马把金彩文一刀砍死。淑士国军士见主帅连伤二将，乘着胜势，一齐冲将过来，杀得女儿国的军马尸横遍野，血流成河。公主恐驸马杀得辛苦，传令鸣金收军。驸马便不追杀，带转马头，掌着得胜鼓回营。公主出营，迎接称贺。驸马道："公主何故鸣金收兵？本帅方欲踏平他的营寨，以泄前日被杀的众将之愤。"公主道："哀家见驸马力斩二将，战了许久，恐驸马辛苦，故此鸣金。"驸马道："今晚且让他们这班泼贱多活一宵，明日本帅去踏平他的营寨便了。"

且说女儿国元帅花如玉，见连折二将，心中甚是愁闷。一夜无话。次日升帐，军士禀报："淑士国驸马又来营前讨战。"花如玉吩咐军士抬枪带马道："今日本帅亲自去会战。"旁边闪出大将蓝桂馥道："不劳元帅费手，末将愿去取他的首级献于帐下，以报盖、金二将军之仇。"元帅道："蓝将军出马须要小心。"当下拨了五千人马，蓝桂馥也用大斧，飞身上马出了营门。到了战场之上，通过名姓，驸马便举起金背大砍刀，直向顶梁上盖将下来。蓝桂馥忙把宣花大斧架住，一来一往，两人大战交锋约有二十余个回合。蓝桂馥战驸马不过，只得拍马而逃。驸马紧紧追赶，蓝桂馥一时心慌，不回本营，落荒而走。败下约有十里之遥，忽听得背后弓弦响处，急欲回头看时，被驸马一箭射中了蓝桂馥的后心，翻身落马。驸马赶上前来，一刀枭了首级，策马回营。女儿国军士见蓝将军败走，正在探听，忽见驸马挑着首级径回淑士国的大营去了。军士忙去禀知元帅不提。

且说驸马回营，公主接见道："驸马连日打仗，甚是辛苦，明日待哀家去见阵罢。"驸马道："不劳公主贵手。还是本帅去开仗。管教杀得他片甲不留。"当晚置酒庆功。

次日驸马仍要亲自出战，公主阻挡不住，只得听凭驸马。况两日之内连斩了女儿国三员大将，锐气正盛，谅也不妨。且驸马秉性刚暴，公主也不敢多言。当下驸马带了五千军马，直到沙场之上大叫："有不怕死的速来纳命！"军士飞报进营，花如玉便命丫环抬枪带马。闪出先锋花逢春道："小将愿往。不劳元帅亲征。"花如玉道："贤弟，连日出兵折了三将，挫动锐气，还是愚姐出马，贤弟掠阵便了。"花逢春答应，让元帅先上了马，然后上马提锤，随元帅出营。两阵各带了

【续镜花缘】

三百名攒箭手射住阵脚。花如玉抬头一看，见对阵淑士国的驸马一骑冲来，见他头戴闹龙金盔，盔上飘着斗大的红缨，面如重枣，阔口方腮，短短的几根髭须，身上穿一领猩猩血染的大红袍，外罩龙鳞砌就熟铜铠。左悬弓，右插箭，手提金背大砍刀。坐下一匹黑漆乌雅马。那驸马也望对阵看时，见是一员女将，头上挽就盘龙宝髻，珠冠抹额，雉尾高挑，齿白唇红，眉清目秀，一张鹅蛋脸儿轻施脂粉，耳坠金环。内衬葵花绿百蝶战袄，外罩锁子黄金甲，下系八幅护腿花绣凤裙，足上穿着三寸大红凤头弓鞋，又尖又细。坐下一匹雪白银鬃马，自头至尾并无一根杂毛。十指尖尖，执着一杆錾金枪。驸马举刀便砍，花如玉把枪架定道："来将留下名来！"驸马道："你要问本帅之名么？本帅乃淑士国驸马，钦命灭寇大元帅鲜于志是也。本帅刀下不斩无名之将，你也通个名来，本帅好斩取你的首级。"花如玉道："鲜于志，你洗耳恭听！本帅乃女儿国王御校场亲点兵马大元帅花如玉便是。"驸马道："原来你就是花如玉。为何好好的男子甘效女装，抹粉涂脂，岂不羞耻？不如跟了本帅到淑士国复了男装，做个亲随，饶你一死。你若执迷不悟，一旦刀临颈上，悔之晚矣。"花如玉听了顿然大怒道："咦，狗匹夫！本帅生长女儿国内，遵守女儿国的定制，岂敢妄自改更？男儿做女，与你何干？休得胡言。着本帅的枪罢。"花如玉把錾金枪一起，使一个月里穿梭，直望驸马面门刺来。驸马怎肯惧你？把手中的金背大砍刀噶喨丁当还转几刀，也来得厉害。花如玉这条錾金枪真是神出鬼没，一枪分作八枪，八枪变作八八六十四枪，使出那惊人的手段。驸马好不了得，枭开枪、挡开枪、抬开枪、拨开枪，轮动金背大砍刀，左插花、右插花，丹凤朝阳，双龙入海。一往一来鹰展翅，一冲一撞凤翻身。八个马蹄分上下，四条铁臂赌输赢。二人杀到四十个回合，马打八十个照面，不分胜负。驸马大喝一声："军士们速上前来！与本帅擒捉花如玉！"众军士听驸马号令，一齐冲杀上前。花逢春见了，提起双锤，一马冲到阵前叫道："姐姐休得着忙，兄弟来助战也！"随唤众军也来对敌。驸马与花如玉战到了七十个回合，渐渐地气力不支，刀法散乱，却被花如玉一枪兜咽喉刺将进来，驸马大叫一声："阿呀！我命休矣！"要招架也来不及了，只得把头一偏，肩膀上早中了一枪，喊声："阿唷！"带转马头要走。花逢春纵马上前，喝声："往哪里走！"提起手中银锤，夹背心一击，驸马大喊一声，口吐鲜血。被花如玉兜心的一枪挑下马来，顿时丧命。忙唤军士枭取首级，却被淑士国的军士拼命将驸马的尸首抢回。花如玉姐弟二人大杀一阵，把淑士国的军士如砍瓜切菜一般，五千军士杀剩的不上二千，只恨爹娘少生两只脚，跑得快的得了性命。花如玉传令鸣金收兵。计点军士伤残的只有一百余名，大获全胜。当晚备酒庆贺，大小三军俱有犒赏。花逢春道："姐姐，如今淑士国驸马已死，可以高枕无忧矣。"花如玉道："贤弟你说哪里话来，驸马虽死，闻得淑士国的公主已到。杀了他的丈夫，公主焉肯甘休？自古说：来者不善，善者不来。倘遇对阵交锋，贤弟切宜小心，不可放胆才是。"花逢春道："姐姐金玉之言，兄弟自当谨记。"当下合营将士欢呼畅饮，各各尽兴而散。按下慢表。

且说淑士国的军士，把驸马尸首拼命抢回，飞报回营。公主慌忙出营，见驸马已死，哭倒尘埃，登时昏晕过去。众将官并带来的宫娥频频叫唤，停了半晌方才苏醒。宫娥连忙扶起公主。公主含悲道："众位将军速速置备衣裳棺椁，把驸马盛殓好了。哀家定要与驸马报仇，将花如玉姐弟二人碎尸万段，方消吾恨！"当下合营挂孝，衣衾棺椁都已置备完全，请公主一一过目。然后把驸马盛殓，满营大小将官各各举哀。公主大放悲声，哭得死去活来。众宫娥劝了多时，方才止泪。公主穿了满身孝服，要与驸马报仇。

光阴弹指，倏已过了驸马的三朝。这日升帐，公主点了八员偏将、五千精兵，又带了随身的八名宫娥，都是有些武艺的，提叉上马，一径来到战场，指名要花如玉出战。士卒飞报进营。元帅吩咐带马。闪出先锋花逢春道："今日小将出马，愿去擒他献于帐下。"花如玉道："既是贤弟要去，切宜留意。"花逢春应声："得令！"上马提锤，到了沙场上面。望见那淑士国的公主，生得娥眉凤目，杏脸桃腮，脂粉不施，天然美丽。头上戴着孝髻，白绫抹额。身穿白银鱼鳞细铠，腰系八幅白罗裙子，裙下露出三寸金莲，穿着尖尖的一双白绫弓鞋，宛似那白衣观音出世的一般。坐下一匹银鬃白马，手中提着双股托天叉。只听得娇滴滴声音喝道："来将何名？"花逢春道："俺乃女儿国兵马大元帅麾下前部先锋花逢春便是。你也通下名来。"公主道："听者，哀家乃淑士国公主束莲芳是也。你这贱婢还不快快下马受死，等待何时？"便将那托天叉劈面刺来。花逢春不慌不忙，把银锤架开。一来一往，战不上二十个回合，见战他不下，心中暗暗想道："不如先下手为强。"便把右手的叉并与左手，招架花逢春的两柄银锤，右手忙向怀中取出一个小小葫芦，口中念念有词，倾出水来。顷刻之间，女儿国军马都淹在水中。花逢春吓得魂不附体，拼命奔逃。那水竟如潮如海地涌来。花逢春败进大营，浑身湿透，大叫道："姐姐不好了！"如玉惊问道："贤弟何故满身水湿，如此慌张？"花逢春道："淑士国公主身边藏着一个葫芦，口中不知说些什么，把葫芦对着俺们的军马一倾，一霎时平地水深数尺。"花如玉听了大惊，急急传令大小三军，拔寨退下十里。公主已将法宝收了，传令军士追赶前来。离女儿国大营五里安下营寨。

次日公主又来索战。花如玉亲自提兵，到了阵前，公主见花如玉生得十分俊俏，暗想："他虽是女装，大约是个男子。为何这等美貌？不知他的武艺如何？"便把那托天叉紧紧地飞来。花如玉把錾金枪架开，大战交锋。不到十五六个回合，公主哪里是花如玉的对手？急急取出葫芦，口中念动真言，那水又滔滔不断地涌来。花如玉见了，知道他的厉害，慌忙拍马加鞭，大叫："军士们速速逃生！"军士跑得迟的淹死了三四百名。公主见花如玉大败而逃，收了法宝，回转大营。

这里花如玉败转营中，忙请军师枝兰音计议。兰音道："防他深夜前来，把这妖水灌将进来，岂不是人人淹死？为今之计，不如退守鹤鸣关，闭门不出，固守城垣。一面告急朝廷，求取救兵。倘有能人前来破了妖法，就不惧他了。"元帅道："军师之言大是有理。"传令大小三军，先将辎重、粮草搬运进关，然后退守关中，扯起吊桥，再行求取救兵，方好退敌。军士一声："得令！"元帅与军师、众将上马启行，先锋花逢春断后。前次离关三十里下寨，昨日败了一阵，已经退走十里。现在离关不过二十里之遥，不一时回到了鹤鸣关。守关主将能载坤接见元帅，大队人马都进了关门。元帅便与能载坤说明大略，传令军士扯起吊桥，闭上鹤鸣关，准备灰瓶、石炮、弩箭等物守城的器具，毋许军民人等私自启闭。军士一声"得令"，各自谨守军规。元帅连夜修了告急本章，请兵援救。差了帐前一员裨将唤作仇德成，赍了元帅的奏章，星夜回女儿国来告急。

未知后事如何，且听下回分解。

第二十一回 易紫菱求仙闻警 坤蕙芳请兵赴援

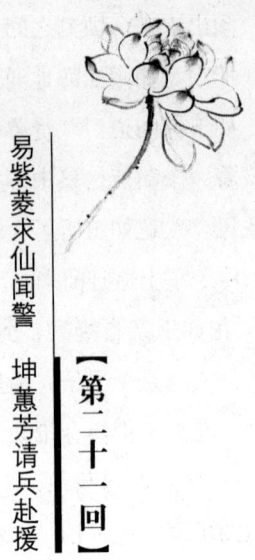

话说女儿国兵马大元帅花如玉，被淑士国公主仗着妖术兴波作浪，用大水灌浸女儿国的军兵。花如玉只得退守鹤鸣关，日夜提防。修成了告急本章，差帐前裨将仇德成星夜回国，求取救兵。仇德成奉了元帅将令，马不停蹄，真个是救兵如救火，路上不敢停顿。不一日，已到了女儿国内。只见凤凰城中街市行人十分闹热，挑盘送盒的人夫，往来不绝。原来国王生了太子，今日恰逢满月，故而文武百官纷纷送礼。马龙车水，都是到朝中贺喜的。国王甚是喜悦。这位太子是正宫武锦莲娘娘所出，取名德元。雇了乳公四名，都是挑选的年轻貌美之人，轮流哺乳。近得元帅战胜了淑士国迭次的捷音。这日正逢太子德元弥月之期，大赦国内的罪犯，文武百官俱各钦赐筵宴。国丈周成美领班陪宴。

朝中正在庆贺，忽见殿尉官趋上金阶道："启奏主上，今有兵马大元帅花如玉差赍本官仇德成在外候旨。"国王道："宣他进来。"殿尉官领旨，便往午朝门外宣进仇德成，三呼已毕，先贺过了喜。然后呈上花元帅的奏章。国王展开在龙书案上,从头至尾细细看了一遍,不觉大惊。忙宣黎红薇、卢紫萱两相国到龙案前,把花元帅告急的本章与他二人观看。二人接来读了一过,也是眉头不展。当下卢相国奏道:"主上且请宽心,容臣等会议,添兵救应。只要避得他妖水,就容易破了。"国王点首道:"全赖卿等用心计划,以舒孤家之忧。"说罢,把袍袖一展,驾退回宫。

那昭阳宫中也是十分闹热,合宫的老少王妃都来朝贺。还有国丈的两个姬妾花娇、柳媚各自生了子女,如今封作了夫人,称作花夫人、柳夫人,进宫贺喜。老国舅的郡主坤蕙芳、卢相国的夫人韦宝英、黎相国的夫人韦丽贞结伴同来,与国后娘娘称贺。原来郡主与着两位相国夫人话得投机,结拜了姐妹。郡主幼年也曾习武,两位相国夫人也都学会了。此日进宫道喜,先期约会同来的。国王回至深宫,只见昭阳殿前群花列队,国后娘娘先来接驾。国王挽了娘娘的手,徐步进宫。然后各王妃众夫人等俱来三呼拜贺,各各赐坐。国后娘娘见国王面容不悦,便道:"今日王儿弥月,喜气盈庭,吾主有不豫之色,莫非臣妾有甚冒犯天颜之处?"国王道:"御妻自与孤家结缡以来,已经六载于兹,从无丝毫过失,可谓十分柔顺的了。御妻何必担心?孤家只因淑士交兵,被他的公主仗了邪术,把洪水淹没吾军。元帅花如玉退守鹤鸣关,十分危急,命裨将仇德成赍本来京告急,求取救兵。虽命阁臣会议,妥筹良策,一时惜少将帅制敌。孤家因此烦闷。"蕙芳郡主闻听国主之言,即便起身奏道:"主上勿忧,臣妾愿提一旅之师,前往鹤鸣关救应。"国王道:"表妹虽通武艺,怎奈淑士公主妖法厉害,孤家焉能放心?"郡主道:"主上请舒睿虑。臣妾到了鹤鸣关,自有区处。"国王准奏。随后韦丽贞与宝英同奏,愿随郡主出征。国王道:"大姨、小姨要去做什么?"丽贞奏道:"臣妾姐妹二人也略晓些武艺,因此愿与国家效力。"国王道:"孤家素知大姨、小姨都是精于翰墨,不知几时学习的武艺?"宝英奏道:"是蕙芳贤妹传授的。"郡主便将与他姐妹二人结义学习武艺的事情,一一奏明。国王道:"如此说时,孤家与大姨黎夫人、小姨卢夫人又添上表妹的一重亲戚了。你们都肯为国分忧,甚是难得。"当下国王传旨内侍摆宴,各王妃众夫人等俱各入席饮宴。目中但见珠围翠绕,耳内惟闻环珮叮当,粉腻脂浓,麝兰扑鼻,都是玉容秀丽,袅娜身材,玉笋尖尖,金莲窄窄。虽然男子都是妇人装束,好在没有一个颏下生须,这都是国后娘娘西施散的功效。内中惟有娘娘与两位相国夫人,虽是天足,也缠了七八年的脚带,略略把他拦尖,又垫了厚厚的高底,小小的弓鞋也还充得过去。席间珍馐美味、海错山珍，说不尽皇家许多的富贵。迨至酒阑席散，各各谢恩，退出昭阳，老少王妃各自回宫，众多夫人纷然归第。按下慢表。

再说女儿国太子初生满月，庆贺方毕。这日国王散朝回宫，正与国后娘娘叙话，忽见一个美女飞进昭阳，头上扎着桃红湖绸鱼婆巾，身穿桃红锦缎短袄，腰间系着桃红丝绦，下穿桃红湖绉扎脚小裤，露出那三寸长的桃红花绣弓鞋，胸前斜插着一口红鞘宝剑，生得桃腮杏靥，姣艳异常。众宫娥见了正在惊疑，国王见了慌忙立起身来，仔细看时，道："孤家道是何人，原来是紫菱阿姐，怎得降临敝国？"紫菱道："若花姐姐，恕妹子不行君臣之礼了。"若花道："姐姐并非这里女儿国的人民，又是女试同年的姐妹，若拘于君臣之礼倒见外了。请问姐姐别后如何境遇？屈指算来不觉十有余年矣。姐姐可能为妹子细说一番否？"回头便命宫娥移取锦墩，又命宫娥送茶。紫菱告坐，便道："姐姐啊，一言难尽，说起话长。自从姐姐回国之后，妹子也告假回籍，侍奉老母。到了明年又开女科，重宴红文。妹子也不曾进京。又隔了一年，老母去世，妹子守孝在家，足不出户。表兄熊大郎断弦，意欲续娶妹子。妹子不愿嫁他。岂知过了一年，表兄也去世了。后来闻得燕紫琼、宰玉蟾、田秀英、田舜英临阵遇害，邵红英、戴琼英、林书香、阳墨香、谭蕙芳、叶琼芳尽节军中，这十位姐姐甚是可惜。唐闺臣与颜紫绡二位姐姐同上小蓬莱访寻唐伯父，一去不返。妹子也看破红尘。安葬了老母，在家无事，又虚度了几许春秋。如今要往小蓬莱去寻访唐闺臣、颜紫绡二位姐姐，修真学道。不意昨日经过这里女儿国的京城，听人纷纷传说淑士国硬要借取明珠、分水犀，不遂所欲便妄动干戈，又仗邪法淹没军马。妹子路见不平，愿助姐姐一臂之力。待征服了淑士国，然后再到小蓬莱修行。故此特地前来。"

若花听了紫菱这一番言语，又是叹服，又是感佩，道："难得姐姐如此义气、孝义、贞节。古来剑侠虽多，也未必再有胜如姐姐的了。他时一定成仙。若姐姐成了仙时，能否带挈妹子？"紫菱道："姐姐身居君位，富贵已极，何用求仙？"锦莲在旁听了，方才明白，也便上前与紫菱道了万福，称作姐姐。紫菱见锦莲是个妇人模样，连忙回礼，只得也称他作姐姐，便问若花别后到今的情事。若花就从回国即位重任，黎红薇、卢紫萱、枝兰音等作为护卫大臣，又将颜紫绡拯救国后并两位相国夫人，送到岭南寄父林之洋家中，都认作寄女，住了年余，送到女儿国来成亲。紫菱又问淑士交兵之事。若花便把如何起衅，挂榜招贤，挑选元戎，如何战胜,如何兵败,并表妹坤蕙芳、大姨韦丽贞、小姨韦宝英愿去救应的话,从头至尾细细说了一遍。易紫菱道:"据妹子愚见,为今之计,淑士国的水路一军既已全军覆没,这里的海军大可调往陆路退敌。水寨只须谨守,另行调拨三军前去。所有梅凤英、掌中珍练成的海军,定然熟谙水性,不如调至鹤鸣关效力,何虑那些邪术的无根之水?那骑分水犀牛带往鹤鸣关去,遣帐前胆壮的将官骑坐,领了熟识水性的海军前去,就可破敌了。不知姐姐以为然否?"若花听了不觉大悦道:"今承姐姐指示,使妹子顿开茅塞。真天助我女儿国成功也!"紫菱起身告辞道:"姐姐定了行兵之期,妹子就来从征便了。如今要看卢紫萱、黎红薇两位姐姐去了。"说罢将身一纵,嗖的一声倏然不见。国王曾在天朝见颜紫绡也是如此行为,不以为异。娘娘与众宫娥见了,俱各诧异非常。

且说卢紫萱这日朝罢回来,正在书房小坐,忽见一个丽人翩然而入。举目看时,道:"呀!原来是紫菱姐姐。"便深深地打了一躬,忙问,"不知什么风儿吹得到这里?"紫菱还礼不迭,笑道:"姐姐男装已惯,那些行动举止竟无一毫妇女的态度了。刚才妹子见若花姐姐的气宇,竟是堂堂的一位君王。若花姐姐娶的丈夫,穿耳裹足,绿鬓红颜,竟是一位美丽的国后娘娘。古人所谓'居移气、养移体',又云'习惯乃成自然',果然说得不差。无怪这里女儿国的定制,男女倒置,习俗相沿,竟改不转来了。"紫萱连忙让座,便唤家童烹茶。紫菱还没有倾吐别后的许多衷曲,忽闻靴声"秃秃",往外看时,只见头戴乌纱,身穿圆领蟒袍,挂体玉带围腰,俨然一位相国。紫菱便立起身来道:"咱道是谁,原来是红薇姐姐。"红薇道:"呀,紫菱姐姐哪得到此?"三人见过了礼,彼此让座,献茶已毕。紫菱便把刚才与若花说的话,重新述了一遍。姐妹二人,赞叹不止。紫菱又问紫萱道:"伯母可在这里纳福?"紫萱道:"多谢姐姐,妹子伴若花姐姐到了这里女儿国来,便借了飞车,到岭南接取家母前来居住。现在后堂。"紫菱便请相见,紫萱、红薇陪了紫菱,穿廊绕院,同到里面。丫环通报缁氏太君出堂,紫菱迈动金莲,步上前来道:"伯母请上,待侄女拜见。"缁氏连称"不敢",道:"小姐请起!"紫菱起来,又请过了安,然后红薇也问了师母的安,各人就坐,叙了些寒暄。紫菱道:"两位姐姐都已娶了姐夫,不日就要同往出征。到了军中,叫妹子如何称呼?"缁氏道:"小姐,这里女儿国的风俗,真是牢不可破。男子定要当作妇人,老身也只得随俗,把女婿叫作媳妇。红红娶的叫作他侄媳,小姐叫他们妹妹罢了。况他们本是妇女妆饰,全无须眉之气。小姐若叫作他姐夫,非但军中传出当作笑话,媳妇、侄媳倒觉得不好意思了。"紫菱道:"姐姐可请两位姐夫先来一见?到了军中,也好熟识。"紫萱便命丫环往后园兜到黎相府去,请黎夫人来,再请夫人下楼,一同相见。丫环答应去了。紫菱见那紫萱府中的丫环都是眉清目秀,三四寸长的金莲,即使有粗蠢些的仆妇、婢女,也没有一个不缠足的。便问紫萱道:"姐姐,你好好的小足,反要穿了靴子行走;他们明明是男子,为何定要把脚缠裹?这道理,请问姐姐作何解说?"

紫萱尚未回言,忽闻笑语之声,一阵香风,屏门背后早来了两位夫人。丽贞在前,宝英在后,打扮得一般华丽,都是傅粉施朱,画眉掠鬓,头上梳着个时新巧髻,束着珍珠,把根儿横插金钗,鬓边斜簪着小小一只珠凤,当头围着茉莉花的扣条,耳坠嵌宝金环,身上穿件湖色锦缎大袄,内衬桃红湖绉紧身,下系八幅百褶罗裙,裙下露出四寸余长的蓝缎金绣弓鞋,身材婀娜,宛如玉树临风。

紫菱见了两位夫人,急忙座上抬身。缁太君道:"媳妇、侄媳,来见了这位姐姐。"丽贞、宝英便深深万福,都称"姐姐"。紫菱也拉着袖儿,连忙答礼。问起闺名,遵缁氏伯母吩咐,称作丽贞妹妹、宝英妹妹。缁太君道:"易小姐请坐,侄媳与媳妇也坐了,好讲话。"众人俱各就坐。紫萱便命厨房备酒。相府酒筵是常时预备的。不一时,端正完备,丫环便来请问相爷酒席设在何处。紫萱便问紫菱道:"姐姐是外面书房,还是在这里中堂?"紫菱道:"就在这里,也得与伯母叙谈。"两位夫人因紫菱是初次会面,未免客气,便起身作别。紫菱虽是闺女,生性豪爽,况且又是剑侠,不喜避忌。两个姐夫都是女装,与巾帼无异,连忙止住道:"两位贤妹不妨也在此谈谈,讲论些武艺。"缁太君道:"既承姐姐吩咐,侄媳、媳妇也不用客气。"两位夫人遵缁太君之命,依次就坐。丫环们调开桌椅,搬上酒肴,海味山珍,金波玉液,十分丰盛。丫环在旁斟酒。酒过三巡,食供几套。紫萱与紫菱阔别多年,敬酒敬菜甚是殷勤。紫菱便问韦氏姐妹的武艺是何人传授,丽贞、宝英都道:"是郡主坤蕙芳那边学习来的。妹子等学得不上一年。"紫菱道:"散了席时,二位贤妹何不试演一回?"丽贞道:"妹子学得不精,恐要献丑的。"紫菱道:"贤妹何用客套。一定要请教。"紫萱又敬了紫菱几杯,各自用饭。饭毕起身,撤了筵席。丫环又送上香茗。紫萱道:"紫菱姐姐请到小园去散步散步。"紫菱道:"使得。"遂辞了缁太君,紫萱、红薇在前引导,紫菱居中,末后两位夫人,一行人进了花园。紫菱举目一观,见园林宽大,菊花盛开。紫萱行至丹桂厅前,便对紫菱道:"姐姐可要在这里坐坐?"紫菱道:"使得。"五人同入厅中,各自坐下。那厅中摆设得极其精致,外面庭心也甚广阔。紫菱便问丽贞、宝英道:"两位贤妹用的是怎么兵器?何不就在这里庭中试演一番。"宝英道:"妹子学试那两口绣鸾刀,与大姐姐一般的兵器。"丽贞便命丫环都去取来。不一时两府的丫环俱将兵器取到。丽贞、宝英俱宽了外罩的衣裙,露出了内衬的桃红湖绉小袄,葵绿绣裤,白绫小舄,蓝缎弓鞋,愈显得容颜娇媚。姐妹二人俱扎束好了,轻移莲步,跳脱异常,不比得初时缠脚行步艰难,如今脚已缠了七八年了,高底鞋儿也穿惯了,故而行动便捷,与那真正的金莲也不差怎么。先是丽贞提了两柄鸾刀,徐步下阶,舞了一回。次是宝英出厅,也舞了一回。然后姐妹二人两边立定步位,对舞起来。始初还见人影,舞到后来,如飞花滚雪一般,只见两道寒光闪烁不定,一些儿人影也不见了。对舞完了,面不改色,气不喘急。红薇、紫萱在旁观看,也是欢喜。紫菱道:"二位贤妹真好刀法。舞得毫无破绽。"宝英、丽贞都道:"还求姐姐指点。不知姐姐可肯赐教否?"紫菱应道:"使得。"说着飞步下阶,拔剑起舞。但见白光闪闪,寒气森森,满庭如瑞雪飘扬,遍体似梨花飞舞。紫菱舞完,按剑入鞘。红薇、紫萱赞不绝口道:"紫菱姐姐这口宝剑,真使来神出鬼没。"紫菱道:"二位姐姐又要过誉了。"红薇道:"天色已晚,紫菱姐姐何不到妹子那边去安歇?"紫菱道:"你们都有夫人做伴,妹子还是去陪伯母安睡。"紫萱道:"如此甚好。"当下便邀紫菱仍到内堂,用了夜膳。红薇夫妇,辞了缁太君、紫菱与紫萱夫妇,回府不提。

这里紫萱禀知母亲道:"紫菱姐姐要陪母亲同睡。"缁太君道:"小姐不嫌老身龌龊,肯与老身同睡有何不可?"丫环送上香茶,谈谈说说,直至更深,各自归寝。次日,宝英传命丫环到郡马府中请到郡主娘娘。先是宝英与蕙芳相见,说明情节,便请紫菱内堂相见。也是姐妹称呼。紫菱见郡主秀色可餐,莲钩一握,二人见过了礼。蕙芳道:"姐姐既然路见不平,助我小邦,妹子不揣冒昧,意欲明日奏明国主,后日提兵去救鹤鸣关。不知姐姐以为如何?"

要知紫菱怎样回言,且听下回分解。

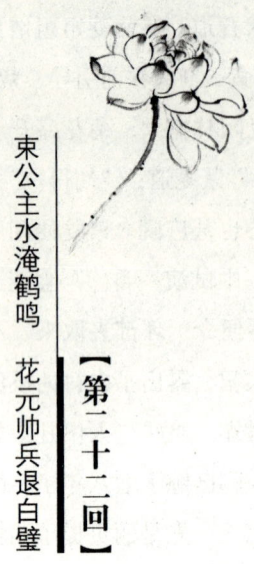

【第二十二回】 束公主水淹鹤鸣　花元帅兵退白璧

话说女儿国郡主坤蕙芳与天朝女学士剑侠易紫菱相见之后，略叙了几句寒暄，便道："姐姐，古语云'救兵如救火'，妹子明日奏知主上，后日便要领兵去救鹤鸣关。未识姐姐以为然否？"紫菱听了大喜，道："难得贤妹心性爽直。合着愚妹性急的脾气，愚姐也急欲去看那淑士国的兵势，只是不好来催贤妹早行耳。贤妹既有此意，准定明日去奏明国王，并请调取海军都督梅凤英、先锋掌中珍并熟谙水性的海军，编入陆军部伍，另调水军将士去守水寨，以备不虞。分水犀牛也须奏请带去。"

惠芳郡主一一应诺，即便起身告辞。先别了缁氏伯母，然后别了紫菱姐姐、紫萱姐夫，又对宝英道："二阿姐早些收拾行装，大阿姐那边已命家人咨照去了。"说罢起身作别。早有郡马府中的宝辇伺候外面，一行人送到大厅，郡主别了众人，上辇回府。到了府中，将情禀知父母。老国舅知易紫菱是个剑侠，又与女婿枝兰音同年。女儿有了此人做伴同行，方才放心。老夫人只得叮嘱女儿，诸凡保重。郡主诺诺连声，便去挑选了八名有些武艺的丫环，行囊物件都已齐备。一宿无话。

次日进宫见了国王，便请敕旨明日启行，调取梅凤英、掌中珍并那熟谙水性的海军，水寨中另调干员前去把守，并要带取分水犀牛等情，奏知国王。当下国王一一准奏，道："表妹得胜回朝，孤家定当亲自郊迎，以酬表妹之劳。"传旨内侍速排御宴，与郡主娘娘饯行。不一时，御厨送进筵宴，国王便命排在昭阳殿左侧，亲递御酒三杯。郡主娘娘起身谢恩，立饮干了。国王道："孤家欲往东宫，暂且失陪。御妻劝表妹多饮几杯，聊壮行色。"说罢上了龙车，往东宫去了。娘娘陪郡主饮宴，宫娥在旁斟酒。奇珍异品，熊掌驼峰，说不尽海外繁华。国后并命宫娥吹弹歌舞，与郡主娘娘劝酒。国后因郡主与韦氏妹妹也是结义，故而认作他妹子，便道："四妹妹，待愚姐亲敬几杯。"郡主道："既是姐妹之间，阿姐也不须虚文客套，还是宫娥斟酒的畅意。"国后道："既如此，四妹妹请自多饮几杯。愚姐量窄，不能奉陪。"郡主道："妹子酒已多了，倘饮得过醉，恐误明日行期。妹子就此告辞。他日战胜班师，再得与阿姐叙话。"说罢起身，深深万福地作谢。国后娘娘座上抬身，连忙回礼，送至宫门，各自依依不舍，含泪而别。郡主升舆回府。

过了一宵，次日早朝，郡主娘娘与二位相国夫人、海军都督梅凤英、先锋掌中珍并老国舅坤成与易紫菱等，都到朝堂。不一时，景阳钟动，龙凤鼓鸣，国王升殿，敕授郡主坤蕙芳为二路荡寇大元帅，黎相国夫人韦丽贞、卢相国夫人韦宝英为中军左右护卫使，海军都督梅凤英兼荡寇先锋，掌中珍管运粮草，易紫菱为宾师，与军师同等，不受女儿国节制。传旨："老国舅坤成、国丈周成美、大学士黎红薇、卢紫萱代孤家与紫菱姐姐送行。"国王又对二路元帅道："表妹要带多少人马？"郡主道："兵在精而不在多，只须五万精壮人马足矣。"梅凤英奏道："精壮军士驻扎教场，已挑选了六万余名。如今带了五万去征淑士，尚余一万调往海口防守水寨。"国王道："卿家处置得当，着照所请便了。"国王传旨卷帘退班，袍袖一拂，驾退回宫。

二路元帅郡主坤蕙芳，并左右护卫使韦氏姐妹与宾师易紫菱等众将来到校场，调齐人马并海军人等，发炮起行。老国舅、国丈与两位相国，还有朝中的文武诸臣，都送至十里长亭。老国舅与郡主父女之亲，两位相国与左右护卫使夫妻之好，另有许多关爱之处，笔难尽述，再三珍重而别。郡主别了阿父，两位夫人别了夫君，带领大兵，于路秋毫无犯，浩浩荡荡径奔淑士国来。在路行程非止一日，暂且按下慢表。

且说那边鹤鸣关上的元帅花如玉，被淑士国公主用葫芦中的邪法把洪水淹没兵马，屯扎不住营寨，与军师枝兰音商议退守鹤鸣关，分拨精壮军士日夜严防。关上多加灰瓶、石炮并攒箭手等，以御攻城之兵，特派大将苗秀鸿、红赛珠、水碧莲、云飞凤分守四门，梭巡严密。

城外淑士国的军马分布四面，日夜攻击。公主束莲芳急欲报那驸马之仇。见军士攻了三日仍然未破，心生一计，传令军士准备木筏应用，造得愈多愈妙。军士奉令置办，不上五日已造成七八十排木筏，禀知公主。

这日晚上，公主在营中用过夜膳，到了二更时分，带领八名宫娥、五百名步兵，趁着星光悄悄而行。到了鹤鸣关的吊桥旁边，扣定丝缰，口中念念有词，便向怀中取出那个小小葫芦，拔去塞头，对着护城河内倾倒。登时水势滔滔，宛如潮涨的一般涌将起来。公主那边滴水全无，遂带了宫娥步兵，慢慢地策马回营，传令军士把造成的木筏运至鹤鸣关前，以备乘筏攻关。军中有能攻破此关擒获花如玉、花逢春者，每名赏给白银五千两。此令一出，淑士国的许多军士莫不奋勇当先。公主着五百名步军把那木筏拖到鹤鸣关下，点齐三千军士，乘了木筏速速攻城。军士领令而去，公主便去安寝，高枕无忧。暂且不提。

话分两头，再言鹤鸣关上守关的军士，忽听得城下水声汩汩，各自惊疑。慌忙点上火把四下照看，见护城河中水势大增，约有三四尺高，急急报知守城的大将。先是红赛珠登城，军士张了许多火把望下看时，大吃一惊，其时已近三更时分，红赛珠飞马来报元帅。那边苗秀鸿亦已赶到，秀鸿忙问何事，赛珠就将水涨城濠之事说明。二人话未说完，前面云飞凤与水碧莲也是飞马而来，要禀元帅。二将问起情形，水碧莲那边城下水已高至四五尺了："咱等只得禀明元帅作何道理，候令定夺。"四将都在辕门。时已三鼓，辕门上的守将俱已归寝，无从禀报。欲思击鼓，又无鼓槌。正在无计可施，苗秀鸿人急智生，道："不如寻些砖块石片来抛击。"三人听了，都道："苗将军说的不错。"各去寻觅石片砖块。不多时，四人拾来，向鼓上乱抛，登时鼓声吟吟，接连不绝。

元帅花如玉在帐房中，见夜色已深，正思就寝，宽去了外罩的衣裙，走向镜台前，把元色罗帕包了云髻，除去耳环，揭起罗帐，坐在床沿，脱去了三寸弓鞋，重把金莲缠裹好了，放下罗帏。尚未就枕，忽闻鼓声如雷，慌忙推枕而起，穿了弓鞋，拔上鞋根，鞋带也不及系了，亲自开了帐房门，唤起随营服侍的丫环，速到外边查问，为何鼓声如此紧急。丫环领命出外，见外面的军士都已睡热，只得径往辕门开看，恰好四员大将正在那里抛击。丫环忙问何故，四人都道："有紧急军情面禀元帅，元帅在哪里？"丫环道："众位将军可随婢子到中军帐，待婢子去禀报便了。"于是丫环在前，四将在后，走近帐前。只见元帅晚妆已卸，秉烛而立。四人抢步上帐，各打一躬，便禀道："城濠水涨已有四五尺高了，恐怕又是淑士国公主使的邪法，要来灌城。请元帅定夺。"

元帅听了大惊失色，便唤丫环快些备马。军中连忙点起灯火。丫环听了也都着急，可怜都是金莲小足，顾不得地下的高低，如飞的一般，往后槽牵了元帅的马匹。也不及鞍辔，元帅飞身上马，正要加鞭，不料足上的弓鞋忽然坠地，忙唤丫环附耳道："快到帐房中将鞋上的带子取来。"

众将见元帅住马，正自不解，及见丫环取将带子来，俯首去拾弓鞋，见元帅的金莲又尖又细，真是不盈一握。丫环忙与元帅穿上弓鞋，系了鞋带。元帅羞得满面通红，连忙加上几鞭，到了关下，跳下马来，飞步金莲，径上城来，望外一看，只见城外一片汪洋，水势约有七尺多高，只吓得面如土色，魄散魂飞。呆了半晌，只得步下城楼，复又飞身上马，回到衙中，即命丫环打起聚将鼓来。军师枝兰音早已惊醒，起身穿好了衣服，报时钟已交四更二刻，急忙来到元帅军前。只见元帅也不披挂，也不穿裙，元帕包了云髻，耳环也不带，大有慌张之色。兰音紧走一步道："元帅打鼓聚将，不知何故？乞道其详。"元帅道："本帅正要来请军师商议。"遂将城外水势浩大，倘灌入城中，满城将士岂不都要变作鱼鳖。

军师听了也惊得目定口呆。元帅再三请计，兰音道："事在燃眉，别无良法，三十六计，走为上计。元帅以为何如？"元帅道："军师之言有理。"当下传令大小三军，速速收拾马匹器械、辎重粮草，退守白璧关去。军师道："避水退兵，城上须虚设旌旗。每城扎缚二三十个草人，身上穿了军士号褂，腰间系着梆铃，以疑敌兵。"元帅道："军师计划周详。"便传令能载坤："速命军士去备草人，如法布置好，随本帅到白璧关驻扎。关中旧有的军士尽数带至白璧关来。"能载坤一声

"得令",立传军令,忙去办理。

元帅传令已毕,天色大明。军士疾忙造饭,各各饱餐一顿。元帅便唤随身的丫环,梳了云鬓,带上耳环,穿好衣服,也吃了些饭食,连忙上马。又见军士飞报:"城中有水透进来了。"元师忙请军师作速上马同行,传令守城的四将:"待城上布置好了,也就收兵前来。"命花逢春断后,偃旗息鼓,径往白璧关来。

在路行了半日,时已过午,军士埋锅造饭。能载坤等也赶上了,禀道:"启上元帅,城中之水已有四尺余高,幸而元帅早走一步。不知如今的水势怎么样了。"元帅道:"老将军与众位将军都辛苦了。"当下各自用过午餐,元帅传令趱行。将近黄昏时分,离白璧关尚有二十里之遥。元帅便令:"就此安营,明日再去报知守关主将便了。今晚扎定营寨,大小三军暂且安歇。"军士领令安营。

要知后事如何,且听下回分解。

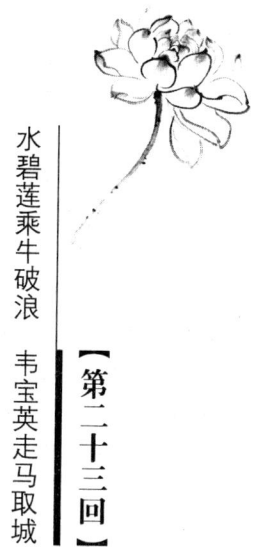

第二十三回

水碧莲乘牛破浪　韦宝英走马取城

话说女儿国兵马大元帅花如玉与军师枝兰音，带领众将并大小三军退走白璧关，离关二十里安下营寨。到了次日，元帅传令花逢春，往白璧关去报知守关主将席上珍，修葺城垣，开广河道，预备保守之策。花逢春一声："得令！"飞马而去。

话分两头，且说淑士国公主搬演邪术，把洪水来淹了鹤鸣关。那些关外的居民淹死了不计其数。当晚高枕而卧，到了次日起身梳洗，用过早膳，便命宫娥备马。随身有八个宫娥都会武艺，又带了三千人马，前往鹤鸣关去取城。帐下一声："得令！"宫娥牵过马匹。公主飞身上马，八个宫娥也跨上鞍鞯。三千人马往前飞奔，如风驰电掣一般，不多时已到了鹤鸣关。见水势虽大，离城垛尚有八九尺高。军士正要乘了木筏攻城，只见城上旗幡招展，城垛中仍有军士把守，摇铃击柝之声耳中不绝。木筏上的军士摇旗呐喊，只是不敢近城。公主传令军士速速攻城。军士勉强撑了木筏，上前攻击。但见城上的军士屹立不动。攻城的军士个个惊疑，慌忙禀知公主。公主纵马上前亲来观看，果见那些守城的军士在城上摇铃击柝，毫无畏惧之色。那水已渐渐地退了三四尺了。原来这水虽是泛滥，都是邪术引来，只须一昼夜之后，就要消退的。这里公主正在相持不下，暂且不表。

再说那二路元帅郡主坤蕙芳，偕左右护卫使相国夫人韦丽贞、韦宝英并宾师易紫菱、海军都督兼二路先锋梅凤英、运粮官掌中珍等，星夜领兵前来救应。兵抵白璧关，传令军士速去禀报关上守关总兵席上珍。关上总兵闻报，连忙到关下来迎接，参见了二路元帅，心中暗暗想道："咱们的国王真是没有见识，为何都差这些妇女领兵对敌？怪不得连打了几阵败仗，失了鹤鸣关。前次的兵马大元帅花如玉，是个未嫁的闺女。现在二路元帅坤蕙芳，又是个已嫁的妇人。再看那许多旗号，左右护卫使是相国的夫人，二路先锋梅凤英也是个闺女。恐怕此关也难把守。"席上珍见了这些妇女，心中着实担忧。当下郡主便问鹤鸣关的消息，席上珍就将鹤鸣关被水浸灌，现在元帅花如玉在这里白璧关外，离关二十里安营下寨。郡主听了便道："老将军请回。"当下传令众将与大小三军，作速趱行。席上珍款留不住，只得送至关外。郡主便与总兵作别，加上一鞭，飞也似去了。

转瞬之间，二十里程途已到。军士通报大营。元帅花如玉闻报，出营迎接。彼此都到营中各自相见。郡主便问鹤鸣关的水势如何。花如玉就将淑士公主的邪术引水甚是厉害："关外水势约有七八尺高，关中亦已透进水来。因与军师商议退走白璧，等候救兵。今得郡主降临，真是苍生有幸。"郡主道："元帅太觉客套了。"郡主见元帅年轻貌美，又是武艺精通。元帅见郡主玉容韶秀，和蔼近人，谈谈说说，彼此话得投机。郡主便道："咱们何不结为姐妹？"元帅道："只是不敢仰攀。"郡主道："元帅何须谦逊？请问青春几许？"元帅道："小妹虚度一十九岁了。请问姐姐的贵甲子？"郡主道："愚妹今年二十一岁，只得要叨长了。"当下郡主便命丫环排了香案，神前结义，愿同生死。自此姐妹相称。郡主道："愚姐闻知这里三军被洪水淹没，故此将熟谙水性的海军带来，并于主上前奏请分水犀牛也带在此。即请贤妹升帐，调军遣将，去救鹤鸣关要紧。"元帅道："如今应得姐姐调遣。"郡主再三不允。元帅道："妹子已是败军之将，姐姐本是主上钦命的二路兵马元帅，又是当今的国戚。并且姐姐年长。姐姐既许妹子认作手足之亲，妹子理应听姐姐的指挥。"郡主推让不得，只得勉强依允。元帅又传先锋花逢春进帐，拜了姐姐。易紫菱也请进帐中相见,彼此都是姐妹相称。元帅又传命丫环去请军师枝兰音叙话。不一时,军师请到,先与易紫菱相见,彼此各道契阔。紫菱道:"兰音姐姐到了这里女儿国来,起居动作竟与男子一般无二。妹子倒学姐姐不来。"兰音道:"姐姐若穿戴了袍帽,自然也像个男子了。"当时帐上帐下的许多将士都暗暗私议道:"二路元帅同来的那位易宾师,明明是个男子,为何画眉掠鬓,缠得一双小小的脚儿?这里的枝军师明明是个男子,易宾师又是叫作他姐姐。这是怎么解说?"一人道:"哥啊,你还不知道么?除了这里女儿国,他们那些人都是男女颠倒的。咱与你幸而生长在这里,若生长在他处,也要穿耳缠足,不得预闻外事了。"那些将士正在交头接耳地私议,忽闻元帅传令道:"二路元帅的军士分扎三座大营。"帐下一声:"得令!"又令军中打起聚将鼓来,纷纷将士俱来听令。元帅道:"请姐姐升帐。"郡主道:"帐中再添一座,愚姐与贤妹同坐何如?"元帅仍是不允。郡主只得命丫环旁设一座,请如玉坐了。元帅不好再却,便在旁首坐下。郡主升帐,诸将上前一一参见。郡主道:"众位将军少礼。如今有分水犀牛在此,哪位将军前去探看水势?"道言未了,只见大将水碧莲抢步上前道:"小将愿往。"郡主道:"将军前去,须要小心。付你令箭一支,去取那犀牛骑坐,并带领熟谙水性的海军三千,前往鹤鸣关去破敌。"水碧莲应声:"得令!"手中持了令箭,便去领了犀牛,换了坐骑,带领三千海军,匆匆径往鹤鸣关来。

　　于路无话,将近关前,见那水势只有四尺余高,关门仍是锁闭。原来淑士国的兵卒见城上遍插旌旗,军士屹然不动,风吹铃柝,声声相应,虽然乘着木筏,不敢攻城,因此鹤鸣关尚未打破。水碧莲便命军士开去城门上的铁锁,大启关门。水碧莲骑了分水犀牛,冲波踏浪而来。那水便两下分开,身上不沾点水,真是无价的宝物。那些海军在着水中奔走,如履平地一般。水碧莲冲出关来,见那木筏上的淑士兵卒探头探脑,刚欲爬城,公主正在那边指挥,早被海军伏在下面,把木筏弄翻转来。军士纷纷跌下水去,杀的杀,捉的捉。公主见了,大惊失色,慌忙收了法术。忽见水碧莲骑了犀牛,已到跟前。公主急忙举叉劈面刺来。水碧莲把枪架开,一来一往,战了十余个回合。水碧莲暗暗取出流星锤来,照准公主头上盖将下来。公主喊声:"不好!"要招架也来不及了,连忙把头一低,只听得噗的一声,背脊上已着了一下,登时口吐鲜血。水碧莲举枪便刺。八个宫娥拼命地挡住,保了公主,大败而逃。水碧莲挺枪赶来,四个宫娥保着公主,拍马加鞭,急急地奔走,四个宫娥挡了水碧莲,且战且走。公主伏在马鞍上,到了大营,早有众将前来迎接。宫娥扶着公主下马进帐,传令攒箭手:"等后边的四个宫娥进了大营,倘有追兵来时,速速放箭。"

水碧莲赶到,正要踹营,见那乱箭如飞蝗一般射来,只得退回鹤鸣关。见关内关外水已退尽,便命军士分守四门,又命军士速去报知二路元帅。军士得令,飞马跑到大营,下马进帐,单膝跪下道:"启禀元帅,鹤鸣关水已尽退。水将军用流星锤打伤公主。那公主口中喷出鲜血,被八个宫娥拼命救护,杀得大败而回。"元帅闻言大喜道:"知道了。"当下坤蕙芳传令拔寨启行,一路上浩浩荡荡,旌旗飘拂,戈戟森严,重又到了鹤鸣关。两位元帅、两位相国夫人、军师枝兰音、宾师易紫菱、先锋花逢春、海军都督兼二路先锋梅凤英,并诸多大将,都在总兵能载坤的衙内安歇。其余军马分布四面,盖搭帐篷,歇宿一宵,明日再议开兵。军士分头传令去了。

过了一宿,次日天明埋锅造饭,军士饱餐一顿,元帅众将各自用毕。郡主升帐,便问:"今日哪位将军出马?"道言未了,忽闻韦宝英应声而出道:"愚姐愿往。"郡主道:"姐姐临阵须要小心。"花如玉道:"妹子愿去掠阵。"韦丽贞道:"愚姐也愿去掠阵。"郡主便拨一千藤牌手,一手挽牌,一手执着短刀滚截马蹄。三千马军都用长枪,随在藤牌之后。先是韦宝英飞步金莲出了营门,早有丫环牵过马匹,请夫人上马,送过两柄绣鸾刀。宝英上了雕鞍,提了双刀,加上一鞭,径往战场。花如玉、韦丽贞随后上马,也往战场而来。

且说淑士国公主自被水碧莲的流星锤着了一下,正中背脊之上,口吐鲜血,几乎跌下征驹。幸有八个宫娥拼命保护,回营将息未愈。今日公主卧床不起,背伤兀自疼痛。忽见军士飞报进营道:"女儿国又来一个美貌的女将,在外讨战,请令定夺。"公主道:"今日哀家不能升帐,传令弓箭手速放乱箭,不得使他军马近前。"军士答应,去传弓箭手放箭。那边韦宝英见淑士国大营前施放乱箭,便传令藤牌手冲上前去。藤牌军一声"得令",一手挽牌遮箭,一手提着短刀,飞舞而上。宝英乘势策马加鞭,把手中刀拨开箭林,一马冲进大营。军士抵挡不住,踹得营头大乱。宫娥慌忙飞报公主。公主勉强起身,宫娥搀扶公主,急急上马奔逃。韦宝英见了紧紧追来。淑士营中的军士被那女儿国的藤牌手、长枪手杀得尸横遍野，血染流沙。后面掠阵的韦丽贞见宝英冲进了淑士国的大营，诚恐妹子有失，回顾花如玉道："咱去接应妹子。"说着飞舞双刀，拍马而去。

再说淑士宫娥保着公主，弃了大营，飞奔峻德城来。宝英不舍，看看赶近。宫娥并力支持，战了五六个回合，那里敌得住宝英？前面峻德城上守城的将官，望见公主败阵，连忙开城接应。公主刚才过得吊桥，不料宝英纵马也飞上吊桥。军士要扯吊桥，早被宝英把索子砍断，忙令军士速速抢城。宝英一马飞进城中，举起双刀，把军士乱砍。随后藤牌手、长枪手一拥进城。守城的将官见吊桥已失，此城难以保全，只得弃了城池，忙来保护公主，出了北门，星夜往飞虎城去，再作计较。

公主大营的败残兵卒并峻德城中的守城兵将，都是四散奔逃。公主营中粮草辎重、器械马匹不计其数，城中仓库钱粮、金银财物亦复不少，尽行抛弃而去。随后韦丽贞也到峻德城，寻见了宝英，合兵一处。丽贞道："贤妹初次出兵，走马取城，真是侥天之幸。如今城中没有一个士卒，只有些少居民了。"一面传令军士勿得伤残淑士百姓，一面传令军士速速到元帅营中去通报。

要知后事如何，且听下回分解。

【第二十四回】 梅凤英大战梁邱德　老蟹精力保飞虎城

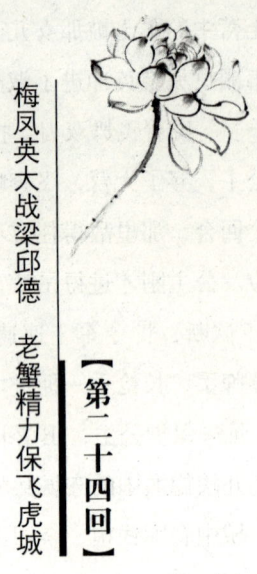

话说韦宝英走马取了峻德城，淑士国公主并那峻德城的守将急急奔逃。韦丽贞随后也到城中与宝英会合一处，军士回营飞禀元帅。郡主坤蕙芳大喜，传令拔寨前进。大队人马都往峻德城去。帐下一声："得令！"排齐队伍，纷纷望淑士国的疆界峻德城进发。一路浩浩荡荡，到了峻德城。宝英便命军士大开城门迎接。元帅直至总镇衙署，坤蕙芳、花如玉、枝兰音、易紫菱并众将等俱各称贺。郡主传令盘查仓库，检点粮草辎重、马匹器械等物。大小三军休养三日，再行进兵开战。

且说淑士国公主自被女儿国大将水碧莲的流星锤打伤脊梁，不能出战，以致大营失守，又被卢相国的夫人韦宝英追杀，飞马赶过吊桥，取了峻德城，所有剩下的败残兵卒四散奔逃，星夜投飞虎城来。不一日，到了城下，便命宫娥叫喊。手下将士已渐渐聚集。那城中的守将复姓梁邱，单讳一个德字，本领高强，十分了得。闻报公主兵败退至飞虎城来，忙命军士开城，亲自前来迎接。只见莲芳公主缓辔而行，策马过了吊桥。梁邱德在马前欠身打躬，接进城中，来到总府衙署，便请公主升堂入座。梁邱德参见了公主。公主道："将军少礼，也请坐了。"梁邱德告坐献茶，公主传令军士，就在城中空阔之处扎了营帐。又问梁邱德道："将军这里署中可有洁净些的卧室？哀家因肩背受伤，欲思将息几天。"梁邱德连连答应，便唤家童速速把内书房收拾，又命厨子备酒接风。常言道"众擎易举"，不多一刻，内书房已收拾完好，铺程被褥一切齐备，早又摆上酒筵。公主背伤未愈，略略沾唇，即便起身。梁邱德立起身来伺候。公主道："将军请便。"梁邱德唤家童领了宫娥，先到里面认了地方，然后宫娥请公主进了内书房，服侍安歇。到了次日，勉强抽身，略略梳洗，修成告急本章，差了一员神将星夜回京，求取救兵。公主仍在内书房养病，暂且按下慢表。

且说女儿国二路元帅郡主坤蕙芳，息兵三日，到了第四日升帐，要去攻那飞虎城，便问："今日哪位将军出马？"早有海军都督梅凤英应声愿往。郡主便传令："先锋带领三千人马前去交战，须要小心。"梅凤英应声："得令！"提枪跃马，径奔飞虎城来。当下郡主留着一员守将、三千人马，镇守峻德城，其余大队人马随着郡主拔寨齐起，离却峻德城，飞奔而来，离飞虎城二十里安下了十余座大营。

且说梅凤英纵马加鞭，直至城下讨战，喝道："呔！城上的军士快去报与守城主将知道，早些出来受死！"城上军士飞报总镇梁邱德道："启爷，城外女儿国的人马已到。有员女将前来讨战，请令定夺。"军士正在禀报，早有公主身旁的宫娥听得明白，疾忙转身，丢开小足，飞跑到内书房来，转禀公主。公主听了，只得勉强起身，扶了宫娥，来到外厅。见总镇梁邱德顶盔贯甲，吩咐军士抬过大刀，准备出城迎敌。公主忙道："将军休要出战，还是小心把守。城上多加灰瓶、石炮、强弓硬弩，防备女儿国的军马攻城。且待本国救兵到来，然后开战。"梁邱德道："公主娘娘说哪里话来！他们耀武扬威前来讨战，若是闭城不出，分明惧怕他了。这真是长女儿国的志气，灭淑士国的威风，断断乎其不可！末将不才，情愿决一死战。倘或不能取胜，然后紧闭城关保守未迟。"公主道："将军真是为国忘身，哀家也不好阻挡。但此去阵上须要小心。"梁邱德道："是！谨遵娘娘之命。"当下辞了公主，步出辕门，军士牵过马匹，抬了大刀，已在总衙前伺候。梁邱德跨上雕鞍，提了大刀，径到关前，吩咐开城。轰隆一声炮响，大开城门，放下吊桥，豁喇喇一马冲出城来。梅凤英抬头一看，见那来将头戴红缨亮铁盔，身披锁子鱼鳞甲，相貌生得甚是凶恶，狮子大鼻，阔口方腮，面如锅底，颏下一部黄须，手执大砍刀，坐下红鬃马。梅凤英道："来将快快通下名来！"梁邱德也在那里看女儿国来的那员女将怎生打扮：生就一张俏脸、两道秀眉，云髻高盘，双挑雉尾。身穿软铠，腰系湘裙。坐下一匹青鬃烈马，葵花镫上踏着一双又尖又细的小小金莲，生得甚是美丽。手中执着一杆梅花枪。见他轻启朱唇动问名姓，梁邱德道："某乃淑士国王特简镇守飞虎城总兵官梁邱德是也。你是何人？也快快通个名来。"梅凤英道："咱乃女儿国王钦派海军都督兼二路前部先锋梅凤英便是。"梁邱德道："你既是弱弁而钗，应该伏处深闺，还敢抛头露面前来送死么？"梅凤英听了梁邱德之言，不觉大怒道："休得胡言！看枪罢。"便举起梅花枪，向着梁邱德劈面刺来。梁邱德把枪架开，还转刀来，也向梅凤英顶梁上砍去。梅凤英也是把枪枭开。一来一往，一撞一冲，两下里各显手段，大战交锋，斗了五十个回合，马打一百个照面，不分胜负。看看天气大有雨意，两边各自鸣金收军。次日，梅凤英又去讨战，与梁邱德大战一百余合，正是棋逢敌手，将遇良材，战到后来，仍是战个平手。

又过了一日，女儿国元帅花如玉出马与梁邱德交战，斗到三十余合，梁邱德气力不加，慌忙圈转马头。花如玉随后拍马赶来，大叫："梁邱德往哪里走！"梁邱德大败而逃，急急纵马过了吊桥，慌命军士扯起。花如玉赶至护城河边，见那吊桥已经扯起，紧闭城门，城上灰瓶、石炮、弩箭如雨点般打来，花如玉只得勒马收兵而回。梁邱德被元帅花如玉杀败，不敢出城，严密梭巡。恃着城池坚固，任凭你百般攻击，只是不出，等候救兵到来。暂且按下不提。

再说公主前日差官赍着求取救兵的告急本章，早夜奔驰，这一日到了淑士国的京城，忙忙去见了国王。国王看了公主的本章，方知驸马已经战死沙场，公主受伤，峻德城已失，现在退守飞虎城，告急来京，要求父王早发救兵，速速前去接应。国王看罢本章，又羞又怒，又悲又气。羞的是损兵折将，淑士在海外枉称了堂堂大国。怒的是女儿国这班泼贱狗男女，不料竟如此厉害。悲的是驸马身亡，公主青春守寡。气的是本国没有能征惯战之将，反败为功。国王见了这道本章，十分烦恼。正在不得主意，忽见把守午门的太监走上殿来，跪下奏称："午门外有一个矮胖的道姑，特来请见。"国王道："宣他进来。"不多时，太监便把道姑宣进殿来。国王望下看时，原来就是那传授公主武艺的师父。头绾双丫，足登朱履，身披鹤氅,手执拂尘,徐步上阶,打个问讯道:"贫道郭索真人稽首。"国王即命赐坐,便问:"仙姑今日辱临敝国,必有见教。曩者孤家的小女多蒙教益,常切怀思。如今与女儿国交兵,在飞虎城驻扎。"郭索真人道:"贫道为此而来,欲与国王雪恨,并为公主报仇。乞主上速选精兵十万,待贫道前去,把这些女儿国的雌男雄妇,杀得他片甲不回。还要他女儿国王把那明珠、犀牛亲来供献,拱手称臣,以振大王之威,以雪淑士之耻。"国王听了大喜,道:"仙姑惠然肯来扶助孤家,何愁女儿国不灭?"传旨御厨备宴,款待郭索真人。当下国王便着殿尉官传谕兵马司,准备雄兵十万、战将百员,不得迟误。又问道姑何日启行。道姑奏道:"救兵与救火无异,既然飞虎城被困危急,明日点齐了兵将,后日准定动身。"国王点头称是。道姑筵宴用毕,国王遂唤内使送郭索真人往金亭馆去安歇。内使领了旨意,道姑遂辞了国王,出了午朝门,一路来到金亭馆中。内使派人伺应道姑,供应一切,极其丰盛,不必细表。

且说兵马司奉了国王御旨,点选三军,先点了百员偏裨将佐,然后挑选精壮的兵丁,足足点齐十万,忙碌异常。到了这日行军之期,国王旨下,早命内使去请郭索真人进朝。到了宝殿,稽首已毕。国王命内使执壶,亲敬御酒三杯,道:"仙姑此去定然旗开得胜,马到成功。孤家在国,眼望旌旗捷,耳听好消息便了。"道姑道:"不是贫道夸口,若不把女儿国的这些泼贱一个个擒拿斩馘,誓不来见大王。"国王座上抬身,亲自送至白玉阶前。道姑辞了国王出朝,一径来到校军场。早有偏裨将佐、大小三军前来伺候。道姑传令发炮启行,十万雄兵排齐队伍,陆续发行。只见刀枪密布、戈戟锋芒,出了淑士国的天保城,一路星驰电掣,径往飞虎城而来。

不一日,大军已到。早有探事小卒报知主将梁邱德。梁邱德闻报,急忙跳上雕鞍,前来迎接道姑。那道姑并不坐马,行步如飞,与梁邱德通过姓名,同到总镇衙中。梁邱德便与道姑说知:"公主伤势甚重,不能起床。今得仙姑降临,不知可有妙药医治?"梁邱德正与道姑说话,忽见军士飞报道:"启上将爷不好了!女儿国的军士乘着木筏,顶了遮箭牌,渡过护城河,布满云梯,将次爬城,十分危急。"梁邱德听了大惊。道姑道:"将军不用惊慌,待贫道去看来。"梁邱德答应,同着道姑步行到城楼上,往外一看,只见女儿国的军马如潮如海一般,渡了城河,顶着遮箭牌，奋勇争先，四面围攻，云梯密布。道姑忙念动真言，把口一张，喷出一天烟雾，登时把城关团团遮护，迷了眼目，对面不见。那许多女儿国的军士急急退时，自相践踏，伤了好些军士。慌忙乘了原来的木筏，奔回大营，禀知郡主。郡主遂同了众姐妹上马，前往观看，到了飞虎城相近，果见一天大雾遮住了城垣，对面不能相见。郡主与众姐妹十分惊疑，只得策马回营。

要知以后如何，且待下回分解。

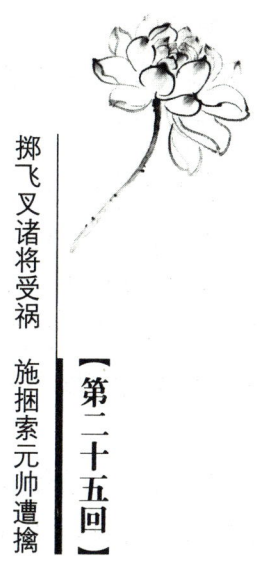

第二十五回 掷飞叉诸将受祸 施捆索元帅遭擒

话说女儿国二路元帅郡主坤蕙芳攻打飞虎城不下,那日军士乘了木筏,挽着遮箭牌,渡过护城河,布起云梯,正要爬城,忽被一个矮胖身材、青脸的道姑变弄妖法,登时起了一天大雾,迷了眼目。攻城的军士急忙倒退,已被城上打下灰瓶、石炮、乱箭,伤了许多军士。郡主同花如玉、韦丽贞、韦宝英众姐妹查阅之后,回到营中,忙请枝兰音、易紫菱进帐商议。易紫菱道:"元帅,咱看飞虎城中定然有了妖人。如此青天白日哪里来的大雾?"枝兰音道:"紫菱姐姐说的不错。他们的公主会使邪术,葫芦中有洪水灌城。据那攻城的军士说,飞虎城敌楼上见有一个青脸道姑,与那梁邱德观望片时,就起了漫天的大雾。定是那道姑的妖法无疑了。"

慢表女儿国营中元帅、军师的猜度。且说那飞虎城上的道姑播弄神通,退了敌兵。遂与梁邱德下了城楼,回至总兵衙署,便问:"公主现今住在何处?"梁邱德道:"公主背伤未愈,卧床不起。在内书房中养病。"道姑道:"将军可同贫道往里面去看望公主。"梁邱德传谕家童,知会宫娥,陪了道姑进内,一径来到内书房中。公主望见师父前来,只得慢慢地爬起身来道:"难得师父降临,弟子失迎,甚是有罪。"道姑道:"公主何须客套?既是背受重伤未能痊愈,贫道幸有丹药在此。"说着,遂向腰间解下葫芦,取了些药末,敷在患处,登时止痛,陡觉精神焕发,连忙立起身来,致谢道姑道:"师父的灵丹妙药,真是世间罕有。不知师傅如何得悉弟子被困在这里?"道姑道:"贫道只因与公主久未相见,故而特往淑士国探望公主。及至到了贵国,便知公主被女儿国杀败,有飞虎城差官求取救兵。贫道因此向国王讨差,挑选了十万雄兵、大小偏裨将佐约计百员,特地到此,与驸马报仇雪恨。"公主连忙道谢,遂唤宫娥去与梁邱德说知,传命厨房速办接风筵席,与师父洗尘。宫娥答应去了。

　　道姑问起女儿国兵势如何。公主便把水淹鹤鸣关,围困了多日,"不料被那女儿国的大将水碧莲骑了分水犀牛,带领熟谙水性的步兵冲杀一阵,哀家着了他的暗器流星锤,以致背脊受伤,不能抵挡。隔了一日,又被女儿国的军前护卫使卢相国夫人韦宝英踹进大营,锐不可当,杀伤军士无算,被他走马取了峻德城。哀家只得退守飞虎城,权在这里总兵梁邱德衙中养病。今得师父前来助我,何愁女儿国不灭?倘他日擒住了水碧莲,定要将他碎尸万段,方泄哀家之恨。"公主正与道姑诉说军事,署中的家人已将接风酒席送进内书房来,调开桌椅,设了两副杯箸,宫娥便请入席。道姑与公主对坐谈心,二人畅饮了多时。道姑道:"公主背上受伤。何不早请医生调治?"公主道:"医生也不知请了多少,只是毫无功效。若无师父的妙药,真不知何日得痊?"道姑道:"原来如此。如今酒已深了,可用饭罢。"公主便命宫娥取饭。二人饭毕,宫娥撤去筵席,送上香茗。谈谈说说,直到更深。道姑也在内书房安歇。一宿无话。

　　次日公主起身,梳妆已毕,与道姑用了早膳,同往外堂。道姑道:"今日待贫道去见一阵,看是如何?"公主道:"有劳师父了。哀家与师父掠阵何如?"道姑道:"使得。"当下公主点齐了三千人马,吩咐宫娥传命,另备一匹坐骑与师父乘坐。道姑道:"贫道步行健捷,不喜乘马。"公主道:"师父既喜步战,便请启行。"道姑座上抬身,忙提了两柄钢叉,飞步而去。随后公主结束停当,出了衙署,跨上雕鞍,径往战场上来。道姑早已排成阵势,与女儿国讨战。那边二路元帅升帐,军士飞报进营道:"启上娘娘,外面淑士国有一道姑前来讨战,请令定夺。"郡主道："知道了。"便问："哪位将军出马？"话言未了，只见左首闪出大将一枝桃，应声："末将愿往。"郡主道："两军相见之际，沙场之上凡遇僧道、尼姑、妇女，须当格外小心。"传令拨领三千人马。一枝桃得令，提刀上马，径奔沙场。见那道姑的相貌，生得甚是可怕：一张青青的凹凸脸儿，矮矮胖胖的身子，身穿鹤氅，足登朱履，手中提着双股钢叉。并不坐马，飞步而前。一枝桃喝道："来的道姑，快快通下名来！"道姑道："贫道乃郭索真人是也。你也通个名来。"一枝桃道："俺乃女儿国大将一枝桃便是。"说罢，举刀便砍。道姑急架相还。一个马战，一个步战；一个单刀，一个双叉。一来一往，两下斗了十五六个回合，道姑甚觉费力，口中念念有词，不知说些什么，便把那左手的钢叉祭起空中，向一枝桃头上飞来。一枝桃急将大刀架时，只觉得一道寒光，眼花缭乱，空中的一柄钢叉登时变成了数十柄钢叉。一枝桃见飞叉来得厉害，急急勒转马头，往本阵逃时，被那寒光罩住，不能脱身，连人带马都死于飞叉之下。道姑赶来枭取首级，幸被女儿国的军士拼命将尸首抢回。道姑收回法宝，复又讨战。早有女儿国军士回营飞报："一枝桃阵亡。"旁边恼了大将景钟声道："小将愿与一将军报仇，请娘娘发兵三千，定取这道姑的首级献于帐下。"郡主道："景将军出阵，须要小心。"景钟声应声："得令！"上马提兵，冲至阵前。两下通名已毕，马步相交，战了二三十个回合。道姑看看力怯，抵敌不住，只得念动真言，仍用法宝把景钟声刺死飞叉之下。正待割取首级，又被女儿国的军士把景钟声的尸首抢回去了。道姑耀武扬威，复又讨战。军士飞身回至女儿国营中，禀知元帅道："启上娘娘，不好了！景将军又被道姑飞叉刺死。"帐前恼了云飞凤，请令出战。郡主道："那道姑妖法厉害，不如挂了免战牌，再作商议。"云飞凤道："娘娘说哪里话来！若挂了免战牌时，真是长他人的志气，灭自己的威风了。"郡主只得拨了三千人马，便道："云将军须要小心。"云飞凤一声"得令"，飞身上马，径往沙场。见了道姑，也不通名道姓，举起宣花大斧，没头没脑地砍来，望着道姑接连砍了七八斧，杀得那道姑浑身臭汗。道姑哪里是云飞凤的对手？慌忙念动真言，又祭起那飞叉来。那边女儿国阵上的军士高声大叫："云将军还不快走？那道姑的妖法来了！"云飞凤闻言，急急退回本阵，已被那道寒光罩住身上，早着了几叉，跌下马来，已是不活了。军士急来拖了云飞凤的尸身并那匹战马，飞奔回营。营前幸有五百名攒箭手射住了阵脚，道姑不能冲杀过来。淑士国公主见道姑连伤了女儿国的三员大将，不觉大喜。诚恐道姑力怯，便传令鸣金收兵。

道姑回至城中，进了总镇梁邱德的衙署。公主接着道："师父辛苦了！"道姑道："今日虽是伤了他三员大将，只是没有取得一颗首级，都被他们把尸首抢去。"公主道："师父明日何不捉些活的回来？若肯投降吾国，都是有用之材。否则要杀便杀，要剐便剐，要取首级便取首级，岂不是从心所欲，更觉爽快么？"道姑道："这有何难？明日捉他几个回来便了。"公主听了大喜，传令摆酒庆功。大小三军各赏酒肉，欢呼畅饮，自不必说。再说那女儿国的二路元帅郡主娘娘坤蕙芳，见一日之中被淑士国道姑仗着妖法，连丧了三员大将，惊得面如土色，忙请郡马枝兰音商议。枝兰音也无计可施，十分烦恼，寝食不安。

到了次日，淑士国的道姑又来营前讨战。帐下众将俱面面相觑，惧怕道姑妖法厉害，不敢出战。花如玉道："请姐姐拨三千军马与妹子，待妹子去擒这道姑。"郡主道："贤妹，你还不晓得道姑的妖法厉害么？不如挂了免战牌罢。"花如玉道："妹子此去，定欲与三位将军报仇，姐姐请勿阻挡。妹子虽然是个处女，难道不知食君之禄，理当分君之忧么？况妹子又蒙主上拜为兵马元帅，身受国恩，粉身碎骨，亦所不惧。"郡主听了花如玉之言，不好阻挡，心中甚为忧虑。花如玉飞步金莲，便往枪架上取了鏨金枪，又唤丫环备马。郡主只得拨了三千人马。花如玉走出营门，上马提枪，加上一鞭，径到沙场上面。那边淑士国的道姑正在那里耀武扬威，见了花如玉，道："呔！来的女将，快快留下名来！"花如玉道："本帅乃女儿国王亲敕的兵马大元帅花如玉便是。难道你这妖道还不知道么？"道姑道："原来你就是花如玉。贫道正要与驸马报仇，还不速速下马受死，更待何时？"花如玉听了大怒，举起鏨金枪，望着道姑当胸刺来。道姑急将钢叉一抬，震得两臂酥麻。花如玉接连又是两枪，道姑把双叉忙忙招架。只杀得冷汗直流，吁吁气喘，拖了双叉回步便走。花如玉拍马追来。那道姑行步如飞，比马还快许多。花如玉追那道姑，将近吊桥，道姑忽把右手的钢叉并在左手，忙向怀中取出法宝，望着花如玉头上罩来。花如玉在马上打了一个寒噤，见空中一股腥气触鼻，登时跌下马来，已将身躯捆住。原来是一条粗粗的绳索。道姑忙唤军士捉了。军士便把花如玉横拖倒拽，抢往飞虎城中，打着得胜鼓回到总衙。公主忙来迎接道姑道："师父今日又辛苦了！"道姑道："今日捉一个活的花如玉在此，听凭公主发落。"公主便请师父内书房歇息，然后升堂，传令把花如玉推进来。

不一时，军士把花如玉拥到大堂，只见他云鬓蓬松，衣裙不整，金莲瘦削，态度风流。左右喝道："为何立而不跪？"花如玉道："本帅虽是女儿国的一个女子，深明大节。头可断，膝不可屈。要杀便杀，不必多言！"公主道："哀家怜你青年玉貌，武艺精通，不忍遽加杀戮。劝你降了淑士，决不薄待，保管你还有好处。"花如玉道："不愿投降。杀了倒是干净。"公主爱他美貌，不忍便杀，遂唤军士把花如玉松绑，打入囚车，抬到后面空屋中，命四个宫娥："轮流看守，慢慢地劝他归降便了。"军士一声："得令！"

公主退堂，心中暗暗想道："花如玉生得如此美丽，若然是个男子，哀家情愿与他结为夫妇，岂不是美满的良缘？究竟是男是女，须要想个法儿试验明白了才好。"眉头一皱，计上心来，便唤两名宫娥，附耳低言道："到了晚上，饭食内下些蒙汗药与花如玉吃了，待他麻倒，暗暗打开囚车，探看他的下体，不知可是男子？探明白了仍把他打入囚车，前来报知哀家。"宫娥轻轻禀道："娘娘，据婢子看来，不必试验。哪有男子生得如此俊俏，缠得如此小足？定然是个女子无疑。"公主道："哀家闻得女儿国的风俗，以女做男，以男做女，也是有些不信。故而定要试验明白，以释疑团。"宫娥不敢违拗，只得唯唯听命。

到了晚上，宫娥遵了公主之命，饭食菜蔬之内，都掺了些蒙汗药，送至后面空屋中，宫娥殷勤劝慰，花如玉吃了些些。不多时，药性发动，登时昏迷不醒，如死去的一般。那两个宫娥又知会了四个宫娥，便把囚车打开，见花如玉一双小足，刚刚只好三寸。众宫娥将信将疑，先验胸前，并无突乳。又把小衣褪下，举烛照时，见垂累盈掬，明明是个伟男。众宫娥粉面通红，都羞得要死。幸得花如玉着了迷药，任凭他们作弄，一些人事也不知。当下六个宫娥忙把花如玉的衣衫裙裤照旧系好，依前钉入囚车。两个宫娥便去报知公主道："花如玉果然是个伟男。"公主听了，心中暗喜，定了主意，且待明晚更深人静，遣开了宫娥，与他订了三生之约，成其美事。他若不肯从顺，就把他一剑挥作两段，这条念头也好撇得开了。当夜公主无情无绪，与道姑略叙片时，各自归寝。

未知明晚花如玉果肯从顺公主与否，且听下回分解。

中国古典名著补续系列

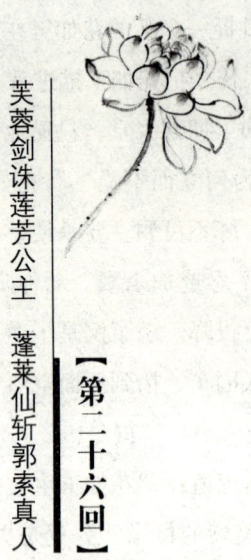

【第二十六回】

芙蓉剑诛莲芳公主

蓬莱仙斩郭索真人

话说女儿国兵马大元帅花如玉，被淑士国道姑施符念咒，将捆仙绳擒去，硬逼投降。花如玉不降愿杀。公主见他年轻美貌，动了一点怜才之念，把花如玉暂禁囚车，意欲验他果否男子。及至宫娥验明了确系是雄的，禀知公主，再去看那花如玉时，仍是昏迷不醒。宫娥私下议论，一个宫娥道："姐姐可晓得公主定要把花如玉验明男女的缘故么？"一个宫娥道："这是哪里知道的来？"又一个宫娥道："妹子倒有八九分猜着公主的心思。"那边两个宫娥都道："姐姐既是猜有八九分着，何不说与妹子们听听？"那个宫娥道："妹子猜公主的心思，花如玉是女子，便把他杀却，以报驸马之仇；花如玉是男子，就不记驸马之仇，爱他青春年少，俊俏容颜，便要把他招做驸马的替身了。"那两个宫娥都道："照啊！"

不说众宫娥窃窃私议，且说女儿国二路元帅郡主娘娘坤蕙芳，闻了军士报说元帅花如玉被道姑用了妖法擒去，登时手足如冰，惊得玉容失色，泪落如珠。两位相国夫人听了被擒的消息，也是哭泣不止。姐妹三人正在手足无措，只见花逢春哭上帐来道："如今阿姐被道姑擒去,断然有死无生。小将请元帅发兵一千,愿与阿姐报仇。若不把那道姑碎尸万段,誓不回营了。"郡主娘娘道："贤弟,这是断乎使不得的。那道姑妖法厉害。贤弟若去,白白送了性命,于事仍然无益。"花逢春定要与阿姐报仇,便往架上取了两柄银锤,向外就跑,也不用兵马了。郡主娘娘见了大惊,急忙飞步金莲,赶出大营,也顾不得男女之嫌,伸手把花逢春的勒甲绦拉住,道："贤弟定然要去,愚姐便与你同去擒这道姑。"花逢春道："姐姐身为元帅,关系甚大,岂可轻身前往?"郡主与先锋正在难解难分之际,却好军师枝兰音、宾师易紫菱都来劝解。花逢春便对着枝兰音道："姐夫,非是小弟不遵蕙芳姐姐的将令,实因阿姐被擒,情关骨肉,一心急欲报仇耳。"枝兰音道："贤弟且到里面,慢慢地商议个万全之计。切勿性急。"便携了花逢春的手,进了大营,各各坐定。枝兰音道："贤弟且请宽心,据愚兄看来,你姐姐虽然被擒,定未伤害。"花逢春道："姐夫何由见得阿姐未遭杀害?"枝兰音道："贤弟真是聪明一世,懵懂一时了。你阿姐若然遇害,早将首级悬挂城头,以示淑士国的威武,探子早来禀报。如今不见首级,可保无虞。"易紫菱道："兰音姐姐说的不错。小将军且请放心。且待今晚夜深人静,待咱暗暗地飞行进城,探听你阿姐的信息。现在切勿声张,务须机密。"花逢春听了紫菱之言,连忙跪下娇躯拜谢。紫菱还礼不迭,道:"小将军何谢之有?咱也是路见不平拔刀相助的意思。"当下众人各归营帐。原来枝兰音与易紫菱同住一个帐房,坤蕙芳、花如玉也是一个帐房,韦丽贞、韦宝英、梅凤英也是一个帐房。其余各自分开,或两人一个帐房,或三人一个帐房,不及细表。

话分两头,且说淑士国公主束莲芳,仗着道姑的妖法,擒了花如玉,只因爱他容颜俊俏,年纪又轻,把那伤害驸马的冤仇也都忘却了,一厢情愿地要与花如玉成亲。春心荡漾,睡在枕上只是覆去翻来,一夜不曾合着眼儿。到了次日起来,道姑又要出阵。公主道："师父连日辛苦,今日暂且息战。将养几天,也待他们多活几日。还请内书房饮酒罢。"道姑道："又要公主费心。"公主道："师父不用客气。"用过了早膳,公主升堂,派员回国催追粮草,以备军前应用。退堂之后,梁邱德又与公主请安,问了些军情。用过午膳,公主专专地等到黄昏。传唤宫娥备办盛筵,送到内书房来,请那道姑饮酒。公主略略陪饮了数杯,先自用了夜膳,便命宫娥在旁伺候斟酒。那道姑开怀畅饮，吃得酩酊大醉，睡倒在椅上。宫娥见道姑沉醉，便将肴馔撤开，也不去惊动他了。

　　看看夜色已深，将近三更时分，公主迈动金莲，来到后面空屋之中，唤出了四个宫娥道："哀家见这花如玉武艺高强，特来劝他归降。你们各自且去安睡。今夜再调他们四人前来轮流看守便了。"宫娥已知公主之意，只因花如玉虽是女装，实系男子，如今驸马已死，看中了他，要他做同床合枕的伴侣。宫娥都已识破，齐声答应，都往前面去了。公主轻移莲步，走进了空屋，见花如玉钉在囚车里面，低头不语。公主道："花如玉，你还是降顺的好。哀家今晚特来劝你，休再执迷不悟，白白地断送了性命。你若肯降时，保管你享不尽淑士国的荣华富贵。哀家本欲斩你，以报杀害驸马之仇，只因怜你青年美貌，武艺精通，若一旦死于非命，岂不可惜？不如返本还原，将金莲放大，复了男装，招你做了淑士国的驸马。兵权在手，何等威风！你若肯从顺，哀家便放你出来，今晚就与你成了夫妻。明日你便执掌兵权。只须师父把女儿国的军马杀退，都是你的功劳。你若不听好言，哀家只消一剑，把你挥作两段。那时悔之晚矣。愿降的好，不愿降的好，你自去想来。"花如玉听了公主这一番言语，不觉柳眉倒竖，怒气填胸，喝道："呸！无耻的狂徒。亏你做了淑士国的公主，说出这样没廉耻的话来！本帅生长女儿国内，是天注定的妇人。焉肯改装，忘了根本？况身受国王厚恩，岂有不思报国，愿甘屈节于人？若要本帅投降，除是西天出日；若要本帅与你成欢，除非东海无波。要杀便杀，何必在此哓哓！"公主听了花如玉的辱骂，登时恼羞变怒，道："不中抬举的狗男女！"说时迟，来时快，伸手向腰间拔出宝剑，望花如玉头上砍来，猛听得"呷斫"一声，花如玉的头倒不曾落地，公主的头已不在颈上了。

　　花如玉禁在囚车之内，见公主将宝剑砍来，正在引颈受戮，忽闻"呷斫"之声，举目对公主看时，只见公主已倒在尘埃，"嗖"的一声，易紫菱反立在面前。花如玉道："姐姐怎得到此？"紫菱便将早上花逢春要来报仇，"郡主因道姑妖法厉害，不许出战，后被枝兰音姐姐再三劝解。愚姐也因城上没有贤妹的首级，故此前来探听消息。到了这里总兵衙署寻觅多时，方才寻到这后边屋子里来。正值那公主进来。愚姐便躲在那边黑影里头。见宫娥往外去了，愚姐立在门外窃听。公主的言语，真是全无心肝之人。又听贤妹回他的几句话儿，真是视死如归，守身如玉，威武不屈，富贵不淫，使愚姐十分起敬。非惟算得女儿国的一个真忠臣，并且算得女儿国的一个大烈女。及见公主拔剑要斩贤妹，愚姐便把飞剑斩了他的首级。"花如玉道："难得姐姐肯来狼潭虎穴中救取妹子性命，尚望姐姐快把囚车打开，好待妹子拜谢。"紫菱道："阿呀呀！愚姐只顾说话，竟忘了贤妹身在囚车。"说着，忙移步上前，打开囚车。花如玉跳出囚车，倒身便拜。易紫菱也便跪了，回拜道："贤妹快些起来走罢。"花如玉连忙站起身来，随了易紫菱，走出屋子，往四下看了一周，见后面一带都是短墙。紫菱道："贤妹，快从这里走罢。"花如玉道："妹子晓得。"将身一纵，跳上短墙，然后纵下。紫菱早已飞过短墙，二人都立定身躯。紫菱道："愚姐独自一人，早已飞出城垣。如今因与贤妹同走，先已探明去路，快些随咱走罢。"花如玉也顾不得满地荆棘，道路高低，随了紫菱，飞步金莲，到了城垣之下，只见城垣高大，顿然呆了半晌。紫菱道："贤妹还不快快跳上城垣，作速逃奔？"花如玉道："阿呀，姐姐！那边的短墙，妹子还跳得起来。这里的城墙有四五丈高，叫妹子哪里跳得起来？如何是好？手中又无器械，遇着了巡更，仍恐被他擒获。"

正在着急，耳中忽闻提铃喝号之声。远远望去，见那许多军士成群结队而来。易紫菱见了，也替花如玉着急，暗暗想道："咱若独自一个走了，花如玉的性命仍是不保。自古道'救人须救彻'，事在燃眉，也顾不得男女嫌疑了。"便道："贤妹快来。"花如玉道："来了。"易紫菱忙扯了花如玉的双手，搭在香肩，叫他扒在背上，将身一耸，飞上城垣，立定了金莲，往下看得明白，仍把花如玉驮在背上，往下轻轻地一跳，并不倾跌，竟到了护城河边。吊桥虽然扯起，河中剩有许多木筏。花如玉道："姐姐，如今是好了。"就从易紫菱的背后将身一纵，跳上木筏，又是一纵，到了彼岸。易紫菱只是一纵已到了那边。二人丢开小足，急急行走，刚才到得营门，天已大明。

军士见元帅回来，连忙通报进营。郡主与着众将都来迎接。郡主见花如玉青丝散乱，憔悴玉容，大有可怜之色，不觉一阵心酸，那泪珠儿直滚下来。如玉也泣不成声。众将俱来请安，一股脑儿进了大营。郡主忙问紫菱如何救出如玉。紫菱便将淑士国公主与如玉问答的言语细细述了一遍，并将如何逃出城关的情形，也演说了一回。众将听了，没有一个不佩服花如玉的忠贞节烈，没有一个不景仰易紫菱的义勇智侠。郡主道："贤妹，快同愚姐到里边去梳洗梳洗，用些早膳，安歇养神。"如玉答应进内，众将也各归帐房。暂且按下慢表。

再说飞虎城中总镇衙内，公主身旁的宫娥自被公主遣开，都去安睡了。及至睡到天明，八个宫娥俱各起身，前来伺候公主，都到内书房来。罗帐低垂，不敢惊动。床上毫无声息。内中有一个宫娥，轻轻地移动金莲，走近床前，隔着罗帐举目张看。只见一床锦被，人影儿一些也没有，因大声叫道："姐姐们快来，公主不见了！"七个宫娥俱来揭起罗帐看时，各各惊异。其时道姑还酒醉未醒，又有一个宫娥道："哦，是了！昨宵公主莫非与花如玉成了好事，同在后边屋子里头？"一个宫娥道："姐姐你又来说笑话了。后边屋里糟蹋不堪，床铺也没有，难道公主与花如玉都睡在囚车里面不成么？"一个宫娥道："咱们不要管他，且到后边屋子里看了便知端的。"一个宫娥道："姐姐这句话儿说的不错。"当下八个宫娥都是丢开小足，出了内书房，弯弯曲曲穿过了五六个庭心，跑到后边空屋之外，只见门户大开，连忙走进里面一看，不见了花如玉，那座囚车已经打开，公主倒卧在地上，满身鲜血淋漓，头已不在颈上了。连忙四面照看，才将公主的首级在东边壁角内寻出。众宫娥大惊失色，急急去唤起总兵梁邱德、道姑郭索真人，都到后边屋子里来查看。梁邱德与道姑进内，果见囚车打开，花如玉不知去向，公主的娇躯倒在尘埃，首级抛在半边。两人惊得半晌无言。梁邱德诘问宫娥道："究竟公主好好在内书房安歇，为何倒在这里？"众宫娥便将公主看中了花如玉，"爱他年轻貌美，虽知女儿国的妇女都是男着女装，还不甚相信，前晚命咱们把蒙汗药掺在饭食之内，等他吃了昏迷，如法炮制，把他验看。哪知花如玉虽是穿耳缠足，并非女子，实系男身。验明之后禀知公主。到了昨晚更深人静，到后边屋子里来对咱们道，亲去劝花如玉归降淑士，遣开咱们往前面安睡，不用伺候。今晨咱们起来，不见了公主，故而寻到这里。不知公主如何被杀，花如玉如何逃走。"梁邱德听了宫娥们的言语，沉吟了半晌，道："是了，是了！这明明是公主劝他投降，并愿嫁他，花如玉定是假意应承，哄骗公主开了囚车，夺取宝剑，杀却公主，就从那边越墙而遁。"梁邱德走到短墙边细细察勘，果见砖块瓦片，跌下了许多。众宫娥没了主意，都道："这便如何是好？"梁邱德道："别无他法，如今只得将公主首级命人缝在颈上，备棺盛殓。一面申奏国王，请兵救应。"众宫娥哭了一场，当下梁邱德命人缝好了公主首级，置备了衣衾棺椁，把公主盛殓，停丧在大堂之上。延了四十九众僧人，诵经超度，做了七昼夜的功德。梁邱德传令，挑选一百名军士，抬了公主的灵柩，就命八个宫娥伴送公主灵柩回国。告急的本章，早已差官赍送天保城去了，不必细表。

公主丧事已毕，那道姑急欲与公主报仇雪恨，向总兵梁邱德商议停当，调齐了一万人马，趁着这日天气阴晦，辞了梁邱德，提着双叉，飞步出营，径奔女儿国的大营讨战。军士飞报二路元帅，元帅便问："何人讨战？"军士禀称："仍是那个弄着妖法的道姑。"元帅道："可将免战牌挂出，再作商议。"军士一声答应，忙将免战牌挑出。道姑见了大怒，飞步上前，将免战牌打得粉碎，手中舞动双叉，杀进营来。军士要放箭也来不及了。道姑喝令那一万雄兵，一齐踹营。女儿国的军士不曾防备，抵挡不住。道姑当先冲进大营，冲得营头大乱。军士飞报二路元帅。元帅传令："大小众将速速上马退后，避那道姑的妖法。那妖法厉害，不可轻敌。"众军也被道姑飞叉唬得怕了，马步三军个个不敢向前。道姑正在横冲直撞地杀来，却又遇见了枝兰音与易紫菱。道姑举叉望着枝兰音劈面刺来。兰音是个文官，手无寸铁，吓得魂不附体。幸得易紫菱在旁，忙把宝剑架开。忽见一道红光，道姑的左臂早已砍落。

要知道姑性命如何，且听下回分解。

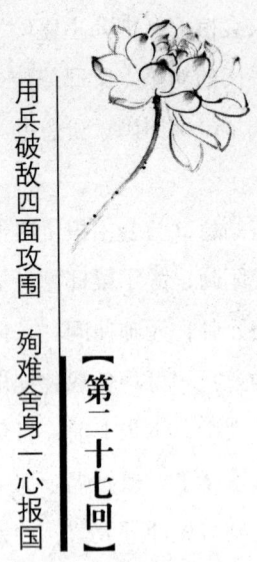

【第二十七回】 用兵破敌四面攻围 殉难舍身一心报国

　　话说淑士国道姑郭索真人,打碎了女儿国大营的免战牌,指挥那一万雄兵冲杀进营,碰见了军师枝兰音、宾师易紫菱,举叉便刺兰音,幸被易紫菱将剑架过。不知如何的一道红光,道姑的左臂忽然砍落。看官你道道姑的左臂是谁砍去的?原来就是小蓬莱山中修真养性的颜紫绡仙姑。

　　这日颜仙姑正在小蓬莱绝顶散虑逍遥,高瞻远瞩,忽见西方杀气冲霄,屈指一算,方知那司迎辇花仙子有难,虽有司凤仙花仙子易紫菱在旁救护,怎奈郭索真人的毒雾飞叉甚是厉害,易紫菱也不能抵挡。连忙驾起云头,一霎时就到了淑士国飞虎城的地方,见易紫菱刚才架开了道姑的钢叉,颜仙子便飞下云端,手起剑落,砍断了道姑的左臂。道姑喊声:"阿呀!"拾头看时,只见天上飞下一位美貌仙姑,头上束着红绸的鱼婆巾,身上穿着红绉短袄,下边系着红罗单裤,腰间绾着根大红丝绦,底下露出尖尖楚楚三寸长的红绣花鞋,生得满面绯红,十分艳丽。手中执着一柄红鞘宝剑。道姑见了,登时大怒,忙把右手的那柄钢叉来刺紫绡。紫绡即便举剑架开。易紫菱也举起宝剑来战道姑。道姑口中念念有词，祭起飞叉，向三人掷来。紫绡把手中宝剑往上一挥，那许多钢叉都不知飞到哪里去了。道姑见破了法宝，复又念动真言，把手中的叉柄向腰间挑取捆仙索，往着颜紫绡头上罩来。紫绡将宝剑往上一指，那索子便坠将下来，被剑尖挑住。那道姑见仙索又被紫绡破了，只得一只手拖着钢叉，掇转身来，欲思遁走。早被易紫菱飞马赶来，把剑砍去。那道姑招架不及，一剑正砍在右臂，那只右臂也砍断了。道姑大喊一声，把口张开，喷出许多毒雾，腥秽异常。枝兰音、易紫菱都迷了眼目，顿觉冷气逼人，娇躯抖颤。颜仙姑便向袖中取出红罗手帕，对着那毒雾一拂，登时天朗气清。易紫菱赶上前去，照准那道姑的头上尽力砍了一剑，只听得轰隆隆一声响亮，跌倒尘埃。颜紫绡飞步金莲，又是拦腰的一剑，登时变作两截，现出原形，却是一只千年不死的团脐老蟹，比那圆桌儿还大好几倍，两只红螯已经砍断，那八只脚儿宛如八个大大的柴耙，膏流满地，其臭恶不可向迩。那许多杀人的飞叉就是脱下来的旧螯炼成的。那根捆仙绳，就是千余年缚蟹的一条草索。那毒雾，便是蟹沫。

枝兰音、易紫菱见道姑已死，方定了神。先是枝兰音叫道："紫绡姐姐今日前来救护，妹子真是梦想不到。妹子自与姐姐别后，屈指算来，已有十余年的暌隔了。妹子那年到了女儿国内，国王已经宾天，众多大臣扶立若花姐姐登了宝位。后来闻得姐姐陪了闺臣姐姐往小蓬莱去寻寄父，竟是一去不返。直至林之洋舅舅送国后武锦莲到女儿国来，方知姐姐与着闺臣姐姐俱已登仙。但不知唐家寄父可曾寻见？闺臣姐姐与姐姐可在一处？"紫绡道："伯父也曾寻见过的。闺臣妹妹常常相聚。今日愚姐在着蓬莱顶上，见这里杀气腾霄，知道贤妹有难，故此特来驱除这个道姑，以消毒害。"易紫菱忙对紫绡道："妹子勘破红尘，久已要到小蓬莱寻姐姐与闺臣姐姐。今日得遇姐姐，真是万千之幸。若姐姐要回小蓬莱时，务求带挈妹子同去。"紫绡道："贤妹守身似玉，义侠过人。既愿修真归隐，同去何妨？"兰音听了紫绡之言，慌忙一把拖住道："难得见姐姐一面，为何就要回山？还求姐姐盘桓几日，叙叙阔别之情。"

话言未了，只见韦丽贞、韦宝英、坤蕙芳、花如玉、梅凤英都走马前来。丽贞、宝英连忙滚鞍下马，上前拜见道："颜姐姐几时来的？"紫绡忙答拜道："刚才到的。二位贤妹为何也在这里？"丽贞便把郡主传授了武艺，随了他从征到此。

宝英见兰音拖着紫绡不放，便道："妹夫为何把颜姐姐拖住？"兰音道："只因颜姐姐就要回山，故而在此挽留。"韦氏姐妹听了，也来苦苦相留，甚至泣下沾襟。紫绡见他们情出至诚，便道："既承诸位姐妹多情，愚姐权住一宵便了。"众人方才欢喜。

那女儿国的许多兵将正在纷纷退后，得了道姑已死的消息，转身回来，莫不勇气百倍，把道姑带来淑士国的一万雄兵杀得七零八落，大败而逃。

二路元帅坤郡主回到大营，众将都来参见，又见了颜仙姑。元帅传令置酒庆贺。枝兰音与易紫菱殷勤相劝，颜紫绡略略用些。看看天色已晚，用过夜膳，枝兰音便邀颜紫绡同在一个帐房内安歇。紫绡答应。当下兰音、紫菱、紫绡叙起旧情，娓娓不倦，谈谈说说，直至过了三更方才各自就寝。

到了次日，日高三丈，枝兰音方始起身梳洗。紫绡、紫菱二人的床上毫无声息。兰音走近床前，揭起罗帐，举目看时，一个人影儿也没有。只见枕边一封书信，连忙拆开看时，书中说的是："灾星已退，泰运将交，淑士国请降只在指顾之间，后会有期，何须恋恋。他年蓬莱山中，姐妹百人都得相见。今与紫菱妹妹同往修真。特此留别。"

信中还夹有二人的留别诗各一首：

易紫菱留别诗

弱质生来具侠肠，家乡撇却觅仙乡。
不平路见倾心助，飞渡蓬莱愿好偿。

颜紫绡留别枝兰音诗

亦仙亦侠亦花神，深入蓬莱避劫尘。
一霎那间重聚首，蟠桃会上又相亲。

兰音看完了书信并二人的留别诗，叹息不止。梳洗好了，便与韦氏姐妹说知。

姐妹二人见了书信，亦甚嗟呀。

兰音用了早膳，便到郡主的大营说知此事，又道："如今道姑已死，郡主何不调兵遣将，打破了飞虎城，直取天保城？不怕那淑士国王不来低首乞降。"郡主道："郡马言之有理。妾身便去点将破敌便了。"兰音道："郡主请便。"郡主座上抬身，轻移莲步，来到中军帐上升帐，传令打起聚将鼓来。众将纷纷上帐，站立两旁。郡主道："苗将军何在？"苗秀鸿道："有！"郡主道："与你令箭一支，带领三千人马，去打飞虎城东门，不得有违。"苗秀鸿道："得令！"郡主又道："花将军何在？"花逢春应声而出，郡主也拨了三千人马，一支令箭，令他打飞虎城南门，花逢春领令去了。元帅又命掌中珍打西门，红赛珠打北门，各各带了三千军马、令箭一支，二人得令而去。

再说飞虎城中的守关主将梁邱德，自那日道姑领了一万雄兵去与女儿国讨战，早有探子报说："女儿国营前挂了免战牌，被道姑打碎，踹进大营，仗着法术的厉害，杀得女儿国的兵将不敢交锋，十数万大军尽行逃避。不料从天降下一位红衣美貌仙姑，把郭索真人的法宝都破掉了，一剑斩成两段，现出原形，却是一只极大的青色老蟹。一万雄兵，逃得性命回城的，只剩了三千余人。"梁邱德闻报大惊，传令紧闭城门，严加防守。一面草成告急本章，差人星夜回国请兵援救。料理方毕，忽报女儿国大兵已到，把飞虎城团团围困，四面攻击，十分厉害。梁邱德听了，吓得魂飞魄散，半响不能言语。忙命军士备马，出了衙门，亲到城上去探看兵势。军士一声："得令！"牵过马匹，梁邱德跨上雕鞍，不多时到了城边，飞身下马，步上城楼，往外看时，只见那女儿国的军马如潮如海，都乘了木筏渡过护城河来，手挽遮箭牌，顺流而渡，把云梯密布城墙。城上将灰瓶、石炮打去，弩箭乱射。女儿国的军士虽有死伤，只是不退。接连攻了三日，城内支持不住。到了第三日晚上，趁着梁邱德不在跟前，城内缒出两名军士，径来苗秀鸿军前，愿献东门。苗秀鸿恐防有诈，未敢深信。正在踌躇，只见花逢春也来知会，南城也有几个军士情愿献城。诘问根由，方知梁邱德军法太严，上城巡察遇见军士瞌睡，便要重责军棍五十，没有一个不是打得皮开肉绽，鲜血迸流。许多军士，个个离心，人人抱怨，料得这座飞虎城难以保守，大半都想出降。花逢春对苗秀鸿道："不入虎穴，焉得虎子？既有这几个军士前来投顺，何不命他到城内去把索子放下，弟与苗将军缒入城中，便去斩关夺锁，放进大军，此城指顾可得。若不亲探虎穴，这飞虎城如何得下？"二将正在商议，旁边走过偏将坤德厚道："二位将军何须亲往？小将愿去干这一功。"苗秀鸿道："恐有奸谋，不当稳便。"坤德厚道："苗将军但请放心。末将就此去也。"当下同了两个小军到了城下，黑影里头早有绳索放下。两个小军叫了暗号，先自上城。然后坤德厚也缒上城去，急急地跑到下面门边，纠集了十余名壮兵，凿去了城门上的铁锁，大开城门。苗秀鸿与花逢春先自进城，命那十余名壮兵引导，问了姓名，给予旗号，带了大兵杀奔总兵衙署而来。梁邱德尚未安睡，忽闻外面人声鼎沸，军士大声叫道："不好了！东门已破，女儿国的军马已经打进来了！"梁邱德闻报大惊，急急开出门来，走到大堂外面。大军已把大门打倒，一拥而进。梁邱德忙向架上取了大刀，砍翻了数十名军士，只见花逢春跃马而来，上前战了二十余合，气力不加，料想抵敌不住，急忙回转刀头，向颈项上一勒，登时自刎而亡。花逢春见梁邱德已死，复又传令军士大开四门。那女儿国的一万二千军马，都进了飞虎城。淑士国的军马逃的逃、杀的杀、降的降，哪里还敢抵敌？乱乱哄哄闹到天明。花逢春传令鸣金收军，不许伤害百姓。一面飞报元帅。元帅闻报，传令大小三军拔队前进。不一时便到了飞虎城。花逢春等四将都来迎接元帅，元帅径来总兵衙署堂上坐定。禀明破城的功劳全亏坤德厚忘生舍死，胆略过人，元帅记了头功，当下便升作大将。坤德厚谢了元帅。元帅又查明了几名献城的小军，每名赏银二百两，为首的二人每人赏银一千两。各各欢喜，领赏拜谢而去。花逢春又向元帅前禀明梁邱德尽忠自刎。元帅传令免枭首级，备棺盛殓，以表其忠。衙中本无家眷居住，所有家童、仆役人等已经逃散，一个也没有了。当下查盘仓库，钱粮、辎重、马匹、器械检点明白。蕙芳郡主遂同了花如玉、韦丽贞、韦宝英、梅凤英五个佳人，蹴动莲钩，进了中堂，转到内书房来。只见铺设着牙床锦被、罗帐绣衾，十分齐整。原来就是公主束莲芳养伤的卧处。又绕了几个回廊，见后边一带都是小屋。花如玉对着坤蕙芳道："那边一带几间小屋之内，就是妹子囚禁的所在。"韦丽贞紧走几步，来到里面，举目一观，见那打碎的囚车还丢在尘埃，公主的血迹也未扫净，便道："如玉妹妹，亏你禁得起这样苦楚。"如玉道："妹子被道姑用妖法擒获之后，那时的生死已置之度外了。若无紫菱姐姐飞身来救，妹子早已做了刀头之鬼，如何得有今日？"宝英道："紫菱姐姐具此侠肠义气，故而颜姐姐就肯度他去登仙。"

郡主尚未启口，只见外边走进两个丫环，来寻郡主，请用午膳。梅凤英道："二位元帅请，两位夫人请。"郡主道："都督如此称呼，太觉见外。咱们四人都已拜了姐妹，凤英姐姐何不也来结义？岂不愈加亲近么？"凤英道："承蒙诸位姐姐不弃，妹子敢不如命？"当下姐妹五人同往外面用了午膳，便命丫环备了香烛纸马，五位裙钗拜了神明，结成姐妹，序齿起来，仍是韦丽贞居长、韦宝英次之、坤蕙芳第三、花如玉第四、梅凤英居末。四人都称凤英作五妹妹。自此情投意合，胜如嫡亲姐妹。郡主坤蕙芳修了告捷奏章，差官赍送。大小三军休息五日，命掌中珍守了飞虎城，拔队前进。

未知何日凯旋，且听下回分解。

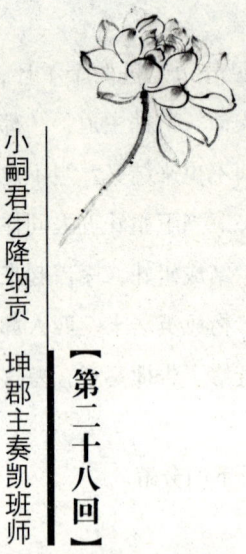

第二十八回 小嗣君乞降纳贡　坤郡主奏凯班师

话说淑士国公主的灵榇，前日由飞虎城启行，一百名军士分班抬重，随征服侍的八个宫娥陪送回京。在路行程非止一日。那一天灵榇到了天保城。先是四名宫娥飞马进了京城，急急来至朝门，慌忙下马，与殿尉官说知，一同入朝报与国王知道。国王听了公主灵榇回来，大叫一声道："气死孤家也！"登时晕倒在龙亭之上。左右丞相并随身内侍慌忙叫唤。停了半晌，方才苏醒。内侍连忙送上参汤，吃下了时，定了定神。国王传下旨意，将公主的灵榇暂寄在龙神庙中，他日与驸马合葬。又回顾左丞相道："孤家自即位以来，几及二十载于兹矣。从未遭此大辱。不料女儿国的这班泼贱将帅，竟如此厉害。先是伤了许多大将，又伤了驸马，如今连公主也被他杀死。此恨此仇如何得报？若不把那女儿国踏成平地，孤家也誓不为人了！丞相速去挑选强兵猛将，救护飞虎城要紧。"丞相奏道："国中虽有强兵，没有猛将，如何是好？"国王道："丞相须为孤家访求良将，方能胜敌，不得迟延。"丞相只得口称："领旨。"国王驾退回宫，异常气恼。国后娘娘问起情由，方知公主身死，哭得回不转气来，登时昏晕过去。宫娥频频叫唤，才得悠悠醒转，仍是号啕不止，弄得疯疯癫癫，变成怔忡之症，人事不知。国王见了，更添愁闷，传旨内监起驾，且往西宫去遣闷。到了西宫，便命宫娥取酒痛饮，不觉酩酊大醉。当晚就在西宫歇宿。

睡到五更时分，国王浑身发热，如火烧一般。西宫娘娘大惊，连忙起身，唤起宫娥，叫唤了良久，只是昏迷不醒。候至天明，西宫娘娘忙唤宫娥，去禀知正宫国后。哪知国后因公主被杀，已气成了疯癫病症，只得又唤内监，去请世子。那世子系正宫娘娘所出，年方二八，读书青宫，极其聪俊，识见超群，明知父王与女儿国构衅，情亏理短，误听驸马之言，岂有邻邦镇国之宝可以硬借得的？只是不敢劝谏。弄到如今损兵折将，驸马战死沙场，公主又被飞剑砍死，又是悲痛，又是愁烦。正在终宵不得安枕，忽闻内监前来，报称国王有病。世子闻报，急急来到西宫，问安父王。哪知国王面红如火，已是口不能言。世子见了这般病象，十分惊骇，传旨内监，速唤太医诊视。内监领了世子的钧旨，去不多时，便同了四个太医进宫。见了世子，然后请脉。四个太医轮流诊毕。世子忙问太医道："父王可不妨事么？"四个太医都面面相觑，不敢直言。世子再三动问："有无妨碍，务速奏明。"太医奏道："主上之疾实系怒气伤肝，酒色过度，虚火上炽，肾水不调。恐非草木之灵所能奏效。"世子听了太医之言，愈觉惊慌无措，务要太医开方调治。四个太医斟酌了良久，公议一方，当下照方配药，太医告辞出宫。世子便命宫娥取火煎药。不一时把药煎好，西宫娘娘取了银匙，慢慢地把药来喂国王。世子就在西宫陪侍父王。乱乱哄哄闹了一日，吃下去的药如石沉大海一般，国王只是不能开口。朝中文武大臣闻得国王有疾，都到宫门问安。世子忙召左右丞相进宫。左丞相东门吉、右丞相西门政俱至西宫卧寝来看国王。只见国王面色通红，不能开口，只是摇头。左右丞相退出寝宫，来问世子："太医看视了，可曾服药？"世子便将药方捡出，给丞相观看。丞相看了，俱各皱眉无语，辞了世子出宫，各回相府不提。

再说淑士国王的病日重一日，太医束手无策。一连病了五日，这日世子正在寝宫侍疾，忽见内监飞报进宫道："不好了！飞虎城已被女儿国打破，总兵梁邱德尽忠自刎。敌军不日就要杀奔天保城来了。"世子听了大惊失色。只见国王在龙床之上两眼一白，双足一蹬，长叹一声，顿时气绝。任凭叫唤，闹了半天，已往西方极乐的世界去了。世子大哭一场。宫中举起哀来。宫娥忙去禀知国后娘娘。那知国后已成了疯癫之症，糊糊涂涂，不哭不笑，一些人事也不知的了。世子忙召左右丞相进宫，商议大事。就在宫中正殿上大殓，置办了王者冠服。众妃嫔、内监、宫娥并内外大小臣工，尽行挂孝。到了次日，盛殓已毕。左右丞相遂请世子早即大宝。满朝文武大臣换了吉服，朝贺三呼已毕。然后更换素衣，储君登位。受过了朝贺，便与丞相商议退兵之策。

只见殿尉官跪下奏道："臣启主上，女儿国二路元帅驱兵大进，望风而降。离这里天保城只有十里之遥，扎下二十余座大营。其锋锐不可当。请旨定夺。"嗣君听奏，惊得面如土色，回顾两班文武道："诸位卿家，有能退得女儿国敌兵者，孤家不吝分茅胙土之封，以旌其功。"众文武俱无言可对。只见右班中走出丞相西门政，执笏当胸奏道："臣启主上，现在女儿国的兵势甚是浩大。那些雌男子、雄妇人都是十分了得，难与争锋。据老臣看来，本国没有能臣可退女儿国的兵将。一旦被他攻破京城，社稷不保。为今之计，惟有献表称臣，乞降纳贡，庶几可救燃眉之急。未识主上以为如何？"小嗣君听丞相西门政所奏甚是有理，心中想道："若不求降，这座天保城又非铁铸成的，如何可保？"正在踌躇，又见左丞相东门吉也跪下奏道："西门政所奏，为保全社稷之计，还请主上早决。"小嗣君道："依二位先生所奏。就着二卿速往女儿国大营去请降，免得他再来攻城。"左右丞相领旨出朝，驾退回宫。按下慢表。

且说左右丞相领了国王旨意，换了坐骑，急急来到城边，守城官忙来迎接。丞相便命开了城门，放下吊桥，加上几鞭，一径来到女儿国大营，求见元帅。军士连忙进了大营禀道："启上郡主娘娘，现有淑士国左丞相东门吉、右丞相西门政，在外求见。"郡主听了，明知老国王已薨，小国王自知不敌故遣左右丞相前来请降，便吩咐将士整肃军容，大开营门，请他二人进见。军士领令，出外便去开了大门，请二位丞相进营相见。当下左右丞相随了军士，步进大营，只见气象森严，军容威武，刀枪密密，剑佩锵锵，令人不敢逼视。两旁站立众将，中间端坐元戎。那元戎便是郡主娘娘坤蕙芳，生得眉清目秀，齿白唇红，高盘云髻，雉尾双挑，耳垂八宝金环，身穿红锦战袍，腰围玉带，下系八幅湘裙，裙下露出三寸长的大红花绣弓鞋，打扮得美丽非凡。两位丞相趋步上阶，郡主也出位迎接。丞相进帐，便与郡主深深打躬。郡主回了万福，便命军士移设交椅，送座献茶。郡主便问："二位老相国降临敝营有何见谕？乞道其详。"左右丞相欠身答道："敝国驸马不道，煽惑国王兴兵构怨，开罪贵邦。以致驸马、公主俱遭不虞之锋镝，国主悔恨而亡。今嗣君即位，悔祸实深。愿乞贵邦高抬贵手，特命老夫等前来请降。情愿年年纳贡，岁岁来朝，嗣后永远不敢侵犯，愿听贵邦的节制。"说罢又是深深一躬。郡主娘娘连忙立起身来，答礼道："此次妄动干戈，原系贵国无理取闹。如今也不用讲他了。小国王既是悔过投诚，待本帅奏请敝邦主上定夺。"左右丞相俱各立起，欠身道："全仗元帅善言，婉达贵国大君，使敝国得保社稷，实出元帅所赐。"郡主连称"岂敢"，道："老丞相太觉言重了。"左右丞相起身告辞道："老夫回去，敬备降表贡品，专候贵邦国王允准奉上。至若犒军之物，明日先行送来。"说罢，整整乌纱，移步下阶。郡主见两位丞相十分恭敬，即忙款动金莲，亲送出营。左右丞相再三辞谢，上马而去。

　　两人并马而行，窃窃私议。左丞相道："不信女儿国的军容如此威猛，队伍又如此整齐。那个元帅郡主娘娘，明明是个男子，反是巾帼行为，缠得好一双小足。那帐前的许多将士，明明都是妇人，反是衣冠举动，高视阔步，这个缘故实在令人不解，究竟是何取义？"右丞相道："他们自立国以来定例如此。大约因这'阴阳'二字系'阴'字在前'阳'字在后，'阴'属女，女子当先专治外事，不用穿耳缠足。'阳'属男，男子退后，主持中馈，岂容博带峨冠？"左丞相道："闻得女儿国的妇人，腮边都有胡子，为何站在元帅两旁的妇人，内中有两个年纪约有二十八九的光景，唇边颏下都是光光的，并没有一根髭须，竟与女子一般无二？"右丞相道："老年兄，你还没有知道么？屈指算来，七八年前，女儿国王娶了天朝男子来做国后娘娘，两位相国也娶了天朝男子做夫人。天朝有种西施散，抹在唇上颏下，就永远不生髭须了。如今他们宫中的老王妃、老宫娥，都把胡须剃削净尽，抹了两三次的西施散，面上都是光光的了。连民间的妇女也是个个无须。凡有天朝航海生涯的人，贩这西施散到女儿国去销售，无不利市三倍。那两个三旬以内的女将，你道是谁？就是天朝娶来的相国夫人。本来并不缠足，后来因要嫁往女儿国去，把两足略略缠裹，垫了许多高底，装成小足。故而他两个的个子，比别的女将长了好些。"右丞相道："原来如此，老年兄真算得博闻强识的君子。"东门吉与西门政一路并马闲谈,到了天保城,叫开城门,一径来至午朝门外下马。进宫朝见嗣君,奏明与元帅问答的言语。又将女儿国军容威武、将勇兵强的气象述了一遍,"若不早去请降,社稷定然难保"。嗣君道:"多亏两位先生善于辞令,淑士方得安全。明日去犒军,可备白银三十万两,十万两送与元帅,二十万两犒赏大小三军,先行送去。降书、降表作何称呼?"左丞相奏道:"我国与女儿国本是兄弟之邦,如今主上年轻,据老臣愚见,不如对女儿国王称他作叔父,未识主上以为然否?"嗣君道:"正合孤意。先生作速去写。再备贡品黄金五十万两,作为赔偿兵费之需。"二位丞相领旨出宫,忙去赶办。到了次日,修成书信,差两个殿尉官并二十名军士,抬了犒军的银两,送到女儿国营中。殿尉官领了丞相钧旨,押送三十万花银,径到女儿国大营,见了元帅,呈上书信。元帅拆开看了,照单全收。两个殿尉官每人赏了白银二百两,二十名军士总给白银六百两,发了回书。殿尉官带领军士,称谢别去不提。

再说郡主娘娘坤蕙芳,自淑士国左右丞相奉了嗣君之命,前来女儿国营中情愿投诚,及至丞相去后,便与丈夫枝兰音郡马商议。当晚兰音就在灯前与元帅夫人修成淑士国乞降纳贡、愿受节制的奏章,将前后战胜的情形细细陈明。次日选了一员裨将,给了路费,上马加鞭,背着本章,星夜回京。到了女儿国凤凰城中,径投黎相府来,见了红薇学士。黎相国问明了情节,便唤家人去知会了紫萱学士。不一时,紫萱到来,略谈几句,随即带了赍本官儿,偕往朝中奏明国王。国王阴若花拆开奏章,从头至尾细细看了一遍,不觉大悦。回顾二位相国道:"若无紫绡姐姐破除妖法,淑士国哪得投降?他既情词恳切,愿受节制,已有悔过之心。所夺峻德、飞虎两城的侵地,仍旧归还淑士,不知二卿以为何如?"红薇、紫萱都道:"主上宽容大度,柔远有经,足使淑士国的君臣畏威怀德。"国王又道:"卢相国速代孤家草诏。"紫萱领旨回府,当晚草成诏书。明日上朝,国王过目,用了御宝,仍命赍奏回京的那员裨将恭奉诏书前去。按下慢表。

且说二路元帅郡主坤蕙芳,在着营中无事,姐妹饮酒谈心,十分快乐。不一日,国王诏书已到。淑士国丞相也将乞降的书表、纳贡的黄金送到营中。元帅起身迎接二位丞相进营见礼,分宾主坐定献茶。元帅致谢犒军之费,丞相致谢周旋之力。元帅收了书表、贡金,便道:"寡君诏云:贵国嗣君既知悔过,愿受敝国节制，所取峻德、飞虎两处的地方，本帅班师之日，咨照守城的将士，仍旧归还贵国管辖便了。"左右丞相听了大喜，打一躬道："全赖元帅鼎力，敝国嗣君实深感荷。请问元帅定于何日凯旋？国主本欲与元帅送行，因在丧服之中，故而命老夫等代送。"元帅道："不敢有劳。本帅过了明日，后天便要启行回国。"二位丞相道："老夫告别。后日再来恭送。"元帅再三称谢，送出大营。东门吉、西门政上马扬鞭，径回天保城，去复嗣君之命。

要知后事如何，且听下回分解。

第二十九回　耀武功聘问交通　崇礼教文明大启

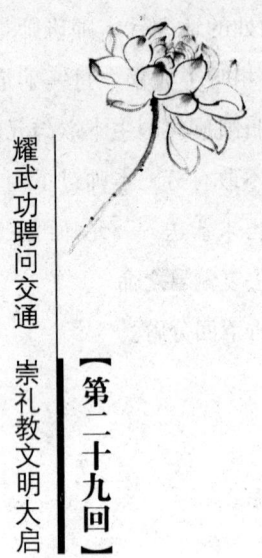

话说女儿国二路元帅郡主娘娘坤蕙芳奏凯班师，所有夺取峻德城、飞虎城地方的库饷，提出十分之三，赏给了淑士国投降军士，令其各自散归田里。余下的仍旧归还淑士。发令已毕，遂命先锋花逢春，赍了淑士国的降书、降表并贡金五十万两，押队先行，为第一起。护国军师郡马枝兰音、大将苗秀鸿、水碧莲为第二起。大将红赛珠、掌中珍为第三起。二路元帅坤蕙芳、兵马大元帅花如玉、左护卫使黎相国夫人韦丽贞为第四起。右护卫使卢相国夫人韦宝英、海军都督兼二路先锋梅凤英为第五起。大将坤德厚并偏裨将佐为第六起押后。第一起先锋花逢春先行，带了一万人马，护着贡金，发炮动身。随后第二起、第三起陆续启行。早有军士禀报淑士国，左右丞相代国王前来送行。郡主接见，便将交还峻德、飞虎两城文凭，并城中余下的库饷文据，送与二丞相道："敝国的守将已经咨照。"二相接了凭据，感谢不尽，并代国王道达歉忱，遂命军士把抬来的果盒酒器取来。先是左丞相执壶亲奉三杯：敬了坤元帅三杯，敬了花元帅三杯，敬了黎相国的夫人三杯。各各饮讫道谢。次后右丞相执壶，也各敬三杯上马杯。三人饮毕致谢。二位丞相尚欲亲送一程。两位元帅再三辞谢，方始告别。坤蕙芳、花如玉、韦丽贞跨上雕鞍，缓辔徐行。一路上鞭敲金镫响，人唱凯歌还。第五起、第六起接连启行。

  元帅的军马到了飞虎城，淑士国已来迎候接待，把盏送行，十分恭敬。过了飞虎城，又到峻德城，也有淑士国的守将前来迎送。过了峻德城，又行五十里程途，方是女儿国地界。到了女儿国境内，官迎官送，更不必说。一路由鹤鸣关、白璧关、集贤关直到凤凰城。

  早有先锋花逢春，将军马驻扎御教场，然后走马进城。将近午门，连忙跳下雕鞍，黄门官奏达国王。国王召见花逢春。花逢春奏明了班师回国大略情形，国王大喜，传旨摆驾，亲自郊迎。着大学士兼护卫大臣黎红薇、卢紫萱随驾出城。一声旨下，早有内使牵过逍遥马，国王跨上金鞍，前导黄罗伞盖，罩着青年玉貌的国王，出了凤凰城。只见旌旗招展，队伍整齐。元帅坤蕙芳、花如玉，相国夫人韦丽贞、韦宝英，二路先锋梅凤英姐妹五人并马而行。远远望见主上亲来郊迎，各自滚鞍下马，站立两旁。国王也便下了逍遥马。先是两位元帅飞步上前，拜见国王。次后两位夫人与二路先锋也拜见了国王。国王玉手亲扶，各各慰劳。黎红薇、卢紫萱与坤蕙芳、花如玉、梅凤英见过了礼，然后夫妻相见。当下姐妹五人请主上先上了逍遥马，随后各自上马，前呼后拥，进了凤凰城，直至午门下马。国王先登宝殿，二位元帅率领众将，上殿朝拜国王，三呼已毕，献上淑士国王的降书、降表。铺在龙书案上，从头至尾看了一遍，词意谦卑，称女儿国王为叔父，自称愚侄，书中都是悔过之言。国王看了大悦，道："这都是表妹的功劳。"郡马枝兰音奏道："花如玉姨妹大节不夺，视死如归，足使女儿国大为生色。"遂将淑士国的道姑仗着妖法，将花元帅擒去，淑士公主劝他投顺，并要与他苟合，招他做驸马，元帅宁死不从，几乎被淑士公主所杀。"若无易紫菱姐姐前去，把飞剑斩却公主，花姨妹早已身首异处了。"国王道："妹夫为何称元帅做姨妹？"兰音奏道："臣妻坤氏因与花元帅气谊相投，连韦氏姐妹、二路先锋梅凤英五人结义姐妹，如嫡亲手足一般。臣因称他作姨妹。"国王道："原来是这个缘故。"又问兰音取上功劳簿来，从头细看，论功行赏，传旨御厨安排功臣筵宴，摆在武英殿，命护国军师枝兰音率领众将饮宴。国丈安乐侯周成美陪坐。郡主等姐妹五人赐宴后宫昭阳殿，黎红薇、卢紫萱并朝中文武诸臣赐宴文华殿，共乐升平。

国王亲书诏敕，御笔褒荣：加封枝兰音为镇远侯兼定国军师，东阁大学士；妻二路元帅坤蕙芳加封镇远郡君，敕赐黄金万两。元帅花如玉矢志忠贞，临难不辱，深堪嘉尚，封为定远郡君，孤家认为御妹，敕赐黄金万两、宫娥八名。左护卫使韦丽贞原系一品夫人，加封宣威郡君；右护卫使韦宝英亦系一品夫人，加封扬威郡君，各赐黄金万两。黎红薇相国加为宣威侯，卢紫萱相国加为扬威候。梅凤英原系海军都督兼二路先锋，加封毅勇郡君，敕赐黄金万两。先锋花逢春封荡寇伯；水碧莲封平寇大将军；坤德厚缒城有功，封果毅大将军，各赐黄金五千两。苗秀鸿、掌中珍、红赛珠俱封总兵，各赐黄金三千两。其余从征将士各加升赏，水陆三军加赏一年口粮。所有阵亡将士俱封总兵，入忠义祠春秋赐祭，家属恤银各家三千两。玉旨一下，枝兰音等率领众将三呼谢恩。郡主虽在后宫领宴，已有内使进宫报喜。国王封赏已毕，龙袍一展，驾回深宫。

郡主等正在宫中饮宴，国后娘娘武锦莲闻国王驾到，连忙座上抬身，迎接御驾。国王道："御妻不须拘礼。何不与表妹、御妹、大姨、小姨等把盏，同庆升平？他们姐妹五人，孤家都封作郡君，传旨内使宫娥们都称娘娘。"众姐妹见国王回宫，俱各款动金莲，起身迎接，并谢封赏之恩。国王道："表妹系母党之亲，姨妹是妻党之亲，御妹可算得父党之亲。他日御妹配了妹婿，夫随妻诰，赠予侯爵。梅姨妹与韦氏两姨都结义了姐妹，也是国戚，他日配了僚婿，也是夫随妻诰，赠予侯爵。"花如玉、梅凤英听了国王之言，羞得满面通红，低头不语，真与深闺秀质一般。国王笑道："御妹与姨妹不要说上阵交锋的时节，就是教场中夺取帅印，与许多男子争强赌胜，毫无羞怯之心。今日说着要配丈夫，倒羞得开不出口来，孤家真是不解。"引得姐妹二人"扑嗤"地笑了一声，更觉不好意思。国王道："孤家暂且失陪。御妻与众姐妹尽欢畅饮，无须拘束。"说着径往梅、李两妃处散步去了。

国后娘娘重又邀了众姐妹入座，便对如玉道："贤妹，如今主上认了御妹，要改称王姑了。"如玉道："娘娘说哪里话来？臣本草茅女子，过蒙主上抬举，又承娘娘如此称呼，岂不使咱家折福么？"国后道："贤妹还没有知道愚姐与大姐姐、三妹妹都是患难姐妹，情胜同胞。主上如此看重贤妹，贤妹仍是这些客气话儿，倒觉疏远了。"韦丽贞道："娘娘，如玉贤妹的志气真是富贵不能动其心，威武不能屈其节。这是紫菱姐姐目睹的。"郡主道："大姐姐提起紫菱姐姐，正要奏闻主上。如今要请娘娘代奏的了。"锦莲道："诸位姐妹，那外廷的君臣之称固不可废，内宫非外廷可比，咱们都是姐妹称呼，岂不亲热？况诸姐妹都已封作郡君，没有一个不是娘娘。如今序齿起来，大姐姐仍是大姐姐，愚姐排行第二，宝英贤妹仍是三妹妹，蕙芳贤妹称作四妹妹，如玉御妹称作五妹妹，凤英贤妹称作六妹妹。"郡主道："主上不在宫中，咱们姐妹各遵二姐姐的懿旨便了。妹子有句话儿要告诉二姐姐听。淑士国有犒军银三十万两，二十万两分赏了众军，十万两是送与妹子的。妹子本欲分五万两与五妹妹。后来与五妹妹商酌停妥，将五万两造了颜姐姐的生祠，装塑小像；五万两造座魁星阁，塑男女魁星二像。这是郡马之意，取偃武修文、振兴学校的基础。二姐姐以为然否？"国后娘娘点首称是。

众姐妹谈谈说说，畅饮了许久。天色将晚，谢宴出宫。黎娘娘、卢娘娘早有侯相府中的家人前来迎接回府，郡主娘娘命家丁多备两乘大轿，与花娘娘、梅娘娘乘坐。郡主便对如玉、凤英道："五妹妹、六妹妹。且到舍间盘桓几时，不用另借公馆。刚才愚姐闻随侍的丫环传说，主上在西宫偏妃处提及，即日发帑敕建御妹府赐与五妹妹的。待造成了府第之后，去接伯母同来居住。"如玉、凤英都道："只是搅扰姐姐府上不安。"郡主道："既是姐妹，何须客套？"当下姐妹二人遂同了郡主在老国舅府中暂且居住不提。

且说女儿国自受降了淑士国之后，国势日强，声灵不振，海外诸邦莫不畏威怀德。凡素来不通聘问者，亦皆玉帛往来。如大人、君子、黑齿、白民、智佳等国，都来与女儿国修好。如今的女儿国居然海外称尊了。

一日早朝，国王顾谓侯相卢紫萱道："各国既与吾国通好，理应报聘。怎奈吾国缺乏应对之才。圣人所谓'使于四方，不辱君命'者，实难其选。皇华之使总以学问渊博、词令擅长为主。"紫萱道："主上睿虑周详，所见远大。欲求使才，惟文词是尚。如今武功丕焕，文教宜崇。不如开科取士，选拔奇材异能。他日出使邻邦之选，即于此中求之，自可无虞缺乏。"国王道："爱卿所见极是。即日代孤家草诏，颁行吾国所属的地方。先行郡县小试，次行省试，次行会试，然后廷试。小试以诗赋，省试以议论，会试仍以诗赋，廷试对策。今岁先举行小试、省试，明年举行会试、廷试，庶乎可得真才。"紫萱领旨出朝，回至侯相府来，端整草诏。

先到后堂问安缉太君，夫人也在那里，婆媳闲谈。宝英便立起身来迎接道："相公回来了。今日退朝甚早。"紫萱道："夫人，你有所不知。主上准备明年开科取士，选拔贤才，以资大用。特命下官即日草诏，故而早些回来，尚要去草诏。"说罢径到内书房去草诏不提。

宝英辞了婆婆，迈动金莲，绕过了一重重庭院，直到后园，唤了两个丫环，把园门开了，径来黎侯相府中探望姐姐。到了后堂便问："娘娘在哪里？"丫环禀道："我家娘娘现在堂楼。待婢子上去通报。"宝英道："我自上楼便了。"便命带来的丫环也在楼下伺候。宝英转入屏门，跨上扶梯，只听得咭咭咯咯一阵高底鞋儿的声音，上了堂楼。见姐姐不在这里，复又走到卧房，只见丽贞正在抹粉点脂，画眉掠鬓。宝英道："姐姐重新打扮，要往哪里去？"丽贞道："愚姐要往蕙芳妹妹那边去走走。贤妹可要同去走走？"宝英道："妹子没有换得衣服，如何好去？还是姐姐独自去罢。"丽贞道："愚姐这里衣服都有，贤妹拣了几件穿着就是了，省得回去更换。"宝英跷起金莲，对着丽贞道："姐姐，你看妹子的鞋儿也没有换得。"丽贞道："贤妹，你做的鞋样儿可曾改换？"宝英道："非但鞋样没有改换，连那穿的高底还是锦莲姐姐与咱做的那样厚薄。"丽贞道："愚姐也是照着旧样，没有改换。现在新做的鞋儿，贤妹自然也好穿的。"当下便唤丫环添取脸水，宝英也便洗脸敷粉，打扮起来，更换衣裙。传命家丁，唤进长班备辇，姐妹二人升辇，来到郡马府中。门上通报进内，郡主接入后堂，道："大姐姐、三姐姐，好几日没有会面，妹子正在这里与五妹妹、六妹妹记念。"道言未了，花娘娘、梅娘娘都来相见。丫环送上香茗。郡主道："颜姐姐的生祠与魁宿殿将次完工，妹子已托锦莲姐姐转求主上亲书匾额，昨日内使送来，已命漆铺里头做去了。魁宿殿写着'文明大启'，生祠内写着'永世勿谖'。写得笔笔中锋，十分圆健。他日两处落成之后，姐姐与妹子同去瞻仰拈香如何？"丽贞道："贤妹不说，愚姐也要去顶礼的。"郡主道："如此甚好。"丽贞又道："前日相公朝罢回来，说起内府发出帑银十万两，起造御妹府，限日完工。不知哪个有福的郎君做如玉妹妹的妹夫，享这裙下之福？"如玉听了，满面通红，立起身来，往内要走。早被宝英一把拖住道："五妹妹，你不要逃走。难道终身不嫁妹夫了么？"羞得如玉低头不语。郡主道：

"二位姐姐不要与他取笑，饶了他罢。妹子当年未招郡马的时节，也是怕人取笑的。"丽贞、宝英方才不说。便问如玉、凤英道："二位伯母几时接取来京？"如玉道："本来与六妹妹议定克日就去接取，后来得悉主上的赐第不日就要竣工，一俟工竣之后，接取家母与六妹妹的伯母来京居住。"宝英道："原来如此。今日我家相公朝罢回来为时甚早，愚姐问他为何比往日早些，方知今日主上要相公草诏，为的是明岁要开科取士，选拔真才，搜罗贤俊。凡籍隶本国者，先是小试，小试之后再行省试，省试之后再行会试，会试取中方许廷试。廷试一甲三名，便是状元、榜眼、探花了。"梅凤英道："大姐姐，不知邻邦的人可准与考么？"丽贞道："据愚姐想来，定然许考的。不要说别的，现在我家相公与卢妹夫俱是黑齿国人，枝妹夫是歧舌国人，都在这里女儿国做官。主上若要广取贤能，断无不许与考之理。只是邻邦的人与女儿国风俗不同，那些男子要来应考，须要改装，把金莲放大了，方好前来赴试。"众姐妹正在谈论，忽见丫环进来禀报。

未知所禀何事，且听下回分解。

● 中国古典名著补续系列

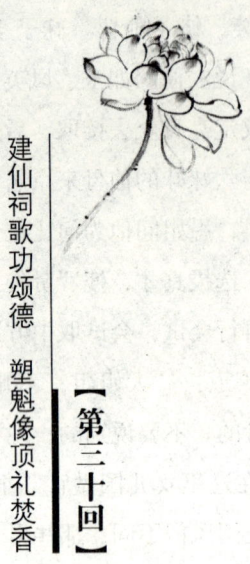

【第三十回】 建仙祠歌功颂德　塑魁像顶礼焚香

　　话说郡主娘娘坤蕙芳同花如玉、梅凤英、韦丽贞、韦宝英众姐妹正在议论那开科考试的事情，丫环来禀："两家侯相府都来伺候娘娘，堂候官并宝辇都在外厢等着。"郡主娘娘道："大姐姐，三姐姐，都用了点心回去还不迟。"当下便唤丫环，吩咐厨子速去端整。不一时，丫环送进两壶花雕、八个菜碟，无非是南腿、凤鱼、糟鸡、醉蟹等物。四碗汤炒，也是上好的美品：燕窝、鸽蛋、凤爪、虾仁。还有鸡丝的挂面。姐妹五人并无客气，传杯弄盏，用过点心。两位郡君娘娘告辞回府。姐妹三人送到前厅。黎娘娘、卢娘娘上了宝辇，各自回府。

　　隔了一日，韦宝英娘娘命丫环将前日借穿的衣裙等件送还黎侯相府，随后仍由后园来到黎府，与大姐姐闲话。韦丽贞道："三妹妹，你可见四妹妹、五妹妹、六妹妹都只得三寸长的金莲，又尖又细，真是可爱。前日愚姐在宫中，见锦莲妹妹穿的弓鞋，看去也短了好些。愚姐如今也要改小半寸鞋样，多垫半寸高底，也好略略短些。"宝英道："妹子也在这里想，两只烧灰脚，缠了有七八年之久，仍是七八寸的长，再也缠他不小。幸而穿惯了高底鞋儿，前次行兵上阵之时，行动如常。如今再垫高半寸，这又何难？只是身子太长了些。"丽贞道："若要身子短时，只须用斧子把两足砍去半截，那就短了。"宝英笑道："姐姐若把两足砍短，如何行走得来？倘能截短，姐姐何不先截？妹子今日一片诚心来约姐姐，若往颜仙子祠去拈香时，可着丫环知会妹子，以便同往。"丽贞道："愚姐的意思，咱们姐妹五人一股脑儿同去。"宝英道："那更好了。妹子要姐姐预先知会，因拟先期斋戒，虔诚顶礼，以尽一点敬仰之心。此身皆出颜姐姐所赐，回想从前，恍如隔世了。"丽贞道："贤妹说的不错。这是不忘恩德之言。倒提醒了愚姐，愚姐也是斋戒了去拈香，以昭诚敬。"

姐妹二人正在喁喁私语，忽听红薇侯相靴声秃秃而来。姐妹二人连忙立起身来，宝英道："姐夫今日朝罢回来几时了？"红薇道："刚才回来。"丽贞道："相公今日回来为何比往日晚些？"红薇道："姨妹请坐，夫人也坐了，好讲话。"姐妹二人方才归坐。红薇道："仙子生祠与魁宿殿两处工程都已告竣，主上命本爵前去查看。因此回来得迟了。"宝英道："姐夫，不知两处院宇可造得宏敞否？"红薇道："造得甚是宏敞。颜姐姐的生祠，修葺得十分精雅，中间大殿五楹，两边房廊屋宇有二十余间，后面亭台楼阁、假山池沼，点缀清幽，颇足骋怀娱目。魁宿殿中间也是五楹，塑着魁星，是个男像。后殿五楹，塑着个魁星的女像，仿照天朝唐闺臣姐姐的遗制，曾塑有女魁星像。前后殿都有屋宇走廊。后面也有亭台池沼。两处工程约计十四五万两白银。除郡主坤蕙芳、御妹花如玉两位姨妹捐资十万两外，其余均由国王命工部开支。此外招人看祠值殿，月给薪资，概由工部拨给。闻得主上要亲去拈香哩。"丽贞道："相公既如此说，妾身姐妹们且待主上拈过了香，再行择日拈香便了。"红薇道："夫人言之有理。"

忽见卢府丫环走来，对着宝英道："启上娘娘，府中家人来说，我家爵相请娘娘回府午膳。"丽贞笑道："贤妹快些去陪妹夫用膳罢。"宝英笑道："姐姐因姐夫在此，惹厌妹子，妹子去了。明日来与你算账。"丽贞听了，赶来要撑宝英，宝英飞步金莲，咭咭咯咯竟下楼梯去了。丽贞道："贤妹小心些，不要蹩脱了高底。"宝英笑道："蹩折了脚，省得把斧子去截短他了。"说着话，一路笑着往后院而去。红薇便问丽贞道："刚才姨妹说的截足，怎么要用斧子？"丽贞只是笑，不肯回答。红薇定要问个明白，丽贞被逼不过，只得把刚才那话儿说明。红薇笑道："怪不得夫人常把金莲藏躲，不使下官瞧见。哪知下官有一日早晨睡醒，见夫人正在那里缠裹，两只莲船，足有七八寸长。下官见了，不觉吃了一吓，吓得不敢出声。只得等夫人装裹好了，方才起身。可惜下官的两足嫌他太小，穿夫人的高底鞋还大了许多。穿了偌大的靴子，甚觉不便。放宽了脚带又是不能行走。夫人的莲船嫌他太大，垫了三四寸高底，仍是算不得小足。夫人的足，若与下官更换了，岂不是两得其宜？"丽贞听丈夫笑他脚大，羞得粉面通红，道："你这捉揎人儿，做了封侯拜相的男子，为何偷觑人家妇女的脚儿？"红薇笑道："下官偷觑的不是别人家的妇女，是自己家里的妇女，有何妨碍？"夫妻正在调笑，丫环禀道："请侯爷与娘娘用膳。"夫妇二人立起身来，挽手同行，到堂楼上用过了午饭。丫环送上香茗。夫妇说笑了一回，红薇道："下官失陪夫人，要出门拜客。"便唤丫环传命外面提轿伺候。夫人送到扶梯，爵相登舆拜客不表。

且说颜仙子生祠与魁宿殿落成之后，国王择了吉日亲去上匾拈香。到了这日，排齐全副銮驾，护驾大臣枝兰音、黎红薇、卢紫萱三位爵相，并荡寇伯花逢春等，前呼后拥。国王身坐金镶大轿，先往魁宿殿来。大门外早有许多人役跪接，国王挥令退去。直到殿前下轿。只见居中供着魁宿，上悬御书匾额，写着"文明大启"四个金字。两旁柱上也是朱漆描金的对联，写着：

　　　　日月光华昭海外，
　　　　星云纠缦遍寰中。

但见雕梁画栋，金碧辉煌。早有承应官员请主上拈香。国王鞠躬再拜，礼毕起身，又往后殿拈香。中间供着一尊魁星女像，美秀而文。殿宇装潢，前后一般气象。只是塑的星官花容月貌，面目不同。上面悬着朱红匾额，也是四个大字，写着"诞敷阴教"。两旁廷柱上的金漆硬对写着：

　　　　灵秀亦钟于女界，
　　　　文章其焕乎奎垣。

国王瞻仰了一回，也拈过了香。然后几位护卫大臣也往前后殿拈香，随着国王看了一周。用过御茶，传旨摆驾往颜仙子生祠拈香。当下国王缓步而行，走出大殿，升坐龙舆。值殿官儿跪下送驾。

颜仙子生祠与魁宿殿相去不过里许，不一时御驾已到，进了大门，直至殿前，下了金镶大轿。只见大殿五楹，碧瓦红墙，金追玉琢。神亭之内立着一位仙子，头戴大红鱼婆巾，身穿大红紧身袄，下穿大红裤儿，足上穿着绣花鞋，腰间系着大红丝绦，胸前斜插一口红鞘宝剑。满面绯红，十分鲜艳。塑得形容毕肖。国王见了大喜，鞠躬礼拜，拈过了香，护卫大臣也都来拈香，随请国王到后面，游览那亭台池沼之胜。国王步至后院，果见花木成阴，间着层楼杰阁，徘徊瞻眺，顿然心旷神怡。畅游了一会儿，传旨摆驾回宫。

国王回至昭阳，见国后娘娘抱着太子，坐在膝上，正在那里引逗他玩笑。宫娥禀道："启上娘娘，驾到。"娘娘正要起身迎接，国王道："御妻不用拘礼。且抱王儿玩笑。"娘娘道："王儿，阿父驾到，为何不知迎接？"那世子生得粉装玉琢，已会咿呀学语，国王十分喜爱，抚摩了一回，便道："御妻，今日孤家前去拈香。到颜姐姐的生祠，见那塑像真是惟妙惟肖，甚是可喜。"娘娘道："臣妾追思颜姐姐的恩德，时刻难忘。后天适逢望日，也思前去拈香。未识主上以为可否？"国王道："有何不可？御妻既去拈香，何人随驾？"娘娘道："臣妾就偕结义的姐妹五人同去何如？"国王道："如此甚好。"当下国后便传懿旨，遣内侍三名，一名到黎爵相府中去宣韦娘娘，一名往卢爵相府中去宣韦娘娘，一名往老国舅府中宣坤娘娘、花娘娘、梅娘娘。内使领了懿旨，分头去传请不表。

到了望日，国后娘娘武锦莲晓起梳妆，挽成盘龙宝髻，云鬟堆鸦，匀了粉面，画了双蛾，点了绛唇，耳坠八宝珠环，满头插戴的都是奇珍异宝。身穿银红花缎小袄，外罩蟠金顾绣嫩绿贡缎大袄，腰系大红湖绉绣裤，外穿龙凤宫裙，裙下露出红缎花绣四寸长的高底弓鞋。腕上套了双金镶珠镯，手上戴了四双金刚钻的约指。又穿好了蟒服，戴上珠冠，兰麝薰香，十分美貌。娘娘打扮完了，只见宫娥禀道："启上娘娘，昭阳殿前，五位郡君娘娘候旨。"国后听了，移动金莲，连忙步出寝宫，便命宫娥传请。姐妹五人进了正殿，欲行君臣之礼。国后娘娘一手拉住丽贞，一手拉住如玉，道："大姐姐与五妹妹，自今日起永远革除此礼。只许以常礼相见,方才亲热。你们若行君臣大礼,非但拘束,反觉得疏远了。"姐妹五人只得深深万福,行了常礼。国后便命宫娥设了五个锦墩。姐妹五人都是珠冠霞帔、玉带宫裙,打扮得美丽非常。宫娥送过香茶,国后便传旨摆驾,往颜仙子生祠拈香。遂同姐妹五人出了昭阳殿,登了凤辇,前遮后拥,肃静无哗,不一时已到祠前。

早有看祠人员跪接。国后传旨免接,众人方始退去。进了大门,下了凤辇,众姐妹携手同行。到了殿上,见颜仙子塑像果然与活的一般无二。上面悬着御笔亲书的"永世勿谖"四字,两边挂着金漆的楹联道:

裙钗义侠无双,扶危济急;
巾帼神仙第一,捍患恤灾。

国后娘娘深深万福,曲膝氍毹,焚香顶礼。然后姐妹五人依了次序,各自礼拜拈香。梅凤英道:"诸位姐姐,咱们何不同往后院随喜随喜?"锦莲道:"使得。"只见那一队名花,迷离扑朔,莫辨雌雄,姐妹六人穿廊绕院,步入湖亭。早有宫娥辈前来伺候,宽了外罩的宫袍玉带、霞帔珠冠,显出那艳冶的宫妆,愈觉轻盈窈窕。锦莲道:"大姐姐、三妹妹的莲钩为何小了好些?"丽贞道:"因见二妹妹比前瘦小,愚姐与三妹多垫了些高底,把鞋样改短了些。二妹妹,可是这个法制么?"锦莲道:"怎么不是?"宝英道:"妹子自从花神庙中遇见了姐姐,便改女装,如今做惯了妇人,倒比做男子的有许多好处。外面的事情,都由丈夫经管,尽着打扮,弄粉调脂,描眉画鬓,倒是妇人的本等。只是两足受些束缚,不甚舒畅。"蕙芳道:"妹子自小儿就缠的,并不觉怎么束缚。想姐姐不是从小儿就缠,故此觉得束缚了。"锦莲道:"三妹妹只知做了妇人比男子受用,不知做了妇人也有许多难处。主持中馈,从顺丈夫,要卜个贤妇之名也不是容易的。倘丈夫纳了婢妾,与他争夕,被人称作妒妇,岂不羞耻么?"丽贞道:"二妹妹想得周到,怪不得贤后之名宫中传播,主上愈加宠爱。五妹妹、六妹妹须学二姐姐的样,将来嫁了妹夫,也好做个贤妇。若是不许丈夫娶妾,就叫作吃醋撚酸,那是使不得的。"如玉、凤英听了,羞得粉面绯红,都道:"大姐姐最是不好,要调弄妹子。咱们要去告诉姐夫的。"宝英道:"五妹妹、六妹妹,不要睬他。大姐姐欺瞒你们没有配得妹夫。还是愚姐同你们到那边楼上玩耍去罢。"说着，便携了姐妹二人的手，迈动金莲，往假山石洞穿将过去。只见那边姐妹三人也跟了过来。一路说说笑笑，姐妹六人仍叙一处，同上高楼。见上边悬着匾额，镌着"得月楼"三字。众姐妹走近栏干，凭楼眺望，豁目赏心。蕙芳道："二姐姐，那边有座高台，比这里的楼还高几倍，何不同到上面去眺望？"锦莲道："使得。"于是，姐妹六人下了得月楼，穿过柳阴，弯弯曲曲行到台前，见上面绿底金字匾额，写着"观海"二字。姐妹六人拾级而登。那台共有五层，到了绝顶一层，往外一望，真是别有天地，只见雪练银涛，海天一色，胸次悠然。众姐妹玩够了多时，方才慢慢地下台，从这边回廊兜将过去。锦莲道："大姐姐，妹子走得有些力乏了，那边有座小轩，可要进去歇息？"丽贞道："二妹妹乏力，愚姐也因多跑了几步，也有些足痛。"宝英道："妹子也走不动了。"于是姐妹六人同进小轩。见布置精雅，题其额曰"容膝"，轩中恰好有六个座头。姐妹六人笑道："想是预先晓得咱们要到这里息足的么？"六人小坐片时，宫娥寻到轩中，禀道："启上娘娘，日已当午了。"国后道："传旨摆驾回宫。"回顾丽贞道，"大姐姐与诸位贤妹，同去宫中午膳罢。"宝英道："妹子等都要回去了。"众姐妹都道："咱们迟日再进宫来。"当下仍是携手同行，曲曲弯弯，走出大殿，各自登了宝辇，一路前遮后拥，直到午朝门。众姐妹告辞了国后娘娘，然后分道而驰。国后回宫，五位郡君各回府第不提。

且说女儿国自胜了淑士国之后，偃武修文，敦崇礼教，开科取士诏书颁行各处。这个消息传至邻邦，早惊动了黑齿国有觉悟之心，白民国生希冀之想。

要知后事如何，且听下回分解。

● 中国古典名著补续系列

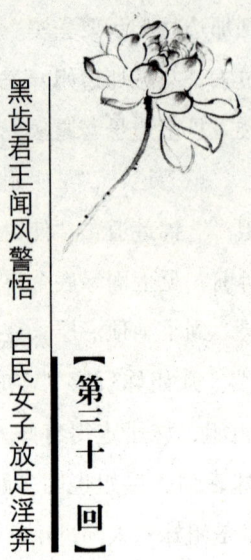

【第三十一回】

黑齿君王闻风警悟 白民女子放足淫奔

　　话说海外黑齿国地方，文风素来极盛，草野之中，硕彦鸿儒埋没者亦殊不少。即如女儿国的侯相卢紫萱，他的父亲学问优长，活到七十多岁，仍只得一个诸生。原来黑齿国的习气却与中国差不多的，不是请托的人情，便是家兄的势力。即女试观风之典，也是如此。故而紫萱的母亲缁氏一闻天朝特开女科，不惮千山万水之遥，同了女儿赶到天朝中，得个文学淑女。还有女儿国侯相黎红薇，怀才不遇，也与缁氏母女同到天朝，考中才女。武则天女主封黎红薇、卢紫萱等为护卫大臣，随同女儿国储君（考中才女，特授女学士，加封文艳王）阴若花回国。阴若花即位之后，封为左右丞相。及至女儿国王战胜了淑士国，淑士国献表投降。女儿国威声大振，邻邦聘问不绝。因是偃武修文，开科取士。海外各国到处皆知。传至黑齿国王的耳中，细细查问，方知女儿国执掌丝纶的左右丞相，俱是黑齿国人氏，只因屈抑真才，以致楚材晋用。国王因此中心警悟，剔除从前的积弊，大加整顿，严杜考官的徇私受贿，一经查出从重治罪。必使朝无幸位，野无遗贤，庶不至真才埋没，投足他邦，士气当为之一振。凡有试官不取的卷子，国王另派搜遗大臣重阅一过，怀奇抱异之人，尽罗珊网，贤能绝无负屈之憾。虽女试观风之典，亦照此例。后来黑齿国的考政大胜从前。

哪知白民国的人民得了女儿国开科取士的信息，另有一个思想。访得女儿国的风气，凡是妇女都做男子打扮，凡是男子反做妇女打扮，须眉巾帼，颠倒阴阳，历来如此。那些巧黠渔利之徒，想出了一个方法，撺掇这些浊富之家与好名之辈，开设许多女学堂，使妇女入学读书，希图猎取功名。并劝妇女不用缠足，已经缠裹之足也须放大，与男子一般方为合格。好事者访问这个缘故，反被这些利口捷舌的道："老兄真是不通世俗！人家的女子，你看他缠了脚时，弄得面黄肌瘦、血脓狼藉，及至缠成了小足，到后来步履艰难，并有缠成痨怯之症，横遭夭折。即不然，缠得七跷八劣，横阔竖大，走又走不动，看也不好看。不如把脚放大了时，倒有许多好处。第一行走便捷，不至扭扭捏捏，倘遇凶荒兵燹，逃灾避难之时，亦会奔走。若脚小伶仃，那就难了。况如今女儿国开科考试，他们国中的女子都不缠足，那些缠足的反是男子。倘然考中了回来，父母、翁姑、丈夫岂不荣耀？如云邻邦之人不准与考，他们现在的国王做世子的时节，也曾穿耳缠足，易服改装，逃到天朝取中部元，廷试考取一等，授职女学士。如今他自己做了国王，断无不许邻国士人去考试的道理。"从来巧言舌辩的人，说来的话都是动人闻听的，况且白民国内的这些豪富之家，没有一个不是心性浮夸，识见卑陋。虽然生得美貌非常，哪知都是金玉其外、败絮其中。看他面如冠玉，唇若涂朱，两道长眉，一双秀目，戴着白帽，穿着白衣，满身绸绢，雅洁非凡，而且身上穿的衣服都是用了异香薰透，触鼻芬芳。男子如此修饰，那些妇女的打扮时髦更不用说了。

先是一个富翁，姓蔚，名世和，为人愚笨，文理不通，专好沽名钓誉，有似趋炎附势的笾片。因蔚世和是个富翁，祖父遗下家产甚是丰足，都是拍他的马屁，投其所好，说得天花乱坠，撺掇他开女学堂。蔚世和遂听了他们的说话，首先开了一个女塾，取名崇新女学堂。弄了四五个教习，招了六七十个女学生，都是年刚及笄，大者也不过二十岁左右。那些教习并非老成硕彦，大率浮浪子弟居多。至于白民国女子的金莲，大约都有五六寸长，素来垫些高底，装成小足，终嫌行走不便。一闻放脚的消息，莫不闻风兴起，要学时髦。这个风气自女学堂的女学生开端的，而且那些女学生非但欢喜放脚、头上不梳云髻，还梳了一条大发辫，面上戴了金丝眼镜，项上围了尺许高的领头，身上穿着短小紧凑的衣服，下面秃着裤儿，也不穿裙子，足上穿了黑袜，套了男子一般大小的皮鞋，打扮得不衫不履，怪状奇形。所读的书，既非《内则》，也非《列女传》，都是些街谈巷语、俚俗歌谣，杜撰出来的书本。教习的年纪与女学生亦不甚相悬，打扮得甚是异样，头上披了前流海，鬓发蓬松，也戴着金丝眼镜，短衣窄袖，足穿皮鞋，弄得来男女无别。日积月累，弊端百出。男学生穿了两耳，扮作女学生，到女学堂中去读书，勾串私通，蜂迷蝶恋，结了许多露水姻缘。绣阁名姝，不知学坏了多少，甚至配了夫家，背着父母，跟了情人逃奔。且有男教习与着女学生结识私情，烈火干柴，融成一片。久而久之，境内女学堂愈设愈多，女学生的风气愈弄愈坏。凡白民国内的妇女，忘廉丧耻十有二三。并有女学生到戏园中去串戏，与女伶为伍的。种种坏处，笔难尽述。那些教习，教了六日书便要放一日假，谓之游息之期，又谓之来复日，无非窃取《戴礼·学记》"藏修息游"、《周易》复卦"七日来复"之意，一月之中，足有四日放荡。非但虚掷光阴，而且群居终日，言不及义，三朋四友，结伴闲游。到了游息之期，更是酒地花天，形骸放浪，不知天地为何物。

一日，怀春女塾中有个教习，姓凤，名唤伯檀，请客订约，在大花街细柳巷赛西施家内肆筵设席，邀了聚秀女塾教习勾德之，宣行女塾教习毛本仁，崇新女塾教习二人，一个叫作吴其纯，一个叫作印敏时，还有自己塾中一个同事，叫作甄伯堪，到赛西施妓院中去吃花酒。其时天已傍晚，东道主人凤伯檀先行到赛西施家内坐定，雏婢送茶，便问："你家姐儿往哪里去了？"雏婢答道："凤爷，咱家姐儿出局堂唱，就回来的。"不多时，甄伯堪也来了，随后吴其纯、印敏时也都到了。伯堪道："吴、印二兄从哪里来？"其纯道："弟与敏时兄在花惜惜家打了一个茶围，就到这里来的。"四人正在闲话，只见赛西施花枝招展，扶着雏婢冉冉而来。进了屋子，与众人道了万福，敬了瓜子。凤伯檀道："今日在哪里出局？"赛西施道："集贤酒楼，八大人宴客。"伯堪道："可曾散席？"赛西施道："尚早哩！二排局还没有来，三排局还没有去叫，奴因凤爷在这里请客，故而急急回来。"话未说完，忽闻帘钩响处，毛本仁、勾德之也走进房来。众人立起招呼。凤伯檀道："毛、勾二兄来何迟也？"本仁道："小弟在敝友处祝寿，尚未终席。因恐各位老兄等得心焦，因此托故逃席。途中遇见德之兄，恰好同来。"德之道："小弟正欲出门，忽然来了一个乡亲缠住了，讲那许多道学的说话，好不惹厌。直至送了他出去，方得脱身前来。"伯堪道："拿局票来，待小弟做代笔。德之兄的贵相好，请先说来。"德之道："咱叫柳如烟罢。"伯堪举笔写了。又道："本仁兄叫那位相好？"本仁道："小弟就叫那个陶笑春罢。"伯堪写了。又问敏时，敏时道："小弟素来没有相好。"吴其纯道："弟与老兄代叫一个初出茅庐的名妓，唤作赛貂蝉，近来甚是时髦。叫了来时，也好瞻仰瞻仰他的色技何如。"敏时道："承兄推荐，就叫他罢了。兄的相好，今日却叫何人？"其纯道："小弟就叫花惜惜的局罢。"伯堪也都写了。凤伯檀对着伯堪道："老兄自己叫那个相好？"伯堪道："我可免了罢。"伯檀道："那是不行。"伯堪只得写了个"筱腻宝"。伯檀道："诸位老兄有兴，可多叫几位相好来陪陪。"众人都道："已经有了。伯檀兄有兴，于贵相好赛西施之外，再叫几位来闹热闹热。"伯檀也道："这可不必。"伯堪随将局票交与侍婢。侍婢唤进外面的龟奴，把红笺转交下去唤局。又唤龟奴来摆台面，起手巾。

伯檀道："诸位老兄请坐，不用客气。"当下众人随意就坐，传杯弄盏，畅饮酬呼。不一时，伯堪叫的筱腻宝局先到，众人都对伯堪道："贵相好真是巴结，末了儿去叫，第一个先来。若不是恩相好，哪里有这样巴结？"众人正在调笑，只见柳如烟、陶笑春也来了。末后花惜惜同了赛貂蝉联袂而至。群雌粥粥，香气袭人。先是筱腻宝引动歌喉，唱了一支小曲。敏时回头看那赛貂蝉时，浅淡衣裳，前流海的头发覆额，又看那裙下的金莲，足有七八寸长，面熟异常，似曾相识。仔细想来，明明是去年崇新女学堂内的女学生，如何做了娼妓来应出局？心中甚是羞恼忿怒，口中又不好说出。正在十分不乐，忽听那女学生轻拨丝弦，莺声呖呖，唱了一支小曲。敏时勉强应酬。众人都是兴高采烈，行令猜拳。赛貂蝉唱完了，接着陶笑春、柳如烟对唱了一出《昭君和番》的京调，花惜惜与赛西施都是不会唱的。印敏时立起身来道："诸位仁兄请治酒政。小弟尚有别处酬应，失陪得罪。明日再会了。"众人挽留不住。敏时别了众人，急急回到家中，将这节事说与妻女知道，恨恨之声道："自今伊始，断断不可去女塾读书，沾染了习气有玷家声。"说着，便宽了衣服，倒身睡去。

到了次日起来。梳洗已毕，用了些早膳，忙到崇新女塾，与吴其纯说知，道："昨晚老兄代小弟叫的那个赛貂蝉出局，就是去年在这里读书的女学生，老兄教的高徒。难道老兄没有看得出么？"其纯道："小弟岂有认不出来？只是当着众人，一经道破，颜面攸关。故而特地早来，等候兄台商议，辞了这教习之职，仍旧去就村馆教些蒙童，再不要做女塾中的乌龟教习了。"敏时道："小弟也有此意。咱们二人同去何如？"其纯道："如此甚好。"当下二人出了女塾，径来蔚世和家中，见世和正要出门，二人连忙止住，同进中堂，将昨晚情形细细述了一遍，道："弟等有伤颜面，请从此辞。"蔚世和再三挽留，二人力辞不允，立起身来，就此告别。蔚世和送了出门，到处探听，果有其事。自己也觉无颜，就将崇新女学堂闭歇。弄到后来，丑声四播，女学堂的名望秽亵不堪，因此闭歇者亦复不少。

　　印敏时辞了崇新女塾的教习，回家把自家的女儿印文兰严加管束，拘在家里读书，不许出外与那些女学生同淘。原来印文兰年华二五，容貌平平，性喜趋时，金莲五寸，闻得女学堂里头的学生都半放足，文兰也要学样。被父亲不许，文兰道："女儿闻得来年女儿国要开科考试，若不把脚放大，不像个男子了，如何好去与考？"敏时道："女儿，你有所不知，女子放大了脚成何体统？倘女儿国去考了不中，回来难道再缠不成么？况如今女儿国的左右丞相，是黑齿国人，都是小小的金莲，只因缠得太小，不能放大，外面套了靴子，哪个看得出来？断不因放大了足就能取中。只要做得出佳文，无论大足小足，都会中的。女儿既要去考试，还须好好地用功。切不可把脚先放大了，学这宗不伦不类的装饰。"文兰听了，诺诺连声，遵依父训，日夕勤功，脚也不敢放大。后来到女儿国去赴试，中了个三甲进士。这且按下慢表。

　　如今又要讲到女儿国内学士文人，这家结社，那家会文，诗赋文词、策论杂作，种种揣摩。

　　未知出人头地的究属何人，且听下回分解。

【第三十二回】

讲艺论文友朋结社　开筵演剧宾客盈庭

　　话说女儿国偃武修文，开科取士，所辖地方的年少文人墨士，读书攻苦，户诵家弦，招亲觅友，结社论文，到处皆是。且说那毅勇郡君梅凤英娘娘有个同胞的兄弟，八斗才高，五车学富，年方二九，名唤占魁，体态风流，姿容俊秀。阿父早已去世，只有阿母苍氏在堂。苍氏年已四旬开外，容颜不老，身体康强。本来腮边早有胡子，后来买着了天朝的西施散，把胡子修削去了，抹了这散，变成了光滑的脸儿，仍是一头乌云般的黑发。生平雅爱妆饰，描眉画鬓，弄粉调脂，金莲虽有五寸余长，垫了高底，仍只得三寸弓鞋，真是徐娘虽老，风韵犹存。丈夫去世已有七八年了，生下一儿一女。孩儿雅爱习文，潜心经史。女儿素喜习武，奉了国王御旨，随征淑士国。自从得胜班师，回来封了毅勇郡君。苍氏封了一品太夫人。先是凤英修书迎接阿母、阿弟进京。苍氏老夫人因儿子在家静心读书，巴图上进，诚恐到了凤凰城京师繁华地面，荒疏学业，故而迟迟未发。后来又接得女儿的书信，知道明岁就要开科，催令贤弟作速来京赴试，取其便捷。其时凤英已将国王所赐的万两黄金买了一所大大的厅房，并许多桌椅器用什物等类，色色齐备，专候老母、兄弟来京。

且说苍氏老夫人把田亩屋宇都托了亲族人家照管，家伙什物尽行封固在空屋之中。收拾了金珠衣服细软的东西，装了几个箱笼，并公子占魁的琴剑书箱，带了老仆梅根，两个使女，一名文杏、一名碧桃。公子便叫梅根雇了三乘驴车，两乘装了行李，就命丫环照顾了行李；一乘老夫人与公子乘坐，老仆梅根坐在车沿，即日启行。倘从水道到凤凰城，须得五六天方到，改走旱道，只消三日的路程就好到了。占魁公子先于十日之前写了回信，寄与凤英阿姐，送到老国舅府中。凤英接着回信，便要辞了蕙芳郡主，到新屋子里去料理布置。蕙芳再三挽留道："六妹妹何须急急？且待伯母到京，愚姐送阿妹进屋未迟。那边新屋子里头，愚妹命人先去铺设整齐，不须阿妹自去当心。"凤英再三称谢。这日梅府老夫人与占魁公子已抵凤凰城。老仆梅根先行进城，问到老国舅坤府门前，便与总管说知来意。总管道："老哥请少待。"说着，急忙进内，到内宅门通知丫环。丫环转禀凤英道："启上梅娘娘，外面门上总管伯伯进来传禀，说府上老夫人、公子爷都已到京。随来的老伯伯现在门外禀见。"凤英道："烦姐姐去传他进来。"丫环道："是。婢子领命。"那丫环去不多时，只见老仆梅根随了坤府的丫环来至后堂，道："小姐在上，老奴叩见。"凤英道："你老人家长途辛苦，快些起来罢。公子、老夫人到了不曾？"梅根道："将次要进城了。老奴骑了牲口先行赶来禀报。"凤英道："既如此，速去禀知老夫人、公子，命驴夫把车赶进东门，到上大夫坊前新屋子里。那边已有八名侯府的家人照料伺候。咱也随后就来了。"梅根道："老奴就此告退。请小姐早来。"凤英道："知道了。"

梅根退了出去。凤英座上抬身，轻移莲步，到老国舅的书房中来辞行。见老国舅正在那里观书。凤英步进书房，立定了，拉着袖儿，弯着腰儿，深深万福，请过了安，道："伯父大人，侄女在此搅扰多时，今日家中母弟抵京，仆人已来禀明。侄女特来谢别。"说着，便跪将下去。老国舅连忙扶住道："阿呀呀！贤侄女请起。老夫这里简慢异常，令堂前要包涵些。"凤英道："伯父好说。侄女就此告别。"老国舅送出书房，凤英回到后堂，转入屏风背后，移步上楼，别了坤老太君，转身到郡主房中，见姐夫不在那里，却与御妹闲谈，便道："四姐姐、五姐姐，今日妹子家中老仆已来禀知，说是家母与舍弟现在俱已到京，随即便进新屋。

故而特来告知,妹子就此要回去了。"郡主道:"既是伯母到了,愚姐送六妹妹回府就是了。"如玉道:"愚姐也来相送贤妹进屋。"凤英道:"不敢劳动二位阿姐。"蕙芳、如玉都道:"六妹妹说哪里话来?咱们虽是认义姐妹,与嫡亲的一般无二。何须如此客套?"当下郡主便唤丫环去传命外边,速备三乘宝辇伺候。派了八个丫环随从。不一时,家人前来禀请娘娘登辇。姐妹三人携手同行,来到中庭,各自上了宝辇。前导排齐执事顶马,护从人员络绎不绝。三位郡君都有銮驾并许多衔牌执事,十分显耀。一路滔滔,前呼后拥,到了上大夫坊,那边的高大墙门,便是梅府新居。三乘宝辇到了门外,各自下辇,扶了侍婢,进了仪门。早有许多虞候垂手侍立。

三位娘娘步进大厅,老仆梅根走上几步道:"启禀小姐,我家公子、老夫人都在后堂。已等候了许久了。"凤英道:"二位阿姐请。"蕙芳、如玉都道:"还是阿妹先请。"凤英道:"如此,妹子引导了。"姐妹三人见堂宇闳深,回顾环绕,弯弯曲曲,一径来到后堂。苍氏老夫人正在那里盼望女儿,忽见女儿同着两个佳人冉冉而来,不胜之喜。凤英道:"阿母,这位是郡主四姐姐,这位是御妹五姐姐。"当下彼此相见。蕙芳、如玉都称苍氏做伯母,苍氏称蕙芳作郡主娘娘,称如玉作御妹娘娘。彼此见过了礼,苍氏便唤:"孩儿,见了两位姐姐。"公子上前深深作揖,先见过了蕙芳,又与如玉相见,道:"小弟奉揖。"如玉见公子生得十分俊俏,白面朱唇,两道蛾眉,一双凤目。公子见如玉脸泛桃花,腰如杨柳,金莲窄窄,玉笋尖尖,两下里你看我、我看你,看得如玉有些不好意思,面涨通红。苍氏爱那如玉青年美貌,文武全才,当今国王认了御妹,因他能忠能节,十分看重。不知哪个有福的郎君消受得起。可惜孩儿还没有成名,若得名题金榜,或有几希之望也未可知。

苍氏正在心中思想,凤英也来拜见了阿母。然后姐弟双双也见过了礼。当下凤英传命厨房备酒。厨子预先端整好的,不一时摆上华筵,十分丰盛。仆妇丫环调开桌椅,便请两位娘娘登席。苍氏便请郡主坐了首席,郡主再三谦逊,苍氏又推御妹坐了二位。苍氏母女对坐相陪。丫环在旁斟酒。当下酒过三巡,食供五味,凤英敬酒、敬菜,甚是殷勤。苍氏又看那郡主,也是生得眉清目秀,齿白唇红,粉腻脂香,浓妆艳裹。姐妹三人比较起来,要算御妹第一,郡主第二,凤英第三。郡主与御妹也在那里看苍氏，虽是四旬向外，毫无一些年老的气象，仍是一头青丝黑发，香油搽得光亮，真可滑倒苍蝇。梳着一个时新鬏儿，插支赤金的扁方。鬓旁许多珠翠，耳坠嵌宝金环，身穿青灰色大袄，下系元色罗裙，裙下露着湖色花绣三寸长的高底弓鞋。打扮得十分雅谈。脸上浓施脂粉。腮边也因抹了西施散，并无一根髭须。苍氏对着郡主道："小女在娘娘府上搅扰多时，老身心上甚是不安。"郡主道："伯母何须客套？咱们姐妹情同骨肉，脱略形迹。"如玉道："侄女也在蕙芳阿姐府上住了许久了。"苍氏道："难得你们姐妹如此多情。"当下谈谈说说，天将傍晚。蕙芳、如玉起身告别。苍氏、凤英挽留不住，双双送至大厅。郡主、御妹登辇回府不提。

且说苍氏同女儿进内，称赞那郡主的多情，尤爱那御妹生得美丽："若得与孩儿配为夫妇，老身也心满意足的了。"凤英道："阿母休得生此妄想。阿弟是个一介书生，他是当今国主的御妹，安能配得上来？除非阿弟取中状头，或者如玉姐姐的阿母肯与咱们对亲。"苍氏太君便唤占魁公子进来道："孩儿，你看花家阿姐生得容貌如何？"公子道："阿母，据孩儿看来，女儿国内的女子，像如玉姐姐的样儿，也算得出类拔萃了。"苍氏又道："孩儿，你好好地用功，若来年中得状头，央媒去花府求亲。配与孩儿做妻子，你可愿意么？"公子笑道："如此佳人，孩儿怎么不愿意？只恐他们不肯允许耳。"苍氏道："孩儿一举成名，做娘的定要娶他来做媳妇便了。"公子甚是欢喜，自此日夜勤功。有时朋友人家请他去会文，俱要推他独步，真是雕龙技擅，倚马才高，誉重京师，才名大噪。若在天朝地方，也算得是个闺阁奇才，虽史幽探、哀萃芳这两位才女能绎苏氏回文诗，其才真可与颉颃，这且不表。

且说镇远侯枝兰音郡马，一日朝罢回府，宽去朝服，自有家童渝茗焚香，在书房中伺候。兰音便将前日同僚托阅文会的课卷取出批改，圈圈点点，笔不停挥。不一时，早把数十本卷子都已批改好了，评定名次。只见拔取的第一卷写着：

读王符《潜夫论》

盖自风尘之赏识，未许妄邀；月旦之品评，天关强致。精心向学，非徒腾茂实于紫庭；笃志暗修，讵为蜚英声于黄序。举于乡曷贵？可贵者轶类之姿；遁于野匪难，所难者出群之概。乃情既殊夫矫激，而品亦异乎凡庸。未尝抚匣剑而悲歌，弹琴写怨；亦岂仰屋梁而慨叹，掩卷兴嗟？则古称先，差幸素心之有属；抗言高论，休伤青眼之未逢。

啸怀风雨之中，早判品流于泾渭；寄傲烟霞之际，久垂闻望于圭璋。钦令望者若而人，庭狟操植；瞻丰采者几何辈，阴鹤和希。何妨抱璞之自甘，奚致遗珠之生憾？举念同兹顾虑，观我宜详；扪衷共此旁皇，责人勿重。以彼骊鸣周听，抡材而冀械之芃；蚁慕徒殷，连茹而希茅之拔者：其务宜游。与持耿介，相去奚啻天渊哉！窃尝读王符《潜夫论》，而不禁佩服勿谖焉。遇啬云龙，胡为炫玉而售？光埋雾豹，自堪善刀而藏。课诸退省之余，已见挟持之有具，验诸进修之地，足征砥砺之非虚。贻学术于千秋，步趋悉准；立修名于一世，执守无亏。夫谁谓世有冥鸿，空负江东之秀；时无市骏，虚生冀北之良欤？

兰音把这本卷子反复细看，真觉得枕经胙史，博古通今，笔致非凡。他日廷试，状头定属此人。及看卷后记一个"梅"字，心中暗暗想道："这本卷子，莫非梅凤英姨妹的兄弟么？"看毕就将卷子笼在袖中，座上抬身，靴声禿禿，一径来到郡主的香房。郡主起身迎接，兰音道："娘娘，今日下官看阅文会的课卷，内有一本，词华富丽，轶伦超群，不知可是梅家姨妹的兄弟么？"郡主道："郡马何以见得？"兰音便将卷子取出，送与郡主。郡主接来，展开读了一过，真是有美毕臻，无懈可击。反复细看，方知卷后有一个"梅"字的记认。便道："郡马猜的不错，正是占魁贤弟。"

夫妇二人正在赞扬那卷文字，只见御妹花如玉来到郡主房中，见郡马也在这里，便道："姐夫，今日舍弟逢春来与妹子说，主上的赐第落成多日，家母现已抵京，要同进新屋。妹子已到伯父伯母处辞行过了，特来辞谢姐夫、姐姐。"说着，便深深万福。兰音连忙作揖回礼。如玉又谢了蕙芳郡主。只见丫环走来禀道："启上娘娘，外边执事人员都在前厅伺候，恭请娘娘启驾。"如玉道："知道了。"当下遂别了兰音夫妇，轻移莲步，往外而来。郡主与郡马殷勤相送，老国舅夫妇也来送行。御妹再三辞谢，众人送至大厅。娘娘升坐銮舆，珍重而别。前面铺兵开道，半朝銮驾、黄罗伞盖，顶马人员，还有那许多护卫的旗牌官儿。提炉过处，香气氤氲。接着一对对宫灯，宫娥簇拥着娘娘的凤辇，一路上肃静无哗，直到御妹的赐第府中。府前早有许多员役迎接娘娘，御妹着令退去。荡寇伯花逢春也来迎接阿姐。姐弟二人进了大厅，娘娘传谕执事人员，速往码头迎接太夫人进府。众人一声答应而去。

原来花如玉的阿母叶氏年虽五九，精神强健，鬓发未斑，身材肥胖，面无皱纹。本是满嘴乌须，数年前把他剃去，抹了西施散，也是颏下光光的了。丈夫在日为官，生了一子一女，已经亡过了多年。家中颇有田园，儿女多喜习武。自从奉旨招贤，教场比武，女为元帅，儿做先锋。幸而得胜回朝，孩儿封了荡寇伯，女儿认作御妹，敕赐府第。家中托与族人照管，雇了数号大船，由水道而来。船抵码头，太夫人正在中舱盼望，忽闻鸣锣喝道之声，家人禀报道："启上大夫人，今有娘娘府中执事前来迎接。"早有宫娥走进中舱，跪下禀道："太夫人在上，娘娘命奴婢们来请太夫人登岸。"叶氏见那些宫娥们都生得袅袅婷婷，金莲小足，便道："你们起去。"当下起身，迈动金莲，到了外舱。船家打好扶手，宫娥左右挽扶着太夫人上岸，升坐鸾辂。一路上威威武武，直到御妹府第。花逢春早在辕门外躬身迎接母亲，由甬道直至大厅。花如玉也来迎接，挽了阿母的手，轻移莲步，同来后院。姐弟双双拜见。问安已毕，家人、使女、仆妇、宫娥，都来叩见。府中员役都称叶氏作太夫人、如玉为娘娘、逢春为爵爷。

那御妹府造得十分华丽，制度恢宏，峻宇雕墙，翚飞鸟革。外面东西辕门，设立着巡捕官儿。大门有总管看守，里面便是大厅。大厅之后，院落深沉，回廊曲折。中堂左侧，造一座大大的花园，取名"荟芳园"，地位足有四十余亩，台榭池塘，轩斋楼阁，八节有长春之景，四时有不谢之花，足供玩赏。太夫人与娘娘、爵爷到各处略略看了一周，铺设得甚是齐整。园中有座景星堂，对面造成一座戏台，极其宽敞。如玉道："阿母，女儿想朝中的文武官员定来贺喜，何不索性备了请帖，就在这里开筵演戏？雇一班名伶。正厅坐了男宾，楼上请了女客。不知好否？"叶氏道："有何不可？"如玉便命宫娥去写请帖，准于后日优觞款客，命人分头前去邀请不提。

当晚叶氏母女、姐弟各归卧房安寝，一宵无话。次日悬灯结彩，自东西辕门起，直至荟芳园，金碧辉煌，光彩夺目。厨房中置备了数十席极盛的华筵，真是堂上一呼，阶下百诺。先期一日，俱已齐备。约略辰初时分，满朝文武都来恭贺迁乔，趋承恐后。外面大厅自有爵爷酬应，里面自有太夫人与娘娘接待。不一时，枝兰音、卢紫萱、黎红薇并国丈周成美等几位侯相也来道贺，热闹异常。未几，韦丽贞、坤蕙芳、梅凤英、韦宝英四位郡君娘娘，与许多女客也都到了。太夫人与娘娘接进中堂，先与太夫人贺喜，然后众姐妹各各贺喜。宫娥们送上香茗。茶毕收杯。娘娘起身邀那女客进园。众姐妹款动金莲，进了垂花门，穿过桃源洞，满园好景，游玩不尽。宝英对如玉道："五妹妹，你听那边锣鼓已开场了。咱们且去听戏罢。"又附如玉耳边道："今日愚姐穿了新鞋，有些跑不动，倒是歇息歇息的好。"丽贞道："今日贺客盈庭，五妹妹酬应宾客，分身不开。园中如此胜景，不可无诗，以伸雅怀。不如过了几天，咱们姐妹再到这里来，镇日清游，拈题觅句，共赏良辰，岂不有兴么？"如玉道："大姐姐既是有兴，便请大姐夫出个题目，后天便来起个诗会何如？"丽贞道："使得。"于是姐妹五人携手同行，都来景星堂上观剧。只见宾朋满座，袍笏登场，演的是《苏秦六国封相》的正本，摹写苏秦得意而归，与其嫂道旁匍匐、趋炎慕势的意态，惟妙惟肖。堂上座客齐声喝彩。这里楼上大张筵席，地位极其宽敞。对面便是戏台。姐妹五人同坐一席，畅饮谈心。又见那王亲国戚、文武大员的内眷，陆续上楼，前来观剧饮宴。如玉起身，招接让坐。各就相知喁喁细语，直饮到日色西沉，戏完席散。男宾女客各自谢别，纷纷上马，登舆回府。

未识众姐妹后日果到荟芳园赋诗与否，且听下回分解。

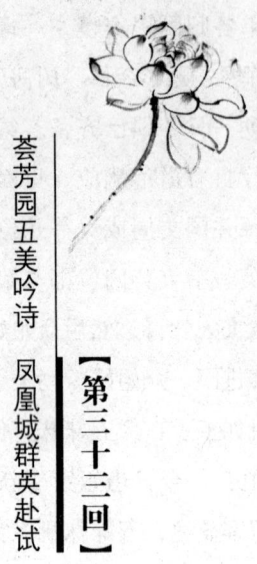

第三十三回 荟芳园五美吟诗　凤凰城群英赴试

话说御妹娘娘花如玉府中开筵唱戏，王公大臣、郡君夫人都来送礼道贺，闹热非凡。黎相国夫人韦娘娘因御妹府中的花园有许多好景未曾赏玩，遂与花如玉商议定了起个诗社，订约在后日聚会赋诗。

到了这日，花府中御妹娘娘晓起梳妆，用过早膳，传命宫娥准备斑管花笺、文房四宝，陈设在吟碧轩中。宫娥领命，先往园中端整。不一时，郡主娘娘坤蕙芳早到，随后韦氏姐妹与梅凤英二位娘娘各驾鸾车也都到了。御妹府前，早有宫娥前来迎接。姐妹四人下了宝辇，彼此招呼，各自扶着雏婢，轻移莲步，同进大厅。转入屏风背后，又是一个大大的庭心，方从仪门进内。将到中堂，只见花如玉迎着道："三位姐姐与梅家贤妹，可是约了同来的么？"坤蕙芳道："愚姐的辇儿刚才到得辕前，见大姐姐、三姐姐的前导执事人役也到辕门。末后六妹妹也就到了。真是凑巧。"当下姐妹五人挽手同行，转入后堂。早有宫娥禀知叶氏太夫人。太夫人闻报，款步金莲，急忙下楼，来到堂前。见众姐妹俱到，都与伯母请安，深深万福。

叶氏殷勤回礼道："阿呀呀！诸位娘娘少礼。请坐，请坐！"众姐妹方才告坐。宫娥送上芽茶，各位娘娘饮过香茗。花如玉道："大姐姐，今日诗社的题目可曾请大姐夫出得？"丽贞道："吾家相公说，若出了一个题目，恐有弊窦，故而出了园中即景的几个题目。拆开时，拈了阄子，放入瓶中，把他抖乱了，然后每人各拈一枚，方算公道。"如玉道："如此极妙。"凤英道："妹子最不会作诗。倘拈着了难题目，岂不要难倒妹子么？"蕙芳道："愚姐也久不作诗了，今日只得搜索枯肠了。"宝英道："咱们何不就到园中去玩玩？"丽贞道："愚姐也不是真会作诗，实是爱那园中的佳景，藉此畅游一日。"如玉道："大姐姐既喜游园，咱们就在园中午膳罢。"当下便命厨房备酒，"把酒筵送至园中便了。"于是姐妹五人辞了太夫人，带了几名侍婢、宫娥，径到荟芳园散步一回。

只见满园春色，豁目赏心，拂柳分花，穿廊绕院，玩不尽许多的景色。丽贞道："今日既然开了诗社，众位贤妹一同去作完了诗，再来游赏何如？"花如玉道："大姐姐说的不错。"遂偕众姐妹进了吟碧轩。丽贞取出诗题，命宫娥启封，卷成五个纸阄，放在瓶中摇了几下，众姐妹各自拈取一枚。凤英拈了个"高楼听雨"，如玉拈了个"杏苑寻芳"，蕙芳拈了个"画桥垂钓"，丽贞拈的是"华堂春宴"，宝英拈的是"柳堤泛棹"。众姐妹看了题目，各自归坐构思。侍婢、宫娥都往轩外，呼姐唤妹，各处游玩去了。先是宝英低垂粉颈，沉吟了一会儿，举笔写了"柳堤泛棹"四字，复又咿哦半晌，遂写道：

万绿丛中泛画桡，三眠三起态偏娇。
琵琶一曲直堪听，先奏《霓裳》后《六幺》。

宝英的诗方才写完，丽贞的《华堂春宴》也作成了，遂拂笺握管，写道：

嘉宾叙饮满华堂，春酿盈卮琥珀光。
为有主人能醉客，高情直欲傲羲皇。

花如玉见韦氏姐妹都已吟成，便道："二位姐姐真是高才。妹子作了两刻钟头,只想得两句。如何两位姐姐已经作好了?且待妹子来读过了佳作,再行搜索枯肠罢。"说着,便立身来,走到宝英桌边道:"先请教三姐姐的佳作。"遂玉手尖尖取过花笺,读了一遍。又向丽贞道:"大姐姐的佳作,也让妹子先读。"说着,又将丽贞的诗朗诵一过道:"二位姐姐的诗才,真令妹子佩服。"蕙芳、凤英也走到这边来,吟了一回。凤英道:"读二位姐姐的佳作,真是风流蕴藉。想天朝的学士文人,也未必过此。"蕙芳道:"六妹妹还没有知道么?两位姐姐本是天朝的学士文人,只因嫁到这里女儿国来,改了装束,做了妇人。"如玉道:"妹子自幼生长闺中,穿耳裹足,两截衣裙,是天然惯的。不信两位姐姐生长天朝,到了二十岁左右的年纪方才穿起耳来、缠起足来,竟会习成妇人的行动举止,一些也看不出是中原的男子。而且囫囫囵囵一双七八寸长的大足,裹了脚带,垫了三四寸厚的高底,装作小足,非但袅袅婷婷,还能出兵打仗。妹子更是佩服。"凤英道:"妹子不但佩服,并且还喜这里女儿国的妇女不生髭须。都是二位姐姐与国后娘娘的功劳。若无天朝的西施散,咱们姐妹隔不了十年。也都要生胡子了,岂不讨人憎厌么?"蕙芳道:"咱们不要闲话了,还是快些作诗罢。"说着,走往自己案前坐下,提起笔来,写出"画桥垂钓"的题目,将诗也写了下去道:

曲沼波清草色肥,画桥西去钓鱼矶。
垂纶识得闲中趣,悟彻渔翁物外机。

梅凤英见郡主抽毫挥翰,也就去写那《高楼听雨》的诗句出来道:

雨声渐沥已黄昏,入夜倾听静闭门。
晓起倚楼频眺望,花枝沾润沐天恩。

姐妹二人刚才作完,只见宫娥进轩,向花如玉道:"娘娘,酒席完备,设在何处?"如玉道:"就在那边醉月亭中罢。"宫娥答应,传谕去了。如玉又道:"三位姐姐与贤妹都已完卷,妹子也只得勉强涂鸦了。"遂提起笔来,写那《杏苑寻芳》的诗句道:

【续镜花缘】

春光二月好晴天，文杏枝头滴露鲜。
一色花开红满苑，状元归去著先鞭。

韦家姐妹见蕙芳、凤英、如玉三人的诗都作完了，互相观看。丽贞道："据愚妹评时，要推如玉妹妹做第一。真是雍容华贵。大约廷试得中状元的，方好做得如玉妹妹的妹夫。前日蕙芳妹妹说他的丈夫阅看文会课卷，内中一卷取作冠军，十分赞美，大有状头之望。及见卷后记一个'梅'字，方知是六妹妹的令弟。若然今科中了状元，愚姐有个计较在此，便与如玉妹妹做媒。凤英妹妹你道好么？"蕙芳道："大姐姐，你还没有知道么？凤英妹妹自己也没有攀亲，如何好与他令弟做主定弟妇呢？"宝英道："蕙芳贤妹，愚姐也有个计较在此。如玉妹妹的令弟，也没有定亲，不如把凤英妹妹配了荡寇伯，岂不是两得其宜么？只是照了凤英妹妹，要称如玉妹妹作弟妇，如玉妹妹要称凤英妹妹作姐姐了。倘如玉妹妹的令弟娶了凤英妹妹做弟妇，如玉妹妹仍做姐姐。据愚姐看来，调换攀亲，不改称呼，照常姐姐妹妹的亲热。五妹妹你道好么？"韦氏姐妹说得如玉、凤英满面绯红，羞惭无地。蕙芳道："大姐姐、三姐姐不许说了。且待廷试考过，定了状元，然后相机而行。妹子也有此心。如今不可将他姐妹两人调笑了。大姐姐、三姐姐没有出嫁的时节，难道不怕羞么？"说着，便一手携了如玉，一手挽了凤英，轻移莲步，出了吟碧轩道："大姐姐、三姐姐来，咱们且到醉月亭，把酒润了润诗肠，也好用饭了。"丽贞、宝英都道："来了。"于是姐妹五人穿过了假山洞，行到芍药圃，又至碧梧院，兜出了九曲回廊，从小桥过去，方到醉月亭中。宫娥早已调开桌椅，把酒肴铺设整齐。如玉连忙让坐。丽贞道："如玉妹妹，今日愚姐原意本欲揽胜而来，何用如此盛筵？反使愚姐不安。"如玉道："大姐姐又要客气了。无甚可口的东西，不过略略添些菜蔬罢了。"说着，便来让菜。命宫娥在旁斟酒。传杯递盏，饮够多时，如玉还要众姐妹行个酒令。姐妹几人都不答应。宝英道："愚姐的酒量浅狭，已经饮得多了。如何还能行令？行了令时，又要多饮，岂不耽误了游园的正事？况时候已不早，也好用饭了。"报时钟刚鸣两记，凤英道："三姐姐说的不错。妹子也吃不得酒了。"丽贞、蕙芳都道："五妹妹快些赐饭罢。"如玉只得命宫娥取饭。

众姐妹用过了饭,饮毕香茗,洗脸净手。宫娥送过镜奁,重匀粉面,再染朱唇。姐妹五人打扮已毕,徐徐举步,出了醉月亭,转到钓鱼矶,钓了一回鱼,又往荼蘼架行去。丽贞兜住了鬓边的金凤钗,宝英却抓住了当头的真珠凤。如玉、凤英回身忙将花枝分开,蕙芳道:"二位姐姐高底垫得太厚了些,故而身子长了许多。不知鬓发可扎痛否?"丽贞、宝英都道:"没有扎痛。"于是行过了荼蘼架。见那边有座高楼,名为眺远楼,共有五层。众姐妹遂拾级而登。到了第五层,开窗眺望,心旷神怡,云水苍茫,峰峦层叠。蕙芳道:"大姐姐你看,东去天朝不知有几千万里。"丽贞道:"记得咱家相公说,主上与妹夫几人由天朝回来,乘了飞车,虽遇逆风也不过十余日。比不得愚姐与二妹、三妹在岭南,林家寄父送咱们姐妹三人由水路到这里女儿国来,足有八九个月哩。"如玉道:"原来此去天朝竟如此穹远么?"宝英道:"天已不早了,咱们玩也玩够了。妹子与大姐姐先要失陪了。"如玉道:"且到下边去用些点心未迟。"众姐妹都道:"咱们吃不下了。"于是姐妹五人下了眺远楼,携手同行,来到丹桂厅前。早有宫娥禀道:"启上娘娘,黎府、枝府、卢府、梅府的舆马伺候已久。"姐妹四人都道:"咱们去谢过了伯母,好回去了。"如玉款留不住,只得一同出了园门,仍到后堂。众姐妹与太夫人道了打扰,叶氏太君也款留不住。母女二人送至大厅,丽贞诸姐妹扶了侍婢,谢别登舆,纷纷回府不提。

且说那女儿国中开科取士的大典,凡有女儿国所属地方先行郡试。邻邦愿来赴考者照女儿国的国俗,凡是雌的男子亦准予试。梅占魁先是考取郡元回家祭祖。阿母、阿姐甚是欣慰。过了月余,占魁公子别了母姐,带了家童,回籍省试。三场考毕得意而归,仍是日夜勤功,揣摩会试、廷试的功夫。一日,正在书房用功,只见家童走进书房禀道:"启上相公,外面有客来候。"占魁问道:"你可认识否?"家童道:"就是姬瑞芝相公。"占魁道:"既是姬相公,快去请来相会。说我迎接。"家童答应去请。公子步至滴水檐前,只见姬瑞芝已进大门,彼此殷勤,并道契阔,一同进了书房分宾主坐定,家童献茶。瑞芝道:"占魁兄几时回府的?"占魁道:"小弟返舍已有五六天了。"瑞芝道:"场中定然得意。"占魁道:"小弟是不过潦草塞责而已。还是吾兄得意。"瑞芝道:"今日特诚前来恭候,并求赐读大作。"占魁再三推逊。瑞芝务要请教。占魁便于书箧中检出道:"小弟的拙作,是不堪污目的。"瑞芝道:"吾兄真个是谦谦君子了。"说着,双手接过,见题为《师克在和论》,其文曰:

今使有将才而无儒术,讲文德而忘武功,皆不足兴人家国者也。时势值万难之会,欲用民力,必先能得民心。盖民力易聚亦易散,民心易合亦易离。至于一聚而不复散,既合而不复离,则非济以和衷,其肯为我效用者鲜矣。则如斗廉所云:"师克在和。"良足法焉。何言之?方莫敖之遇郧师也,彼奋鲸吞,此图蚕食。当敌焰方张之日,有不叹我军之皆墨者几希。在郧则兵联与国,直欲斩将而搴旗;在楚则帅鲜奇谋,无望追奔而逐北。惟其同袍之意切,而后挟纩之恩孚。称尔干而比尔戈,我战之所以必克也;退以金而进以鼓,如乐之由是而和也。呜呼噫嘻!南风不竞,涉鱼齿以无功;东道遥通,缅鸿图以宛在。试问如林百万倒北之戈,何以不免乎?同德三千东征之绩,何以告成乎?

从可知制敌者有先声,好谋者无后悔耳。片语括孙吴之要,韬略不足奇矣;此行定贰惨之盟,牺牲于以洁矣。有子曰:"礼之用,和为贵。"其即此意也夫。

瑞芝反复数过道:"吾兄大著,矫然不群,使弟莫赘一辞。如此佳作,定然独出冠时。一俟泥金捷报,弟来叨扰喜酒,追陪末席何如?"占魁道:"小弟拙作已污尊目。吾兄的佳作能与小弟拜读,一扩眼界否?"瑞芝道:"弟之拙作远不如兄。他日得附骥尾,已出非望。稍停几日,携来就正何如?"二人谈谈说说,畅叙多时,方才别去。

光阴如箭,日月如梭,一转瞬间,已将放榜矣。这日,占魁公子早上起身,穿好衣服,开了书房门。家童送进脸水,公子即便洗脸。洗过了脸,尚未梳头,忽闻外面人声喧杂,闹热非常。

不知为着何事,且听下回分解。

中国古典名著补续系列

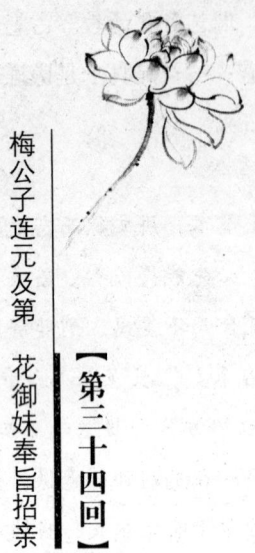

【第三十四回】

梅公子连元及第 花御妹奉旨招亲

话说梅占魁公子晨起梳洗,忽闻外面一片声响,正要唤书童出外问时,只见家人进来报喜道:"公子高发了!报子已到。请公子出厅。"公子道:"知道了。"当下梳洗已毕,穿好了外罩的衣服,徐步出厅。报子抢步上前道:"少老爷在上,报子们叩喜!恭报少老爷高中第一名解元,有报条在此呈览。"公子接来看过报条,便道:"劳动你们,外厢酒饭。"遂命家人到太夫人房中,取银二百两,赏与报人。报子连忙叩谢。又命家人速排香案,望阙谢恩。苍氏、凤英也是十分欢悦。当下亲友闻信,都来贺喜。开报请客,自有一番忙碌。前日来候梅解元的那位姬瑞芝公子,也高高中了第二十名举子,都是十分兴头,彼此同年,往来愈加亲密,各自用功,巴图上进。简炼揣摩,正不知状头谁属。暂且按下慢表。

一日,梅太夫人在着女儿房中闲话。凤英道:"阿母,但愿阿弟得中状元,如玉姐姐的这头亲事,花家伯母或肯允许也未可知。前日女儿与诸位姐姐在御妹府荟芳园中吟诗作句的时节,大姐姐也说,待阿弟中了状头,大姐便肯做媒,说得花家姐姐不好意思。三姐姐又说，替花家贤弟也要与女……"凤英就顿住了口，便不说了。苍氏再三问时，见凤英粉面飞红、低头不语，便问前日随往花府去的丫环。那丫环便禀道："那日卢侯相府上的韦娘娘说，要与花爵爷做媒，把咱家娘娘来配他，调换攀亲，仍旧是姐妹称呼。"苍氏道："怪不得女儿害羞，不肯说明。女儿，你可愿意嫁那荡寇伯么？"凤英见阿母问他，愈觉不好意思，含羞不语，脸上桃花直红至粉颈。苍氏见女儿如此害羞，也不好再问，只得自己收篷道："据为母想来，这段姻缘若能成就，女儿也断无不愿的道理。"凤英见娘亲说个不了，倏而问他，倏而自己回答，忍不住好笑，就"扑嗤"地笑了出来，连忙立起身来，移动金莲，得得得跑往外房去了。这且不表。

再说那开科取士，将届会场。国王钦派黎红薇、卢紫萱两位相国做了大总裁。两处相府中伺候的人役，把铺程文具一切应用之物，早已送进贡院。黎侯相与卢侯相暂别娇妻，两位娘娘絮语叮咛，无非寒暖保重、饮食当心，不必细述。这日早朝，两家侯相辞了国王，出了午门，上了八人大轿，一路上前呼后拥，直至贡院下轿，自有官员迎接进内。纷纷举子，各自振起精神，钩心斗角，抽秘骋妍，自不必说。场中的卷子，概用弥封，以杜考官的情面。两位相国把各房官荐上的试卷细心校阅，十分辛苦。凭文取士，拣选了二百卷，互相斟酌，定了名次。又将会元的一卷反复细阅，足冠通场，遂填定了第一名会元。题为：大鹏遇希有鸟赋（以"大鹏许之欣然相随"为韵）。

抟九万之鹏程兮，庆风云之际会；
征变化于不穷兮，起天地而物外。
真轶类而离群兮，直上扶摇而为最；
随所适以优游兮，瞻眺徘徊于两大。
稽寓言于《庄子》兮，表奇才与异能；
号羽虫之三百兮，伊谁得势而飞腾？
翻波涛以崛起兮，挟雷霆而奋兴；
脱鳞甲而长毛羽兮，北溟之鲲化为鹏。
鳖大鹏之为灵兮，薄云霄而情抒；

毛皎皎而雪飞兮，态轩轩而霞举。
踏元气之混沌兮，摩太清而容与；
向天路以回翔兮，杳不知其几千里许。
无何而忽有所遇兮，赏心独得良知；
洵遨游之可乐兮，振风翮兮迟迟。
维彼可称希有兮，岂如众鸟之无奇？
咏偕行而与子兮，夫何妨一任所之。
希有鸟顾大鹏而相谓兮，子实闻所未闻；
过昆仑而啸傲兮，聊以写我云云。
游太虚而寄兴兮，但觉氤氤而氲氲，
不知我之所乐兮，常此载奔而载欣。
遂乃外观乎宇宙兮，奋健翮而联翩；
内知乎太始兮，刷轻翰以盘旋。
吞云梦之八九兮，击溟海乎三千；
等嵩华于毫末兮，视江湖而渺然。
爰性天之自适兮，复意态之昂藏；
时吐纳夫二气兮，恣挥霍于八荒。
越尘埃而下视兮，何倏阴而忽阳？
羌耦俱而无猜兮，声应相而气求相。
由是忘适之适兮，欣邂逅而情移；
陋莺鸠之决起兮，小鹪鹩之巢于一枝。
入寥廓之境而不觉兮，胡倦飞之多疑？
方快然而各足兮，真神动而天随。

天风吹下步虚声

缥缈从天下，风吹荡八瀛。
忽回侵晓梦，旋听步虚声。

匝宇云容净，遥空露气清。
飘飘仙袂举，拂拂缟衣轻。
古调琳琅澈，新词咳唾生。
悠扬箫管协，隐约珮环迎。
珠斗三霄朗，银河万里横。
瑶台饶胜概，对景快诗成。

红薇侯相国阅过，付与紫萱道："此卷为通场之冠，一定无疑的了。"紫萱道："可知英雄所见略同。"及至放榜之期，开拆弥封，方知会元就是梅占魁。两位侯相无心得此，不觉大喜。

不说场中之事，再讲那报录的，得了榜信，闹盈盈往来不绝。获隽的兴高采烈，落第的丧气垂头。

话文又要说到梅会元府中，得了报子的喜信，公子并太夫人母女甚是快慰，贺客盈门，十分闹热。

流光如驶，转眼间又是四月初二，乃廷试之期。国王传旨众进士在太和殿对策。郡马枝兰音为监试，命殿尉官赍送御笔亲书的题目。侯相枝兰音接过，敬谨供奉。点过了名。方才亲自拆封，交与殿尉官，将题目贴太和殿大柱之上。众进士看过了策题，各自默坐凝思。停了一会儿，挥毫落纸，起草誊真。到了午后三四时光景，交卷的纷纷不绝。五时已经净场。枝兰音将二百本进士的卷子，封送内廷，然后出朝回府不提。

次日早朝，国王召见黎红薇、卢紫萱侯相，在勤政殿分校试卷，三日后胪唱。国王驾退深宫，二位侯相领了旨意，到勤政殿悉心校阅。至第三日阅毕，另封前十名的卷子，送请御览。题系"察吏安民策"。十名中最佳的一卷，其策曰：

盖闻大法小廉，必先考绩。设官分职，凡以为民也。内而部寺台垣，外而督抚监司、太守以及州县之有司，使不以民事为事、不以民心为心，则虽恪奉成宪，矫励清节，而守法与变法害相因，廉吏与贪吏罪相等矣。今欲达民之隐，莫重守令。欲重守令，莫若师周官尚廉之意，行汉代久任之法，使大臣不敢以喜怒为迁阔，小臣不敢视职位为传舍。而尤必精选铨曹，以清其始；慎择督抚，以励其终。俾庶司百执事，咸无善事长官之虑，将殚智竭忠，可以效力于我国家矣。此察吏之方也。

至若安民之法，首重农政。东南之农政，莫大于屯垦；西北之农政，莫亟于沟洫。沟洫之制，虽无地不宜，而西北为尤要。西北地势平衍，旱无所潴，潦无所泄。加以河流飘劲而浑浊，堤堰则易决，沟渠则易淤。东南多水而得水利，西北少水而受水害，势使然也。然则知之何而后可？曰：古人之为沟防也，伏秋水涨，以疏泄为灌输。河无泛流，野无潢土，则善用其决矣。春冬水消，以挑浚为粪治。土薄可使厚，水浅可使深，则善用其淤矣。盖国以民为本，民以食为天。易其田畴，民可使富。欲安其民者，可不于此加之意哉？

圣主勤求吏治，轸念民生，三代之隆，亦不难媲美矣。

当下国王把进呈的十本卷子细阅一过，开拆弥封，钦定第一甲第一名状元梅占魁，第二名榜眼辛丽春，第三名探花姬瑞芝。二甲共取七十二名，二甲第一名传胪李美英。三甲共取一百二十五名，三甲第一名印文兰，系白民国人氏。原来印敏时的学问白民国内要算他第一个通材，把那生平的学问，都传与女儿文兰。那文兰功名心热，知道女儿国开科取士，凡有士子都是妇人，因此改了男装，前来应试，竟被他考中三甲一名的进士，满怀欢悦，自不必说。

梅占魁率领了一班进士叩首谢恩，簪花赐宴。国王见那鼎甲三人，俱是青年美貌，十分喜悦，道："孤家看状元履历，方知毅勇郡君梅凤英即系乃姐。弟文姐武，萃于一门，真是难得。"又回顾黎红薇侯相道："不知状元可曾授室？"红薇奏道："毅勇郡君与荆妻结义姐妹，情胜同胞，时常过从。因此知他尚未对亲。"国王道："如此甚好。孤家意欲将御妹花如玉招他为婿，不知黎卿以为何如？"红薇道："主上相女配夫，成人之美。一个是文章魁首，一个是仕女班头。真是天作之合！"当下国王召梅占魁上殿，将御妹花如玉招亲之意宣谕一遍。梅占魁听了，乐不可支，连忙叩首谢恩。国王传旨平身道："如今是孤家的御妹夫了。黎卿、卢卿可做了御媒，择吉中秋，取月圆之夕，送状元到御妹府成婚。"黎红薇、卢紫萱领旨。

国王驾退深宫，国后娘娘接驾，两位偏妃也在昭阳宫问安国后。宫娥抱了公主，也在中宫游戏。原来两位偏妃各生一位公主，当下两位偏妃随在国后娘娘之后，接驾进宫。国王抚弄儿女，便对锦莲道："御妻，今日廷试，取中状元，却是梅凤英之弟，才貌双全。孤家已将御妹花如玉许他，中秋团圆之夕，招赘成亲。御妻以为何如？"锦莲道："主上所见极是。状元定然感恩。"国王甚是喜悦，回顾宫娥，传旨摆宴。两位偏妃在宫中侍宴。吹弹歌舞，夫妻取乐不提。

且说鼎甲游街三日已毕，梅状元方才得暇，把国王面许御妹姻亲的事，告知阿母。太夫人十分快乐，道："孩儿，你可知道做娘的自从那日见了御妹娘娘，就要想他来做媳妇。不想竟被做娘的想着手了。真是谢天谢地，还须感谢君王！那国王的恩德，孩儿不可忘了。"子母正在讲花如玉的亲事，凤英也走了进来，道："母亲，恭喜！贤弟，恭喜！难得国王与贤弟作合。如玉姐姐如今是我家的人了。"太夫人道："若御妹娘娘嫁了孩儿，女儿要称他作弟妇了。"凤英道："女儿与他姐妹称呼惯了，仍是称他姐姐的好。"太夫人道："女儿真是一厢情愿。花家还没有来议亲，你就肯听韦娘娘的话，不改口了么？"

占魁听了，甚是不解，便问母亲是何缘故。太夫人就把韦宝英的戏言，说与孩儿知道。占魁道："这头亲事甚是相当。姐姐若然愿意，兄弟便可露些口风，早些等他们来议亲，免得攀定了别人家，错过了机会，岂不可惜？"太夫人道："孩儿说的不错。"凤英听了这些话儿，娇羞满面，瞅了一眼，立起身来，跑了开去。占魁道："如今国王做主，把御妹娘娘许配孩儿，不免要行君臣之礼，奈何？"太夫人道："这又何妨？"占魁又道："孩儿还未曾去拜两位老师，母亲可速备黄金四百两，分作两封。"便唤家人，"快去提轿，拜候老师。把黄金装在拜匣，当作贽仪。如今黎家、卢家的两位姐夫，韦氏姐姐，都要改口称作老师、师母了。"太夫人道："这是理所当然。若无恩师拔取，何能主上许婚？今日速去拜谢老师。做娘的去取贽敬便了。"占魁道："且待饭后去拜不迟。"道言未了，只见丫环禀道："请太夫人、少老爷用膳。娘娘已等在后堂了。"母子二人起身进内，凤英迎着道："母亲、贤弟，用饭罢。"于是三人用了午膳，饮过了香茗。

占魁辞了母亲、阿姐，便命提轿。家人拿了毡毯，捧了拜匣，排齐了状元的执事，先到黎侯相府拜谒，门上送了门包，司阍进内禀明。不一时出来请轿。状元下了宝舆，徐步而前，直至大厅。只见红薇侯相早在滴水檐前迎接。状元抢步上前，深深一拱道："老师大人请。"红薇道："不敢，贤兄请。"二人让进大厅，早有梅府随来的四名家丁请正了交椅，铺好了红毡，状元便请红薇上座。红薇再三谦逊，状元道："老师大人请上，门生拜见。"红薇侯相连忙答拜。状元拜了八拜起来，便请师母拜见。侯相再三致谢。状元问顾相府家人道："管家传言姐姐们，务请娘娘出堂拜见。"家人答应进内，侯相道："贤兄请坐。"状元立候拜见师母。

不多时，见家人回禀道："请状元爷中堂相见。"侯相道："贤兄请。"状元道："不敢，老师请。"侯相道："如此，引导了。"当下师生二人在前，梅府家人随后，拿了拜匣，携了红毡，过了好几重门户，到了中堂。梅府家人请了交椅，铺了红毡，忽闻屏后咭咭咯咯一阵高底鞋儿声音，娘娘扶了侍婢，从屏后转出，来到中堂。状元见那师母，年近三旬，长长的身材，俏俏的脸儿，粉腻脂香，满头珠翠。身穿天青花缎披风，内衬西湖色花缎大袄，下系大红百褶宫裙，裙下露出四寸长的金莲。手中携着湖绉花绣帕子，袅袅婷婷，甚是美貌。状元抢步上前请师母台坐。丽贞哪里肯坐？立在侧边。状元道："师母大人请上，门生拜见。"也是拜了八拜。丽贞回礼不迭。梅府家人也叩见了娘娘，然后把赞仪送与侯相。

红薇哪里肯受，道："贤兄速命管家带回。愚兄是断断不受的。若是受了一个门生的贽敬，愚兄情愿倍罚。况内人本与令姐结义，情同骨肉。如今主上将御妹赐婚，又添上一重亲谊了。愚兄与足下岂不是僚婿之亲么？"丽贞问道："伯母与六妹妹都好？"状元道："托赖师母大人的福庇，家母、家姐特命门生代言请安。"丽贞连声称谢。红薇道："愚兄意欲与令姐做媒，就是令舅荡寇伯花逢春为配，恰好门当户对。贤兄回府，可转致令堂大人，请令妹的庚帖。如蒙允许，愚兄再行踵府来请。"状元道："老师大人具此美意，家母无不允从。只是家姐蓬门陋质，恐难仰附高门。"红薇道："贤兄太谦了。"状元起身告辞道："门生还要往拜卢老师去。"就着地深深打一躬，别了老师，又是一躬，别了师母。侯相抬身相送，状元躬身辞谢。红薇送出大厅。

状元登舆，又到卢侯相府来。门上也送了门包，投了名帖，紫萱接进大厅。随状元来的家人请正金交椅，铺下红氍毹。状元道："老师大人请台坐，门生拜见。"紫萱哪里肯坐，也是对拜了八拜，然后请见太师母、师母。侯相再三致谢，状元仍命相府家人代言去请。家人奉命来到中堂，见了一个仆妇在那里，道："大嫂，烦你转禀老太君与娘娘，外堂新科状元拜了相爷，定要进来拜见。"仆妇听了家丁的言语，来至后堂，见太君正与娘娘在那里婆媳闲话。仆妇将言禀明。缁氏道："老身最怕拜跪。既是状元特诚请谒，媳妇儿去见一见罢。"宝英道："媳妇没有穿大衣服，也不去见他了。"缁氏道："媳妇儿，这又何妨？他的同胞姐姐与你既是结义姐妹，又是你丈夫的门生。就去相见何妨？"

宝英见婆婆吩咐，便答应起身，扶了侍婢，走出后堂。状元早在中堂恭候，见那宝英冉冉从后堂而来，也是长条的身材，梳着个时新云髻，鬓边插着支珠凤钗儿，耳坠着嵌宝的金环，瓜子脸儿，浓施脂粉，淡扫蛾眉。身穿月白花缎大袄，下系百褶元色罗裙，臂上套着双金镶的珠镯，指上戴着两只钻戒。金莲四寸，穿着双高底的红绣花鞋，手扶侍婢。状元走上几步道："师母大人请上，门生拜见。"说着，深深地八拜。宝英连忙答礼。拜毕起身，状元又是作个揖儿，请安师母。宝英拉着袖儿，深深万福。状元还要拜见太师母。宝英托言有事，迟日再见。紫萱道："贤兄请坐。"状元告过了坐。宝英便问梅太君并凤英的好。状元道："家母、家姐托赖师母大人的福庇，俱各安好。"宝英道："贤弟如此称呼，太觉客气了。如今主上把如玉妹妹赐婚，到了八月中秋成婚之后，两位老师都是僚婿了。"

宝英正说着，只见梅府家人送进贽仪。紫萱也是璧还。状元再三致意道："些些薄敬，门生不成意思。还求老师大人赏收。"紫萱道："贤兄何必要循俗例？不像个亲戚。愚兄若受了一个门生的贽敬，情愿倍罚。"状元见老师执意不收，只得命家人带回。侯府家童献上香茗，茶毕收杯。状元起身告辞了老师、师母。紫萱殷勤送至大厅。状元连连打躬，作别登舆，拜会同年去了。

要知后事如何，且听下回分解。

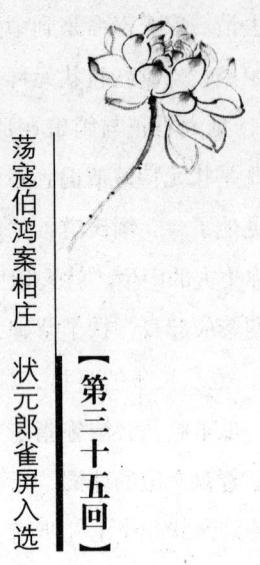

第三十五回 荡寇伯鸿案相庄 状元郎雀屏入选

话说梅状元拜过两位老师，又去拜了几个同年，方才回府。步入后堂见了母亲，又见了姐姐道："两家的老师，贽敬都不肯受。"太夫人道："只得迟日再送贵重些的礼物罢。"占魁道："母亲，黎老师要与姐姐作伐，请年庚，到荡寇伯花府去。命孩儿转达母亲。"太夫人道："吾儿怎样回他？"占魁道："孩儿说，花府不嫌家姐蓬门陋质，家母敢不惟命是听？"凤英在旁听了，面泛桃花，开口不得，心中却是十分愿意。太夫人命丫环取过王历，拣了一个吉日，道："孩儿，据做娘的意见，不须劳动老师。到了这日，写就了姐姐的年庚，早上送到黎府，交与老师。"占魁道："孩儿知道的。"太夫人回顾凤英道："女儿，如今真是依了三姐姐的话了，仍是姐妹称呼的脱俗。若姑嫂称呼，他称你作弟妇，你也称他作弟妇了。"凤英听了母亲的言语，只是含羞微笑而已。丫环送进中膳，母子三人用过了午饭。洗面更衣，饮过香茗，状元复又登舆去拜同年不表。

再说黎相国，也择了那个吉日，朝罢回府，换去朝服，正要传唤家丁提轿，要往梅状元府去请年庚。忽见门丁进内禀道："启上相爷，状元在外请见。"红薇听了，心中不解。只得道声："请。"不一时，梅状元恭身进内，侯相接进大厅，见礼分宾主，状元告坐，便道："前日承老师美意，与家姐为媒。今奉家母之命，恐劳老师的大驾，门生特将家姐的庚帖送来。"说着，便向袖中取出庚帖，双手送上。黎侯相连忙接取道："如此反劳贤兄了。"状元道："不敢。"当下作别起身，登舆回府不提。

且说红薇侯相送了状元，转身回至内堂，与韦丽贞娘娘说知，更了衣冠，吩咐提轿，往御妹府去拜荡寇伯。真是堂上一呼，阶前百诺。只听得靴声秃秃，步出前厅，坐了八人大轿，排齐执事，一路鸣锣喝道，径往御妹府来。侯相大轿到了辕门，早有虞候前来迎接，一直至大殿庭前下轿。荡寇伯早在滴水檐前迎接，进内分宾主坐定，送过香茗。红薇侯相道："无事不敢轻造。今日特请毅勇郡君庚帖在此，来与足下作伐。"说着，便将庚帖向袖中取出，双手送上。花逢春连忙立起，双手接取道："有劳老相国了。晚辈当去禀知家母，暂且失陪。"当下取了庚帖，步进后院，见了母亲，取出梅府庚帖，禀明黎相国亲自送来。叶氏太君道："黎相国去了不曾？"逢春道："现在花厅。"叶氏道："孩儿去请相国暂留台驾，说做娘的出来请见。"逢春答应，径至花厅道："老侯相，失陪有罪。家母有事请见。"侯相道："不敢。"家童献上香茶。不一时，屏风开处，叶氏太君出厅。虽是四旬向外的年纪，满头青丝黑发，面上毫无皱纹，敷了宫粉，甚是白嫩，雅淡梳妆，裙下露出四寸长的金莲，穿着花绣的平底弓鞋，仍是婀婀娜娜。红薇座上抬身道："太夫人在上，下官有礼。"说着，便深深一揖。叶氏回了万福道："老身也有一礼，老相国请坐！"红薇道："太夫人请坐！"花逢春也在侧首坐了。叶氏道："老相国，女儿蒙主上赐婚梅状元，择吉八月中秋完姻。闻得主上请老相国与卢相国为媒。老身有句不揣冒昧的话儿，乞老相国转达梅状元。今承不弃，请来梅府娘娘年庚，能否在中秋之前，与孩儿先完花烛，不识可肯依就否？还求老相国鼎力玉成，老身感激不尽。"红薇道："太夫人何须客套？下官自当竭力吹嘘。"叶氏道："极承老相国盛情。若蒙梅府金诺，老身即行择日行聘完婚，特此拜托。"说着便立起身来，又福了两福。红薇连忙答礼，起身告辞。吩咐长班到梅府去拜梅状元。花逢春殷勤相送。

红薇升舆，前呼后拥，不一时已到梅府。状元闻报，便命速开正门，亲身往外迎接。侯相下轿，师生同到大厅，送坐献茶。红薇便将刚才花府太君的话儿述了一遍，道："须请令堂太夫人面商。"占魁立起身来道："老师大人请台坐，门生就去禀知家母便了。"说着，急忙进内，与母亲说知大略。苍氏闻言，整整衣裙，扶了侍婢，步出屏风，与红薇侯相见过常礼。红薇见苍氏打扮得比叶氏愈觉鲜丽，粉面朱唇，满头珠翠，穿着时新衣服，裙下只得三寸长的高底花绣弓鞋。红薇道："太夫人，刚才下官请令媛庚帖，亲到花府。那花府太夫人也面见下官。说尊府令郎到御妹府去就亲，自主上定的。令千金若肯俯就婚姻，须在中秋之前择了吉日，先行迎娶。不识太夫人可能俯就？乞道其详。"苍氏道："老师大人吩咐，老身敢不允从？只为时局促，女儿的妆奁陪赠，不及周备，定多缺略。倘能不嫌草率，老身从命便了。还求老师大人预为知会，方免老身的责备。"红薇听了大喜，起身作别道："下官明日便去回复。"占魁道："有劳老师大人。"送了侯相登舆，方才进内不表。

　　且说红薇侯相回至府中，便到上房，更换衣服，对着丽贞道："娘娘，本爵好笑那花逢春的阿母，真是不达道理。儿子的亲事，今日请得庚帖，中秋前就要娶亲。为时不过两月。女儿是主上赐婚与状元的，又是不肯下嫁，定要招赘。好笑梅占魁的阿母十分从顺，都肯俯就。本爵倒有些解不出来。"丽贞道："相公，这事据妾身想来，有何难解？一边是仗御妹娘娘的势分高贵，不达道理。一边是让他御妹娘娘的势分高贵，十分俯就。"红薇道："娘娘说的不错。"其时已是五月下旬，天气炎热。丽贞身上穿着件青纱衫子，下系元色罗裙，裙下露出西湖色高底弓鞋，臂上套双翡翠镯子。手挥宫扇，传命侍婢与侯爷打扇。当下用过了午膳，夫妇二人在窗前下了两盘围棋。壁上挂的报时钟已鸣四记，侯相传命，打道往花府去。侍婢伺候，与侯相换了袍服。红薇笑道："本爵失陪。"丽贞笑道："相公请便。"红薇便靴声秃秃，步出大堂，乘了八人大轿，前呼后拥，径到御妹府来。

　　荡寇伯接进花厅，分宾主坐定。红薇道："请令堂太夫人相见。"花逢春答应，便命家人请太夫人出堂。家人去不多时，太夫人扶了侍婢出堂。侯相抢身与太夫人见过了礼。献上香茗，红薇道："太夫人前日吩咐的言语，下官已向梅太夫人前道达。梅太夫人一一遵命。只是为时太促，妆奁不能周备，预先陈明。"叶氏道:"老身实因先要娶了儿媳,然后方嫁女儿。只因八月十五的吉期是主上定的,不敢不遵。于梅家亲母面上、理上本说不去。难得梅家亲母不加责备,俯就老身。老身感激不尽,断无计较妆奁厚薄的道理。这头亲事,全仗侯相的大力。若非老师金面,梅家亲母也未必便肯允从。"说着起身,拉着袖儿深深万福,再三致谢侯相。红薇连忙还礼不迭。当下花太夫人便定了七月二十八日行聘,八月初二日迎娶,便道:"总费老侯相的金神。他日命孩儿踵府拜谢。"侯相连称"不敢",起身告辞。荡寇伯送出大厅,侯相升舆回府,明日便去知会梅府。表过不提。

梅府又请了镇远侯相枝兰音郡马为媒,预先准备嫁妆等事。凤英闻得阿母允许了花府择定吉期,心中暗暗欢喜。回想前年征伐淑士,同在军中,常常见面。校场比武交手之时,争强赌胜。不期到了今日,竟成了夫妇。最爱他面庞俊俏,武艺高强。奴家嫁了他时,真是三生有幸。

不说娘娘心中思忖,再说梅状元因姐姐先要出阁,十分忙碌。老夫人虽说为时局促,不及置备,不过是客套的话儿,然而也不肯草率。况有那钦赐的黄金万两,除去了置买房屋、器具黄金千两,仍将家中所有的金银补足。因此,橱箱台桌、天然几、眉公椅等类,都是紫檀花梨,还有许多玉杯、象箸、金盏、银盘、粉缸、脂盒并镜奁中的钗环首饰、玛瑙珍珠,说不尽异常的丰盛。国王、国后又赐了许多奇珍异宝,以助添妆之用。

到了这日七月二十八日行聘吉期,花府准备黄金千两,并金珠首饰、绣袄花裙、宝钏金钗、绫罗缎匹,不及细说。梅府的回聘,也是极其富丽。二十九日,梅府的全副妆奁送往花府。花府中大排筵席,款待两位大媒。花太夫人十分称意,道:"如此盛奁,梅家亲母还说草率,太觉客气了!"当下太夫人重犒送妆的来使,便传命家人铺设新房。常言道:"众手好移山。"不多时摆列得齐整异常。洞房中光华耀目,香气扑人。

到了八月初二迎亲吉期,花、梅两府十分闹热,满朝文武先到梅府贺喜,又往花府贺喜。车马纷纷,往来不绝。还有状元的同年朋友,都到梅府来道贺。女客如坤蕙芳、韦丽贞、韦宝英三位娘娘,都因姐妹出阁,先来梅府送嫁,尽是蟒服宫裙、琼琚玉珮,花枝招展,珠翠盈头,粉腻脂香,迷离扑朔。

梅状元的同年中,有个印文兰,系白民国籍女子,改了男装,来应女儿国考试，取中了进士。这日也在梅府吃喜酒。见了那几位郡君，心内暗想道："难道他们都是男身不成？为何生得如此美丽？颏下毫无须髭的痕迹，裙下没有一个不是小小的金莲。内有两位娘娘，身材略觉长大些儿，哪里辨得出是雌是雄？自己若是女装，怎能及得他们的美丽？"进士印文兰正在目不转睛地看那三位娘娘，郡主与韦氏姐妹见那位年轻进士看他姐妹三人，倒觉不好意思，洋洋地退到后边。

不一时，花府迎亲已到，前导荡寇伯的执事，流星花炮，鼓乐喧天。家人们等身坐高头，仆妇丫环穿红着绿，先到太夫人跟前叩喜，又到新夫人跟前叩喜。见那位娘娘蟒服朝裙，珠冠玉珮，红巾盖首，故而看不见那玉容。侯相催妆三次，两位侯相大媒起身告辞，先到花府。这里梅太夫人送女登了彩舆，母女虽是依依不舍，究竟近在咫尺，常可归宁。坤蕙芳与韦氏姐妹也都送出后堂，直至大厅前。俟凤英升舆，方才回身进内。梅府执事也是半朝銮驾。毅勇郡君、海军都督，还有状元的许多行牌，前遮后护，提炉中香烟袅袅，宫灯里烛影摇红，接二连三，络绎不绝。彩舆方才过去，接着是黎府、枝府、卢府三位娘娘的执事。因三位娘娘到花府道喜，不一时彩舆到了花府。丽贞、宝英、蕙芳的宝辇也都到了。早有花太夫人与御妹娘娘前来迎接，让进中堂。姐妹三人俱是深深万福地道过了喜。只见梅府送来的喜嫔、仆妇、丫环等众人，先与太夫人叩喜，又与御妹娘娘叩喜。众人见御妹娘娘宫妆打扮，生来又是眉清目秀，美貌非常，都道："状元爷娶的这位娘娘，真是福分不浅。侯相三请新贵，荡寇伯身穿朝服，缓步出堂。彩舆中扶出新娘，参天拜地，合卺交杯，然后送入洞房。原来女儿国的婚礼，与天朝大略相同，不过男女倒置，风俗各异耳。

且说花逢春成过了亲，便往外厅陪宾宴客去了。里面的女眷，都是御妹娘娘花如玉陪进新房。新人挑起红巾，露出玉容，见了诸多女客，虽是害羞，喜得韦氏姐妹与郡主都是熟识的，如玉与凤英仍是姐妹相称。宝英笑道："前日荟芳园诗社，愚姐曾说六妹妹配了花家贤弟、五妹妹配了梅家贤弟，彼此照常姐妹称呼。如今果应了愚姐之言，五妹妹不呼六妹妹作弟妇，四妹妹你道何如？"蕙芳道："三姐姐，果然被你算计到了。"如玉听了，甚觉含羞，一步步地退到那边交椅上去坐了，低头不语。丽贞道："五妹妹含羞什么？你的喜事，也只得十数天了。"众姐妹正在洞房中说笑取乐，只见丫环禀请新夫人与诸位夫人登席。喜嬷扶了新人，众夫人轻移莲步，环佩丁当，都到了中堂。居中一席坐了新夫人，其余众夫人各自一席。御妹娘娘陪客，外面大厅上款待朝中的文武男宾。笙箫细乐，喜气盈庭，直饮到玉漏频催，酒阑席散，方才轿马纷纷，各归府第。御妹娘娘再三挽留三位姐姐，蕙芳道："中秋佳节再来与贤妹贺喜。"太夫人只得也来相送，升舆回府不提。

且说花逢春送完了贺客，回进中堂，太夫人道："夜色已深，孩儿早些去陪伴新人罢。"如玉也道："贤弟，你不要冷落了六妹妹，快些去睡罢。"花逢春含笑起身，别了母、姐。早有宫娥掌灯，送到洞房。花逢春靴声秃秃，内房的丫环连忙挑起绣帘，新夫人座上抬身，低垂粉颈。丫环送上香茗，退出洞房。花逢春便将房门闭上，含笑近前道："娘娘，夜深了，早些睡罢。"凤英含羞，只得说道："相公先请。"花逢春挽了凤英的手，同入鸳衾，成了周婆之礼。夫妇和谐，自不必说。

到了三朝，演戏请客。状元到花府探望姐姐，拜见伯母，又与姐夫见过了礼。御妹娘娘只得回避，不好出来偷窥。这日请了三位侯相，并国丈周成美，又请了几位大僚，排开筵席，演串戏剧。珍馐罗列，粉墨登场，妙舞清歌，骋怀娱目。到了日色西沉，状元起身告辞，然后众客纷纷散去。

再说梅状元嫁了姐姐，忙碌了多日，又要自家完娶。择定了八为初十日行聘，预先通知了黎红薇、卢紫萱两位侯相。所有聘金礼物，也与花府送来的一般。洞房中铺设齐整，以待三朝回门。花府中愈加忙碌，只因状元前来就亲，御妹娘娘的全副妆奁先在府中，铺设洞房，须待过了三朝，方将妆奁搬送过去。当今国王颁赐黄金千两，与御妹添妆。国后颁赐珠镯一双、金表一对，与皇姑作为贺礼。国王并传旨摆驾，到御妹府去亲观花烛。花逢春得了这个消息，连忙准备一切，伺候国王驾临，安排御座，增添灯彩，内外大小员役辛苦异常。

要知御妹成婚，且听下回分解。

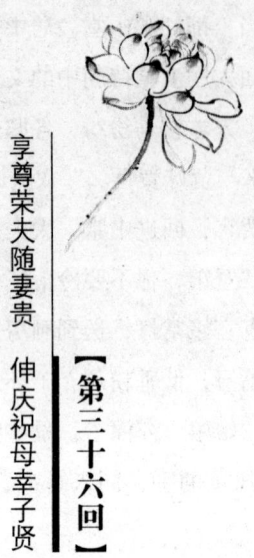

【第三十六回】 享尊荣夫随妻贵　伸庆祝母幸子贤

　　话说八月十五日系女儿国王的御妹娘娘花如玉招亲、梅占魁状元成婚吉期。朝中文武大臣都往花、梅两府贺喜，闹热非凡。国王御驾亲临，观御妹娘娘的花烛。真是人间未有的盛事。黎侯相、卢侯相奉旨为媒，先到梅府道喜。郡马枝兰音、国丈周成美并满朝文武官员，并那在京的新进士，都先到梅府贺喜，然后又往花府。二位侯相的夫人，花府早派执事人役迎接到府，自有花逢春的新娶夫人梅凤英并叶氏太夫人接待。肆筵设席，接杯举觞，自东西辕门起，直到后院，灯彩鲜明。当下花府排齐全副仪仗，去迎梅府的新贵。前导有清道旗、飞虎旗，肃静回避，并有许多衔牌。荡寇伯爵、兵马元帅、兼管水陆全军敕封镇远郡君，还有半銮驾军健顶马。伯府的虞候、御妹娘娘的内使，都骑着高头骏马，高撑着黄罗伞盖，锣声震耳，花炮烘天，提炉中香烟缭绕，纱灯内莲炬辉煌。接连着笙箫细乐，音韵悠扬，抬着挂彩披红的八座金镶大轿，前呼后拥，贵显非常。两位钦命的御媒已先打道到梅府去知会。

迎请新贵的员役执事去不多时，忽报国王驾到。荡寇伯爵花逢春、镇远侯枝兰音郡马，率领着文武大臣，迎接到安设御座的养和厅内，恭请圣安。国王升座，花逢春等朝参，国王俱赐平身。内使通报后堂，御妹娘娘同着叶氏太夫人并宣威郡君韦丽贞、扬威郡君韦宝英、镇远郡君坤蕙芳、毅勇郡君梅凤英，都是打扮得花团锦簇，玉琢粉妆，环佩丁当，衣香馥郁。先是宫娥扶了御妹娘娘与叶氏太夫人并梅氏新夫人，到养和厅朝见国王，并谢添妆的恩赏。国王传旨平身，道："孤家今日特来观御妹与状元成婚，并要来扰喜酒。"御妹含羞不语。韦氏姐妹与郡主也来朝见。国王道："表妹、姨妹免礼，俱各平身。"只听得外面鸣锣喝道，花炮流星，新贵人梅状元已到花府，早有内使知会，状元连忙下轿，两位大媒率领新贵朝见主上。国王传旨平身赐坐，众姐妹早已退至后堂去了。养和厅上安排御宴，俱是独坐。正中一席坐了国王，第二席新贵人梅状元，第三席宣威侯左相黎红薇，第四席扬威侯右相卢紫萱，第五席安乐侯国丈周成美，第六席镇远侯郡马枝兰音。席间摆设着金杯玉箸，海味山珍，佳肴美品，都用御厨烹调。其余国王的护从人员，俱在西花厅款待。还有朝中文武官员，与那送亲来的新进士，俱在东花厅款待。荡寇伯爵往来酬应，忙碌异常。养和厅与东、西两花厅，三处奏乐，弹筝鼓瑟，品竹吹丝。国王畅饮多时，报时钟声传四下，国王传旨撤席，道："良时已届，状元可与御妹成亲了。"两位大媒俱称"领旨"，传命乐人傧相作乐赞礼，恭请御妹娘娘出堂。红巾盖首，珠串低垂，前导四对宫娥，手执纱灯，喜傧左右挽扶，卷起珠帘，簇拥着娘娘轻移莲步，请出画堂。然后三请新贵登堂，正中摆设着御妹娘娘的宝座，状元登毡，先行了君臣之礼。御妹娘娘心甚不安，又不好开口说得"免礼"，只得侧身而立，回了万福。然后参天拜地，朝拜国王。夫妻交拜过了，两行画烛送入洞房，合卺交杯，坐床撤帐。诸事已毕，新贵人退出洞房，到养和厅谢恩。国王道："御妹丈平身。"随即传旨，摆驾回宫。当下新贵与众文武纷纷拜送，早已月华吐彩，灯影摇红。众文武送过国王，重又回至大厅，排开筵席。中间两位御煤，其余王亲国戚，文臣武职，各按次序而坐。养和厅排设女席，居中御妹娘娘独坐，左右两席系宣威郡君、扬威郡君，其余的郡君、夫人、小姐等诸亲女客，也是按次定席。大厅上酣呼畅饮，行令猜拳。辛丽春、姬瑞芝、李美英、印文兰等送亲来的那班少年进士，都来养和厅看那御妹娘娘。其时已揭去红巾，只见御妹生得杏脸桃腮，蛾眉凤目，浓妆艳裹，敷粉施朱，头戴七凤珠冠，身穿蟒服，下系宫裙，腰围玉带，态度风流，莲钩瘦削。个个称羡状元的福泽。再看那许多陪新人的女眷，都是青年玉貌，嘴上没有一个生髭。那些女儿国的上中下三等妇女，都得西施散的功效，是男是女，神仙也看不出来。先是御妹娘娘席上告起，接连诸女眷也都散席，纷纷辞谢，各回府第。叶氏太夫人与梅氏新夫人殷勤送客。妇女散了，男亲也都谢别，上马升舆，各自打道回府不表。

且说花府的新夫人梅凤英，命侍婢张灯，到洞房中来看花如玉。彼此并不改口，仍是姐妹称呼，照常地亲热。其时夜色已阑，玉漏沉沉，银河耿耿。略叙片时，凤英告辞，归到自己洞房中去。花逢春已先等候多时，也是新婚燕尔。御妹娘娘的宫娥，张了绛纱灯，到内书房来请状元爷安置。梅占魁座上抬身，便随了宫娥，靴声秃秃，步进香房。御妹娘娘斜傍妆台，见丈夫进房，立起身来迎接。状元走近身躯，深深一揖道："娘娘，下官有礼。"如玉含羞答道："相公，妾身万福。"宫娥忙与娘娘卸了盛妆，退出洞房，拽上房门，各去安睡。占魁道："娘娘，夜深了，快些请睡罢。"如玉娇羞不语。状元尖尖玉手挽了御妹，同入鸳帏，遂了好逑之愿。

次日天明，夫妇起身梳洗，送进参汤，自有宫娥服侍。这日梅娘娘回府归宁，荡寇伯探望岳母。状元辞了泰水，回家接待姐夫，开筵请客。到了明日，接连御妹娘娘的三朝回门，到梅府又是一番忙碌。

过了三朝，花逢春、梅占魁入朝面君。国王道："孤家前封御妹为定远郡君，姨妹为毅勇郡君，曾有夫随妻诰之谕。兹特加御妹夫梅占魁状元为定远侯，兼内阁学士，襟弟荡寇伯花逢春为毅勇侯。"两位侯爷三呼谢恩。自此，梅占魁、花逢春都是侯爵的服色，荣显异常。当下谢恩出朝，各归府第。两府的太夫人十分欢悦，儿子的高爵厚禄，俱从媳妇分上得来，哪一个不看重媳妇？哪知两位娘娘毫无一些矜贵的意气。

且说御妹娘娘过了满月，同了毅勇郡君进宫探望国后。带了四名宫娥，升坐宝辇，径进昭阳宫来，见了武锦莲娘娘。双双姑嫂先谢了恩。国后连忙双手推住，不许行君臣之礼。姐妹三人，彼此深深万福。宫娥忙移锦墩，送上御茶。阔别了两月有余，一朝叙首，更是亲热。武娘娘便传旨宫娥摆宴，姐妹谈心，畅叙了好一会儿，方才告别。再说那扬威侯卢紫萱相国的北堂缁氏太君，已是七十岁的正寿了。朝中文武官僚并那些王亲国戚，都备了寿礼前来庆祝。其时卢相国膝下已有一儿一女，儿名荫庭，女名彩文，仍循女儿国的风俗，以女做儿，以儿做女。彩文八岁，已缠成小小金莲。荫庭六岁。姐弟二人俱已入学攻书，与那边黎相国所生的儿女常在一处嬉戏。只因后面的花园彼此通连，往来便捷。黎相国也生一儿一女，女名瑞云，年已七龄；男名瑞林，年仅六岁，亦已入塾。两位相国都不娶妾，俱是韦氏娘娘所出，生的儿女都像阿母，目秀眉清，肌肤雪白，毫无一些黑气。而且聪俊异常。那最迟完婚的郡马枝兰音，反生了两女一子，长女六岁，次女五岁，三儿四岁。长名孟娇，次名仲艳，三名季贞，都是粉装玉琢的一般。三家的子女，都雇乳公哺乳的。如今俱已长成，时常来往。到了这日，缁氏太君的寿辰，黎、枝两府的儿女也都跟了阿母前来祝寿。

再说国王知卢侯相的太君七十生辰，特颁寿礼，敕赐百寿全图，系赤金打成的寿字百枚，白玉寿星一尊，约长三尺有余，金镶龙头拐杖一根，珍珠穿成的寿对一副，系国王御制的，上联是"五福先曰寿"，下联是"七秩古来稀"。先于三日前差内使颁送卢府。这日国王朝罢回宫，武娘娘起身迎接。其时世子年已六龄，系正宫娘娘所出。两个偏妃各生一位公主，大的五岁，小的三龄，都在昭阳宫里宫娥陪了玩耍。见了国王进宫，都呼阿父。国王十分欢喜，抚摩了一会儿，回顾锦莲道："御妻，明日卢相国的太君七十寿辰，御妻可代孤家前去祝寿？你们姐妹又好叙处谈心，以做镇日之游。"娘娘听了大喜。连忙起身谢恩。国王道："御妻又要拘礼了。今日孤家无事，欲与御妻往御花园玩赏一番。"当下传旨内使备辇，说着携了娘娘的手，同登凤辇，左右随了七八个宫娥，径到园中徘徊瞻眺，娱目骋怀。玩赏了多时，方才回宫用膳。

一宿无话。次日武锦莲娘娘晓起梳妆，早有许多宫娥前来伺候，银盆内送上脸水，抹了宫粉，扫了双蛾，点了绛唇，梳了云髻，两鬓堆鸦，满头金翠，横插着一支珠钗，耳垂嵌宝金环，腕上戴双龙凤金镯，手上套着四枚金刚钻的约指，身穿妃色锦缎银鼠大袄，内衬葵绿花缎小袄，下穿大红湖绉的绣裤，外罩松花绿金绣宫裙，露出那装成的四寸金莲，穿着一双大红凤头高底弓鞋。虽然是个男子，打扮得如花似玉，胜过妇人。年纪虽近三旬，还如二十许的丽人，娇娇滴滴。梳妆已毕，宫娥又捧上凤冠霞帔、玉带蟒袍，娘娘穿戴完了，扶着宫娥步出昭阳殿，升坐凤辇，随着许多内使、宫娥，一路上肃静无哗，径投卢府而来。早有司阍的传报进去，里面的一班姐妹都已到齐，一队雄花，都到大厅。只见那国后娘娘的凤辇已到庭前，宫娥扶了娘娘下辇，众姐妹迎接进厅。众姐妹欲行君臣之礼，娘娘连忙止住道："早经说过，为何仍要虚文？倒不像个姐妹了。"众姐妹只得行了常礼。宫娥们随了娘娘进了中堂，拜过了寿星。宝英连忙叩谢。锦莲娘娘要与缁氏太君庆祝，宝英再三辞谢方止。众姐妹邀锦莲到东厅小坐，献上香茗。侍婢们调开桌椅，请用寿面，佳肴罗列，美味纷陈，说不尽繁华富贵。内使、宫娥都有寿面款待，夫马人役个个也有赏赐。正是：天开寿域，人在春台。外面大厅上，王亲国戚，济济盈庭，还有那新科进士，都是侯相的门生，人人前来祝寿，热闹非凡。

中堂女眷，自国后娘娘、御姐、郡主、郡君并文武公侯，卿相的夫人、小姐们，衣香鬓影，环佩铿锵，用过了寿面，各处游玩。内外都盖搭彩棚，优伶演戏，歌声嘹亮，响遏行云。娘娘又与众姐妹往后园中去闲步了一回，顺道由后园到黎侯相府内，清谈了片刻，仍从园中回到卢府。宫娥禀请娘娘赴宴。宝英亲捧霞觞，先敬了国后娘娘，后依次地一一敬奉琼浆。花团锦簇，春满华堂，丽贞说起御妹府中的花园景致妙不可言，并吟碧轩诗社的雅兴，锦莲称羡不置，便道："妹子俟来岁春光明媚的时节，也要去赏玩一番，庶不负此名园。"坤蕙芳正待接口，只见花如玉已轻启朱唇。

未知花如玉说出何话，且听下回分解。

第三十七回　游春苑国后留题　巡夏甸大臣问俗

话说御妹娘娘花如玉，对着国后娘娘武锦莲道："妹子前在荟芳园与诸姐妹分题吟咏，只有五人。若得王嫂惠然肯来，添了一人，酌酒吟诗更觉有兴了。"宝英道："四妹妹，你要罚了。"如玉道："二姐姐要罚妹子什么？"宝英道："娘娘说过的了，都要姐妹称呼，为何要称作王嫂？岂不是要罚么？"如玉道："妹子倒可不罚，二姐姐你自己真个要罚了。妹子若称王嫂作二姐姐，宝姐姐你要改称三姐姐了。况妹子与娘娘，王嫂也好称，姐姐也好称。二姐姐，你既知娘娘都要姐妹相称，为何你仍称作娘娘，称妹子做作妹妹？"丽贞道："该罚，该罚！"锦莲道："大姐姐与五妹妹，你们饶了三妹妹，不要罚他了。若要罚时，须罚他饮十巨觥酒。倘若把他灌醉，叫他如何酬应那许多女客？妹子有个道理在此，从今日起，不准叫错。若再紊乱称呼，都要从重议罚。大姐姐自不必说，妹子序齿时忝为第二，宝妹妹排在第三，蕙妹妹排在第四，玉妹挨作第五，凤妹妹挨作第六，都是要无分彼此，如嫡亲骨肉一般。四妹妹、五妹妹、六妹妹俱是王亲国戚，大姐姐与三妹妹更是同生同死的患难相交。"宝英道:"二姐姐如此说时,妹子真是该罚了。想妹子与大姐姐,若无二姐姐真心搭救,劝令改装,焉有今日?虽摩顶放踵,亦不能酬报万分之一的恩德。"锦莲道:"三妹妹休说这话。若说酬报,便不像个姐妹了。"众姐妹说说谈谈,酒逢知己,不知不觉已是黄昏时分。府中灯烛辉煌,国后起身告辞。众姐妹挽留不住,只得殷勤相送,登了凤辇,方才回身进内。国后娘娘方去,御妹府中纷纷执事,对对宫灯,也来迎接娘娘。花如玉谢宴回府。接着镇远侯、扬威侯、毅勇侯三府的员役,也都来迎接娘娘,鸣锣喝道,顶马提炉,宝盖高撑,纱灯前导。梅凤英、坤蕙芳、韦丽贞姐妹三人与宝英作别。宝英送至前厅。升登宝辇,各回府第不表。

且说卢紫萱侯相府中,大开夜宴,款待男宾,都是些乌纱圆领、衣紫腰金的贵客。大厅上都是王亲国戚。东花厅文武大僚,西花厅新科进士。旨酒醺醺,肴炙纷纷,行令猜拳,兴高采烈,直饮到星移斗转,玉漏深沉,方才席散,各人谢别回府。高车驷马,电掣风驰而去。紫萱侯相送客已毕,回到后堂,缁氏太君早已安寝。随即走到卧房,见宝英斜倚妆台,便道:"娘娘辛苦了。"宝英道:"相公辛苦。"紫萱道:"没有什么辛苦,只是两只脚儿有些跑不动了。"宝英道:"怪不得,相公的三寸金莲,套了靴子,塞了许多棉絮,又是重,又是大,迎宾送客跑了一天,如何不要疼痛?妾身的两只莲船,也在这里腿酸脚软。"紫萱道:"娘娘,你是好好的一对天足,如今把他缠了,还要垫了三四寸厚的高底,倒亏你行走得动。难道那木头比棉絮反轻了不成?"宝英道:"相公不见这里女儿国内的妇人么?个个都是金莲小足。妾身若不把脚装小,堂堂相国的夫人,成何体统?岂不被人当作笑话?近来妾身因嫌高底厚重,将中间雕空了些,实了香屑,略略觉得轻些。"紫萱道:"怪不得夫人宽了弓鞋,香气扑鼻,真是两瓣香莲了。"宝英道:"相公休得取笑。"此时夜色已深,侍婢都已退去,便将房门闭上,回身与丈夫宽下了紫袍。紫萱忙除了乌纱。宝英蹲身下去,又与丈夫脱靴。紫萱道:"不敢有劳夫人,待下官自己脱罢。夫人与下官脱靴,哪里当得起?"宝英道:"这又何妨?"说着,便把紫萱的乌靴宽去,愿出了三寸金莲。紫萱又脱去弓鞋,把金莲重新缠裹。宝英也卸去了钗环,宽了衣裙,坐在床沿,换了睡鞋。放下罗帏,夫妻同梦。次日起身,入朝谢恩,并往各府去谢寿。接连几日方得有些空闲。

转眼之间，小春已尽，葭管飞灰，冬至阳生，日长添线，岸容待腊，天意冲寒。曾几何时，又是爆竹一声除旧，桃符万户更新了。接着火树银花，城开不夜，女儿国内也有一番胜景。过了灯节，春光明媚，鸟语花香，早又是杏花时节。

且说御妹花如玉，在梅府中过了新年，到得二月初旬，就偕丈夫定远侯、内阁学士梅占魁，同来御妹府居住。琴瑟静好，夫妇和谐。流光如驶，倏尔碧桃满树，绿柳成阴，已是三月中旬的光景了。一日，御妹娘娘忽然想起去冬十月间在卢府祝寿，曾与国后有约，今春游园诗叙。当下便对丈夫道："妾身今日要进宫去，约二姐姐明日到这里来游园。相公可代妾身写几封书，差人送往黎府、枝府、卢府去，约几位姐姐明日到此诗会。传谕厨房备些精美的肴馔。"占魁道："娘娘有兴，下官遵命便了。"当时便命宫娥传谕备辇。宫娥去不多时，回来禀道："启上娘娘，外面员役都已伺候。"御妹娘娘便座上抬身，别了侯爷，扶了宫娥，轻移莲步，行至外庭，登了宝辇，一径来到宫中。宫娥奏报："御妹娘娘进宫。"国王正与国后闲话，并坐一处。花如玉见了，仍要行君臣之礼。国王止住道："御妹免礼。这里深宫内院，又不是大庭之上。况孤家与御妹既为兄妹，更不必拘礼了。"便回顾宫娥道："速移锦墩赐坐。"御妹谢恩告坐，便道："二姐姐，今日妹子进宫，特请二姐姐明日来游荟芳园小叙。趁此柳暗花明、良辰美景，能否屈驾惠临，与众姐妹共谈衷曲？"国后道："极承五妹妹雅意，未识主上肯赐愚姐出游否？"国王道："御妻有兴，尽去不妨。"当下国后甚喜。御妹娘娘略坐片时，用过御茶，辞了王兄、王嫂，出宫升辇，回归府第，便与侯爷说知。侯爷道："娘娘委写的三府信函，俱已差人送去。都说准来。"娘娘听了大喜，轻移莲步，先到太夫人那边去问过了安，又往梅娘娘那边去通知。虽是一宅同居，只因院落深沉，曲折弯兜，迤逦行去，隔着数十重门户，到得内书房，见花逢春正与梅凤英对弈。如玉道："贤弟与六妹妹可有胜负？"夫妇二人连忙立起身来，都道："还没有胜负。姐姐为何两日不来？"如玉道："今日进宫，去约二姐姐明日来游园诗叙，刚才回来。明日六妹妹可早些进园。愚姐先来知会一声。"凤英道："妹子自从去年作了一首七绝诗，算来已及一年没有作诗了。恐怕明日枯肠里头搜索不出，如何？"如玉道："愚姐也是那日作了一首再没有作过。横竖明日又不是考试，只要不脱粘、不出韵就是了。贤弟与六妹妹尽管下棋，愚姐观局何如？"夫妇二人复又坐下对弈。如玉看了一会儿道："贤弟，这块棋儿你要输了。"凤英道："五姐姐，被你题破，妹子输了要与你算账的嘘。"如玉笑道："愚姐就不说便了。"只见宫娥前来禀道："启上娘娘，侯爷在那边等娘娘过去用膳。"凤英道："五姐姐就在这里用了罢。"花逢春道："姐姐要陪姐夫，不肯在这里用的。"如玉一笑，扶了宫娥回身去了。

一宿无话。次日，御妹娘娘起身梳妆已毕，用过早膳，梅凤英已先过来。不多时，韦氏姐妹已到。当下姐妹四人刚才坐定，言无数语，忽报国后娘娘驾到。众姐妹都来迎接。又报郡主娘娘也到了。国后、郡主下了宝辇，穿过了大厅。国后道："五妹妹，咱们便往园中，做镇日之游，方能尽兴。"御妹道："使得。二姐姐这里来。"御妹在前引导，随后众姐妹都进了荟芳园。只觉得淑气迎人，韶华满眼。过了月洞门，那边一带是翠竹林。穿将进去，便是醉月轩。行了醉月轩，从小桥过去，便是桃叶渡。桃叶渡边有一座画舫斋。国后道："大姐姐与诸位贤妹，咱们到里面去息息足何如？"郡主道："使得。"于是姐妹六人进了画舫斋，见陈设精雅，丽贞道："何不就在这里题诗？"国后道："大姐姐说的甚是。但今日作诗以何为题？"丽贞道："据愚姐意见，公议十二个题目，卷成小阄，放入瓶中，命宫娥随手拈取一个，拆开看了，众姐妹都将这个题目各作七言律句一首，何如？"蕙芳道："大姐姐此论极是。"当下拟了"春花""春草"，丽贞拟了"春水""春山"，宝英拟了"春燕""春莺"，如玉拟的是"春梅""春柳"，锦莲拟的是"春游""春思"，凤英拟的是"春雨""春晴"。众姐妹想出了许多春景题目，卷成十二条阄纸，放在一个小小金瓶之内，把来抖乱了，便命宫娥随手取出一枚。展开看时，见是"春柳"二字，凤英道："这个题目还容易完卷。只是没有好句作出来。"宝英道："不要管他好作不好作，咱们作完了，又好往各处赏玩那胜景了。"蕙芳道："三姐姐说的不错。"当下姐妹六人，各自吟哦，约有半个时辰，都已作完了。宫娥早已磨浓香墨，众姐妹挥毫落纸，将那《春柳》诗写将出来。先是镇远郡君坤蕙芳娘娘的道：

新柳依依拂画檐，高枝先得露华沾。
沿堤月映遥连幔，夹岸风来欲入帘。

【续镜花缘】

> 着意剪裁输燕巧，关心组织笑莺拈。
> 迎人好借东皇力，太液池头丽景添。

宣威郡君韦丽贞娘娘的道：

> 凝睇含颦舞未停，缀成金缕倍珑玲。
> 枝间绚采霞微衬，水际横波雨乍经。
> 展处眉弯添妩媚，束来腰细太伶俜。
> 而今莫向妆台望，烂漫韶华满柳汀。

国后武锦莲娘娘的道：

> 晓风残月怅山河，折柳阳关意若何？
> 宿雨润时眉展黛，晴烟漾处眼横波。
> 亚夫营里遗徽远，陶令门前逸致多。
> 帽影鞭丝京兆市，声传金缕听笙歌。

宣威郡君韦宝英娘娘道："五妹妹、六妹抹，你看大姐姐、二姐姐同四妹妹都已作成，咱们也快些完了卷，好一股脑儿去游玩，省得他们等着。"说着也就提笔写道：

> 灞岸春归在客先，寻芳最爱艳阳天。
> 汉宫春色思前度，隋苑风光想昔年。
> 到处一觞还一咏，依人三起又三眠。
> 闺中少妇情无限，斜倚妆台盼柳边。

定远郡君、御妹花如玉娘娘也就据案抽毫，写的是：

染衣柳汁最关情，愿遂攀条慰此生。
飞絮莫教三径涸，游丝不惹一尘惊。
白门袅袅诗怀寄，红板依依醉眼迎。
移植灵和谁著力？婆娑上苑喜春明。

毅勇郡君梅凤英娘娘连忙也去写在花笺上了，只见写的那诗是：

省识东风有几时，千条弱柳耐人窥。
青横一抹才舒眼，翠敛三春渐展眉。
高倚碧山看隐隐，低垂绿水纥差差。
黛痕更许描新样，顾盼妆台尽弄姿。

众姐妹把诗作完，互相传观。你道我的好，我道你的好。丽贞道："愚姐有个道理在此，把这六首诗命宫娥另誊一纸，再着一个不识字的丫环，命他送与御妹夫。说这诗是国后娘娘要考宫娥的才学，都是宫娥作的。请他速即评定甲乙送来。"众姐妹都道："大姐姐说的不错。"当下把诗便交与六名宫娥，命他速去誊真。不一时，六首诗都已誊清。又唤一个侍婢，送到梅侯爷那边去评阅。众姐妹出了画舫斋，穿过花街，从丹桂厅回廊下曲曲折折兜至听鹂轩，锦莲道："大姐姐可要到轩中去坐坐？"丽贞道："使得。"于是众姐妹都进轩来，凭栏而坐。看那轩中陈设得十分精致。侍婢送进芽茶，品茗清谈，情投意洽。忽见那送诗的侍婢寻到听鹂轩来，将诗呈上。众姐妹看时，都是浓圈密点，没有一首不是绝好的批语。再看那定的甲乙，却是宝英第一、锦莲第二、丽贞第三、如玉第四、蕙芳第五、凤英第六。国后娘娘道："五妹妹的妹夫评的甲乙果然允当。真不愧状元之选。今日三妹妹这首《春柳》诗，确比愚姐的更上一层。"丽贞道："若不命宫娥誊过，说明了二妹妹也有诗章在内，御妹夫哪里肯动笔批点？如今说是考试宫娥的诗，方得分了名次的前后。只是太便宜了三妹妹。"如玉道："大姐姐，你自己的诗作来比他不上，反要说便宜了三妹妹。妹子心中不服。停一刻儿要罚酒三杯。"蕙芳道："妹子也要罚大姐姐三杯。"丽贞道："好妹妹，饶了咱罢。愚姐吃不得这许多。"凤英道:"大姐姐酒也没有吃,如何就说吃不得?"丽贞道:"愚姐告饶在先。"引得锦莲、宝英都发笑了。

忽见宫娥前来,禀请国后娘娘并各位娘娘都到醉仙厅用膳。姐妹六人便座上抬身,如玉、凤英都道:"诸位姐姐请。"当下六人迈动金莲,出了听鹂轩,一路穿廊绕院,拂柳分花而至。进了醉仙厅,见中间铺设着盛筵,玉杯象箸,美味佳肴。众姐妹你推我让,国后娘娘定要序齿。丽贞定要推锦莲首坐。郡主娘娘道:"不如拈阄罢。省得站来腿酸。"御妹娘娘道:"除了妹子,只须写五个纸阄够了。"凤英道:"还是妹子做了主人罢。"锦莲道:"既要拈阄,咱们姐妹不分宾主,做成六个纸阄,谁拈着第一位,就是谁去坐就是了。"如玉便命宫娥写成卷好,放在银盆之内,抖乱了,各自拈取。锦莲拈着第一,丽贞道:"二妹妹,如今没得说了。"看自己手中的阄纸便是第二位,蕙芳坐第三位,宝英坐第四坐,凤英坐第五位,如玉道:"拈得甚是凑巧,妹子恰恰是个第六,适当其位。"于是姐妹六人照拈定的位次坐了,宫娥斟上美酒,传杯弄盏。如玉道:"二姐姐,请用些菜。行个酒令何如?"锦莲道:"愚姐以灯谜做酒令,猜着了,愚姐饮一杯;猜不着时,外面饮一杯。"如玉道:"此令甚妙。"当下锦莲便命宫娥取过笔砚,写了一二十个纸条,递与诸姐妹观看。丽贞道:"二妹妹,那'天下太平'四字,打《尚书》二句,可是'归马于华山之阳,放牛于桃林之野'么?"锦莲道:"大姐姐猜的不错。"便举杯把酒饮干。凤英道:"二姐姐,那个'信'字打《毛诗》一句,可是'人之多言'?"锦莲道:"不是。"凤英道:"一定是'人亦有言'了。"锦莲道:"那才不错。"凤英、锦莲各饮了一杯。如玉道:"'烈女不更二夫'打《周易》二句,可是'女子贞不字,十年乃字'?"锦莲道:"还差些儿。"如玉又想了一想,道:"可是'妇人贞吉,从一而终也'么?"锦莲道:"是的。"如玉、锦莲也各饮了一杯。宝英道:"这个《周易》的灯谜,做也做得好,猜也猜得好。二姐姐,那个'遁而之他',打《左传》一句,可是'越竟乃免'?'时维三月'打《四子书》一句,可是'莫春者'?'洞悉情形'打《四子书》一句,可是'人焉廋哉'?"锦莲道:"三妹妹真是聪明,个个猜着。"连饮了三杯。末后蕙芳道:"'若作和羹,尔惟盐梅',打《春秋》人名,可是易牙?'月斜楼上五更钟'打蜀汉人名,可是谯周么?"锦莲道:"是,是。"举起杯来,又饮了两杯酒。便对丽贞道："妹子醉了。如今要轮到大姐姐的令了。"丽贞道："愚姐换个传花饮酒的令罢。"锦莲、如玉、蕙芳都道："甚好。"丽贞便唤随身的侍婢，去折取一枝桃花。又命如玉的宫娥，去取了小小的一面铜鼓来，安放隔轩，命宫娥到那边去击鼓。令官便是丽贞，遂左手执花，递与右手，又将那枝花递到蕙芳的左手，蕙芳也是将左手的花递与右手，依次传递过去。鼓声住处，花在哪个手中，便是哪个饮酒。蕙芳、宝英、如玉、凤英道："这个酒令很有趣味。咱们不要换了，就是这个令罢。"当下众姐妹传花饮酒，畅叙多时，都要用饭。用过了饭，漱口洗脸，宫娥、侍婢捧过镜奁、脂缸粉盒，六位娘娘重匀粉面，再点朱唇。然后宫娥、侍婢也去饮酒取乐不提。

众姐妹还要去游玩，立起身来，出了醉仙厅，携手同行。又往各处散步，到了眺远楼前，锦莲也要登楼眺望。丽贞道："这座楼是五层的，二妹妹可跑得动么？"锦莲道："不妨的。"遂步上扶梯，拾级而登。丽贞随后也上楼梯。见那锦莲的两只金莲缠得窄窄，虽是垫了许多高底，裹上绣舄，装成小足，真个毫无痕迹。而且行动便捷，称羡不置，不禁把手抚摩。锦莲回头笑道："大姐姐敢是风魔了么？"丽贞道："不是风魔，因爱二妹妹这一对假金莲，比那真的还有样。"锦莲道："大姐姐，你的金莲比在燕贺村的时节也缠得狭了许多了。"说说笑笑，一径上了第五层楼。一转瞬间，如玉、宝英、蕙芳、凤英也都上来了。众姐妹走到栏边，推窗四顾，眼界顿然一扩。但只见远山耸翠，碧树参天。众姐妹倚楼眺望了好一会儿，宫娥上楼禀道："启上娘娘，报时钟已鸣五下了。请娘娘启驾回宫罢。"锦莲道："知道了。"遂与众姐妹徐步下楼，穿出了月洞门，一路行来，回至中堂。辞了叶氏太夫人，别了诸姐妹，带了宫娥，身登凤辇，摆驾回宫。诸姐妹也各回府第不提。

且说国王一日早朝，顾谓侯相黎红薇道："孤家自从淑士国宾服以来，邻邦通好，聘问往来日多一日。开科取士之后，英才济济，亦已足供任使的了。但是古者天子诸侯有巡行都邑、访察民间疾苦的典礼，或者贪官污吏冤抑小民、滥用刑罚，孤家深居简出，何由得悉情形？意欲遵循古制，烦卿代孤家一行，敕赐上方宝剑，便宜行事，先斩后奏。凡属女儿国所辖的地方，巡狩一周，悉心考察，问俗采风。趁此春日融和，卿代孤家巡行，勿辞劳瘁。"红薇侯相奏道："主上不言，臣亦欲奏闻久矣。今蒙主上委任，臣当克日启行。"国王道："孤家与贤卿，真可谓同心同德了。"当下国王传旨内使，把上方宝剑交与黎侯相。黎侯相谢恩出朝，回归府第，与韦丽贞娘娘说知。娘娘便命侍婢整理行装，传谕厨房备酒，与丈夫送行。夫妻对酌，儿女承欢。不一时，随从人员早已前来伺候。家丁已将铺程箱簏发往外边。红薇又从后园到卢府，去辞了缁氏太君与紫萱夫妇。过了一宿，次日清晨动身。一路官迎官送，荣显非常。这日巡行到西平州地方，接得一纸求伸冤抑的状词。

未知为着何事，且听下回分解。

中国古典名著补续系列

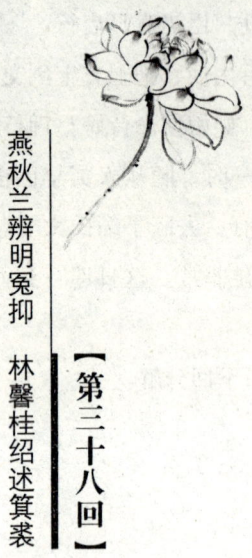

【第三十八回】

燕秋兰辨明冤抑
林馨桂绍述箕裘

　　话说女儿国的护卫大臣宣威侯左丞相黎红薇学士，奉了国王御旨，代天巡狩。带了敕赐的上方宝剑，周行那女儿国所辖的地方，考察民情。这日到西平州，收得一纸求伸冤抑的呈词。红薇侯相把那呈词从头至尾细细地反复推详，原来是西平州地方有个夏甸村，村中有个卜姓的屠户，生得一女，唤作小红，丰姿美丽，及笄未字。隔邻边姓之妻阳氏，生性轻狂，尤爱与人调笑。小红家中时常过从。一日，阳氏自小红家出来，小红送至门前。见一少年经过其门，生得态度风流，衣裳济楚，秋波流盼，小红之意似有所动。少年俯首趋过，远去数十步，小红犹含情注盼。阳氏窥其意，因戏之曰："以阿妹才貌，若配此人，方能称意。"小红粉面晕赤，默无一语。阳氏问道："阿妹识此郎否？"小红答言："不识。"阳氏道："此南巷书生易荔仙也。妾向与同巷，故而认识。吾国男子，无此温存。阿妹如其有意，妾当寄语易郎，央媒说合何如？"小红无言回答。阳氏妇人嬉笑而去。

　　去了数日，毫无音耗。小红疑心阳氏未暇即往道达，朝思暮想，饮食渐废，憔悴容颜，竟然委顿成疾。阳氏适来探望，研诘病情，小红答道："妹子亦不自知病所由来，但前日与大嫂别后，即觉忽忽如有所失。恐不能久在人世了。"阳氏小语道："我家男子负贩未归，尚未有人前去致声易郎。阿妹芳体欠安，得非为此否？"小红面赤良久，阳氏戏道："果为易郎而病，先令渠夜来与阿妹一聚，以解相思之苦。渠亦定然肯来。"小红叹息道："事已到此，不得不言。郎如不嫌寒贱，即遣媒来议亲。若云私约，妹子是断断不从的嘘。"阳氏点头而去。

那妇人未嫁时，曾与邻家子燕秋兰有染。后来嫁了，秋兰打听得阳氏的丈夫外出不归，常来与那妇人续旧。其夜秋兰适到阳氏家来，阳氏因述小红之言为笑，戏嘱致意那易生。秋兰素知小红生得美丽，听了阳氏之言，心中暗喜，便问小红家中的门径，甚是详悉。次夜，秋兰逾墙而入，直达小红的卧房窗外，将手指弹窗。里面问是何人。答是易荔仙。小红道："妾所以念郎者，为图百年永好，非图一夕欢娱。郎果爱妾，只宜速倩冰人。若要苟合，不敢从命。"秋兰漫应之，苦求一握纤手为信。小红不忍过拒，力疾开门，秋兰遽然而入，抱住小红求欢。小红无力撑拒，跌仆地上，气息不续。秋兰急来搀扶，小红恨道："何来恶少？必非易郎。易郎温文儒雅，知妾病由，必然怜恤。岂有如此狂暴之理？若不放手，便当声喊，品行有亏，两无所益。"秋兰恐怕假迹败露，不敢再强，但请后约。小红以亲迎为期。秋兰以为太远，又请近些。小红厌其纠缠，约待病愈。秋兰要求信物，小红不许。秋兰捉了纤足，解了绣鞋而去。小红急呼秋兰转来道："身已许郎，复何吝惜，但恐画虎不成反致丑声传扬于外。今亵物已入郎手，料不肯还。郎如负心，妾惟有一死而已。"

秋兰既出，仍去投宿阳氏。及至安寝，心中不忘绣鞋，急揣衣袂，已是不知去向的了。慌忙起来照灯，振衣寻觅。屡诘不应，秋兰疑阳氏藏过。阳氏微微含笑。秋兰愈觉动疑，不能隐瞒，实以情告。说着，连忙遍烛门外，卒不可得。懊恨归寝。窃幸深夜无人，遗落当在途中。早起寻之，亦复杳然。

先是里中有勾大者，游手好闲，屡挑阳氏不动。后来知与秋兰私通，欲思掩执以胁之。是夜过阳氏之门，以手推之，门还未闭。潜身而入，方至窗外，足下踏着一物，软若絮帛。拾视之，则巾帕裹着三寸绣鞋。伏听之，闻秋兰与阳氏自述颠末甚悉，喜极而去。到了明晚，越墙入卜小红家，门户不悉，误投卜屠屋舍。屠窥窗隙，见有男子，察其音，似为女儿而来。心中大怒，操刀直出。勾大骇极反走，方欲扳垣而遁，卜屠追近。急不能逃，转身夺刀。媪起大呼，勾大不能脱身，便将屠刀把卜屠杀死。小红病体稍痊，闻声始起，取火照之，见卜屠脑袋已裂，口不能言，不多时已气绝。墙下拾得绣鞋，媪取视之，小红物也。逼问女儿，小红只得哭诉实情，但不忍贻累阳氏，言是易荔仙自至。

天明，告诸邑宰，邑宰饬差拘易荔仙至。荔仙为人谨讷，年十九岁，见客羞涩。被拘骇绝，上堂不知置词，惟有战栗而已。官益信其情真，滥用刑杖，书生不服痛楚，屈打成招。既而解郡，郡守敲扑，与邑宰无异。荔仙冤气填塞，每欲与小红面质。及至相遇，小红辄诟詈，荔仙遂结舌不能自伸。由是论死。往来复讯，经了几个官府，都无异词。

后来又委省宪复案。时一见易生，省宪便疑易生不像杀人的人。暗暗使人从容细问，俾得尽吐其词。省宪以是知易生冤枉，筹思数日，始鞫之。先问小红："订约之后有人知其事否？"小红答道："并无知者。"乃唤易生上，温语慰之。易生自言："曾过其门，但见旧时邻妇阳氏与一少年女子出来，某即趋避。过此并无一言。"省宪便叱小红道："适言并无他人，何以忽有邻家之妇？"欲加刑小红，小红大惊道："虽有阳氏，与伊实无关涉。"省宪停审，命拘阳氏，数日方到。禁止不与小红知道。立刻升堂，便问阳氏："谁是杀人者？"阳氏妇人答道："不知。"省宪诈称："小红供出，杀卜屠之人，汝悉知道。胡得隐瞒？"阳氏大呼冤枉，道："淫婢自思男子，我虽有媒合之言，不过取笑耳。渠自引奸夫入室，与我何干？"省宪细访，始述其前后相戏之言。省宪唤小红上来，怒道："汝言彼不知情，今何以自供撮合哉？"小红流泪道："自己不肖，以致阿父惨死。讼结不知何年，拖累他人，于心何忍？"省宪又问阳氏："戏言之后，曾与何人道及？"阳氏供称："没有。"省宪大怒道："夫妻在床，断无不言之理，岂能推得干净？"阳氏供道："丈夫久客不归。"省宪道："愚弄人者，皆笑人愚戆，以显自己聪明。断无不向人提起之理。"命栲十指。阳氏不得已，实供："曾与燕秋兰言之。"省宪乃释易荔仙而拘燕秋兰。及秋兰至，供称："不知。"省宪道："私情苟合之人，必非良士。"于是严刑拷问，秋兰供道："私到小红家里，脱取绣鞋则有之。自从失落之后，并未去过。杀人之事，实不知情。求恩宪明察。"省宪大怒道：

"钻穴逾墙，何所不至？"三拷六问，秋兰不胜凌籍，只得自承。狱成定罪，群称省宪之神。

然秋兰虽放荡无行，也是女儿国中的一个通儒。侯相黎红薇代天巡狩，有怜才恤刑之权。同学之人，因以一词控其冤枉，语言凄怆。侯相吊取供招，仔细阅看，不禁拍案道："此生冤哉。"命移案再鞫，提燕秋兰上堂，问："绣鞋遗失何处？"供称："忘却。但到阳氏之门犹在袖内。"转诘阳氏："秋兰之外，奸夫有几？"供言："无之。"侯相道："淫乱之妇，岂肯专私一人？"阳氏道："小妇人与燕秋兰少时交合，故不能断绝。后来虽是有人挑引，小妇人实未敢相从。"侯相道："挑引过的，曾有几人？"供称："同村勾大，屡次挑引，屡次拒绝。"侯相道："为何忽而贞洁？"命用刑罚，阳氏叩头出血，力辩冤枉。侯相又道："汝夫远出，可有借端到你家来过的人？"阳氏供有某甲、某乙等，都是里中浮荡子弟。侯相乃悉籍其名，一一拘到，使众人尽伏案前，道："本爵昨晚祈梦，梦见神人相告：杀人者不出汝等四五人中。如肯自招，尚可宽恕。"众人都道："并无杀人之事。"侯相察看众人面色，见勾大恐惧异常，严加刑讯，尽得其实。遂请上方宝剑，将勾大登时斩首，抵偿卜屠之命。燕秋兰等，余均释放。判令小红配与易荔仙。自省宪讯鞫之后，小红方知易生冤抑，下堂相遇，醌然流泪，不胜痛惜之情。今得侯相作合，非常感激。成婚之后，夫妇和谐。后来易荔仙也中女儿国的进士，表过不提。

且说黎红薇侯相代主上巡狩一周，凡有女儿国的政令，兴利除害，弊绝风清，回朝复命。国王闻知卜小红一案，十分叹服，道："贤卿折狱细心，使民无冤抑，真不愧古之遗爱。"满朝文武也都钦仰。

忽见殿尉官奏道："今有天朝妇人岭南林馨桂，现在午门外候旨。说是特来探望主上与国后娘娘的。"国王听了大喜，传旨："请天朝来的林王亲觐见。"原来林之洋自从送了三个寄女到海外女儿国成婚，回到岭南，后来又航海过两次。只因未到女儿国地方，已将货物销完，故而没有到得。如今馨儿长大，取名馨桂，娶了一房媳妇，夫妻和顺，孝敬翁姑。馨桂不喜读书，仍习父业。前次随父到海外贩货，满载而归。此次，林之洋知馨儿已能管顾伙友，让他独自出洋。这日船到女儿国地面，抛锚停船，知会海船上伙伴，备了礼物，雇了人夫道："咱因想起亲戚，要去探望一番。你们不要等我吃饭。"众人答应。跳上舢板上岸，一路进了凤凰城。问到午朝门首，与黄门官说明来历，上殿奏明，回身出来传请。馨桂随了黄门官，直至玉阶，走上殿廷。见国王头戴闹龙金冠，身穿赭黄的蟠龙锦袍，足踏粉底乌靴。两班文武都是金貂蟒服，济济跄跄。馨桂便深深一揖道："姐夫，久违了。"国王道："贤弟，你姐姐嫁到这里的时节，还只得八九岁的光景。屈指于今已有十余年了。寄父母的福体必定康宁的。弟妇娶了不曾？"馨桂道："双亲托赖安好，内人已于去年娶了。"国王便回顾内侍道："引领林王亲到昭阳宫去会娘娘。"内侍领旨。

馨桂随了内侍，直到后宫。宫娥禀报娘娘，馨桂进入殿中。见锦莲徐步金莲，从屏后冉冉而来，丰采非凡，仍与十数年前仿佛。便上前深深地作了两个揖，问了锦姐姐的安，娘娘道："托赖平安。"连忙拉着袖儿，回了万福。便命宫娥移取锦墩，请林王亲坐了，问道："爹爹、母亲康健否？"馨桂道："托庇平安。"娘娘道："贤弟，愚姐记得那年嫁到女儿国来的时节，贤弟还只得九岁。如今贤弟几岁了？"馨桂道："已是二十二岁了。"娘娘又道："可曾娶得弟妇？"馨桂答言："去年娶过的了。"正在叙话，只见内监奏道："启上娘娘，林王亲送来玉容宫粉一千瓶、西施散一千盒、胭脂一千帖、翠花一千对、香珠一千串、梳篦一千匣。请娘娘过目。"锦莲看了一过，道："多谢贤弟费心。"馨桂道："些些微物，不过取姐姐应用罢了。"不一时，见国王回宫，娘娘起身迎接，携手同行，进了宫廷。馨桂座上抬身，国王道："贤弟请坐。"宫娥送上御茶。说说谈谈，国王、国后都是十分亲热。当下国王传旨摆酒接风。饮酒中间，国王问及林婉如、洛红蕖、廉锦枫、田凤翙、秦小春等几家姐妹，馨桂道："俱各安好。只是一朝天子一朝臣。自中宗皇帝被弑，睿宗皇帝即了宝位，各家的姐夫都隐居不仕。女科停试，俸禄亦废。如今的天朝，另有一番气象了。"锦莲便问画影图形的事如何，馨桂道："搜捉武、韦两家之后，严密异常，幸得三位姐姐改了装，嫁了女儿国来。官府不能报销，朝廷催逼不了。后来不知哪一处的地方官得着了落水死的三具少年人的尸首，已经面目模糊，不可辨认。报到上台，验看过了，说就是画影图形的三个钦犯，情急投水而死。其事方寝。"锦莲听了，感念乳母不置。馨桂也问若花近来女儿国的民情风俗。若花把淑士交兵、紫绡下山除妖、邻邦通聘、偃武修文的大略，也说了一遍。馨桂赞叹不置。三人叙了好一回话，饮了好多杯酒，用过了饭。其时天色已晚，馨桂起身告辞。国王、国后都道："贤弟的船到了几日了？"馨桂道："刚才到得两日。小弟今日回船，明日还要到两个姐姐那边去探望。"国王道："贤弟再来叙叙，然后开船。"国后传谕内监，送林王亲到午门，开发了挑送礼物人夫的赏赐。国王道："贤弟太觉破费了。"馨桂道："姐夫何须客套？小弟缓日再来。"当下拱手作别，同了内监出了宫门，仍循旧路回船。

次日登岸，又备了两份礼物，也是脂粉、香珠、西施散等类，都是妇人所用之物，雇了人夫，先挑至黎侯相府，去探望丽贞姐姐。一路进城，问到黎府，与门上司阍的说明。司阍进内通报，禀知侯爷，红薇起身出迎。馨桂走至中庭，红薇道："贤弟，好几年不见了。"馨桂道："今日特来探望姐夫、姐姐。"家人禀明侯爷，林王亲送与娘娘的礼物，人夫现在外厢。红薇道："又要贤弟费心。"馨桂道："些微薄物，聊表寸心。还有一份，烦这里的管家，领了人夫送往卢家姐夫那边去。"红薇便命家丁开发了担力，又着一名家丁带领送礼的人夫，同往卢府。红薇侯相与馨桂见过了礼，挽手同行，来到后堂。早有丫环禀报娘娘。不一时，只听得屏后扶梯上一阵咭咭咯咯高底鞋儿的声音，见丽贞姐姐从屏后出来，打扮得娇艳非常，年纪虽是三旬向外，看去仍如二十许的美人。一见馨桂，忙叫："贤弟！"馨桂道："丽姐姐。"彼此见礼已毕。丽贞道："贤弟，哪得你来？愚姐已盼望你好几年了。"馨桂道："丽姐姐，小弟也想念着三个姐姐。前几次出洋，销完了货物，没有到得女儿国来。此次特诚前来探望三位姐姐。锦姐姐宫中，昨日已经去过的了。"只见家人进来禀知娘娘送礼事情。丽贞道："贤弟何须破费？"馨桂尚未回言，忽见宝英姐姐从那边门内走来，道："贤弟，你几时到的？刚才这里管家带着送礼人夫到愚姐那边来，方才晓得贤弟在此。贤弟何须送这许多东西？"说着，姐弟都见了礼。馨桂见宝姐姐也打扮得美丽非常，又闻靴声秃秃，紫萱侯相也从后园过来，与馨桂见礼致谢。彼此坐定，姐妹都问了寄父母安好。红薇侯相传谕厨房备酒接风，并留紫萱夫妇饮酒。五人一席，团团坐定，馨桂问起两位姐姐出兵打仗的事情，姐妹便将战斗情形说了一遍。馨桂道："丽姐姐、宝姐姐如何都懂得武艺？"丽贞道："咱们姐妹的武艺，多亏郡主娘娘坤蕙芳教的。"馨桂道："原来如此。"

言来语去，时已傍晚。馨桂起身作别，两个姐姐哪里肯放？两个姐夫也再三挽留。馨桂只得住下。又同往后花园中去游玩了一回，就耽搁在黎侯相府中。明日又到卢府去问安缁氏伯母。见缁氏仍不改装。原来馨桂小时并不晓得三个姐姐都是雄的，及至长大，承袭了父业，林之洋方将女儿国的风俗说知，并将那姐姐是男子、姐夫是妇人指明，馨桂这才明白。如今见国王、侯相的行动举止，全是须眉气象，三个姐姐并许多侍婢、宫娥，尽是插花戴朵，抹粉施朱，而且袅袅婷婷，裙下都只得三四寸的金莲小足，腮边唇上都没有髭须痕迹，全是妇女行径，恐神仙也看不出是雌雄倒置的。

馨桂住了数日，又往宫中辞别。国王、国后赠了明珠百颗、黄金二百两，并嘱问安寄父母。若花道："贤弟若到海外，务望到我国中走走。"馨桂谢了姐夫、姐姐，彼此依依不舍，洒泪而别。回到黎府，宝英夫妇也到丽贞这边来送行。两位姐夫各赠黄金百两，还有女儿国出产的土仪东西，命家丁送到船上。馨桂再三致谢。两对夫妻都是殷勤致意，问安双亲，并嘱海外经商常来叙会。姐妹二人送出大厅，只得含泪分手。两位侯相直送到辕门之外，见馨桂去远了，方才回身进内。

要知后事如何，且听下回分解。

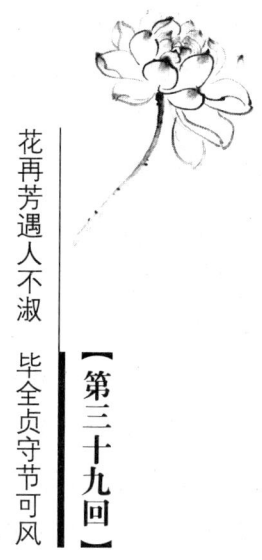

第三十九回

花再芳遇人不淑 毕全贞守节可风

  且说林馨桂在女儿国内耽搁了旬日，国王、国后相待如骨肉一般，绝无一些矜贵之气。韦氏两个姐姐，嫁的都是封侯拜相的姐夫，也是异常亲热，与同胞共母的无二。看他们敬重丈夫，恪守妇道，都算得巾帼完人。而且体态温柔，性情和顺，哪里看得出一毫男子改做妇人的形迹？就是那三个姐夫，虽是荏弱身躯，那动作行为、出言吐语，都是男子胸襟，哪里看得出一毫妇人改做男子的破绽？真是习惯成自然。国王、国后并两位侯相夫妻，都是十分厚待馨桂，馨桂十分感念。当日别了两位侯相，出了凤凰城，回至海船，把带来的货物销完，又耽搁了四五天，方才开回岭南。

  自从去年到今，往返有十多个月光景，回到家中，拜见双亲，细述女儿国姐夫与姐姐款待殷勤，馈赠丰厚。虽贵为君相，和蔼近人，全无骄傲气象。林之洋、吕氏听了，甚是喜悦。馨桂又道："三个姐姐同姐夫，都问父母安好。"馨桂正在将情告禀双亲，只见馨桂的娘子也走了来，知道丈夫回家，急忙到翁婆前先问了安，然后与丈夫相见，动问起居。馨桂也将女儿国的厚款情由，略述一遍。娘子也甚欢喜。船上行李都送到家来。休息了一夜。次日便往几处亲友家去问候一遭。

这日，到姐姐林婉如家探望。那林婉如夫妇年将不惑，膝下儿女成行。姐夫田廷，勘破宦情，自中宗被弑、睿宗御极之后，告病回家，优游林下，无非酌酒吟诗，游山玩水而已。这日不在家中，又往朋友人家饮酒去了。馨桂与姐姐谈心，婉如问道："贤弟此次航海，曾到女儿国否？"馨桂道："怎么不到？"就将到了女儿国如何与国王、国后晤面，"在宫中摆酒接风，三人同席。问及姐姐与几家姐妹，纯是一团和蔼之气。过了一日，往黎府去见了红薇姐夫，同到后堂见了丽贞姐姐。那黎府后面与卢府通连，宝英姐姐与紫萱姐夫都从后花园到黎府来相会。五人同叙，饮酒谈心，甚是亲热。又过了一日，到卢府饮宴。缁氏伯母也曾见过。耽搁在红薇姐夫家里住了旬日。三处的馈赠非常丰厚"。婉如道："三个姐姐可曾出有髭须？"馨桂道："三个姐姐都是颏下光光，看去仍是二十多岁的光景。并且宫中年老宫娥与国中的中年老年妇人，没有一个有须的了。西施散的功效风行已遍。这还是小事。如今的女儿国，文修武备，政事一新，十分兴旺。自从战胜了淑士国，纳款投降，如君子、大人、智佳、黑齿、白民、歧舌等国，都来结好，聘问常通。"婉如听了，称羡若花姐姐福泽并红红、亭亭姐妹的际遇不置。复又叹道："贤弟，同是一个人，富贵穷通、寿夭孤独，天定胜人，都是不能相强的。你可知道近来花再芳的遇人不淑与毕全贞的苦节抚孤么？"馨桂道："小弟还没有知道。"婉如便一一说知。馨桂甚是叹息。婉如留馨桂用了午膳，闲话了一回。馨桂别了姐姐回家不表。

且说那花再芳如何的遇人不淑呢？原来花再芳当年因武后考试女科，定例年在十六岁以外及已经出阁者不准与考。故而应考的女童都瞒了年岁，缓了嫁期，前去赴试。所有取中的百名才女，真年十六岁的不过十中之三四分罢了。那年花再芳部试，已是二十岁了。因限于定例，填作十六岁。及至廷试，侥幸取列三等，名在倒数第二。本来早已出阁，也因考试，回明了夫家，改迟吉期。及至红文宴后，纷然告假回籍，花再芳也就回至岭南。夫家择了吉日，便来迎娶。再芳的丈夫姓何，名唤道成，年方弱冠，富有家财，父母早世，也没有弟兄姐妹。自幼不喜读书，生性风流。再芳嫌丈夫无才，不甚敬重；道成嫌再芳性情骄傲，又且容貌平平，举止粗俗。夫妻彼此憎嫌，渐渐不睦。那道成呼朋引类，终日在花街柳巷之中，遇了秦楼的翘楚、楚馆的名娃，一掷千金，毫无吝色。以此龟鸨、娼妓都是掇臀捧屁，十分趋奉。道成竟至乐而忘返。再芳与丈夫吵了几场，道成索性住在娼寮家中，足迹不至。再芳寻至妓院，道成避而不面。弄得再芳莫可如何。不上五年，道成将那祖上留传的家业花销殆尽。再芳的性气素来不好，驭下极其严厉。家中的仆妇、丫环人等，没有一个说主母好的。一日，邻居失火，逼近何道成家，再芳慌命家人搬取箱笼物件，以避火灾。哪知这些家人们等，都因主母平时待他们苛刻，呼唤不灵。各人携取了自己的东西，往外奔逃，不知去向，随你严声厉色地呼唤，一个人也不见了。但见烈焰腾腾，不可向迩。再芳连忙跑到自己卧房中，见火已烧着窗扇，只得取了一只饰箱，走出后门，急回母家。及至道成闻信奔回家中，已是烧作一片白地。

且说花再芳回到娘家，受了惊吓，又气又恼，染成一病，不上半月，竟返仙乡去了。四下里去找寻那何道成，竟杳如黄鹤。再芳的衣裳棺椁，都是母家出钱断送的。

再说那毕全贞，取中殿军，其时也是十九岁了。回到淮南原籍，当年出阁。丈夫甄成仁是个洪门秀士。夫妻和顺，女俭男勤。成仁奋志攻书，巴图上进。全贞见丈夫家道清贫，做些女红针黹，以佐膏火之资。遇着考试之年，要上京赴试，缺乏了盘费，全贞典质钗珥，绝无怨言。成仁本是学富五车、才高八斗，怎奈时运不济，命途多舛。文章虽然锦绣，朱衣不肯点头，空劳跋涉。归到家中，全贞仍是笑脸相迎，再三慰藉丈夫道："功名的迟早有定，何必介怀？"成仁虽是闷闷不乐，全贞备些酒果，与丈夫解闷。成仁见妻子贤德，又且如此殷勤，只得强作欢容。心中终因怀才不遇为恨。全贞见丈夫略解愁烦，方才略略安心。闲时陪着丈夫讲论诗赋，手做女工。成仁苦志埋头，手不释卷，寒暑无间，闭户自精，接连考了三科，方才中得一名举子。成仁略有喜色。全贞见丈夫得中，欢喜非常。其年得了一子，取名继志。全贞夫妇都有三旬光景了，不料成仁用心过度，积劳成疾，真是好事多磨，不上一年，一病不起，竟向地下修文去了。全贞见夫君撒手西归，哭得死去活来，几欲以身相殉。继而想起继志孩儿尚在襁褓，一旦随夫地下，谁人抚育孩儿？只得殡殓了丈夫，守节抚孤。从此云鬟懒梳，铅华勿御。家无恒产，只得日夜辛勤，做些针黹度日。乳哺继志孩儿到了四岁，就教他识字。只因无力从师，全贞就自己教读，又招了几个学生伴读。继志极其聪俊，到了十四岁就进学，十七岁中了举子，十八岁连捷成了进士，选授西安县县令。全贞与孩儿娶了一房媳妇，夫妻孝敬，迎养任所。不上三年，继志升任太守，为母亲毕氏请旌。奉旨敕建节孝牌坊。继志又生了两个儿子，都是翰林学士。

毕全贞五世同堂，寿至百岁，无疾而终。阎罗天子忙差金童、玉女，宝盖幢幡，前来迎接。毕全贞不知不觉，但见一行人簇拥着到森罗宝殿。阎王降阶迎接，到了殿上，请全贞坐了。全贞见那王者头戴冕旒，身穿赭袍，便道："大王呼唤老身有何见谕？"那王者道："太夫人，这里是阴司地府，只因太夫人阳寿已终，故此特来迎请。"毕氏道："请问大王，此间既是阴曹，不知老身的丈夫甄成仁可在这里。"阎王道："甄成仁已成鬼仙，去了许久了。"毕氏再要问时，忽闻仙乐悠扬，香烟缭绕，空中降下几个仙女，古服轻装，手持符节，先向阎王禀道："启上大王，总司天下名花的领袖百花仙子，返本还原，已归洞府。其余九十八位仙子，尘缘已满，亦已陆续到齐。只有司百合花的仙子未曾归洞。婢子等向人间寻访，知已到冥府。因此特来迎接。"阎王听罢起身，拱手向毕全贞道："原来太夫人也是司花仙子临凡，根基深厚，松筠节操，又能不失本来，真是可敬。如今请驾回归洞府的仙仗已到。"女童趋步上前道："请洞主速归洞府。到了百花生日，约齐了各位仙子，都要去祝总洞主的生辰。"毕全贞听了，顿悟本来，便起身与冥王作别。冥王殷勤相送，全贞跨上青鸾，一阵花香，冉冉腾空而去。

且说总司天下名花的领袖百花仙子，降谪尘凡，就是唐闺臣。后来同了那司凌霄花仙子的颜紫绡，在小蓬莱修真养性，饥餐松子，渴饮涧泉。不知不觉地过了几多寒暑。真所谓"山中无历日，寒尽不知年"，颜紫绡仙子曾往牛魔岭救了武锦莲、韦丽贞、韦宝英，后来又替女儿国除了郭索真人之害，完成善果，带了司凤仙花仙子易紫菱，同到小蓬莱，屏绝红尘，静参元妙。日复一日，年复一年。这日谪限已满，功行圆成。早有蓬莱山上薄命岩红颜洞中的女童，持着符节，引着一班仙乐，来到小蓬莱，迎请百花洞主回归洞府。百花仙子唐闺臣听罢，顿然觉悟，便命女童知会了凌霄仙子颜紫绡、凤仙仙子易紫菱。女童答应去了。不一时，两位仙子飘然而至。百花仙子将前事说明，便举手向空一招，一霎时三朵祥云从空而下，三位仙子踏上云头，女童持了符节，前面乐声细细，香雾纷纷。正是"此曲只应天上有，人间能得几回闻？"三位仙姬各自回归洞府，都有女童前来迎接，不必细表。

且说百草仙子知百花仙子已回洞府，遂约了百果、百谷二仙，同到红颜洞来问讯。百花仙子闻报，起身迎接进洞，分宾主坐定，致谢了当年拯救之情，彼此共叙契阔。接着，兰花仙子田秀英、菊花仙子林书香、桂花仙子田舜英、梅花仙子阳墨香、碧桃仙子燕紫琼、刺蘼仙子宰玉蟾、秋牡丹仙子叶琼芳、姐妹花仙子戴琼英、蝴蝶花仙子谭蕙芳、茉莉花仙子邵红英，十位仙子结伴同来，问候洞主，彼此握手言欢。十位仙子提着那尘世都遭了浩劫，不得令终，甚是慨叹。百花洞主抚慰了一番，叙谈片刻，各回洞府。

一日，女童禀报洞主："菱花仙子花再芳、苹花仙子闵兰荪、桃花仙子张凤雏、杨花仙子苏亚兰、葵花仙子崔小莺、豆蔻仙子蒋素辉、秋葵仙子孟琼芝、蓼花仙子井尧春、芦花仙子掌浦珠、藤花仙子董翠钿、梨花仙子吕瑞蓂、鸡冠仙子钟绣月、山矾花仙子米兰芬、玉李花仙子宰银蟾、木槿花仙子潘丽春、蜀葵花仙子孟芳芝、长春花仙子姜丽楼、佛桑花仙子卞素云、真珠兰仙子缁瑶钗、栀子花仙子蒋秋辉、金雀花仙子掌乘珠、山茶花仙子卞香云、玉簪花仙子孟瑶芝等二十三位仙子，约了同来问候。"百花仙子闻报，便起身一一迎接进洞，各叙旧情。说起那尘世的悲多欢少、会短离长，不禁感慨系之："还是荡涤凡襟，挂名仙籍，倒好散虑逍遥。究竟洞主仙心不昧，早绝红尘。妹子等不胜佩服。"百花仙子道："游戏人间，亦是仙家常事。或荣或悴，亦有幸有不幸耳。"众仙子谈论了一会儿，各自别去。

接着，又是曼陀罗花仙子史幽探、洛如花仙子哀萃芳、虞美人花仙子纪沉鱼、青囊花仙子言锦心、撩愁花仙子谢文锦、灵芝花仙子师兰言、玫瑰花仙子陈淑媛、珍珠花仙子白丽娟、瑞圣花仙子国瑞徵、合欢花仙子周庆覃、木笔花仙子印巧文、洛阳花仙子卞宝云、琼花仙子宋良箴、莲花仙子章兰英、海棠仙子郦锦春、芍药仙子邺芳春、芙蓉仙子祝题花、紫薇仙子秦小春、杜鹃仙子褚月芳、腊梅仙子余丽蓉、玉兰仙子司徒妩儿、笑靥花仙子孟紫芝、含笑花仙子董青钿、结香花仙子廖熙春、绣球花仙子蒋春辉、秋海棠仙子魏紫樱、玉簌花仙子孟兰芝、紫荆仙子田凤翘、蔷薇仙子掌红珠、锦带花仙子卞彩云、玉蕊花仙子吕尧蓂、八仙花仙子左融春，三十二位仙子结伴同来，问讯百花洞主。群芳一队，香气袭人，到了洞门，早有女童进洞禀报。洞主亲来迎接，让进洞府。众仙子都道："洞主苦志真修，明心见性，历劫不磨，回想尘凡涸迹，不过百年，已有沧海桑田之慨。"洞主也叹息不置。众仙子畅叙多时，方才告别。洞主送众位仙姑出了洞门，各驾彩云而去。洞主正要归洞，忽见一道红光迎面而来。

未知何事，且听下回分解。

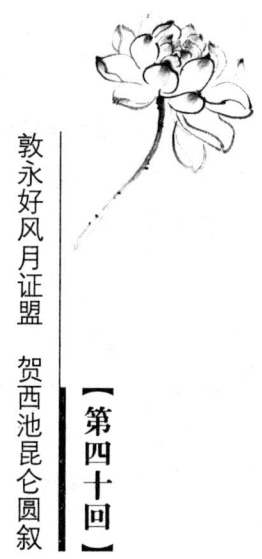

【第四十回】

敦永好风月证盟　贺西池昆仑圆叙

话说百花仙子送了众芳归洞时，回头见一道红光，现出一位魁星，已是男像。左手执笔，右手执斗，并非月貌花容美人的形象了。原来两次女试，早经考毕，玄女黄蕊珍、织女陆爱娟二位仙姬亦已归位。从此不开女科，魁星亦复了本来面目。即如牡丹仙子阴若花降生女儿国，本是女身，不过到天朝女试的时候，女装了二三年。及至回国做了国王，一世男装，直至归位之后，方复女装。那魁星的变幻不测，也与牡丹仙子一般。百花仙子见红光内，魁星驾起祥云，往东方而去。方要归洞，只见牡丹仙子阴若花、杏花仙子卢紫萱、水仙花仙子廉锦枫、水莲花仙子洛红蕖、素馨花仙子林婉如、铁树花仙子黎红薇、木兰花仙子尹红萸、木棉花仙子薛蘅香、迎辇花仙子枝兰音、木香花仙子姚芷馨，十位仙子乘鸾跨凤而来。百花洞主迎着，让进洞府，殷勤问讯。

女童又来禀报洞主道："百合花仙子毕全贞，约了子午花仙子孟芸芝、青鸾花仙子卞绿云、石榴花仙子董宝钿、瑞香花仙子施艳春、荼䕷花仙子窦耕烟、月季花仙子蒋丽辉、夜来香仙子蔡兰芳、罂粟花仙子孟华芝、石竹花仙子卞锦云、蓝菊花仙子邹婉春、丁香花仙子钱月英、棣棠花仙子董花钿、迎春花仙子柳瑞春、千日红花仙子卞紫云、剪春罗仙子孟玉芝、夹竹桃仙子蒋月辉、荷包牡丹仙子吕祥蓂、西番莲仙子陶秀春、金丝桃仙子掌骊珠、剪秋罗仙子蒋星辉、丽春花仙子董珠钿，同到洞门问候洞主。"百花仙子闻报，连忙起身迎接，彼此相见，共坐谈心。众仙子都羡牡丹仙子贵为一国之主，受享了数十年红尘中的富贵。杏花、铁树花、迎辇花辅佐花王，创建了非常的功业。牡丹仙子也赞百合花仙子的柏操霜节，百世流芳。百合花仙子道："洞主与凌霄仙子见机最早，得道最深。其次要算凤仙仙子了。"百花仙子道："设或见机不早，贪恋红尘，恐怕永受轮回之苦，如何得证仙班？"众仙子听了洞主之言，个个佩服洞主的根柢深厚，识见超群。众仙子谈叙了一会儿，别了洞主，各归洞府。

光阴如箭，日月如梭。这日二月十二，正是百花仙子的生辰。牡丹仙子约齐了九十八位仙子，备了仙花、仙果，与洞主祝寿。风和日丽，天朗气清，望着红颜洞驾云而来。女童连忙禀报洞主。洞主闻报，即便起身出迎。便命女童大开洞府，亲身迎接。众仙子都称："不敢。"让进洞府，祝过了寿，洞主一一致谢。众仙子都请洞主首席，百花仙子道："承蒙众姐妹辱临敝地祝嘏，无论仙凡，岂有主人僭客之理？"司笑靥花仙子道："前在晚芳园中，是徇世俗之见，拈阄定坐。今此众姐妹前来祝嘏，并贺洞主驾返蓬莱，仍归仙籍之喜。"司芙蓉花仙子道："回首晚芳园，姐妹百人一堂宴聚。一霎那间，不过一场春梦耳。"司曼陀罗花仙子道："依妹子愚见，洞主既因主人不肯僭客，仍请牡丹姐姐首坐。况牡丹姐姐南面称孤，海外推尊，诸邦敬仰。如今推他首席，最为得宜。"司合欢花仙子道："还有那国后、王妃等许多可怜虫，现归何处？"司凤仙花仙子道："他们已投生尘世，都做了富室闺娃了。"司牡丹花仙子道："曼陀罗姐姐，心月狐曾经拔取才女第一，妹子也推他首坐，未识众姐妹以为允当否？"司桂花仙子道："提起那心月狐，真是令人切齿。"司素馨花仙子道："若非心月狐戏弄神通，百花洞主也不至堕落尘凡了。"司灵芝花仙子道："心月狐颠倒时序，荒淫无道，杀戮太过，玉皇震怒，已罚他永堕畜生道中，不能再得人身，也够他的受用了。"只见杨花、芦花、藤花、蓼花、萱花、苹花、葵花七位仙子听了，忙同着桃花仙子向百花洞主前谢罪道：

"前此不候号令,擅向心月狐献媚争妍,自觉抱歉,特来请罪。"百花洞主笑道:"既往不咎,以后众姐妹幸各自爱,顺时而动,免堕轮回就是了。如今的座位,也顺着时序何如?"众仙子都道:"洞主论得极是。"于是群仙不由分说,就推梅花仙子坐了首席。司合欢花仙子道:"本来是春为一岁首,梅占百花魁。若论时序,理应梅花仙姑居首,其次兰花仙子、海棠花仙子、杏花仙子、桃花仙子、碧桃花仙子、牡丹花仙子、木香花仙子、石榴花仙子、莲花仙子、桂花仙子、菊花仙子、芙蓉花仙子等,各自依次而坐,殿以合欢花仙子取酒,以为人合欢之意。"

百花洞主坐了主席,命女童取出百花仙酿,正在洞中壶倾玉液,杯泛金波,忽见外边的女童进来禀报:"百果仙子前来庆祝!"百花仙子闻报,座上抬身,接进洞府。百果仙子放下竹篮,打个稽首,向篮中取出冰桃、雪藕、莲实、松仁,赠予百花仙子,道:"些些果品,聊当晋祝之敬。"百花仙子殷勤道谢,便命女童分赠予众位仙姑。随后百草、百谷也来道贺。接连元女、织女偕着青女、玉女同到红颜洞中,齐来与百花仙子上寿。百花仙子一一道谢,并请同坐华筵。众仙姑各自入坐。司长春花仙子道:"晚芳园中百名才女团叙宴饮,以为亘古罕有。今日此会,又何止百位仙姑?梅花仙子何不也行个酒令?"梅花仙子道:"这也使得。就请洞主起令。"百花仙子道:"还请梅花姐姐起令。"梅花仙子道:"如此,只得有僭了。妹子就把职司本花的字面飞花饮酒,或用他人的成语,或自吟诗词,都可不拘。那飞的字轮到哪位仙姑,就是哪位仙姑饮酒,须要接接连连地说去,不许停顿。女童多唤几个在旁斟酒。"

百花仙子道:"此令极妙。就请起令。"梅花仙子答应,即脱口而出道:"返魂香入岭头梅。"兰花仙子道:"同心之言,其臭如兰。"牡丹仙子道:"欲换凡骨无金丹。"女童执壶,把酒都斟了。接着,杏花仙子道:"一色杏花红十里。"海棠花仙子道:"乞取春阴护海棠。"碧桃花仙子道:"天上碧桃和露种。"桃花仙子道:"九重春色醉仙桃。"木香花仙子道:"十里南风草木香。"女童连斟了十余杯酒。接着石榴花仙子道:"汉张骞使西域,还得安石榴。"莲花仙子道:"接天莲叶无穷碧。"菊花仙子道:"一盏寒泉荐秋菊。"芙蓉仙子道:"涉江采芙蓉。"凡轮着饮酒的仙姑,女童都已斟过。又听虞美人仙子道:"月明林下美人来。"洛如花仙子道:"三月花开遍洛阳。"曼陀罗仙子道:"雪毫新管写伽陀。"青囊花仙子道："《易·坤卦》：'括囊无咎'。"撩愁花仙子道："一醉能消万古愁。"灵芝花仙子道："斋宫产灵芝。"玫瑰花仙子道："新诗出琼瑰。"珍珠花仙子道："海客探骊珠。"瑞圣花仙子道："非圣人而能若是乎？"百合花仙子道："卢牟六合。"几个女童斟酒不迭。

众仙子才思泉涌，滔滔不竭，都是脱口而出。百花仙子笑道："诸位姐姐的香口，还是考才女的余波哩。"木华花仙子道："《礼·月令》：'盛德在木'。"洛阳花仙子道："《书·洛诰》：'我乃卜涧水东、瀍水西，惟洛食。'"琼花仙子道："《毛诗》：'报之以琼瑶'。"桂花仙子道："冷露无声湿桂花。"芍药仙子道："金鼎新调芍药羹。"茉莉花仙子道："鼻观微闻茉莉香。"笑靥花仙子道："《逸诗》：'巧笑倩兮'。"紫薇花仙子道："月钩初上紫薇花。"含笑花仙子道："笋怜新粉箨犹含。"杜鹃花仙子道："望帝春心托杜鹃。"玉兰花仙子道："必使玉人雕琢之。"腊梅花仙子道："日暮汉宫传蜡烛。"水仙花仙子道："名在蓬莱第几仙。"水莲花仙子道："近来诗思清于水。"素馨花仙子道："金殿姓名馨。"

结香花仙子笑道："素馨姐姐还不忘考中才女的兴趣么？"回顾执壶的女童道："另外敬素馨仙姑一杯。"素馨仙子饮干了酒，道："如今要轮到绣球姐姐了。"绣球仙子道："这有何难？我就用《秦风》的'衮衣绣裳'罢。"铁树花仙子道："我就是《孟子》的'以铁耕乎'罢。"结香花仙子道："我就是《小雅》的'我心苑结'。"木兰花仙子道："我就用《夏小正》'五月煮梅蓄兰'。"刺蘼花仙子道："我用苏秦的'引锥自刺其股'。"玉蔟花仙子道："我用《魏风》的'彼其之子美如玉'。"木棉花仙子道："我用《左氏传》'山有木工则度之'。"秋海棠仙子道："我用《戴礼》的'其日立秋'。"几个女童就在轮着的仙姑面前把酒斟了。

迎辇花仙子对着执壶的女童道："令到便斟，不可羁迟。"女童答应。迎辇花仙子便道："绿水青山自送迎。"凌霄花仙子道："图功臣于凌烟阁。"凤仙花仙子道："吹箫引凤凰。"紫荆花仙子道："子谓卫公子荆。"蔷薇花仙子道："春风一架晚蔷薇。"秋牡丹仙子道："惟有新秋一味凉。"锦带花仙子道："其带伊丝。"玉蕊花仙子道："含苞带蕊露华滋。"八仙花仙子道："以一服八。"子午花仙子道："军书旁午。"青鸾花仙子道："跨凤乘鸾。"瑞香花仙子道："仙风吹下御炉香。"荼蘼花仙子道："开到荼蘼花事了。"月季花仙子道："十月纳禾稼。"夜来香仙子道:"月华临静夜。"罂粟花仙子道:"散鹿台之财,发钜桥之粟。"石竹花仙子道:"一斗亦醉,一石亦醉。"蓝菊花仙子道:"青出于蓝而胜于蓝。"丁香仙子道:"商严梦武丁。"棣棠花仙子道:"唐棣之华。"迎春花仙子道:"东郊此日看迎春。"千日红仙子道:"万紫千红总是春。"剪春罗仙子道:"二月春风似剪刀。"夹竹桃仙子道:"竹外桃花三两枝。"荷包牡丹仙子道:"包罗万象。"西番莲仙子道:"二十四番花信风。"众仙姑出言有章,四五名女童络绎不绝地往来斟酒。

斟完了酒,金丝桃仙子道:"乾为金。"剪秋罗仙子道:"秋云似罗。"十姐妹花仙子道:"问我诸姑,遂及伯姐。"丽春花仙子道:"日月丽乎天。"山丹花仙子道:"霜染一林丹。"玉簪花仙子道:"蜻蜓飞上玉搔头。"金雀花仙子道:"燕雀安知鸿鹄志?"栀子花仙子道:"芭蕉叶大栀子肥。"珍珠兰仙子道:"月点波心一颗珠。"佛桑花仙子道:"才了蚕桑又插田。"长春花仙子道:"光天化日乐舒长。"山矾花仙子道:"海上有三神山。"梅花仙子道:"如今方是本地风光了。"便命连连斟酒。

玉李花仙子接着道:"门墙桃李喜成行。"木槿花仙子道:"且看欣欣木槿荣。"蜀葵花仙子道:"行路无如蜀道难。"鸡冠花仙子道:"猰佩鸡冠仲子由。"蝴蝶花仙子道:"庄周梦蝴蝶。"秋葵花仙子道:"惟有葵花向日倾。"红豆蔻仙子道:"豆蔻梢头二月初。"梨花仙子道:"梨花院落溶溶月。"藤花仙子道:"绿藤阴下铺歌席。"芦花仙子道:"晚钟残月入芦花。"蓼花仙子道:"红蓼花疏水国秋。"葵花仙子道:"七月烹葵及菽。"杨花仙子道:"点点杨花入砚池。"苹花仙子道:"白苹吹尽楚江秋。"菱花仙子道:"池翻紫角菱。"女童把酒斟遍,轮到百果、百谷、百草、玄女、织女几位仙子,俱辞不敏。百花洞主亲自执壶,各敬了一杯,遂收令道:"管领东南第一花。"女童又斟过了酒。

百花仙子再到众仙姑前敬了一回,天色已晚,众仙姑起身告别,洞主送出洞府,俱各飘然而去。百花仙子正要回进洞府,忽见风姨、月姐联袂偕来。月姐近前握手道:"前此孟浪,致洞主涉足红尘,甚是抱歉。"风姨也道:"洞主,凝翠馆中语言冒犯,幸勿介怀。"百花仙子道:"前在瑶池之上,冲触姨姨,亦希原宥。"彼此谦和,前嫌尽释。风姨、月姐与百花仙子遂尔欢好如初。

且说那王母园中的蟠桃，开花结子，三千年一熟。蟠桃熟后，就是王母的圣诞到了。圣诞之时，蓬莱山上的百花仙子预约了百谷、百草、百果三位仙子，同往瑶池祝寿。只见女童禀报："三位仙姑已到。"百花洞主起身迎接，进了洞府，百草仙姑道："曾记得上届蟠桃胜会，咱们也是四人约齐，同往昆仑的。转眼之间，又是一年光景了。蟠桃的开花结子，世上虽有三千年之说，在咱们只隔得一年耳。正所谓'山中方七日，世上已千年'。"百谷仙子道："若是仙凡无异，咱们都愿去做凡人了。"百果仙子道："奉劝百花姐姐，出言须要谨慎些。昔年在王母筵前，与嫦娥斗嘴，带累妹子，暌违了有好多时。今已消释嫌怨。倘与别位仙姑相遇，也须心平气和，免得再生魔障。"百花仙子道："百果姐姐金石良言，妹子敢不记取？前者口角招尤，以致堕落红尘，受孽海无边之苦。如今再也不敢了。"四位仙姑叙述旧情，里面的女童已捧了百花佳酿出来。百谷仙子道："咱们就往昆仑去罢。"百果、百草、百花都道："使得。"遂携手同行，出了洞府，各自驾起云头，向西方昆仑而来。

到了瑶池，各献祝寿的仙品。王母身旁的侍从仙姑，一一收了寿礼。四位仙姑徐徐行礼。王母便留众仙宴饮。中间坐着王母娘娘，两旁便是麻姑、嫦娥、玄女、织女，众位仙子左右陪侍。其余如老君、彭祖、福、禄、寿、财神、和合、张仙诸星官，以及红孩儿、金童儿、青女儿、玉女儿，下而至于百鸟、百兽、百介、百鳞等仙，都到西池祝嘏，分列两边，遥遥侍坐。王母娘娘各赐仙桃一枚，众仙拜谢，按次归座。遂命侍从仙姑，把那百花佳酿分赐众仙一盏，肴核纷陈，琼浆清冽。当此良辰美景，仙乐悠扬。正是："响遏行云横碧落，余音嘹亮尚飘空。"王母娘娘见百花仙子与着风姨、月姐和容悦色，释躁平矜，暗暗点头道："这妮子经了一番磨折，道行已深，甚是可喜。"遂又颁赐了众仙许多珍物。众仙各各拜谢而散。百花仙子与百果、百谷、百草四位仙姑，驾起云骈，各回洞府。有诗为证。诗曰：

西池华祝敞琼筵，曲奏《霓裳》集众仙。

逸韵悠扬传碧落，余音嘹亮彻青天。

风姨敢肆终风暴，月姐能教皓月圆。

最好四时花不谢，蓬莱胜境乐年年。

【全书完】